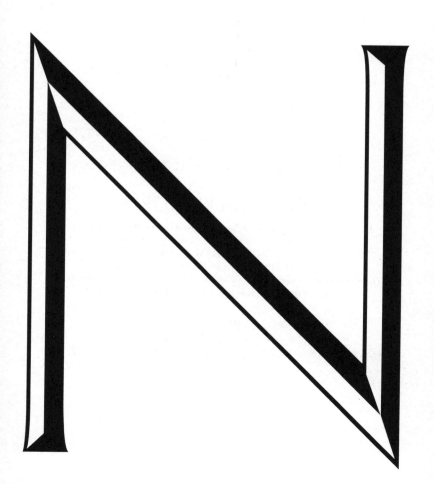

DIE NIBELUNGEN by AUGUSTE LECHNER

DIE NIBELUNGEN

아우구스테 레히너 풀어지음
김은애 옮김

니벨룽의 노래

문학과지성사

니벨룽의 노래

제1판 제1쇄   2017년 7월 15일
제1판 제2쇄   2023년 10월 25일

풀어지은이   아우구스테 레히너
옮긴이   김은애
펴낸이   이광호
펴낸곳   ㈜**문학과지성사**
등록번호   제1993-000098호
주소   04034 서울 마포구 잔다리로7길 18 (서교동 377-20)
전화   02) 338-7224
팩스   02) 323-4180(편집)   02) 338-7221(영업)
전자우편   moonji@moonji.com
홈페이지   www.moonji.com

ISBN 978-89-320-3024-1 04850
ISBN 978-89-320-3020-3 04850 (세트)

이 도서의 국립중앙도서관 출판예정도서목록(CIP)은 서지정보유통지원시스템 홈페이지
(http://seoji.nl.go.kr)와 국가자료공동목록시스템(http://www.nl.go.kr/kolisnet)에서
이용하실 수 있습니다.(CIP제어번호: CIP2017015628)

차례

1[*]

크산텐 궁전에서는 지크문트 왕이 화가 나 큰 홀을 성큼성
큼 이리저리 왔다 갔다 했다. 지클린데 왕비는 창가에 앉아
금색 실이 끼워진 바늘을 들고 값비싼 허리띠에 수를 놓고 있
었는데, 넋 놓고 있는 사이에 그만 허리띠를 바닥으로 떨어뜨
렸다. 왕비는 수심에 가득 찬 얼굴로 건너편에 있는 지크프리
트를 바라보았다.

지크프리트는 문 앞에 서서 조금은 불안한 마음으로 백발
이 성성한 고귀한 기사를 쳐다보고 있었다. 그 기사는 곧 홀
을 나와 복도를 통해 서둘러 밖으로 나갔다.

---

* (원주) 중세 독일어로 된 원전에서 지크프리트의 어린 시절 이야기는 줄거리가 진행되는 중
간에 언급이 된다. 이 책에서는 사건을 시간의 경과에 따라 순차적으로 서술하기 위해서 지크
프리트의 어린 시절 이야기부터 시작한다. 원전의 시작 부분은 이 책에서 3장부터 서술된다.

그렇다, 그는 가버렸다! 그 기사가 네덜란드 왕의 아들 지크프리트에게 궁정의 법도와 기사로서 지켜야 할 본분을 가르치기 위해 크산텐 궁전에 온 지 석 달이 채 지나지 않은 때였다.

지크프리트는 그동안 얼마나 많은 기사들이 자신을 가르치기 위해 궁전에 왔다가, 이내 화를 내거나 머리를 절레절레 흔들며 다시 말을 타고 떠나버렸던가를 생각해보았다. 은근히 죄책감이 들었다. 아마도 여섯 명 내지 일곱 명은 족히 되리라. 그들은 모두 버릇없는 왕의 아들을 제대로 가르치지 못하는 것은 말도 안 되는 일이라고 생각하며 궁전에 왔고, 온갖 노력을 아끼지 않고 최선을 다해 가르쳤다.

그러한 그들의 노고가 매번 수포로 돌아가는 것이 이제는 지크프리트에게조차 안타깝게 느껴질 정도였다. 그러나 지크프리트가 도대체 뭘 어떻게 해야 한단 말인가? 아버지의 성에서 사는 게 지겨워지기 시작한 것은 이미 까마득히 오래전 일이요, 이제는 그런 상황은 물론이고 자기 자신조차도 가끔씩 불만스럽게 느껴졌다. 그러나 지크프리트는 왜 그런 생각이 드는지 이유를 알 수 없었다. 그럴수록 불쾌한 기분을 억누르지 못해 더욱더 아버지를 화나게 만들고 어머니에게 걱정을 끼치는 못된 짓이란 짓은 골라서 했다.

가정교사들이 옛 영웅들의 모험담을 들려줄 때면 지크프리트의 마음속에는 어느새 동경이 싹텄다. 화려하게 무장하고 거친 말 위에 올라타 그 옛날 유명한 영웅들과 똑같은 모험을 해보고 싶은 마음이 간절했다. 궁전에 낯선 기사들이 찾아와 자신들이 겪은 무용담을 늘어놓는 것을 듣다 보면, 지금 궁전 뜰에서 다른 소년들과 겨루는 전투 놀이는 바보 같고 유치하게 느껴졌다. 또래 아이들보다 훨씬 힘이 센 지크프리트는 시합에서 언제나 이기기만 했다. 그러나 지크프리트는 전혀 기쁘지 않았다. 성의 맨 꼭대기에 있는 탑 위로 올라가 넓은 평야를 내려다볼 때면, 크산텐 궁전이 감옥처럼 느껴졌다. 게다가 지켜야 할 궁전의 엄격한 규율들을 깜박 잊기라도 하면, 가정교사들로부터 온갖 꾸중을 듣고 벌을 받아야만 했다. 그러면 지크프리트는 더욱더 심술이 나서 그 점잖은 기사들에게 못된 장난을 치고 그들을 놀려대기 일쑤였다. 그러다 걸리면……

이런저런 생각에 잠겨 있던 소년 지크프리트는 갑자기 들려오는 아버지의 성난 목소리에 정신이 번쩍 들었다.

지크문트 왕이 그 앞으로 와서 그를 매섭게 꾸짖었다.

"이번에는 네가 도를 넘어섰구나! 썩 물러가 다시 부를 때까지 내 눈앞에 얼씬도 하지 말거라! 네가 무엇을 해야 할지 결정한 뒤에 다시 부르마."

지크프리트는 두려웠다. 아버지가 자신에게 시킬 일이 분명 즐거운 일은 아닐 것이기 때문이다. 어쩌면 탑에 가두거나 혹은 며칠 전에 선물로 주었던 말을 빼앗아갈지도 모른다. 아니면…… 벌로 무슨 일을 시키실지 모르는 일 아니겠는가! 어쨌든 지금은 아버지 말씀에 복종하는 것 말고는 다른 방법이 없었다. 그래서 그는 깊이 고개 숙여 인사한 뒤 후회 가득한 눈길로 어머니의 슬픈 얼굴을 한번 쳐다보았다. 그러고는 홀을 나왔다.

자리에 선 채로 시커먼 벽을 응시하던 지크문트 왕은 또다시 심기가 언짢아졌다. 지클린데 왕비는 화가 머리끝까지 치솟은 왕을 걱정스럽게 바라봤다. 왕비는 한참 동안 참을성 있게 기다리다, 침묵이 도무지 끝날 기색이 안 보이자 용기를 내어 물었다.

"폐하, 무슨 벌을 내리시게요? 제발 부탁인데 지크프리트를 너무 엄하게 대하진 마세요! 그 애는 아직 어린애에 불과하고 또……"

왕이 갑자기 몸을 홱 돌리는 바람에 왕비는 깜짝 놀라 말을 하다 멈췄다. 왕은 화난 목소리로 말했다.

"그 애를 두둔하지 마시오! 더 이상은 못 봐주겠소! 저 버릇없는 녀석은 이제 그만 정신 차리고 자제하는 법을 배워야만 해요! 저 망나니 같은 녀석이 훗날 왕이 된다고 생각해봐요, 어찌 될 것 같소? 가장 뛰어나고 훌륭한 기사들과 최고의 가정교사들도 못 해냈소. 그러니 이제 남은 방법은 딱 한 가지밖에 없는 것 같구려." 분을 삭이지 못한 왕은 계속 말했다. "힘든 노동은 대부분의 문제를 해결하는 데 좋은 방법이지! 저 녀석을 대장장이 미메르에게 수련생으로 보낼 작정이오. 기술이 뛰어난 대장장이 미메르는 아주 엄격하기로 유명하오. 어쩌면 지크프리트를 가르치는 데는 대장장이의 검게 그을린 주먹이 궁전의 가정교사들보다 훨씬 더 나을지도 모르겠소."

그래서 왕은 성에서 몇 시간 거리에 있는 먼 숲에 대장간을 소유한 대장장이 미메르를 성으로 불러들였다.

왕은 대장장이에게 말했다.

"자네는 사려 깊은 사람이니 내 모든 걸 솔직히 털어놓고 얘기하겠네. 내 아들 지크프리트는 선생들을 너무 많이 괴롭

혀왔네. 그 정도로 고집이 세고 버릇이 없단 말일세. 그런 녀석은 왕이 될 자격이 없어. 명령하는 자리에 오르기 전에, 먼저 예의범절과 규율을 지키고 진지하게 일하는 법을 배워야 하네! 그러니 자네가 그 애를 좀 맡아서 가르쳤으면 하는데, 어떤가?"

대장장이는 깊은 생각에 잠겨 왕을 가만히 쳐다보았다. 그의 눈길에서 겸손함이라고는 전혀 찾아볼 수 없었다. 대장장이의 작은 눈은 민첩하게 번득였고, 얼굴에 깊게 파인 주름 사이에는 아무리 씻어도 지워지지 않는 숯검정이 잔뜩 끼어 있었다.

대장장이는 조심스럽게 말문을 열었다.

"저는 벌써 여러 녀석을 정신이 번쩍 들게 가르쳐봤습죠. 오만방자한 성격을 다스리는 데는 망치와 모루가 제격입니다."

왕은 만족한 듯 고개를 끄덕였다.

"내 말이 바로 그 말일세. 지크프리트와 함께 이곳을 떠나게나. 자네는 그 녀석을 자네의 다른 제자들과 똑같이 다루어야만 하네."

왕은 시종을 시켜 아들을 불러들였다. 기다리는 동안 왕은 대장장이의 떡 벌어진 어깨와 긴 팔, 그 끝에 커다란 손이 마치 삽처럼 매달려 있는 것을 몰래 훔쳐보며 감탄했다.

지크프리트가 홀 안으로 들어왔다. 그는 아버지의 명이 무엇인지 이미 알고 있었고, 그의 얼굴은 어느 때보다도 진지했다. 지크프리트는 호기심에 가득 찬 눈길로 자신의 스승이 될 대장장이를 재빨리 훑어보았다. 소년 지크프리트는 공손하게 왕과 왕비에게 고개 숙여 인사한 뒤 조용히 기다렸다.

"지금 당장 대장장이 미메르와 함께 떠나거라."

지크문트 왕이 엄하게 말하고는 아들의 얼굴을 쳐다보았다.

"예, 아버님."

지크프리트가 조금도 망설이지 않고 대답하자 왕은 흠칫 놀랐다. 아니, 버릇없는 망나니 같던 아들이 언제부터 저렇게 공손해졌단 말인가? 그 대답은 마치 크산텐의 값비싼 성과 그을음이 가득한 대장간을 맞바꾸는 것이 기쁘기라도 한 듯 들렸다!

사실 지크프리트는 그런 것들에 대해서는 그다지 깊이 생각하지 않았다. 또한 대장간의 여느 일꾼들과 다를 바 없이 고된 일을 해야 한다는 것도 겁나지 않았다. 그저 사방이 좁은 벽으로 둘러싸인 성을 떠나, 마침내 숱한 모험으로 가득 찬 드넓은 바깥세상으로 나가게 된다는 사실이 기뻤을 뿐이다! 아아, 이 세상 어느 누가 지크프리트가 이미 오래전부터 그런 삶을 꿈꾸어왔다는 것을 상상이라도 할 수 있었겠는가!

작별 인사를 할 때 왕비는 눈물을 흘렸고 지크프리트는 마음이 아팠다. 지크프리트는 왕비를 사랑했으며, 본디 마음씨가 착하고 고운 소년이었기 때문이다.

지크프리트는 진지하게 말했다.

"울지 마세요, 어머니. 제 소식을 다시 들으실 때는 제가 얼마나 많은 결투에서 이겼는가를 알게 될 것이고, 제가 다시 돌아올 때는 온 세상에 이름을 떨친 멋진 영웅이 되어 있을 거예요!"

지클린데 왕비는 지크프리트의 그런 허황된 자랑을 나무라며 말했다.

"그래, 언젠가 너는 용감한 기사가 되겠지. 하지만 무엇보다도 선량하고 현명한 왕이 되어야 한다는 사실을 잊지 말거라!"

"당연하죠!"

지크프리트는 건성으로 약속했다. 그의 머릿속은 이미 미지의 드넓은 세계에 대한 기대로 가득 차 있었다.

곧 지크프리트는 온갖 궁정의 법도들에서 벗어나, 대장장이 미메르와 함께 즐거운 마음으로 숲을 향해 길을 떠났다.

그들은 몇 시간을 걸었다. 함께 가면서 대장장이는 대장간 일에 대해서 이것저것 설명해주었고, 지크프리트는 성안 무기 창고에 가득 차 있는 온갖 무기가 어떻게 만들어지는지 꼬치꼬치 물었다. 그에게는 무기를 만지는 것조차 허락되지 않았기에 궁금한 점이 많았다. 그러고는 언젠가 자신도 멋진 칼을 만들고야 말겠다고 몰래 다짐했다. 그동안 그런 칼 한 자루를 손에 넣지 못해 얼마나 안달했던가!

밤이 되자 숲속은 자루 안에라도 들어 있는 듯 사방이 캄캄했다. 대장장이가 바로 앞에서 걸어가는데도 시커먼 형체로만 보였고, 그 뒤를 바짝 쫓는 지크프리트는 엄청나게 비틀거렸다. 길이 매우 좁았다.

"조심하거라, 지금 우리는 늪지대를 지나가는 중이야! 내 윗도리를 단단히 잡고 따라오너라. 만약 나를 놓치고 길에서 굴러떨어지기라도 하면 늪의 못된 요정들이 널 잡아갈 거다."

대장장이가 경고했다.

지크프리트는 늪의 요정들을 보았다. 유령같이 으스스하고 창백한 빛의 무리들이 눈앞에서 어지럽게 날아다니고 있었다. 계속해서 쳐다보고 있자니 현기증이 날 정도였다. 가끔은 흐릿한 얼굴에 초록색으로 빛나는 눈동자까지 알아볼 수 있었는데, 이내 사라지고 말았다.

갑자기 미메르가 지크프리트 쪽으로 후다닥 뒷걸음질 치더니 큰 소리로 욕을 퍼부으며, 손에 든 지팡이를 휘둘러 앞에 있던 무언가를 옆으로 비켜나게 했다. 곧이어 늪 쪽에서 뱀 같은 짐승들의 소름끼치는 쉬쉬 소리와 무언가가 물속에서 첨벙거리며 멀리 달아나는 소리가 들렸다.

"방금 뭐였어요?"

지크프리트가 궁금해하며 물었다.

"음, 이 늪에는 엄청나게 많은 벌레들이 산단다. 저 건너편 용바위에 살고 있는 커다란 용 한 마리로는 모자라기라도 하다는 듯 말이다! 바로 그 용이 낳은 새끼들이 이 주변에 잔뜩 널려 있는 거란다. 용의 새끼들은 정말 이상하게 생긴 작은 벌레들인데, 몸집이 작고 가냘프며 다리를 아주 민첩하게 움직인단다. 녀석들은 오랜 세월 동안 질퍽한 늪 웅덩이에 살면서 사냥을 시작할 수 있을 정도로 몸집이 커지기를 기다리지. 하지만 호기심이 많은 녀석들은 그때까지 기다리지 못하고 나와서 돌아다니는데, 그럴 때마다 우리는 그런 녀석들을 때

16

려죽였던 거야. 조금 전에는 내가 한 놈의 등을 밟았는데, 글 쎄 그놈이 내 발로 와락 달려들더구나."

"용이라고요?"

지크프리트는 황홀해서 넋이 나간 듯, 용이란 말을 되풀이 하며 당장이라도 용을 찾아 나서고 싶었다. 물론 정말로 그렇 게 할 수는 없었다.

"스승님, 말씀해주세요. 그 용이 정확히 어디에 살고 있나 요? 농부들과 가축들을 잡아먹는데도 어느 누구도 그 용을 무찌를 자가 없다는 얘기를 들었어요. 그 용이 어디에 살고 있나요?"

지크프리트는 몹시 흥분한 나머지, 대장장이의 윗도리를 홱 잡아당겼다.

"나를 늪에 빠뜨릴 작정이냐?" 대장장이 미메르가 화를 내 며 소리쳤다. "내일 아침이면 대장간에서 용바위를 볼 수 있 을 거다! 자, 마침내 늪을 벗어나서 마른 땅에 다다른 것 같구 나. 다행이다. 저기 저 앞 나무들 사이로 붉은 불빛이 보이느 냐? 저기가 바로 대장간이다."

대장장이는 이렇게 말하고는 성큼성큼 불빛을 향해 걷기 시작했다.

17

곧 망치질하는 소리가 들려왔다. 미메르의 일꾼들은 서로 교대해가며 밤낮으로 일했다. 대장간에 일거리가 엄청나게 많았기 때문이다. 미메르는 기술이 뛰어난 대장장이였고 명성이 아주 자자했다. 대장간으로 들어가는 문이 낮아 지크프리트는 몸을 약간 숙여야 했다. 대장간 안의 화로에서는 불꽃이 이글이글 타오르고 있었다. 벌겋게 번들거리는 얼굴에 그을음을 잔뜩 묻힌 채 열심히 일하고 있는 일꾼들의 모습은 마치 지옥에 사는 도깨비들 같았다. 몸집이 작은 한 일꾼은 웃통을 벗고 바닥에 쭈그리고 앉아 풀무로 화덕에 공기를 불어넣고 있었다. 화덕에서 무시무시한 소리가 나면서 불꽃이 확 솟아오르더니, 타닥거리는 소리와 함께 연기가 연통 속으로 쑥 빨려 들어갔다. 망치질 소리, 여러 가지 연장 다루는 소리들이 함께 뒤섞여 울렸다.

지크프리트는 그 모든 것이 무시무시하면서도 무척 마음에 들었다. 생각 같아서는 그 자리에 계속 머물고 싶었지만, 미메르가 대장간 뒤에 있는 방으로 들어가라고 했다. 뒷방에서는 다른 일꾼들이 벌써 코를 골며 자고 있었다.

"곧장 가서 자거라. 내일 아침 일찍 일을 시작해야 할 테니 말이다."

아닌 게 아니라 지크프리트는 너무나 피곤했기에, 미메르의 명령에 따라 얌전히 어두컴컴한 뒷방으로 갔다. 뒷방 문은 반쯤 열려 있었고 열린 틈으로 대장간의 불빛이 새어 들어왔다. 행복감에 젖은 지크프리트는 누워 있는 발 여러 개를 지나, 한쪽 구석에 지푸라기와 짐승 가죽으로 만들어진 빈 침상 하나를 발견했다. 거기에 누워 이내 잠이 들었다.

누군가가 거세게 흔들어 깨우는 바람에 지크프리트는 화들짝 놀라며 잠에서 깨어났다.

"야, 너 하루 종일 잠만 잘 셈이냐?"

그을음이 잔뜩 묻은 얼굴이 지크프리트를 내려다보며 말했다. 지크프리트는 곧 지금은 환한 아침이고 해가 벌써 떠 있다는 사실을 깨달았다. 그 순간, 자기가 지금 어디에 와 있는지 정신이 번쩍 들었다.

"어서 일어나라. 여긴 내 침대야. 난 밤새도록 일했다. 이젠 네 차례다."

그을음 묻은 얼굴이 환하게 웃으며 말했다.

그것은 평소 사람들이 왕의 아들을 대하는 말투가 전혀 아니었다. 하지만 지크프리트는 상관하지 않았다. 그는 잽싸게 일어나 대장간으로 갔다. 미메르와 일꾼들은 벌써 일어나 일터에 나와 있었다.

"밖에 옹달샘이 하나 있다. 씻고 싶으면 거기 가서 씻고 와라! 그래 봐야 조금만 지나면 네가 씻었다는 걸 알아볼 사람은 아무도 없을 테지만 말이다."

어쨌든 지크프리트는 밖으로 나갔다. 얼른 주변을 한번 둘러보기 위해서였다. 대장간은 숲 한가운데 있는 빈터에 자리잡고 있었다. 대장간 바로 뒤에서 언덕이 시작되었고, 대장간과 언덕의 경계쯤에 샘터가 있었다. 지크프리트는 언덕을 뛰어 올라갔다. 언덕 위에 올라서면 어디까지 볼 수 있고, 또 용바위는 어디쯤 놓여 있는지 봐야만 했기 때문이다.

언덕에 올라서자 저 멀리 숲 건너편으로 뾰족하게 갈라진험한 바위들이 파란 하늘을 향해, 찌를 듯 어지럽게 높이 솟아 있는 모습이 보였다. 그 가운데로 시커먼 계곡이 굽이쳐흐르고 있었는데, 그 길이가 얼마쯤 되는지 가늠할 수가 없었다. 지크프리트는 그곳에 커다란 용이 살고 있을 거라고 확신했다. 그 정도로 산은 을씨년스럽게 보였다! 지크프리트는 대장장이 미메르는 물론이고 자기가 해야 할 일들마저도 까맣게 잊어버렸다. 그의 생각은 흥분한 독수리처럼 오로지 용바위를 중심으로 뱅뱅 돌기만 했다. 칼을 하나 만들어 손에 넣기만 하면, 곧장 길을 떠나 용을 무찌르리라! 그러면 아주 먼 곳에 사는 사람들까지도 죽어 나자빠진 괴물과 그 괴물로부터 자신들을 구해준 용감한 기사를 보기 위해 구름떼처럼 몰려들 것이다. 그러면…… 소년 지크프리트는 상상 속의 자신이 뭐라 형용할 수 없이 멋지게 느껴졌다. 그러다 그는 누군가가 거칠게 내지르는 소리에 놀라 꿈에서 깨어났다.

"이 녀석, 거기 서서 잠이 든 거냐?" 미메르가 언덕 아래에서 지크프리트를 쳐다보며 화난 목소리로 말했다. "어서어서! 아래로 내려오너라. 내 밑에서 지내려면 열심히 일만 해야지, 그렇게 멍하니 입 벌린 채 넋 놓고 있는 건 용서 못 한다!"

지크프리트는 언덕을 내려와 대장장이를 따라 얌전히 대장간 안으로 들어갔다. 그러나 대장장이 때문에 가슴속에서 분노가 치미는 것을 참기 힘들었다. 마음 같아서는 대장장이의 멱살이라도 잡고 이리저리 한바탕 뒤흔들어주고 싶었다. 하지만 대장장이의 떡 벌어진 어깨를 본 순간, 그렇게 하는 것이 그다지 좋은 방법은 아닐 듯했다.

"자, 이제 네가 망치 잡는 법이라도 아는지 어디 한번 보자꾸나."

대장장이는 이렇게 말하고는 이글이글 벌겋게 달궈진 쇳덩이 하나를 화덕에서 꺼내 모루 위에 얹었다. 그 옆 선반 위에는 종류별로 다양한 크기의 망치들이 놓여 있었다. 지크프리트는 그중에서 제일 큰 망치를 집어 들고는, 다른 일꾼들이 하는 대로 망치를 머리 위로 번쩍 들어 올렸다가 아래로 힘껏 내려쳤다. 세상에 맙소사, 굉장한 힘이었다! 달궈진 쇳덩이에서 떨어져 나온 쇳조각들이 사방으로 흩어져 날아갔고, 불꽃이 대장간 구석구석까지 튀었다. 지크프리트 바로 옆에 서 있던 미메르는 재빨리 안전한 곳으로 몸을 피해야만 했다. 모루가 쩡쩡 울리면서 한 번 내려칠 때마다 바닥으로 푹푹 파고들었다. 대장장이 미메르는 새로 들어온 일꾼 지크프리트의 행동을 놀란 눈으로 쳐다보았다.

"멈춰라!" 그가 소리쳤다. "내 대장간을 모두 박살 낼 참이냐!"

그러나 지크프리트는 멈출 수가 없었다. 뭔가를 맘껏 후려칠 수 있고, 그러면서 자기가 얼마나 힘이 센지를 느끼는 것이 너무나 통쾌했다. 그런 지크프리트를 미메르가 가만두고 볼 리 없었다. 그는 잽싸게 지크프리트의 목덜미를 부여잡고는 휙 뒤로 잡아당겨 모루에서 떼어놓았다.

"도대체 뭐 하는 짓이냐, 응?" 미메르는 고래고래 소리쳤다. "제대로 일하는 법을 배워야지, 그렇게 미친놈처럼 마구 두들겨대는 게 아니란 말이다!"

지크프리트는 대장장이가 자기만큼 힘이 세다는 것을 깨닫고 내심 놀랐다. 심지어 대장장이에게 약간의 존경심까지 생겨났다. 그러나 그 순간, 다른 일꾼들이 죽 둘러서서 자신을 바라보며 웃고 있는 것이 보였다. 갑자기 화가 치민 지크프리트는 그들 앞으로 성큼성큼 다가가, 그중 한 명을 잡아 구석으로 냅다 패대기쳤다.

"나를 비웃으면 어떻게 되는지 보여준 거다."

지크프리트가 말했다. 일꾼들 중에는 더 이상 웃는 사람이 없었다. 그러자 지크프리트도 더는 일꾼들을 건드리지 않고 일을 하기 시작했다.

힘이 세고 솜씨가 뛰어난 지크프리트는 열심히 노력한 덕분에 모든 일을 빨리 배웠다. 대장간 일이 즐거웠다. 대장장이 미메르는 성급하게도 자기가 왕족 출신의 일꾼을 매우 빨리 정신 차리게 만들었다고 생각하며 남몰래 만족해했다. 그러나 바로 그날 지크프리트는 일꾼 한 명을 떡이 되도록 마구 두들겨 패주었다. 그 일꾼이 지크프리트에게 평생 대장장이가 되기도 틀렸고 왕이 되기도 틀렸다고 말했기 때문이다. 지크프리트가 대장간에 머무는 시간이 길어질수록 그런 식의 주먹다짐이 자주 일어났다. 대장장이 미메르의 얼굴도 갈수록 심각해졌다. 대장간의 일꾼들은 불평을 해대기 시작했다. 지크프리트는 새로 들어온 일꾼인 주제에 건방지게도 갖은 방식으로 그들을 못살게 굴었으며, 그렇다고 감히 왕의 아들을 팰 수도 없는 노릇이었기 때문이다.

한편 지크프리트는 대장간 생활이 슬슬 지겨워지기 시작했다. 그는 멀리 떠날 날만을 손꼽아 기다렸다. 날이면 날마다 대장장이 미메르에게 직접 멋진 칼 한 자루를 만들게 해달라고 졸라댔다. 그 칼을 가지고 더 넓은 세상으로 떠날 작정이었다.

말 탄 기사들이 자주 대장간으로 찾아왔다. 지크프리트는 그 기사들이 대장간에서 멋진 갑옷과 최고로 좋은 무기들을 고르는 모습을 보며 남몰래 부러워했다. 번쩍거리는 갑옷에 신기한 동물 문양이 새겨진 투구를 쓰고 아름다운 문장이 그려진 방패를 자랑스럽게 들고서 말을 타고 다시 길을 떠나는 기사들의 모습을 본 날이면, 지크프리트는 하루 종일 기분이 언짢아져 대장간 일을 망치곤 했다. 심지어 가끔씩은 차라리 크산텐 궁전으로 되돌아가 궁정의 법도에 따라 살면서 기사의 칭호를 받을 나이가 될 때까지 조용히 기다리는 편이 나을지도 모른다는 생각도 했다. 그러나 지크프리트는 궁전으로 돌아가면 그 생활을 하루도 못 견딜 것을 잘 알고 있었다.

어느 날 대장장이 미메르의 가장 충직한 일꾼 두 명이 대장간에서 도망치는 일이 벌어졌다. 더 이상 지크프리트 옆에서 일하고 싶지 않아서였다. 대장장이는 화가 머리끝까지 치밀었고, 버르장머리 없는 지크프리트가 멀리 떠났으면 하고 바랐다. 그러나 어떻게 그럴 수 있단 말인가? 왕의 아들을 다른 평범한 사람 대하듯 아무 쓸모 없는 인간이라며, 아무렇게나 내칠 수는 없는 노릇이었다.

이런저런 궁리 끝에 대장장이에게 좋은 생각이 떠올랐다. 대장장이는 지크프리트가 일하는 모습을 한동안 바라보다가 슬슬 이야기를 풀어놓기 시작했다. 저 멀리 용바위에 살고 있는 용이 점점 더 난폭하게 날뛰며, 그 근처에 사는 사람들을 엄청난 공포에 떨게 만들고 있다고 했다. 그는 수심 가득한 표정을 지으며 말했다.

"저 끔찍한 괴물을 단번에 처치해버릴 위인이 이 나라에

25

없다는 사실이 한탄스러울 뿐이다. 그 근처에 사는 농부들이 전부 멀리 떠나고 있다는구나. 자신들의 목숨이 더 이상 안전하지 않다고 생각하기 때문이지. 용바위를 둘러싼 주변이 갈수록 황폐해지고 인적이 끊겨간다는데, 정말이지 원통하기 짝이 없는 노릇이야."

지크프리트는 두 눈을 반짝이며 열심히 귀 기울이더니 간절한 심정으로 말했다.

"오, 내게 좋은 칼 한 자루만 있었더라면 그 괴물은 벌써 끝장났을 텐데요!"

미메르는 큰 소리로 껄껄대며 웃었다.

"네가 말이냐? 내 너에게 말해두지만, 너보다 훨씬 더 용맹한 기사들이 벌써 그런 마음을 가졌었다! 그들은 용바위를 향해 말을 타고 갔다가 다시는 돌아오지 못했지. 내가 갑옷과 칼은 만들어줄 수 있다만, 용에 대한 생각은 아예 머릿속에서 지워버려라. 넌 아직 머리에 피도 안 마른 어린애가 아니더냐!"

미메르는 이렇게 말하며 그 자리를 떠나는 시늉을 했다. 그러나 지크프리트는 그런 그를 가만히 내버려 두지 않았다.

"스승님." 지크프리트가 애원했다. "제발 저에게 칼 한 자

루만 만들어주십시오! 벌써 오래전부터 그렇게 해주겠다고
약속하지 않으셨습니까."

대장장이는 재빨리 머리를 굴려 이것저것 따져보았다. 만
약 이 녀석에게 칼과 갑옷을 만들어주면, 물불 못 가리는 이
애송이 녀석은 그길로 곧장 용바위로 달려갈 것이 뻔하다! 하
지만 누가 알겠는가. 이 왕의 아들은 곰같이 힘세고, 들고양
이 못지않게 날쌔며, 두려움이라고는 눈곱만치도 없는 녀석
이 아닌가…… 녀석은 어쩌면 저 괴물을 정말로 처치할 수 있
을지도 모른다! 그렇게 되면 이 나라는 용으로부터 벗어나는
것이고, 나 대장장이 미메르는 저 끔찍한 제자로부터 해방되
는 것이다. 괴물을 처치한 영웅이 다시 내 대장간으로 돌아올
리는 절대로 없을 테니 말이다!

대장장이 미메르는 생각하면 할수록 자신의 계획이 마음에
들었다.

"좋다. 너는 꼬박 1년을 내 밑에서 일했다. 이제 너에게 갑
옷을 만들어주마. 좋은 칼은 네가 직접 만들 수 있을 거다. 어
서 시작하도록 해라!"

대장장이가 말했다.

지크프리트는 대장장이의 말이 채 끝나기가 무섭게 일을

시작했다. 기쁨에 겨워 그의 가슴은 터질 듯했다. 게다가 대장장이는 특별히 선심을 써서 품질 좋은 쇳덩이를 찾아주기까지 했다. 그러나 마음속 깊은 곳에서 대장장이는 남몰래 양심의 가책을 느꼈다. 세상 물정 모르는 어린 소년에게 너무나 위험한 모험을 하도록 부추겼기 때문이다. 지금껏 용바위로 떠난 사람 중에서 살아 돌아온 이는 아무도 없었다.

어쨌든 지크프리트는 열심히 칼을 만들었고, 대장장이 미메르도 옆에서 그를 도왔다. 칼이 완성되었을 즈음, 대장장이는 지금껏 자기 대장간에서 이토록 훌륭한 칼이 만들어진 적은 없었다고 생각했다. 그러고 나서 그들은 함께 갑옷을 골랐다. 지크프리트가 갑옷을 입자, 갑자기 대장간에서 일을 배우던 초보 일꾼이 늠름한 기사로 변했다.

지크프리트는 초조한 마음으로 저녁이 되기를 기다렸다. 그는 몰래 방으로 갑옷과 칼을 가져간 다음, 대장간에서 바깥으로 이어지는 쪽문 옆 구석에 세워두었다. 그날 밤 안으로 당장 대장간을 떠날 결심을 했기 때문이다.

지크프리트는 한동안 잠자리에 누운 채 다른 동료들이 잠들었는지 조심스레 귀를 기울였다. 마침내 그는 조용히 자리에서 일어나 자기 물건들을 챙겨 들고는 쪽문을 통해 바깥으로 빠져나갔다. 잠든 사람들 중에서 뒤척이는 자는 아무도 없었다. 낮에 열심히 일했기 때문에 모두가 곤히 잠들어 있었다. 대장간 쪽에서 망치질 소리가 들려왔고 연통에서는 불꽃이 튀었다. 대장장이 미메르여, 잘 계시오. 내게는 대장간이 너무 비좁아졌소이다!

지크프리트는 성큼성큼 걸어서 대장간이 있는 공터를 벗어났다. 풀숲에 이르러 갑옷을 입고 투구를 쓰고는 칼과 방패를 들고 숲을 가로질러 걸어가기 시작했다. 나무 사이로 달빛이 반짝였다. 지크프리트의 동글동글한 얼굴이 번쩍이는 방패에 비쳤고, 입고 있는 갑옷이 거대한 은덩이처럼 빛났다.

얼마나 오래 걸었는지는 모르겠지만, 한참을 걷다 보니 나무 위로 하늘이 훤하게 밝아오는 것이 보였다. 곧이어 숲속까지 밝아졌고, 마침내 지크프리트는 숲을 벗어나 들판으로 나왔다. 아직은 이른 새벽이었고, 새들은 잠에서 덜 깬 목소리로 지저귀기 시작했다. 들판에는 몇몇 농가가 폐허가 된 채 버려져 있었다. 밭의 곡식들은 추수할 시기가 훨씬 지났음에도 베어지지 않은 채 바람에 이리저리 흔들리고 있었다. 저 멀리 하늘을 향해 솟아 있는 높은 산, 그 산 앞에 용바위의 뾰족한 봉우리와 깊은 계곡이 놓여 있었다. 바로 그 순간, 태양이 떠올랐다. 지크프리트는 용바위를 바라보았다. 그의 두 눈은 투지로 이글거렸다. 오늘 저 태양이 서쪽으로 지기 전에 용바위에 살고 있는 괴물을 끝장내리라!

지크프리트는 우연히 접어든 맞은편 길에서 마침 황소가 끄는 마차가 다가오는 것을 보았다. 마차 안에는 각종 살림살이가 산더미처럼 쌓여 있었고, 그 위에 여자와 아이 둘이 앉아 있었다. 농부 차림의 한 남자가 마차를 끌며 걸었다. 마차 뒤로 안장을 얹은 말이 등에 기사도 태우지 않고 터덜터덜 따라오고 있었다. 농부는 가던 길을 멈추고 공손히 인사를 했다. 농부의 얼굴이 어찌나 수심에 가득 차 있던지, 지크프리트는 무슨 일로 그리 상심해 있느냐고 묻지 않을 수가 없었다.

농부가 말했다.

"아, 지체 높으신 기사님, 저기 저 농가가 보이시나요? 제 농가입니다. 그러나 저는 이제 남아 있는 것들을 모두 챙겨 길을 떠나야만 합니다. 저 용이 저희를 살려두지 않을 것이기 때문입니다. 용은 제 목장과 밭에서 가축들을 잡아먹고 날뛰면서, 농사지은 곡식들을 엉망으로 만들어놓았습니다. 또한 우리 가족은 집 밖으로는 한 발짝도 나갈 수가 없습니다. 벌써 이웃집 아들과 그 집 일꾼 하나를 끌고 갔기 때문이죠. 그래서 저도 아내와 아이들을 데리고 길을 떠나는 겁니다. 다른 농가의 농부들도 모두 다 그렇게 하고 있습니다. 그런데 당신은……" 농부는 하던 말을 멈추고 지크프리트를 쳐다보더니, 깜짝 놀라며 말을 이었다. "대체 어디로 가시는 겁니까, 고귀하신 기사님? 이 길은 곧장 용바위로 이어지는데요. 더 이상 가지 마세요. 어제도 기사 한 분이 우리가 말리는데도 불구하고 저 말을 타고 이 길을 지나 용바위를 향해 갔습니다. 저녁때가 되자 저 말은 주인도 태우지 않고 미친 듯이 우리 농가로 뛰어들었습죠. 두 번 다시 그 기사를 보지 못했습니다. 그 기사 이전에 용을 죽이려고 시도했던 다른 기사들도 모두 마찬가지였지요. 저 괴물을 처치할 수 있는 사람은 아무도 없습니다."

지크프리트는 집과 농장을 버리고 떠나야만 하는 농부가 너무나도 불쌍했다. 그래서 그는 말했다.

"잘 들으시오. 당신은 먼 길을 떠날 필요가 없습니다. 오늘 저녁에 다시 집으로 돌아갈 수 있을 것이오. 그때가 되면 용은 이미 죽어 있을 테니까." 지크프리트는 갑자기 말을 멈추고 한동안 말없이 바닥을 응시하다가 진지한 목소리로 덧붙였다. "아니면 내가 죽어 있겠지요."

농부는 깜짝 놀라며 두 손을 들어 휘휘 내저었다.

"아이고 기사님, 제발 그러지 마세요!"

지크프리트는 고개를 가로저었다. 오래전부터 마음속에 품어온 투지와 아직 한 번도 만나본 적 없는 괴물에 대한 분노가 또다시 치밀어 올랐다.

"당신들은 다시 농가에서 평화롭게 살아갈 수 있을 겁니다. 맹세하지요. 내가 죽을힘을 다해 싸울 겁니다! 자, 이제 안녕히 가십시오!"

지크프리트가 말했다.

농부는 이 젊은 기사의 결심을 결코 무너뜨릴 수 없다는 것을 깨달았다. 그래서 그는 말했다.

"기사님, 정 그렇다면 저 말이라도 타고 가시는 것이 어떠신지요? 용바위까지는 길이 멀고, 걸어서 가다가는 곧 지쳐버릴 겁니다."

지크프리트는 농부의 제안을 고맙게 받아들였다. 그는 곧 말에 올라 용바위로 향했다. 황량하게 폐허로 변해버린 농가들을 지나갔다. 여기저기 널려 있는 짐승의 뼈가 내리쬐는 태양 아래서 하얗게 바래가고 있었다. 밭은 짓밟히고 흙은 파헤쳐져 있었다. 거대한 동물의 발자국 같은 것이 용바위로 올라가는 계곡을 따라 땅속 깊이 찍혀 있었다.

갑자기 말이 불안에 떨기 시작했다. 몹시 흥분하며 씩씩거리고 몸을 부들부들 떨더니, 별안간 뒷걸음질을 치다가 다시 또 머뭇거리며 한 걸음씩 앞으로 떼어놓았다. 말은 크게 벌린 콧구멍으로 훅 들어오는 끔찍한 냄새를 맡고는 마구 도망치려고 했다. 하는 수 없이 말에서 내린 지크프리트는 길에서 약간 떨어진 곳에 있는 나무에 말을 매어놓고, 용바위를 향해 걸어 올라가기 시작했다.

천천히 한 걸음 한 걸음씩 그는 계곡이 시작되는 곳을 향해 다가갔다. 계곡 양쪽으로 높은 벽처럼 수직으로 우뚝 선 바위들이 축축한 습기 때문에 검게 번들거렸다. 역시 축축하게 젖은 바닥에서는 썩은 곰팡내가 풍겼다. 그 끔찍한 계곡에서는 풀 한 포기, 나무 한 그루도 자라지 않았다.

오로지 저 위 계곡 꼭대기에 약간의 흙과 풀들이 바위를 뒤덮고 있었는데, 유일하게 그곳에만 작은 보리수나무 한 그루가 자라고 있었다. 이따금씩 불어오는 바람이 어린 보리수나무의 나지막한 가지들을 살랑살랑 흔들었고, 그럴 때마다 바람에 흔들리던 보리수나무에서는 잎사귀 한두 개가 아래로 떨어져 내리곤 했다. 바야흐로 여름이 끝나가고 있었다.

거대한 동물 발자국은 이제 온 사방에서 발견되었다. 숨이 턱턱 막힐 정도로 역겨운 냄새가 공기 중에 잔뜩 배어 있었다.

바로 그 순간 지크프리트는 무슨 소리를 들었다. 뭔가 스르륵 스치는 소리 같기도 하고, 바위에 뭔가를 문지르며 박박 긁는 소리 같기도 했다. 갑자기 계곡이 좁아지더니 툭 튀어나온 거대한 바위를 돌아 기역으로 꺾였다. 그래서 더 이상 바위 뒤로 이어진 계곡이 보이지 않았다. 잔뜩 긴장한 지크프리트는 조심스레 바위 위를 살펴보았다.

맙소사, 바라만 봐도 너무 깜짝 놀라 당장 온몸의 피가 멈춰버릴 정도로 끔찍한 것이 그의 눈에 띄었다. 지금 막 지옥에서 튀어나온 것같이 무시무시한 괴물이 바위 위에 앉아 있었다. 괴물은 바위에 머리를 끊임없이 비벼대고 있었다. 그런데 세상에, 그 머리가 어찌나 기괴하던지! 무지막지하게 크고 기형적으로 생긴 데다 회색빛까지 띠어 흉측한 모양의 돌덩이 같았다. 그런데 그런 머리가 엄청나게 팔팔했다! 쩍 벌린 입은 거대한 도마뱀의 주둥이 같았고, 그 안에는 가히 살인적인 이빨들이 날카롭게 박혀 있었다. 숨을 쉴 때마다 커다랗게 벌어진 시뻘건 콧구멍에서 뜨거운 수증기 같은 콧김이 뭉게구름처럼 뿜어져 나왔다. 뾰족뾰족한 갈기가 목 뒷덜미에서

부터 등줄기를 타고 내려와 솟아 있었고, 거대한 몸뚱이 전체에는 잿빛 비늘이 뒤덮여 있었다. 그렇게 끔찍하게 생긴 괴물이 바윗돌에 온몸을 비벼대며, 그럴 때마다 기분이 한껏 좋아져서는 그르렁그르렁 소리까지 냈다.

그런데 괴물 말고 다른 것들도 눈에 띄었다. 골짜기가 끝나는 지점에 상당히 크고 둥글며 윗부분이 움푹 들어간 바위가 보였다. 그 시커먼 바위 위에는 찌그러진 갑옷들이며 이상한 모양으로 이리저리 구부러진 방패들, 마치 누군가가 깨물어놓은 듯한 투구들이 널려 있었다. 그리고 여기저기에 뼈다귀 잔해들이 놓여 있었는데…… 그건 분명 짐승의 뼈가 아닌 것 같았다. 거기까지 생각이 미친 지크프리트는 온몸에 소름이 돋았다. 그는 이상하리만치 머리가 어지러워지는 것을 느꼈다.

'저 용이 숨을 쉴 때마다 뿜어져 나오는 독 때문일 거야. 신선한 공기를 맡을 수 있는 곳으로 잠시 후퇴해야겠다.'

지크프리트는 생각했다.

그러나 그럴 시간이 없었다. 그 자리를 벗어나려는 순간, 용이 그를 발견했기 때문이다. 그 끔찍한 머리가 움직임을 딱 멈추더니 공포를 자아내는 회색빛 눈알, 생기라고는 찾아볼 수 없는 죽은 짐승의 것 같은 용의 눈알이 지크프리트를 향했다. 저승사자의 눈길같이 섬뜩하기 그지없었고, 그것을 본 지크프리트는 뼛속까지 꽁꽁 얼어붙는 것 같았다. 용은 천천히 고개를 앞으로 내밀며, 둥글게 말고 있던 거대한 몸을 조금씩 움직이기 시작했다. 그리고 앞다리를 쭉 뻗더니 무시무시한 발톱으로 바닥을 긁었다.

그런 동작과 함께 괴물은 지크프리트를 향해 점점 다가왔다. 절대로 먹잇감을 놓치지 않겠다는 듯 단 한 순간도 지크프리트에게서 눈을 떼지 않으며 천천히 다가왔다.

지크프리트는 용이 다가오는 것을 보면서도 손끝 하나 까딱할 수 없었다. 마치 용이 쏘아대는 눈길에 맞아 온몸이 마비된 듯했다. 뜨거운 콧김을 훅훅 내뿜는 용의 머리가 몇 발자국 떨어지지 않은 곳까지 가까이 다가왔다. 용은 온몸을 쭉 폈는데, 원통 모양의 몸 전체 길이는 남자 다섯을 이어놓은 정도였고 몸통은 100년 묵은 떡갈나무만큼이나 굵었다. 꼬리로는 채찍질하듯 바닥을 탁탁 내려쳤다. 자기 앞에 서 있는 먹잇감을 곧 끝장낼 수 있게 된 것이 기분 좋아 죽겠다는 듯한 몸짓이었다.

바로 그 순간, 지크프리트는 엄청난 분노가 치밀었다. 그는 필사적으로 방패를 들어 얼굴 앞으로 가져다가 몸을 가리는

데 성공했다. 그러자 온몸을 덮쳤던 마비 증세가 깨끗이 사라졌다. 지크프리트는 단숨에 칼을 빼 들고 한 걸음 앞으로 성큼 뛰어나갔다. 곧이어 지옥의 춤이 시작되었다. 지크프리트는 더 이상 아무것도 보이지도, 들리지도 않았다. 그는 자기가 지금 무엇을 하는지도 모를 지경이었다. 앞으로 뛰어나갔다가 뒤로 펄쩍 물러섰다가…… 칼을 휘두르고 또 휘둘렀다. 걷잡을 수 없는 속도로 여기저기 닥치는 대로 마구 베었다. 그를 에워싼 용의 몸통이 비비 꼬이고 이리저리 뒤틀렸다. 용은 당장이라도 집어삼킬 듯 지크프리트의 얼굴 바로 앞에다 아가리를 쩍 벌렸다. 용이 내뿜는 역겨운 악취가 뒤섞인 뜨거운 입김에 질식할 것만 같았다. 지크프리트는 용의 머리를 칼로 내려치기 시작했다. 계속, 끊임없이 내려쳤다. 용의 대가리는 마치 돌로 만들어진 것 같았다! 어느새 용의 앞발 하나가 슬그머니 지크프리트를 향해 다가왔다. 휙 하고 지크프리트가 칼을 휘두르자, 앞발이 힘없이 바닥으로 툭 떨어져 나갔다. 미메르 대장장이 님, 감사합니다! 정말이지 훌륭한 칼입니다!

그러나 바로 다음 순간, 용의 꼬리가 지크프리트의 다리를 휘감아 짓누르기 시작했다. 지금 여기서 쓰러지면 안 된다, 그러면 정말 끝장이다! 세 번, 네 번, 지크프리트는 죽을힘을 다해 칼로 내려쳤다. 어느 순간 그를 꽁꽁 묶고 있던 꼬리가 풀렸고, 용의 몸에서 잘려나간 꼬리는 저만치 내동댕이쳐져 저 혼자 꿈틀거렸다. 그런데 이번에는 용이 지크프리트가 들고 있던 방패를 이빨로 물고 늘어졌다. 꼬리가 잘렸어도 용은 아무렇지 않은 모양이었다. 지크프리트는 방패를 든 팔이 떨어져 나갈 것만 같았다. 그러나 방패만은 절대로 놓쳐서는 안된다! 음흉하게 이글거리면서도 생명 없는 돌처럼 냉정한 용의 두 눈 사이에서 흉측하게 쩍 벌리고 있는 아가리 위로, 지크프리트의 칼날이 다시 한 번 빗발치듯 쏟아져 내렸다. 마침내 용은 방패를 내뱉었다. 지크프리트의 팔이 감각을 잃고 뻣뻣해지려는 찰나였다. 다행이었다. 그러나 다음으로 또 무슨일이 벌어질까?

용은 잠시 뒤로 물러나 한두 번 깊은 숨을 내쉬더니, 곧이어 뒷발로 디디고 서서 몸을 꼿꼿하게 세웠다. 그 높이가 무시무시했다. 용은 지크프리트의 머리 바로 위에서 시뻘건 목구멍이 훤히 들여다보일 정도로 입을 크게 벌리고는 그를 향해 돌진했다. 지크프리트는 재빨리 방패를 머리 위로 올려 방어했다. 그 순간 용의 목덜미 부근 살갗이 부드럽게 축 늘어져 있는 것이 보였고, 거기에는 비늘도 덮여 있지 않았다. 지크프리트는 번개처럼 날쌘 동작으로 칼날을 세로로 곧추세워 바로 그 목덜미를 겨냥했다.

그것이 지크프리트에게 주어진 마지막 기회였다. 지크프리트는 칼날이 용의 몸속으로 깊숙이 뚫고 들어가는 것을 느꼈다. 그와 동시에, 용의 몸에서 나온 무언가가, 이미 한참 전에 찢어져 너덜너덜해진 장갑 틈새로 손등을 타고 흘러 들어오는 것이 느껴졌다. 가쁜 숨을 몰아쉬는 소리, 그르렁거리며 신음하는 소리가 먼 곳에서부터 들려오는 듯 아득하게 귓가에서 울리더니, 이내 육중한 용의 몸뚱어리가 힘없이 무너져 내리며 지크프리트를 덮쳤다. 그러나 지크프리트에게는 미처 옆으로 피할 여력이 남아 있지 않았다. 갑자기 눈앞이 캄캄해졌다. 정신을 잃고 기절하기 일보 직전이었다. 그는 정신을 차리려고 안간힘을 쓰며 생각했다. 여기 이대로 누워 있으면 안 된다. 계속 이렇게 있다가는 숨도 못 쉬게 될 것이다! 공기가 필요하다. 신선한 공기만 마시면 모든 게 다시 좋아지리라.

지크프리트는 아직도 움찔거리는 용의 머리를 가까스로 옆으로 밀쳐냈다. 용의 목에는 칼이 손잡이 부분까지 깊숙이 꽂혀 있었다. 아마도 칼끝이 곧장 심장을 뚫고 지나간 것 같았다. 끈적끈적하고 무색투명한 용의 피가 끊임없이 솟아 나왔다. 보통 다른 짐승들의 피와는 전혀 다른 이상한 피였다.

그러나 용의 목에 여전히 칼이 꽂혀 있고 심장에서 이상한 피가 계속 흘러나와도, 지크프리트는 더 이상 아무런 관심이 없었다. 오로지 그 자리를 얼른 벗어나 시원하고 깨끗한 공기를 마시고 싶다는 생각뿐이었다. 그는 마지막 남은 힘을 다해 비틀거리며 계곡을 빠져나왔다. 지칠 대로 지친 나머지, 눈이 멀 지경이었다. 간신히 계곡 바깥에 말을 매어둔 나무까지 다다른 지크프리트는 풀밭 위로 쓰러졌다. 말은 낮게 히힝 소리를 내며 그의 얼굴을 핥았다. 새 주인이 다시 돌아온 것이 기쁜 눈치였다.

그런데 이번에는 온몸이 흠씬 두들겨 맞은 것처럼 쿡쿡 쑤시고 갑옷이 조여오기 시작했다. 지크프리트는 갑옷을 벗어던졌다. 안에 입고 있던 속옷까지 땀에 흠뻑 젖어 축축하게 몸에 달라붙었다. 그래서 속옷도 벗었다. 그렇게 그는 한동안 풀숲에 누워 깊이 숨을 들이마셨다가 내쉬었다. 곧 새 힘이 솟아올랐고, 마침내 정말로 용을 처치했다는 기쁨이 밀려왔다. 지크프리트는 다시 계곡으로 가보고 싶어졌다. 그 자리로 다시 가서 칼과 방패도 찾아오고 죽은 용의 모습도 살펴보기로 했다.

자리에서 일어난 지크프리트는 오른손에서 무언가 이상한 기운을 감지했다. 살갗 위로 피부 한 겹이 더 덮여 있는 것 같았고, 그 덮여 있는 피부는 절대로 상처가 나거나 떨어져 나갈 것 같지 않았다. 살갗 위에 어찌나 단단히 달라붙어 있던지, 마치 본래부터 몸에 붙어 있던 피부처럼 보였다. 깜짝 놀라 자기 손을 한참 동안 들여다보던 지크프리트는 용의 피가 그 위로 흘렀던 것이 떠올랐다. 지크프리트는 낮게 탄성을 질렀다. 아아, 용의 피가 묻은 피부는 절대로 상처를 입지 않는다는 전설을 얼마나 자주 들어왔던가! 지크프리트는 걸음을 재촉하여 계곡으로 다시 돌아갔다.

비늘로 뒤덮인 거대한 몸집의 용이 축 늘어진 채 바닥에 쓰러져 있었다. 검게 변한 혀가 입 밖으로 쑥 나와 있었다. 용의 몸에서 흘러나오던 피는 어느덧 멈추었고, 그 옆에 움푹한 웅덩이로 흘러 들어간 피가 작은 연못을 이루고 있었다. 지크프리트는 서둘러 옷을 홀딱 벗고 용의 피에 온몸을 담갔다. 앞으로 전투하는 데 큰 도움이 될 거야. 이렇게 생각하니 지크프리트는 마음이 한껏 즐거워졌다. 곧 온몸 구석구석에 부드러운 새 피부가 단단하게 붙는 것이 느껴졌다.

그런데 그 순간 시원한 바람이 불어와 계곡 위쪽에 서 있던 작은 보리수나무의 가지를 흔들었고, 그 바람에 보리수나무 잎사귀 하나가 나뭇가지에서 떨어져 나왔다. 나뭇잎은 살랑살랑 바람에 실려 천천히 아래로 내려오더니, 지크프리트의 어깨 바로 밑에 가서 달라붙었다. 지크프리트는 이를 전혀 눈치채지 못했다. 결국 그 작은 부분에는 용의 피가 묻지 않았고, 따라서 상처로부터 안전할 수 없게 되었다.

지크프리트는 죽은 용의 목에서 칼을 뽑은 다음, 옷을 챙겨 입고는 말이 있는 곳으로 다시 돌아왔다. 말을 타고 출발하기에 앞서 산 위에서 한참 동안 들판을 내려다봤다. 따스한 햇살 아래 농가와 목초지, 밭이 평화롭게 펼쳐져 있었다. 지크프리트의 마음에 커다란 기쁨이 밀려왔다. 이제 농부들은 안심하고 집으로 돌아올 수 있겠구나…… 지크프리트는 이렇게 생각하면서, 다른 사람을 돕는 일이 큰 기쁨이 된다는 것을 난생처음으로 깨달았다. 지크프리트는 깊은 생각에 빠져, 말이 가는 대로 그냥 내버려 두었다. 그는 자신의 내면에서 어떤 변화가 일어난 것을 느꼈지만, 그게 무엇인지는 말로 표현할 수가 없었다.

2

한편 대장장이 미메르는 아침 일찍 일어나 지크프리트가 사라진 것을 보고는 음흉한 표정을 지으며 고개를 끄덕였다. 그러니까, 그가 예상했던 일이 벌어지고 만 것이다! 미메르는 자신이 한 일을 정당화하기 시작했다. 예를 들어 망나니 같은 지크프리트는 지금이 아니라면 나중에라도 어디에선가 미치광이들의 모험에 휘말려 목숨을 잃게 될 거라고 스스로를 위로했다. 그럼에도 조금은 양심의 가책을 느낀 미메르는 지크문트 왕에게 일꾼 한 명을 보냈다. 어느 날 왕의 아들이 쥐도 새도 모르게 흔적도 없이 사라졌다는 소식을 전하기 위해서였다. 미메르는 지크프리트가 평소에 반드시 자기 손으로 용을 처치하고야 말겠다는 말을 자주 했던 걸로 봐서 용바위로 갔을까 봐 걱정이라는 말까지 덧붙이도록 시켰다.

크산텐 궁전에서는 지크프리트에 대한 소식을 듣고 모든 사람이 경악을 금치 못했다. 왕비는 철없는 아들 때문에 눈물을 쏟았다. 지금쯤이면 분명 지크프리트는 목숨을 잃었을 거라고 굳게 믿었기 때문이다. 그러나 왕은 즉시 가장 용맹한 기사들과 싸움에 능한 시종들에게 무장하라고 명령했다.

"내가 직접 말을 타고 용바위로 가봐야겠다. 만약 지크프리트가 죽었다면, 우리는 반드시 원수를 갚아야만 한다. 그러나 너희 중 가고 싶지 않은 자가 있다면, 여기 남아도 좋다. 우리가 다시 돌아올 수 있을지, 아니면 영영 돌아오지 못할지는 아무도 모른다."

왕이 말했다.

그러나 남아 있겠다는 사람은 아무도 없었다. 그들은 곧 모두 다 함께 성문을 박차고 달려 나갔다. 한 무리의 전사들이 비장한 표정으로 아무 말 없이 남쪽을 향해 달렸다.

얼마 지나지 않아 맞은편에서 말 탄 기사가 다가오는 것이 보였다. 날렵한 몸집에 유연하게 말을 달리는 것으로 보아 젊은 기사 같았다.

"저 기사에게 한번 물어보자꾸나. 용바위 쪽에서 오고 있으니, 어쩌면 지크프리트에 대해 뭔가 알고 있을지도 모른다."

지크문트 왕이 말했다.

낯선 기사는 달리던 말을 멈추고 말에서 내려 고삐를 손에 쥐고는 왕에게 다가왔다. 기사를 천천히 살펴보던 왕의 두 눈이 휘둥그레졌다. 왕은 자기도 모르게 박차를 가했고, 그 바람에 말은 깜짝 놀라 앞으로 펄쩍 뛰어나갔다. 그렇게 해서 두 사람은 눈 깜짝할 사이에 마주 서게 되었다. 젊은 기사가 깊이 고개 숙여 절했다.

"아버님, 아버님께서 허락하신다면 크산텐 궁전으로 돌아가려던 참이었습니다."

젊은 기사는 공손히 말하며, 약간은 불안한 표정으로 지크문트 왕을 올려다보았다. 왕은 말문이 막혀 아무 말도 할 수 없었다. 손으로 이마를 짚으며, 이게 꿈인지 생시인지 모르겠다고 생각했다.

"지크프리트야." 마침내 왕이 말했다. 그의 목소리는 잔뜩 쉬어 있었다. "지크프리트야, 정말로 네가 돌아온 것이냐?"

"예, 아버님."

지크프리트는 이렇게 대답하며 어리둥절해했다. 아버지가 무엇 때문에 그토록 충격을 받았는지 이해할 수가 없었다.

옆에 있던 기사들이 기뻐하며 환호성을 지르고 지크프리트에게 인사를 건네기 시작하자, 그제야 비로소 지크문트 왕은 정신이 돌아오는 듯했다. 가슴을 짓누르던 무거운 돌덩이가 떨어져 나가기라도 한 듯, 지크문트 왕은 말안장 위에서 온몸을 쭉 폈다. 침울하던 표정이 일순간에 사라지고 얼굴 가득 기쁜 기색이 환하게 번졌다. 그는 곧 말을 돌렸다.

"어서 말에 올라타라. 우리는 가능한 한 빨리 크산텐 궁전으로 돌아가야 한다! 네 어머니가 너를 많이 걱정하고 계신다. 대장장이 미메르가 보낸 전갈에 따르면, 네가 용바위로 갔다지 뭐냐."

지크프리트는 얼른 말 위로 뛰어올라 아버지 옆으로 말을 몰았다.

"지금 거기에서 오는 길이에요."

지크문트 왕은 지크프리트의 말을 얼른 이해하지 못했다.

"뭐? 어디에서 오는 길이라고?"

"용바위에서요, 아버님. 제가 괴물 용을 처치했어요."

순간 왕은 말의 고삐를 세게 잡아당겼고, 그 바람에 말은 그 자리에서 앞발을 높이 쳐들며 두 발로 섰다.

"네가…… 그 괴물 용을 죽였단 말이냐?"

지크문트 왕은 유령이라도 보는 듯한 눈길로 아들의 얼굴을 쳐다봤다. 무슨 말을 하려고 입을 크게 벌렸으나 머리만 절레절레 가로젓다가 아무 말도 하지 못하고, 말에 박차를 가해 크산텐 궁전을 향해 달렸다. 어찌나 빠른 속도로 달렸던지, 영문을 모르는 다른 기사들은 거의 따라갈 수 없을 정도였다.

지클린데 왕비는 아들이 무사히 돌아온 것을 보고 기뻐서 어쩔 줄 몰랐다. 곧 크산텐 궁전과 성안에는 지크프리트가 용을 해치웠다는 소문이 바람만큼이나 빠른 속도로 퍼져나갔다. 마음 착한 백성들은 왕의 아들이 너무나 자랑스러웠고, 그런 왕자야말로 진정한 영웅이라며 칭찬을 아끼지 않았다. 한편 말을 가지고 있거나 발이 빠른 사람들은 정말로 용이 죽었는지 보려고 용바위를 향해 달려가기도 했다.

수많은 백성이 용바위를 향해 길을 떠나고 있다는 소식이 지크문트 왕의 귀에까지 들어가자, 왕은 수십 명의 노예를 시켜 수레 세 대를 한 줄로 연결해 용바위로 끌고 가라고 명했다. 계곡으로 가서 죽은 용을 수레에 싣고 와 성문 앞 들판에 내려놓기 위해서였다.

이제 백성들은 한 사람도 빠짐없이 누구나 죽은 용을 구경하며 등골이 오싹한 짜릿함을 느꼈다. 모두가 죽은 용을 실컷 구경한 다음, 용의 시체가 썩어 악취를 풍기기 시작할 무렵 거대한 장작더미를 쌓고 태웠다. 이후로도 백성들은 두고 두고 죽은 용에 대해 이야기했고, 그건 뭔가 기분이 좋아지는 일이었다.

그런데 곧 얘깃거리와 구경거리가 더 많이 생겨났다. 지크문트 왕이 아들 지크프리트와 젊은 귀족들에게 기사 신분을 내려주고자, 성대한 축제를 열기로 결정했기 때문이다.

곧 크산텐 궁전과 성안의 골목골목이 손님과 기사들, 노예들과 유랑민들로 발 디딜 틈 없이 북적대기 시작했다. 모든 숙소는 꽉 차 더 이상 빈 방이 없었다.

성당에서 하느님을 찬양하는 미사가 열렸다. 성당 앞쪽에서 젊은 귀족들이 주교와 왕 앞에 무릎을 꿇고, 언제 어디서든 약자들을 보호하고 잘못을 저지른 사람에게는 벌을 주겠노라고 기사로서 맹세를 했다. 성당 뒤쪽에서는 구경꾼들이 목을 길게 빼고 그 모습을 지켜보았다. 태양이 성당 지붕 위를 뜨겁게 달궜다. 뚱뚱한 사람들은 찌는 듯한 무더위와 사람들의 무리 속에서 성대하게 차려입은 의복과 거대한 배의 무게를 견디지 못해 괴로운 듯 숨을 몰아쉬었다.

열이틀 동안 온갖 시합과 축제가 계속되었다. 축제가 끝나자 크산텐 궁전을 찾은 손님들이 하나둘씩 작별 인사를 나눈 뒤 흩어졌고, 성안은 다시 조용해졌다. 지크프리트는 바로 그 점이 마음에 들지 않았다. 짓궂은 장난을 좋아하고 야단스럽던 성격은 사라졌지만, 모험을 떠나고 싶은 충동만큼은 여전히 남아 있었다.

지크프리트는 나라 안 여기저기를 돌아다니며 들짐승들을 사냥하거나 강도떼들을 소탕하여 그들이 두려워하는 대상이 되기도 했다. 지크프리트가 나타나기 전까지 강도떼들은 강도짓으로 큰 이익을 챙기며 쏠쏠한 재미를 보고 있었다. 그러나 지크프리트 덕에 이제는 그들 대부분이 들판의 나무들은 교수형을 위해 존재하는 것이라고 생각하게 되었다.

그렇게 한동안 시간이 흐르고 지크프리트는 다시 자기 나라가 너무 좁게 느껴졌다.

"나는 내 나라의 나무 한 그루, 풀 한 포기까지 샅샅이 알고 있다. 또 어느 길이든 눈을 감고도 말을 달릴 수 있을 정도다. 그런데 너무 오래도록 모험을 하지 못했구나! 이제 낯선 나라로 가봐야겠다. 그곳에는 어쩌면 나같이 용감한 기사에게 어울릴 만한 일들이 있을지도 모른다!"

그의 소원이 이루어지기까지는 그리 오랜 시간이 걸리지 않았다.

그렇게 해서 지크프리트는 니벨룽족이 사는 왕국에 도달했다. 니벨룽 왕국에 대해서는 기이한 이야기들이 수없이 전해 내려오고 있었다.

얼마 전에 니벨룽 왕국을 다스리던 왕이 죽었는데, 그는 생전에 두 아들인 쉴붕과 니벨룽에게 왕위와 더불어 어마어마한 양의 보물을 물려주었다. 그 보물은 깊은 산속 어느 동굴에 숨겨져 있고, 도둑들이나 욕심 많은 외지인들이 훔쳐가지 못하도록 거인들과 난쟁이들이 동굴 앞을 지켰다. 또한 국경 지역에서는 무장한 보초병들이 철저히 망을 보았다.

지크프리트는 니벨룽 왕국의 젊은 두 왕을 어느 영주의 궁전에서 마주친 적이 있었다. 두 사람 모두 거만하기 짝이 없는 데다 싸움을 좋아해, 어느 누구도 그들과 함께 어울리고 싶어 하지 않았다.

말을 타고 외롭고 황량한 지역을 달리던 지크프리트는 뭔가 특별한 일이 생기지 않을까 하는 기대를 품고 주변을 열심히 둘러보던 중, 이 모든 일이 머릿속에 떠올랐다. 그러나 아무 일도 일어나지 않았다. 길 양옆으로 빽빽한 숲이 시커멓게 펼쳐져 있었고, 나무들 사이로 안개가 거대한 회색 거미줄처럼 뒤덮여 있었다. 아주 드물게 농가가 하나씩 보였고, 쉴 거처를 얻을 수 있는 마을이나 성은 그보다 더 드물었다. 가끔씩 무장한 남자 몇 명이 다가와 의심스러운 눈초리로 그를 훑어보다가 다시 길을 터주곤 했다.

"참으로 황량하고 불친절한 나라로구나."

지크프리트는 전날과 마찬가지로 그날도 온종일 말을 달린 끝에 심기가 불편해져 이렇게 혼잣말을 했다.

"방랑자들이 들려준 기이한 이야기들은 아무래도 사실이 아닌 듯하다. 그만 이곳을 벗어나야겠다!"

그러다 갑자기 지크프리트는 정신이 번쩍 들었다. 사방이 조금씩 밝아지더니, 저 건너편 너머 그다지 멀지 않은 곳에 산봉우리 하나가 안개를 뚫고 우뚝 솟아 있는 것이 보였다. 산꼭대기에는 성이 한 채 서 있었고, 그 아래로 이어진 절벽 끝자락에 키 작은 성문만 한 동굴 입구가 시커멓게 뚫려 있었다.

천천히 말을 타고 다가가던 지크프리트는 갑자기 깜짝 놀라 말을 세웠다.

절벽 앞에 몹시 분주해 보이는 많은 남자들이 모여 있었다.

산속으로 이어지는 동굴 안에서는 횃불에서 타오르는 붉은
불빛이 새어 나오고, 동굴 바깥 입구 옆에는 거인 열두 명이
보초를 서고 있었다.

"하느님 맙소사, 뭐 저리도 덩치 큰 거인들이 있지!"

어안이 벙벙해진 지크프리트는 중얼거렸다.

그러나 그 거인들만 쳐다보고 있을 시간이 없었다. 이번에
는 동굴 안쪽에서 무거운 짐을 짊어진 노예들이 하나둘씩 바
깥으로 나오기 시작했다. 난쟁이들이 손에 횃불을 들고 노예
들의 발치에서 그들이 가는 길을 비춰주기 위해 따라 나왔다.
노예들이 동굴을 벗어나 햇빛 아래로 나오기가 무섭게, 난쟁
이들은 서둘러 어두운 동굴 속으로 다시 모습을 감췄다.

지크프리트는 두 눈을 크게 떴다.

"세상에, 저 난쟁이들은 보통 사람의 무릎 길이도 안 되는
구나! 하느님께서는 이 나라 사람들을 정말 들쑥날쑥하게 자
라도록 만드신 모양이야. 어떤 사람은 너무 크고 어떤 사람은
너무 작으니! 최소한 저 앞에 서 있는 남자들만이라도 예의
바른 기사들이기를 바라는 수밖에 없겠는걸. 거인이나 난쟁
이를 상대하는 일에는 익숙지 않으니 말이야. 저들이 동굴 안
에서 바깥으로 옮겨놓고 있는 저 번쩍이는 짐들은 그 유명한

니벨룽의 보물이 확실해! 내 갑옷과 칼을 녹슨 쇠 한 조각과 바꾸기로 내기해도 좋아. 보물 좀 봐야겠는걸!”

지크프리트는 말을 몰아 조심스럽게 수풀을 헤치며 절벽 가까이로 다가갔다.

그동안에도 노예들은 계속 새로운 보물들을 동굴 안에서 바깥으로 지고 나왔다. 황금 장식이 달린 번쩍이는 갑옷과 투구와 방패 들, 칼자루에 보석이 박힌 번쩍이는 칼들, 값비싼 의복이 든 상자들, 금그릇과 은그릇 들, 반지, 팔찌, 브로치들이 가득 들어 있는 상자들, 푸른빛의 비취옥, 새빨간 석류석, 초록빛 에메랄드, 우윳빛 월장석 등 갖가지 색깔의 보석들이 가득 담긴 수정 그릇 등……

지크프리트는 동굴 앞 풀밭 위에 펼쳐놓은 엄청난 보물들을 바라보느라 어쩌나 정신이 팔렸던지, 말이 수풀을 벗어나 공터 쪽으로 나아가는 것을 알아채지 못했다.

건너편에서 둥글게 원을 그리고 앉아 있던 남자들이 지크프리트를 알아보고는 화가 나 소리를 지르며, 자리에서 벌떡 일어나 무기를 집어 들었다.

지크프리트는 모든 광경을 걱정스럽게 지켜보았다. 그들은 여러 명이었고, 그는 혼자였다! 그러나 지크프리트의 얼굴

위에 미소가 번졌다. 바로 건너편, 남자들 가운데에 금빛 갑옷을 입은 젊은 기사 두 명이 손에 칼을 들고 서 있는 게 아닌가. 니벨룽 왕국의 전왕의 두 아들 쉴붕과 니벨룽이었다. 쉴붕이 맨 먼저 지크프리트를 알아봤다.

"아니, 저 친구는 네덜란드의 왕자 지크프리트가 아닌가!"

쉴붕은 이렇게 말하며, 빼 들었던 칼을 다시 칼집에 집어넣었다.

"때마침 잘 왔군그래! 보물 나누는 걸 도와달라고 하면 되겠어. 우리 둘은 절대로 평화롭게 합의하지 못할 테니 말이야!"

"정 그렇다면!" 니벨룽이 별로 내키지 않는다는 듯이 대답했다. "어쩌면 제삼자가 보물을 나누는 게 더 나을지도 몰라. 우리 둘 사이에서는 싸움만 일어날 테니 말이야."

그래서 그들은 지크프리트에게 다가가 정중히 인사한 뒤, 자신들의 요구 사항을 얘기했다.

지크프리트는 흔쾌히 승낙했지만, 한편으로 니벨룽의 기사들이 기분 나쁜 표정을 짓고 있는 것도 아주 잘 알 수 있었다. 그러나 두 왕은 그들을 그다지 신경 쓰는 것 같아 보이지 않았고, 지크프리트에게 옆으로 와서 앉으라고 했다. 곧 쉴붕이 여러 보물들 가운데 놓여 있던 매우 값진 칼 하나를 집어 들었다.

"우리를 도와주면 그 대가로 아버님에게서 물려받은 이 칼을 선물로 주겠소." 쉴붕이 말했다. "칼의 이름은 발뭉인데, 쇠가 되었든 돌이 되었든 용의 비늘이 되었든 그 어떤 것도 두 동강 낼 수 있소. 솜씨 좋은 난쟁이들이 벼리고 지하의 불에다 담금질한 것이오. 이 칼은 단 한 사람만 가질 수 있으니, 당신이 갖는 게 낫겠소. 그렇지 않으면 니벨룽과 내가 이 칼을 두고 평생 싸우게 될 테니까."

지크프리트는 발뭉을 받아 들고 칼날을 살펴보았다. 칼날이 어찌나 멋지고 날렵하며 쇠는 또 어찌나 낭창낭창하고 유연하던지, 대장장이 미메르가 심혈을 기울여 만든 칼도 그에 비하면 뻣뻣하고 볼품없어 보였다. 지크프리트는 고맙다고 인사하며, 마음속으로 니벨룽의 왕들이 어쩌면 그리 나쁜 사람들은 아닐지도 모른다고 생각했다. 그러나 그것이 착각이었음을 지크프리트는 금세 알게 되었다.

그들은 모두 자리에 앉아 어마어마하게 많은 보물을 나누기 시작했다. 지크프리트는 공정하게 나누기 위해 심혈을 기울였다.

한동안 모든 것이 순조롭게 진행되는 듯했다. 그러나 곧 두 형제간에 불만이 생겼다. 한 사람에겐 이것이 마음에 들지 않고, 다른 사람에게는 저것이 마음에 들지 않는 사태가 벌어진 것이다. 그들은 광분해서 서로 싸우기 시작하더니, 결국에는 모든 것을 지크프리트 탓으로 돌렸다. 지크프리트가 자신들을 속여 이익을 챙기려고 한다는 것이었다. 곧이어 두 사람은 얼굴이 시뻘게져서 자리를 박차고 일어나 칼을 집어 들고 지크프리트를 향해 달려들었다. 그것은 기사다운 행동이 아닐뿐더러 큰 실수였다. 지크프리트에게는 발뭉이 있었기에 힘들이지 않고 그들을 물리칠 수 있었다. 싸움을 좋아하는 두 왕은 지크프리트를 끝까지 놓아주지 않았고, 그것은 비참한 결과를 초래했다. 마침내 두 사람은 풀밭 위에 죽은 채로 드러누웠다. 그러자 거인 보초병들이 끔찍한 괴성을 지르며 지크프리트에게 달려들었다. 지크프리트는 커다란 바위를 등지고 서서 엄청 빠르게 발뭉을 휘둘렀는데, 마치 여기저기서 번개가 번쩍이는 것 같았다. 움직임이 둔한 거인들은 오래 버티지 못했다. 게다가 그들은 몽둥이 하나만 가지고 있었을 뿐, 아무런 무장도 하지 않은 상태였다.

니벨룽의 난쟁이들은 머뭇거리며 싸움에 적극적으로 나서

지 않았다. 사실 쉴붕과 니벨룽은 그들에게 존경을 받거나 인기 있는 왕들이 아니었다. 그들은 서로 의논한 결과, 지크프리트를 새로운 왕으로 추대하는 것이 그다지 나쁜 결정이 아니라는 결론을 내렸다. 지크프리트의 명성이 이미 온 나라에 자자했기 때문이다. 게다가 그는 자신들의 왕들을 때려눕히지 않았던가. 이전 왕들이 소유했던 보물은 모두 지크프리트에게 전리품으로 주는 것이 마땅했다. 만약 그들이 자진해서 보물을 내놓지 않으면, 지크프리트가 나중에 군대를 끌고 와서 억지로라도 자신의 권리를 주장하며 빼앗아갈 것이 분명했기 때문이다.

그렇게 해서 지크프리트는 니벨룽족의 왕이 되었고, 난쟁이들은 그에게 충성을 맹세했다. 니벨룽 왕국과 어마어마한 보물들은 모두 지크프리트의 차지가 되었다. 그러나 지크프리트가 기뻐하기에는 아직 일렀다.

그 산의 움푹 들어간 동굴에 또 다른 난쟁이들의 나라가 있었다. 그들을 다스리는 용맹스러운 왕의 이름은 알베리히였다. 그들은 솜씨가 훌륭한 대장장이였으며, 땅속에서 청동과 보석을 캐러 다니고 아주 가끔씩만 땅 위로 나와 바위에 앉아 햇볕을 쬐며 휴식을 취하곤 했다. 온통 긴 수염이 뒤덮인 얼굴과 머리에는 뾰족한 모자를 쓴 기이하게 생긴 난쟁이들로, 그 모습이 매우 낯설고 비밀스러워 보였다.

땅 위의 산자락에서 싸우는 소리가 들릴 때부터 그들은 깜짝 놀라 귀를 기울였고, 마침내 망치와 끌을 집어 던지고 서둘러 땅 위로 올라와 큰 바위 뒤에 몸을 숨긴 채 갈라진 틈 사이로 싸움을 계속 지켜보고 있었다.

그리하여 그들은 니벨룽의 두 왕이 낯선 기사에게 덤벼드는 것과 또 낯선 기사가 둘을 상대로 방어하는 모습을 깜짝 놀라며 바라보았다. 세상에…… 저 기사는 너무나 용감한 영웅이구나! 게다가 그는 손에 발뭉을 들고 있었다. 그들은 발뭉을 금방 알아볼 수 있었다. 그 칼은 바로 자신들이 직접 만든 것이었기 때문이다! 그렇다, 어느 누구도 저 칼에, 그리고 저 영웅에게 맞설 수는 없다! 바보 같은 왕들은 죽을 수밖에 없었다. 그들은 자신들의 운명을 스스로 마감한 것이다. 싸움을 지켜보던 난쟁이들은 이렇게 생각했다. 그런데 저 덩치만 크고 둔하기 짝이 없는 거인들은 몽둥이 하나만 들고, 발뭉과 저 몸놀림이 빠른 기사를 상대로 또 뭘 하겠다는 건가?

난쟁이들은 거친 싸움을 보고 있자니 두려운 마음이 들었다. 그들은 재빨리 땅속으로 내려가 알베리히 왕에게 저 위에서 일어난 일을 낱낱이 고했다. 알베리히 왕은 침착하게 모든 이야기를 다 들은 뒤, 즉시 갑옷과 무기를 가져오라고 지시했다. 난쟁이족은 니벨룽 왕들의 지배 아래 있었고, 따라서 알베리히 왕은 니벨룽의 왕들에게 충성을 맹세한 터였다. 이제 그 맹세를 지킬 때가 온 것이다.

"나는 죽은 왕들을 위해 복수할 것이다."

알베리히 왕은 진지하게 말한 뒤, 단단히 무장하고 칼과 창을 들고서 땅 위로 올라갔다.

동굴 입구에 다다른 알베리히 왕은 바깥으로 나가기 직전에 잠시 멈춰 서서 투구 위에 투명망토를 뒤집어썼다. 그러자 알베리히 왕의 모습이 눈앞에서 사라졌고, 그는 남자 열두 명을 합한 것과 같은 힘을 갖게 되었다.

지크프리트는 노예들 옆에 서서 보물들을 다시 지하 동굴로 옮겨놓으라고 명령하고 있었다. 그런데 갑자기 누군가가 칼로 옆구리를 엄청난 힘으로 내려치는 것이 느껴졌다. 지크프리트는 비틀거렸다.

깜짝 놀란 지크프리트는 사방을 둘러보았다. 그러나 아무도 없었다! 그렇다, 어느 누구도 칼을 들고 지크프리트를 내려친 사람은 없었다! 어안이 벙벙해진 그는 자기 몸을 내려다보았다. 갑옷의 옆구리가 마치 칼에 맞은 것처럼 길게 찢겨 벌어져 있었다…… 바로 그 순간, 또다시 누군가가 엄청난 힘으로 그의 가슴을 칼로 내려치는 것이 느껴졌다. 지크프리트는 뒤로 나자빠질 뻔했다! 세상에 맙소사, 도대체 이 무슨 도깨비장난이란 말인가? 가만…… 이제야 지크프리트는 칼이 낮게 윙윙거리는 소리를 똑똑히 들을 수 있었다. 또다시 휘두르는 칼에 이번에는 지크프리트의 무릎이 꺾였다! 그런 일이 한동안 계속되었다. 칼로 치고 또 치고…… 지크프리트의 갑옷은 이제 온 사방에 구멍이 뚫렸다. 노예들은 그런 자신들의 새 왕을 신기하게 쳐다보았다. 저렇게 혼자서 이상하게 날뛰다니, 왕이 아무래도 제정신이 아닌 것 같아 덜컥 겁이 났다.

한편 지크프리트는 분을 삭이지 못해 눈앞이 벌게질 지경이었다. 누군가가 자신을 칼로 내려쳤다면, 그는 그 자리에 있어야만 하지 않은가! 지크프리트는 원을 그리며 번개처럼 빠르게 움직이기 시작했다. 그의 손에 쇳덩이 같은 것이 부딪히는가 싶더니, 곧 그 쇳덩이가 손목을 내려쳤다. 순간 지크프리트는 손이 떨어져 나가는 줄 알았다. 화가 머리끝까지 치솟아 김이 무럭무럭 피어오를 것만 같았다. 그는 표범처럼 오른쪽, 왼쪽으로 이리저리 날뛰었다. 그러다 뭔가 손에 잡히는 것이 느껴졌다. 부드러운 비단 같은 천이었다! 지크프리트는 그 천을 손으로 꽉 움켜쥐고서 홱 잡아당겼다. 순간 그 앞에 번쩍이는 갑옷을 입은 작은 난쟁이 하나가 땅에서 우뚝 솟기라도 한 듯 서 있었다. 그는 칼을 아래로 내려뜨리고 지크프리트를 쳐다보았다. 알베리히는 화가 나서 씩씩거리며, 자신을 내려다보는 지크프리트를 조금도 두려워하지 않고 올려다봤다.

"나는 난쟁이들의 왕 알베리히라고 하오." 그는 위엄 있게 말했다. "지금껏 나는 우리를 지켜주었던 니벨룽족 왕들의 복수를 하려고 했소. 그런데 더 이상 그대와 싸울 수 없게 되었소. 그대가 내 투명망토를 벗겼기 때문이오. 이제 그대에게 붙잡힌 신세이니 날 당장 죽일 수도 있소. 자, 이제 어쩔 셈이오?"

지크프리트는 끓어오르던 분노가 연기처럼 사라지는 것을 느꼈다. 자신을 보호해주던 왕들에 대한 의리를 지키고자 한 난쟁이 왕이 마음에 들었다. 또한 그의 두려움 없는 성품도 마음에 들었다.

"알베리히 왕이여." 지크프리트는 정중하게 말했다. "당신이 이전 왕들에게 가졌던 충성심을 내게도 똑같이 보여준다면, 난 무척 기쁘겠소. 만약 그럴 수 있다면, 당신이 나를 거의 때려눕힐 뻔했다는 사실도 잊어주겠소."

알베리히는 한 손을 가슴에 얹고 깊이 고개 숙였다.

"내 맹세하리다, 고귀하신 지크프리트여."

알베리히는 엄숙하게 말했다. 또한 지크프리트가 필요로 할 때면 언제든 난쟁이족 모두가 그에게 복종할 것임을 맹세했다. 그런 다음 궁정의 법도에 맞게 작별 인사를 하고 다시 자신의 땅속 나라로 되돌아갔다. 투명망토는 지크프리트가 갖기로 했다. 지크프리트는 투명망토를 조심스럽게 품속에 넣으며 매우 흡족해했다.

지크프리트는 한동안 니벨룽족들과 지내며 그곳의 기사들과 함께 나라를 다스렸다. 그러다가 그는 열두 명의 젊은 기사를 선발해 그들과 함께 새로운 모험을 찾아 떠났다.

그 무렵 아이슬란드*의 이젠슈타인 성에 브룬힐트라는 여왕이 살고 있었다. 결투를 좋아하는 그 여왕은 이상한 시합을 즐기고 있다는 소문이 파다했다. 초인적인 힘을 지닌 브룬힐트 여왕은 그것을 매우 자랑스러워했다. 여왕은 귀족 혈통의

---

* 옛 이름은 Islant로, 다른 자료에서는 '이슬란트'로 명명되기도 한다.

청년들 중에서 자기와 세 가지 결투를 벌여 이기는 자를 남편으로 맞겠다고 선언했다. 그런데 만약 결투에서 지면 목숨을 내놓아야만 했다. 여왕은 매우 아름다운 데다 많은 재산을 소유하고 있어서, 수많은 귀족들이 서슴없이 아이슬란드로 떠나 생을 마감했다. 여왕을 이기는 자가 아무도 없었던 것이다.

소문을 들은 지크프리트는 결투를 좋아하는 여왕을 한번 만나보고 싶었다. 그는 배 한 척을 준비해 부하들을 니벨룽의 보물로 화려하게 무장시킨 뒤, 북쪽 바다를 건너 아이슬란드에 도착했다. 그들의 행렬은 왕이 행차하는 모습으로 전혀 손색이 없었다. 그럼에도 지크프리트 일행은 브룬힐트 여왕으로부터 그럭저럭 적당한 환영을 받았을 뿐이다. 자존심 강하고 교만한 본성을 지닌 여왕은 자신의 엄청난 힘을 이용해 수많은 싸움에서 거듭 승리를 거두면서 더욱더 거만해졌기 때문이다.

그런데 브룬힐트 여왕은 지크프리트만큼은 마음에 쏙 들었다. 오가는 나그네들로부터 그의 행적을 익히 들어왔고, 그가 지크문트 왕의 아들이라는 사실도 알고 있었다. 여왕은 곧 치러질 결투에 그를 초청해 경기를 관람하게 했다. 먼 육지에서 낯선 영주 한 사람이 찾아와 그녀에게 청혼을 했던 것이다.

지크프리트는 브룬힐트 여왕이 창을 던지고 돌덩이를 집어 던지며 낯선 영주를 민첩하게 뒤쫓아가는 모습을 지켜보았다. 또한 영주가 싸움에서 패해 창백해진 얼굴로 죽음을 맞이하러 그 자리를 벗어나는 모습도 보았다. 브룬힐트는 기대에 찬 눈길로 지크프리트를 바라보았다. 지크프리트도 그녀에게 결투를 청하러 온 것일까?

그녀는 내심 그러기를 바랐다. 그런데 지크프리트는 여왕에게 관심조차 보이지 않고 옆을 그냥 스쳐 지나 궁전의 한가운데로 걸어갔다. 지크프리트는 그곳에 놓여 있던 돌덩이를 들어 올려 가볍게 집어 던졌다. 돌덩이는 성벽까지 날아가 둔중한 소리를 내며 부딪쳤다. 여왕을 둘러싸고 그 모습을 지켜보던 수많은 처녀들과 청년들 사이에서 와하는 함성이 터져 나왔다. 지금껏 이젠슈타인 성에서 어느 누구도 그렇게 멀리 돌을 던진 사람은 없었다! 어느 누구도, 여왕조차도 그렇게 멀리 던지지 못했다. 지크프리트는 여왕을 향해 서서 몸을 깊이 숙여 인사했다. 그런 다음 부하들을 거느리고 성문을 빠져나와 해변으로 내려가서, 곧 배를 타고 그곳을 떠났다.

"하느님, 남자들의 목숨을 두고 장난을 치는 저 여자로부터 부디 저를 지켜주시옵소서!" 분노에 가득 찬 지크프리트는 계속 말했다. "나는 마음만 먹으면 저런 여자쯤은 세 번도 이길 수 있어. 하지만 저런 여자를 아내로 맞느니 차라리 목숨을 잃는 편이 훨씬 더 나을 거야."

지크프리트는 먼바다를 향해 뱃머리를 돌렸다. 파도가 높아지기 시작했고, 바람이 불어와 지크프리트의 금발이 나부꼈다. 그의 머리카락을 스친 바람은 이내 돛을 한껏 부풀렸다.

지크프리트가 여행을 마치고 크산텐 궁전으로 돌아오자, 지크문트 왕이 그에게 말했다.

"지크프리트야, 네 어머니와 나는 많이 늙었구나. 이제 이 나라는 젊은 왕과 왕비를 맞이할 때가 온 것 같다. 다른 영주들처럼 너도 아내를 맞아 함께 이 나라를 다스려야 하지 않겠느냐?"

지크프리트는 웃었다.

"아버님, 아직 시간이 많아요. 아버님은 건강하시고 기운도 넘치시니, 저는 아직 왕이 될 생각이 없습니다."

바로 그날 저녁, 한 유랑 악사가 크산텐 궁전으로 찾아왔다. 그는 수많은 궁전에 초대받아 돌아다닌 까닭에 낯선 나라의 용감한 기사들과 아름다운 처녀들을 만날 수 있었으며, 그들에 대한 이야기를 많이 알고 있었다.

"처녀들 중에서 가장 아름다운 아가씨는 아마도 크림힐트 공주일 겁니다. 돌아가신 당크라트 왕의 따님이지요. 부르군트 왕들의 여동생이고요. 부르군트의 왕들은 크림힐트를 애지중지 보살피고 있습니다. 도대체 어떤 영주가 그녀를 아내로 맞을지 저는 도통 짐작할 수도 없답니다. 아마도 황제 정도나 되어야 할까요. 제가 듣기로는 크림힐트 공주도 낯선 남자를 따라 다른 나라에 가서 사느니, 보름스의 궁전에서 어머니와 오빠들과 함께 지내기를 바란다고 했답니다. 그래서 지체 높으신 귀족들일지라도 그녀에게 청혼해봐야 아무 소용 없다고 합니다."

유랑 악사가 이렇게 말했다.

지크프리트는 묵묵히 앉아 있었다. 마치 별 관심도 없다는 듯 한 귀로 듣고 한 귀로 흘리는 것처럼 보였다. 그러나 다음 날 아침이 되자 지크프리트는 지크문트 왕에게 다음과 같이 말했다.

"아버님, 어제 제게 신붓감을 찾아보라고 하셨지요. 그래서 하는 말인데, 크림힐트 공주에게 청혼해볼 생각입니다."

지크문트 왕은 지크프리트가 하는 일이라면 이미 온갖 방식으로 놀라는 것에 익숙해져 있었기에, 이번에도 특별히 놀랍지는 않았다. 이제는 심지어 약간 놀리는 투로 웃으면서 말할 수 있을 정도였다.

"아, 그러냐. 그러니까 네가 크림힐트 공주에게 청혼을 하겠단 말이지? 네가 청혼하면 그 공주가 쉽게 허락할 거라고 생각하느냐? 내 생각엔 네가 두 가지 사실을 깜박하고 있는 것 같구나. 첫째는 그 공주가 남편을 그다지 맞고 싶어 하지 않는 것 같고, 둘째는 공주의 오빠들이 황제가 직접 찾아가 청혼한다고 해도 여동생의 남편감으로 눈에 안 찰 거라는 사실이다."

"걱정 마세요! 보름스에 발을 들여놓기만 하면 모든 일이 제 바람대로 이루어질 겁니다."

지크문트 왕은 고개를 절레절레 흔들었다. 자기 아들이 저렇게 건방을 떠는 것이 꼴도 보기 싫었다.

"그렇게 자신하지 말거라! 나는 부르군트의 왕들과 그들의 숙부인 하겐과 당크바르트에 대해 잘 알고 있다. 또한 그 궁전에는 기사들이 많단다. 내 너에게 경고하는데, 무력을 사용해서는 절대로 크림힐트를 아내로 맞이할 수 없을 거다."

"에이, 안 될 일이 뭐가 있겠어요?" 지크프리트는 아무렇지 않게 대답했다. "원하는 바를 평화로운 방법으로 얻을 수 없을 때에는, 전 얼마든지 무력으로 부르군트 왕들로부터 그들의 나라와 백성들을 빼앗을 자신이 있다고요."

"그따위로 말하다니 정말 듣기 싫구나!" 화가 난 지크문트 왕은 지크프리트를 호되게 꾸짖었다. "네 교만함을 보아하니 넌 사탄한테까지 싸움을 하자고 덤벼들 기세로구나!"

지크문트 왕은 지크프리트가 부르군트의 왕들에게 모욕을 주며 결투를 신청할까 봐 진심으로 걱정되었다.

바로 그때 지크문트 왕에게 좋은 생각이 떠올랐다.

"내 너에게 제안을 하나 하마." 왕은 지크프리트를 달래며 말했다. "우리가 함께 보름스로 가는 게 어떻겠느냐. 친척들과 친구들, 많은 시종을 거느리고 부르군트의 왕들을 찾아가자. 그러면 네가 그곳에서 그들 여동생의 남편감으로 환영을 받을지 못 받을지 자연스럽게 알게 될 터이니."

그러나 그런 제안이 지크프리트의 마음에 들 리 없었다. 그는 열두 명의 니벨룽 기사들만 데려가고 싶었다. 그래야 지크프리트가 아버지의 명망 덕분에 신부를 얻었다는 말을 듣지 않을 것이기 때문이었다. 걱정이 된 왕은 말리고 싶었지만, 마침내 지크프리트의 청을 들어줄 수밖에 없었다.

그리하여 어느 날 아침, 지크프리트는 젊은 기사들과 함께 말을 타고 초록빛 봄이 완연한 땅을 지나 라인 강 상류를 향해 달려갔다.

3

한편 보름스에 있는 성에서는 아름다운 크림힐트가 오빠들인 군터, 게르노트, 기젤헤어와 나이 지긋한 어머니 우테 왕비의 보호를 받으며 평안하고 행복하게 살고 있었다. 그녀는 당연히 이 모든 일에 대해서 아무런 짐작도 하지 못했다.

그러던 어느 날 밤 크림힐트는 아주 이상한 꿈을 꾸었다. 꿈속에서 크림힐트는 새끼 매 한 마리를 키우고 있었다. 그녀는 아름답고 힘이 세고 용감한 그 매를 매우 사랑했는데, 매가 하늘 높이 날아올랐을 때 독수리 두 마리가 달려들더니 그 매를 갈기갈기 찢어놓았다. 크림힐트에게는 그보다 더 큰 고통이 없었다.

아침에 일어나서도 크림힐트는 몹시 슬펐고 그 이유를 알 수 없었다. 그녀는 우테 왕비의 침실로 달려갔다.

"사랑하는 어머니, 제가 간밤에 악몽을 꾸었는데 해몽 좀 해주세요."

크림힐트가 다급하게 말했다.

노老 왕비는 조용히 크림힐트의 꿈 이야기를 듣더니, 얼굴이 근심으로 가득 찼다.

"매는 장차 네가 사랑하게 될 고귀한 영웅을 뜻한단다. 네가 그를 잃지 않도록 신의 가호가 있기를 바랄 뿐이다!"

왕비는 나지막이 말했다.

크림힐트는 이해할 수 없다는 듯 왕비를 쳐다봤다.

"어머니, 무슨 말씀이세요? 저는 그 어떤 영웅도 사랑하지 않으리란 걸 잘 알고 계시잖아요. 사람들이 사랑은 고통만 줄 뿐이라고 말하는 것을 들었어요!"

"더 이상 그런 맹세는 하지 말아라." 우테 왕비는 신중하게 말했다. 나이가 지긋하고 현명한 왕비는 딸의 앞날에 대해 상당히 많은 것을 알고 있었다. "너는 언젠가 고귀한 기사를 남편으로 맞이하게 될 거다. 하느님께서 그리 예정하셨단다."

크림힐트는 다시 한 번 활짝 웃으며 고개를 가로저었다. 그녀의 금발이 황금색 실처럼 반짝였다.

"아니에요, 절대로 그렇지 않아요! 저는 어머니와 오빠들과 함께 지내면서 절대로 결혼하지 않을 거라고요. 어머니도 아시잖아요!"

왕비는 미소 지었다. 크림힐트는 아직 너무 어렸다!

탑 위의 보초병이 나팔을 불었다. 크림힐트는 서둘러 창가로 달려갔다. 벌써 그녀는 근심걱정을 깡그리 잊어버렸다. 바로 그때 성문을 통해 기사들 한 무리가 말을 타고 들어왔다. 크림힐트는 호기심에 찬 눈으로 번쩍이는 장비와 말안장, 고삐에 달린 금장식들과 투구에 박힌 휘황찬란한 보석들을 쳐다보았다. 저 고귀한 기사들은 대체 누구란 말인가? 맨 앞의 사내는 백마를 타고 있었다. 그가 혹시 왕인가? 그 순간 지크프리트가 고개를 들어 위를 올려다봤다. 그는 금발의 사랑스러운 얼굴을 쳐다보았다. 그러나 순식간에 그 얼굴은 사라지고 창가는 텅 비어 있었다.

깜짝 놀란 크림힐트는 얼굴이 빨개져서 벽 쪽으로 몸을 숨겼다. 낯선 기사에게 자신의 모습을 보이지 않게 하기 위해서였다. 부르군트의 공주가 하녀처럼 호기심이 많다고 생각하면 안 되었기 때문이다!

저 아래 궁전 뜰 위로 시종들이 낯선 사내들의 말을 돌보기

72

위해서 종종걸음 쳤다.

지크프리트는 말에서 뛰어내렸다. 그러나 말고삐는 여전히 손에 쥐고 있었다.

"기다리시오! 우리는 말과 무기 들을 잠시만 더 가지고 있겠소. 그보다도 부르군트의 왕이 어디에 계신지 말해주시오!"

지크프리트는 시종들에게 말했다.

"저기 큰 홀에 계십니다, 고귀하신 기사님. 거기로 가시면 군터 왕과 다른 분들을 만나실 수 있을 겁니다."

시종은 성의 한가운데 있는 높은 창문을 가리키며 말했다.

성안의 큰 홀에는 선왕인 당크라트 왕에게서 왕국을 물려받은 군터 왕과 게르노트 왕, 기젤헤어 왕이 여러 친척과 많은 기사들에게 둘러싸여 앉아 있었다.

그중에는 트론예 출신의 하겐이 있었는데, 그는 세 왕의 숙부였다. 잔인하게 생긴 데다 애꾸눈이었으며, 말수가 적었지만 자기 주인에게만큼은 목숨을 바쳐 충성하는 인물이었다. 사람들이 '날쌘 당크바르트'라고 부르는 그의 동생도 있었다. 왕실 근위대장인 메츠 출신의 오르트빈, 변경백인 게레와 에케바르트, 시종장인 후놀트, 그리고 기사 신분으로 유랑 악사인 폴커도 함께 자리하고 있었다. 또한 주방장인 루몰트도 앉아 있었다. 육중한 몸집을 지닌 루몰트는 늘 기분이 좋은 사람이었다. 그 옆에는 지하 창고를 관장하며 왕실 음료를 담당하는 진돌트가 있었다.

그들은 낯선 기사들이 도착하는 것을 눈여겨보고 있었다. 그러나 기사들 중에는 아는 사람이 하나도 없었다.

하겐은 창문을 통해 그들을 쳐다보며 뭔가 깊은 생각에 잠겼다. 그러다 마침내 말문을 열었다.

"나는 네덜란드의 왕자 지크프리트를 지금껏 한 번도 본 적은 없소. 그러나 저 백마 탄 기사가 그 사람이라고 내기해도 좋소. 저 무기들은 라인 강의 하류 지방에서 온 것이오. 다들 조심하시오! 지크프리트가 나타나는 곳에는 어디나 모험이 뒤따르고 있소! 그렇긴 하지만," 그가 갑자기 덧붙였다. "내 말은, 우리가 그의 일행을 친절하게 맞아야 한다는 뜻이오. 그를 적으로 만드는 것보다는 친구로 받아들이는 게 훨씬 더 낫기 때문이오!"

"숙부의 말씀이 옳습니다. 우리가 직접 내려가 그들을 환영합시다."

군터 왕이 결정을 내렸다. 그는 위엄을 갖추고 부르군트 신하들의 맨 앞에 서서 계단을 내려가, 낯선 손님들을 향해 다가갔다. 양쪽 사내들이 법도에 따라 서로에게 깊이 허리 숙여 정중하게 인사했다. 모든 사람의 표정이 진지했으며 그 어떤 호기심도 내보이지 않았다.

지크프리트는 부르군트의 왕을 몰래 훔쳐보았다. 바로 그 순간, 갑자기 그의 마음속에서 어떤 동요가 일었다. 안타깝게도 가끔 그런 일이 일어나곤 했는데, 그건 바로 지크프리트가 소년 시절부터 가져온 교만에 빠지는 것이었다. 지크프리트를 잘 알고 있는 신하들은 그의 두 눈이 반짝거리기 시작할 때부터, 그가 위험한 감정에 휩싸이고 있다는 것을 금방 알아챘다. 그들은 바짝 긴장했다. 자신들의 주인이 그런 기분에 빠질 때면 안 좋은 일이 아주 빠르게 일어났기 때문이다.

"어서 오십시오, 고귀하신 지크프리트여. 지크문트 왕의 아드님을 내 나라에서 뵙게 되다니 정말 기쁩니다. 이제 무기를 내려놓으시죠."

군터 왕은 이렇게 말하며 시종에게 손짓했다.

"아닙니다." 지크프리트가 차분하게 말했다. "우리는 이 무기들이 곧 다시 필요해질지도 모릅니다. 왜냐하면 말입니다, 군터 왕이시여, 우리 네덜란드 사람들이 당신과 당신의 용감한 기사들에 대해서 아주 많이 말한답니다. 부르군트의 왕보다 더 용감한 왕은 이 세상에 없다고요. 또한 당신의 기사들도 용맹함에 있어서는 따라올 자가 없다고 들었습니다. 그런 소문들이 모두 사실인지, 직접 내 두 눈으로 확인해보고 싶었습니다. 그래서 우리는 보름스로 온 겁니다."

지크프리트는 자기보다 머리 하나는 더 작은 왕을 내려다보며 매우 친절하게 웃어 보였다.

군터의 얼굴에 당황한 기색이 역력했다. 마치 지크프리트가 낯선 언어로 말하기라도 한 듯했다. 그는 이 이상한 인사말이 무슨 뜻인지 전혀 알아들을 수가 없었다. 다른 부르군트의 기사들도 이해할 수 없다는 표정으로 그들을 그저 쳐다볼 뿐이었다.

그러나 지크프리트는 그것이 매일 주고받는 일상적인 말이라도 되는 양, 아무렇지도 않게 말을 이어갔다.

"정말로 당신이 사람들이 말하듯 그렇게 용감하다면, 당신의 모든 것을 걸고 결투를 청하고 싶소. 나는 당신의 나라와 백성들을 모두 빼앗을 자신이 있기 때문이오."

군터는 두 눈에서 눈알이 거의 튀어나올 지경이었다. 이 이상하기 짝이 없는 손님이 정신을 잃기라도 한 것일까? 그게 아니라면 남의 나라 궁전 안까지 들어와 서슴없이 이런 말을 지껄이고 있는 이 작자는 도대체 무슨 생각에서 저러는 것일까?

"지금 대체 뭐라고 했소?" 이렇게 묻는 군터의 목소리는 쉬어 있었고, 분노가 치밀어 얼굴이 시뻘게졌다. "설마 나더러 우리 아버님으로부터 정당하게 물려받은 유산을 두고 낯선 사람과 결투를 벌이라는 것이오?"

지크프리트는 재빨리 부르군트의 기사들을 죽 둘러보았다. 그들의 공손했던 태도는 순식간에 적대적으로 돌변해 있었다. 지크프리트는 잘못 이해했다는 표정으로 그들을 달래듯이 머리를 가로저었다. 심지어 아무것도 아니라는 듯, 한 손으로 자기 말의 흰 갈기를 쓰다듬기까지 했다.

"내 말을 잘 들어보시오, 군터 왕이시여." 그는 계속 말했다. "나도 결투에 내 나라를 걸겠소. 당신이 나를 이기면 내가 유산으로 받은 것은 모두 당신 것이오. 대신 당신이 진다면, 부르군트는 내 것이 될 것이오."

지크프리트가 말을 마치자, 잠시 동안 끔찍하고도 위협적인 침묵이 흘렀다. 군터는 당장이라도 칼을 빼 들고 이 어리고도 건방진 녀석의 버릇을 단단히 고쳐주고 싶었다. 부르군트 기사들 무리에서 욕설이 튀어나왔다. 게르노트와 하겐은 낮은 목소리로 무슨 말인가를 주고받았다. 하겐은 어깨를 한번 으쓱하더니 그 자리를 벗어났다.

게르노트가 중재하려고 나섰다.

"지크프리트여, 당신은 어찌하여 이런 결투를 벌이려고 하십니까? 당신은 이미 우리보다 더 부유한 왕국을 소유하고 있잖소. 왜 이 결투를 해야 하는지 모르겠소!"

그런데 이제는 부르군트의 기사들이 점점 인내심을 잃어갔다. 그들은 왕이 모욕을 당했고, 왕의 명예 회복을 위해 자신들이 나서야 한다고 생각했다.

메츠 출신의 오르트빈이 앞으로 나섰다. 그는 황소처럼 힘이 센 장사였고 절대로 부드러운 성격이 아니었다.

"폐하, 지크프리트는 이유도 없이 폐하를 모욕했습니다." 화가 난 오르트빈이 말했다. "폐하를 대신해서 지크프리트와 결투할 수 있도록 허락해주십시오! 부르군트인들을 모욕하면 반드시 그 대가를 치러야 한다는 사실을 보여줄 자신이 있습니다."

지크프리트가 재빨리 그에게 다가갔다.

"난 당신과는 결투를 하지 않겠소. 나는 왕이고 그대는 왕의 신하일 뿐이기 때문이오."

오르트빈은 성난 호랑이처럼 자리에서 펄쩍 뛰어올랐다. 그는 이미 손에 칼을 들고 있었다. 게르노트가 얼른 그를 말렸다. 그리고 다시 한 번 싸움을 말려보려고 애썼다. 바로 그때 하겐이 처음으로 입을 열었다. 그는 지금까지 심기가 불편한 채로 아무 말 없이 한쪽 구석에 서 있었던 것이다.

"지크프리트가 보름스로 결투를 청하러 오지 않았더라면 우리 모두에게 좋을 뻔했소. 우리 왕들께서는 아무런 잘못도 하지 않았소. 그런데 지금 우리 모두에게 엄청난 고통을 주게 될 일이 금방이라도 벌어질 것 같소."

말을 마친 하겐은 몸을 돌려 그 자리를 뜨려고 했다. 그런데 그의 발이 다시 멈칫하며 멈춰 섰다. 뒤에서 조롱하는 듯한 지크프리트의 목소리가 들려왔기 때문이다.

"하겐이여, 당신이 자리를 뜨려고 하다니 매우 유감스럽소. 나는 당신의 칼도 발뭉만큼 좋은지 시험해보고 싶었는데!"

순간 하겐은 공격받은 곰처럼 커다란 머리를 번쩍 치켜들었다. 갑자기 부르군트 사람들 사이에 정적이 흘렀다. 심지어 니벨룽의 기사들도 숨을 죽였다. 이제 양측 사이의 평화는 여차하면 깨질 위기에 놓였다. 얼굴이 굳어진 지크프리트는 잔뜩 긴장했다. 하겐이 천천히 몸을 돌려 느릿느릿 지크프리트 쪽으로 몇 걸음 옮겨놓으며 손으로 칼을 움켜잡았다.

바로 그 순간, 어느 누구도 예상치 못한 일이 벌어졌다. 군터 왕 옆에 아까부터 젊은 청년이 하나 서 있었는데, 거의 소년에 가까울 만큼 어렸다. 그는 지크프리트처럼 금발이었으며, 낯빛은 밝고 솔직해 보였다. 그런 그가 앞으로 나서더니 하겐을 가로막고 섰다. 그의 얼굴 위로 살짝 홍조가 번졌다. 나이 지긋한 사람들도 많은데 어린 그의 행동이 스스로 생각하기에도 약간 건방지게 느껴졌기 때문이다. 그럼에도 불구하고 그는 몸에 밴 타고난 기사도 정신에 힘입어 지크프리트에게 다가가 고개 숙여 인사한 뒤, 하겐을 저지하며 지크프리트 앞으로 바짝 다가섰다. 그의 어깨는 약간 좁아 보였다. 그는 부르군트의 왕들 중 가장 막내인 기젤헤어였다.

"어서 오세요, 지크프리트여. 함께 오신 분들도 모두 환영합니다! 당신이 우리의 친구가 되고 싶으시다면, 부르군트의 궁전에서 정성껏 손님 대접을 해드리겠습니다."

기젤헤어가 말했다.

지크프리트는 순간 당황했다. 기사의 품위를 지닌 젊은이를 본 순간, 지크프리트의 만용은 온데간데없이 사라졌다. 대신 부끄러움 같은 것이 마음 한가득 밀려왔다. 그렇다, 그는 싸움을 하기 위해서 보름스로 온 것이 아니었다. 아름다운 공주에게 청혼하기 위해 온 것이 아니던가!

지크프리트는 젊은 왕에게 손을 내밀었다.

"고맙소, 기젤헤어 왕이여. 당신이 원한다면 나는 당신의 충실한 친구가 될 것이오!"

이로써 위험한 고비를 넘겼다. 군터는 안도의 한숨을 내쉬었다. 지크프리트의 명성에 대해 익히 들어 알고 있던 군터는 솔직히 그와 싸우고 싶은 생각이 없었다. 그러나 그로서는 체면을 잃지 않으면서 싸움을 피할 수 있는 방도가 없던 차였다.

그런데 아무 일도 벌어지지 않고 칼 대신에 술잔을 손에 들수 있게 되어 천만다행이었다.

성안의 큰 홀에서 환영 잔치가 열렸다. 분노에 휩싸였던 기사들은 포도주를 마시면서 점점 기분이 좋아졌고 마음이 누그러졌으며, 서로에게 절친한 친구가 되기로 맹세했다. 그러나 다음 날 아침이 되자 전날 술자리에서 있었던 일을 기억하는 사람은 아무도 없었으며, 언제 어떻게 숙소로 갔는지도 기억하지 못했다. 몇몇 시종만이 전날의 일들을 기억하고 있었을 뿐이다.

이제 보름스의 궁전에서는 즐거운 일들만 가득했다. 부르군트의 기사들은 모두 힘이 세고 용맹스러웠지만, 지크프리트만큼 창을 잘 던지고 돌을 멀리 던지는 사람은 없었다. 연습 결투에서 지크프리트를 상대한 기사들은 모두 저 아래 잔디밭 위에 내동댕이쳐져 뒹굴기 일쑤였다. 그들은 도무지 왜 그런지 그 이유를 알 수는 없었다.

성 위의 창가에는 언제나 크림힐트가 서 있었다. 지크프리트는 자주 몰래 위를 올려다봤다. 크림힐트는 지크프리트가 자신을 보고 있다는 것을 눈치채면 곧바로 몸을 숨겼다. 우테 왕비의 시녀들은 눈이 튀어나올 정도로 지크프리트를 쳐다보며 침이 마르게 칭찬을 아끼지 않았다. 크림힐트는 시녀들의 칭찬에 아무런 대꾸도 하지 않았지만, 지크프리트에 대한 생각을 아주 많이 하게 되었고 그가 점점 마음에 들었다.

지크프리트는 언제나 먼발치에서 크림힐트를 바라보아야 하는 사실이 슬슬 짜증나기 시작했다. 그녀는 기사들이 머무는 홀로 내려오는 법이 없었고, 그렇다고 지크프리트가 궁정의 법도를 어기고 여자들의 처소로 올라갈 수도 없는 노릇이었다.

그렇게 시간이 흘러갔고, 지크프리트는 기다릴 수밖에 없었다. 가끔 지크프리트는 군터 왕에게 단도직입적으로 여동생을 아내로 달라고 간청해볼까 하는 생각도 했다. 그러나 군터 왕이 어떤 반응을 보일지 전혀 짐작조차 할 수 없었다. 그럴 때면 그는 다시 가만있기로 했다. 군터에게 거절당하고 싶지는 않았기 때문이다.

그러던 어느 날 보름스의 궁전에서 벌어지던 즐거운 일들은 갑작스레 끝이 났다. 낯선 기사들 한 무리가 말을 타고 궁전으로 찾아왔기 때문이다. 그들은 성안으로 들어와 왕을 만나겠다고 요구했다.

군터 왕은 깜짝 놀라 이맛살을 찌푸리며 그들을 살펴보았다.

"어서 오시오. 그대들을 전혀 모르겠는데, 누가 보내서 온 것이오?"

군터 왕은 간단히 물었다. 낯선 기사들 중 한 사람이 앞으로 나왔다.

"군터 왕이시여, 저희는 고귀하신 작센의 뤼데거 왕과 덴마크의 뤼데가스트 왕이 보내서 왔습니다. 그분들께서는 앞으로 12주 안에 큰 군대를 이끌고 부르군트를 공격하러 올 겁니다. 주변에 친구들이 있으시다면, 어서 사람을 보내 도움을 청하도록 하십시오! 만약 당신께서 우리 왕들과 협상을 원하신다면, 가서 그리 전하도록 하겠습니다. 이것이 우리가 전해 드릴 소식입니다."

군터 왕은 놀란 표정으로 전령의 말을 들었다. 지금까지 그 두 왕과 결코 나쁜 사이가 아니었다. 그러나 군터 왕은 그 소식이 장난이 아니라는 것도 잘 알고 있었다. 부르군트 왕국은 약탈을 일삼는 주변 왕국들이 호시탐탐 노리는 살진 먹잇감이었기 때문이다.

군터 왕은 전령들에게 잠시 기다리라고 한 뒤, 게르노트와 하겐을 불러들여 그들에게 다시 한 번 소식을 전하도록 했다.

게르노트는 아무렇지도 않게 받아들였다.

"좋아, 정 그렇다면 싸움을 받아주는 수밖에! 우리의 칼로 그들을 환영해주지. 두 번 다시 이곳을 찾아올 엄두도 내지 못하도록 말이야!"

하겐은 조카이자 왕인 게르노트가 하는 말을 듣고 조롱 섞인 표정으로 말했다.

"그렇게 생각하시오? 12주 안에 전투를 시작할 수 있을 것 같소? 도대체 누구를 데리고 싸울 것인지 물어봐도 되겠소?

우리가 싸울 준비가 되어 있소? 설마 우리 기사들을 데리고 전투를 하겠단 뜻은 아니겠지! 그들은 오랜 세월, 그렇소, 너무도 오랜 세월을 평화롭게 성안에 앉아만 있었소. 그래서 배만 불룩 나왔단 말이오! 안 됩니다, 군터 왕이시여, 이 일은 당장 여기서 간단히 결정할 수 있는 문제가 아니오. 일단 전령들에게 숙소를 마련해주시오. 그사이 나는 친구들을 불러 모아보겠소."

언짢아진 하겐은 그 자리를 벗어났다. 다가올 전투가 전혀 마음에 들지 않았기 때문이다.

혼자 남은 군터는 걱정에 휩싸여 이리저리 왔다 갔다 했다. 안타깝게도 하겐이 한 말은 모두 옳았다. 바로 그 순간…… 문득 그는 누군가가 문 앞에 서 있는 것을 알아차렸다. 갑옷이 석양빛을 받아 번쩍였다. 갑옷 입은 기사가 왕을 향해 걸어오자, 갑옷에 달린 은빛 쇠 장식들이 서로 부딪치며 짤그랑 거리는 소리가 났다. 지크프리트였다.

지크프리트는 왕을 유심히 살폈다.

"군터 왕이시여, 무슨 일이 있습니까? 이런 말씀을 드려 죄송합니다만, 안색이 별로 안 좋으십니다."

군터 왕은 방금 있었던 일을 말해주었다. 지크프리트는 주의 깊게 귀 기울여 듣고는 마침내 이렇게 말했다.

"아무 걱정 마십시오. 무엇보다도 한 가지만 기억해주십시오. 당신이 그 어떤 적을 상대로 전투를 치르더라도, 나는 항상 당신 편에 서서 함께 싸울 거라고요. 맹세합니다. 그리고 이 맹세는 내가 죽을 때까지 유효할 겁니다."

지크프리트는 진심을 다해 말했고, 군터 왕은 지크프리트의 말을 진심으로 믿었다.

"지크프리트여, 하느님의 축복이 있을 것이오. 내가 살아 있는 한 당신의 맹세를 절대 잊지 않으리다."

군터 왕 역시 그 순간만큼은 진심이었다. 그러나 군터 왕은 변덕이 심한 사람이었다. 장차 어느 날엔가 군터 왕은 그 모든 것을 까맣게 잊게 되고, 그로 인해 엄청난 비극이 일어나게 된다.

"내게 용감한 병사 천 명을 무장시켜 내어주십시오." 지크프리트는 계속 말했다. "하겐과 당크바르트와 부르군트의 기사들이 나와 함께 출정한다면, 우리는 작센과 덴마크인들을 단숨에 무찌를 수 있습니다."

이 말을 들은 군터 왕은 크게 안도했다. 그리고 그의 기사들이 전투를 반기며 기대에 찬 표정으로 하나둘씩 들어오자,

군터 왕은 완전히 자신감을 되찾았다. 그는 기사들에게 전투를 받아들이기로 결정했노라고 전하고는 전령들을 다시 불러오라고 한 다음, 왕좌에 가서 앉았다. 그의 오른쪽에는 지크프리트가, 왼쪽에는 게르노트와 부르군트의 기사들이 둥글게 서 있었다.

곧 전령들이 들어왔고, 불편한 심기로 그곳에 모인 사람들을 둘러보았다. 그들은 모두 진지하고 엄숙한 표정이었고, 자신들을 쳐다보는 시선이 곱지 않았다. 전령들은 불안한 마음으로 넓은 홀을 가로질러 왕 앞으로 나가서, 어느 때보다도 깊이 허리 숙여 깍듯이 인사했다. 군터 왕은 한동안 말없이 그들을 쳐다보았다. 그의 이마에 깊은 주름이 잡혔고, 마침내 매우 엄한 목소리로 말했다.

"그대들을 곧바로 다시 불러들인 것은 그대들의 전언에 대해 오래 생각할 필요가 없었기 때문이오. 나는 그대들의 왕들과 협상할 마음이 없소! 전쟁을 원한다면 혹독한 대가를 치르게 될 것이오."

군터 왕은 지크프리트를 쳐다보며 말했다.

"저들이 왕에게 가서 전할 말을 그대가 일러주지 않겠소?"

지크프리트는 서두르지 않고 천천히 전령들 앞으로 몇 걸음 걸어 나갔다.

"잘 들으시오." 지크프리트의 목소리는 차분하다 못해 다정하게 들릴 정도였다. "부르군트의 군터 왕께서는 다음과 같은 사항을 그대들의 왕들에게 전하는 바이오. 당신들은 절대로 라인 강 근처로는 발도 들여놓지 못할 것이오. 포로의 신세라면 또 모를까. 대신 우리가 곧 그대들의 나라를 직접 방문하게 될 것이오. 그대들은 이제 집으로 돌아가도 좋소!"

어안이 벙벙해진 전령들은 지크프리트의 말을 듣고 실망한 표정이 역력했다. 지크프리트가 전한 말은 절대로 좋은 뜻이 아니었기 때문이다. 게다가 둘러서 있던 나머지 부르군트의 기사들에게서도 안 좋은 소리를 들어야 했다. 이제 돌아가도 좋다는 말이 반가울 지경이었다. 그렇다고 정말로 집에 빨리 돌아가고 싶지도 않았다. 고국으로 돌아가도 왕에게 좋은 소식을 전할 수 없었기 때문이다.

그들의 염려는 예상을 빗나가지 않았다.

덴마크의 뤼데가스트 왕은 전령들이 돌아와 전하는 말을 듣고, 금발 아래로 드러난 이맛살을 잔뜩 찌푸렸다.

전령은 죄스러운 마음으로 말했다.

"폐하, 라인 강변에는 용맹하고 매우 분개한 기사들이 많이 있었습니다. 그중에서도 특히 군터 왕 옆에 서 있던 기사 하나가 가장 용감해 보였습니다. 사람들은 그를 네덜란드에서 온 지크프리트라고 불렀습니다."

그 말을 들은 뤼데가스트는 전령을 향해 성난 멧돼지처럼 달려들었다.

"지금 뭐라고 했느냐?"

"지크프리트라고 했습니다."

왕이 어찌나 화를 내던지, 깜짝 놀란 전령은 서둘러 그 자리를 떠났다.

뤼데가스트는 자기 처소에서 폭풍우가 휘몰아치듯 이리저리 왔다 갔다 했다. 그는 라인 강 출정을 당장에 그만두고 싶었지만, 그렇게 말할 수는 없는 노릇이었다. 하필이면 네덜란드의 지크프리트가 보름스에 가 있다니, 그곳에서 제일 마주치고 싶지 않은 사람이 바로 지크프리트 아니던가! 나쁜 예감이 마음을 괴롭혔다. 그렇지만 이제 와서 물러설 수는 없었다. 그 소식을 듣는다면 신하들은 더 신이 나서 무기를 집어 들고 강력한 군대가 꾸려지는 대로 곧 덴마크를 떠나 출정할 것이 뻔했다. 게다가 작센의 뤼데거도 병력을 총동원하여 두 부대로 편성한 뒤, 이미 부르군트를 향해 출발한 터였다.

부르군트에서도 서둘러 무장을 했다. 작센과 덴마크 병사들의 어마어마한 규모에 비하면 부르군트의 병사들은 초라할 뿐이었다. 그러나 그들은 모두 용감하고 뛰어난 병사들이었다. 오랜 세월 전쟁 없이 평화롭게 지내왔지만, 어느 누구도 게으르거나 뚱뚱해지지 않았다.

처음엔 군터 왕이 군대를 진두지휘하겠다고 했다. 그러자 지크프리트가 말렸다.

"보름스에 남아 부녀자들을 지키고 나라 안의 질서유지에 힘써주십시오. 당신의 명예와 나라는 우리가 충실하게 지켜드리겠습니다."

지크프리트가 이렇게 말하자, 결국 군터 왕은 허락했다.

그리하여 어느 날 아침 먼동이 틀 무렵, 부르군트의 기사들은 출정했다. 지크프리트와 니벨룽의 열두 기사, 하겐, 깃발을 든 폴커, 진돌트, 후놀트, 당크바르트, 그리고 왕실 근위대장인 메츠 출신의 오르트빈 등이 참전했다. 하겐은 지크프리트의 영향력과 인기가 점점 커져가는 것이 못마땅했다. 주방장 루몰트도 출정 소식을 듣고 무장하기 위해 무기 창고로 가서 살찐 배를 갑옷 안으로 구겨 넣으려고 애를 써보기는 했다. 그러다 출정을 금하는 왕의 명령에 따라 안타깝게도 성에 남아야만 했다.

지크프리트의 무리는 헤센 지방을 지나 작센을 향해 말을 달렸다. 가는 도중에 많은 성과 마을을 함락했다. 부르군트 병사들이 공격해 오리라고는 짐작도 못 한 주민들은 저항하지 못했다. 깜짝 놀란 농부들은 숲으로 도망쳤고, 작센과 덴마크의 병사들은 아직 눈에 띄지 않았다.

그러던 어느 날 지크프리트의 정찰병이 돌아와, 바로 앞 숲 건너편에 적들이 주둔하고 있다고 보고했다. 적군은 엄청난 규모로 정비를 마치고 곧 공격할 태세를 갖추었다고 했다. 부르군트 병사들은 진격을 멈췄다.

"내가 직접 적의 진영으로 들어가 정탐을 하고 돌아오겠소."

지크프리트가 이렇게 말하고는 말의 방향을 숲 쪽으로 돌렸다.

날은 화창했고 울창한 나무 위로 하늘이 푸른색 비단처럼 펼쳐져 있었다. 야트막한 언덕이 시작되면서 숲의 나무들이 점점 듬성듬성해졌다. 지크프리트는 말을 몰아 언덕 위로 올라갔다. 그러다 갑자기 말을 우뚝 멈춰 세웠다. 언덕 뒤편으로 넓은 평야가 펼쳐졌고, 그곳에 적군이 진을 치고 있는 것이 보였다. 거기엔 엄청난 수의 병사들과 말들이 우글거리고 있었다! 도대체 몇천 명이나 되는 걸까? 지크프리트는 수를 헤아려보려고 애썼지만 아직은 거리가 너무 멀었다. 어쩌면 나무 뒤에 숨어서 좀더 가까이 다가갈 수 있을지도 모른다……

바로 그 순간, 옆에서 번쩍하는 빛이 눈을 찔렀고 그 바람에 말이 갑자기 그 자리에 멈춰 서서 귀를 쫑긋거렸다. 지크프리트는 사방을 휘휘 둘러보며 칼을 잡았다. 언덕 위 얼마 떨어지지 않은 곳에 낯선 기사 한 명이 거대한 자줏빛 말을 타고 떡 버티고 서 있는 게 아닌가. 그의 방패가 햇빛을 받아 번쩍였다. 화려하게 무장한 것으로 보아 지체 높은 기사임에 틀림없었다. 그 기사는 이미 지크프리트를 향해 말을 몰아 돌진하고 있었다. 지크프리트가 칼집에서 발뭉을 꺼내 들자, 그의 말도 즉시 상황 파악을 하고는 방향을 돌려 낯선 기사를 향해 달려 나갔다. 말발굽 아래에서 땅이 쿵쿵 울렸고, 두 기사가 세게 맞부딪쳤다. 그 힘에 놀란 자줏빛 말의 무릎이 탁 꺾였다. 그러나 자줏빛 말은 벌떡 일어났고, 이어서 거친 싸움이 시작되었다.

낯선 기사는 한 마리 곰처럼 덩치가 어마어마했다. 상대방이 칼로 머리를 정신없이 내려치는 바람에 지크프리트는 투구를 쓴 머리가 징징 울리는 것 같았다. 그러나 몸놀림이 재빠르고 민첩한 지크프리트는 온몸의 힘줄이 강철과도 같았다. 발뭉 또한 이 세상 최고의 칼이었다. 적의 금빛 방패는 둘로 쪼개져 바닥으로 떨어졌고, 번쩍거리던 갑옷은 여기저기 찢어져 너덜너덜한 누더기로 변했으며, 그 갈라진 틈새로 피가 흘러나왔다. 그럼에도 낯선 기사는 끈질기게 싸웠다. 엄청난 힘으로 내려치는 칼날이 지크프리트의 투구를 강타했고, 그 바람에 말에서 거의 떨어질 뻔했다. 지크프리트는 양손으로 발뭉을 움켜쥐고는 온 힘을 다해 휘둘렀다. 낯선 기사의 손에서 칼이 튕겨 나가 멀리 풀밭 위로 떨어졌고, 기사는 말에서 거꾸로 떨어져 바닥에 머리를 처박으며 나뒹굴었다.

지크프리트는 말에서 내려 기사의 투구를 벗겼다. 부상당해 정신이 몽롱해진 기사는 지크프리트를 쳐다봤다. 말에서 떨어지면서 잠시 정신을 잃었던 것이다.

초점 없이 흐린 그의 두 눈에 천천히 의식이 되돌아왔다.

"당신이 누군지 알겠소." 기사는 가까스로 입을 열었다. "당신은 네덜란드의 지크프리트요. 그렇지 않고서야 나를 이

길 수는 없소. 지금껏 나를 말에서 떨어뜨린 사람은 없었소. 나는 덴마크의 왕 뤼데가스트라고 하오. 자, 이제 내 나라를 당신에게 드릴 테니 목숨만은 살려주시오."

그는 비참한 심정이 되어 가까스로 말을 마쳤다.

지크프리트는 이 싸움에서 승리한 것이 몹시 기뻤다. 그는 뤼데가스트 왕을 말 위에 태워 얼른 그 자리를 벗어날 생각이었다. 방금 언덕 위에서 일어난 일을 적의 진영에서 눈치챈다면, 한꺼번에 공격해 올 수 있었기 때문이다.

그러나 그리 쉽게 그곳을 벗어나지는 못했다. 이미 수많은 말발굽 소리가 바닥을 울렸고, 뤼데가스트의 부하들이 왕을 구하러 떼 지어 언덕을 향해 뒤쫓아왔다.

처음부터 다시 전투를 하는 것 말고는 다른 방도가 없었다. 지크프리트는 다소 거칠게 부상당한 뤼데가스트 왕을 서둘러 풀밭 위에 눕혀놓고는, 발뭉을 손에 들고 새로운 적들에게로 몸을 돌렸다. 사방에서 적들이 내려치는 칼날이 우박처럼 쏟아졌다. 지크프리트의 갑옷은 이미 여기저기 갈라졌다. 용의 피에 담근 마법 같은 살갗이 없었더라면, 이 싸움에서 살아서 돌아갈 수는 없었으리라! 훌륭한 칼 발뭉이여, 너는 정녕 쇠도, 돌도, 심지어 용의 비늘까지도 잘라버리는구나! 덴마크의 기사들은 하나둘씩 쓰러지며 풀숲으로 나뒹굴었고, 다시는 일어나지 못했다. 마지막으로 살아남은 병사 한 명은 적의 진영으로 돌려보냈다. 지금까지 일어난 일들을 적진에 알리기 위해서였다.

작센의 뤼데거는 뤼데가스트 왕이 포로로 붙잡혔다는 소식을 듣고 펄펄 뛰었지만, 그래 봐야 아무 소용 없었다. 지크프리트는 이미 쏜살같이 부르군트 진영으로 돌아가 하겐에게 그를 포로로 넘겨준 뒤였다. 지크프리트는 거기서 멈추지 않고, 즉시 부르군트 병사들에게 계속 진군하라고 명령했다. 적들이 자신들이 당한 치욕을 만회하고 덴마크 왕을 구하기 위해 이미 진영을 출발했을 터였기 때문이다.

말발굽 아래서 이끼와 진흙이 이리저리로 튀었다. 부르군트 병사들은 숲을 벗어나 넓은 들판으로 나왔다. 그러자 이번에는 흙먼지가 먹구름처럼 피어올라 병사들과 말 위로 내려앉았다.

적들도 움직이기 시작했다. 세상에, 너른 평야 위에서 거대한 군대가 작은 규모의 부르군트 병사들을 향해 진격해가는 모습이란 가히 위협적이었다.

지크프리트와 니벨룽의 열두 기사가 나머지 병사들을 훨씬

앞질러 달렸다. 그들은 작센과 덴마크의 병사들을 향해 폭풍
우처럼 달려들었다. 하겐은 성난 병사들 한 무리에 둘러싸여
싸웠다. 폴커와 당크바르트는 나란히 말을 달리며 적병들을
헤치고 적진의 한가운데를 향해 돌진했다.

지크프리트는 고삐를 잡아당겨 말을 꼿꼿이 세웠다. 말은
뒷발로 서서 앞발을 허공에 휘저었다. 둘러보니 온통 적들뿐
이었다. 이내 지크프리트의 눈앞에 칼들이 난무했다. 무겁게
눌러쓴 투구들, 갑옷들, 그 갈라진 틈새로 붉은 피가 흘러나
오는 것이 보였다. 창이 이리저리로 날아다니고 발뭉이 번쩍
번쩍 번개처럼 빛을 뿜어냈다. 지크프리트의 방패가 우박처
럼 쏟아지는 창날을 막아냈지만, 입고 있던 갑옷은 어느새 누
더기처럼 너덜너덜해졌다.

바로 그때, 저 멀리 적병들의 머리 위로 번쩍이는 갑옷을
입은 덩치 큰 기사가 지크프리트의 눈에 띄었다. 그는 왕관
장식이 달린 투구를 쓰고 있었다.

'저자는 작센 출신의 뤼데거 왕이 틀림없다. 저자를 반드시
생포해야만 한다!' 이런 생각이 지크프리트의 머릿속을 번개
처럼 스쳐 지나갔다.

그는 곧바로 뤼데거 왕 쪽으로 말의 방향을 돌렸다. 그러나

한 걸음도 다가갈 수 없었다. 작센의 병사들이 왕을 성벽처럼 둘러싸고 있었기 때문이다. 바로 그 순간 뤼데거 왕도 지크프리트를 보았고, 그가 누구인지 금방 알아챘다. 뤼데거 왕이 병사들을 향해 큰 소리로 명령을 내리자, 말들로 빽빽했던 병사들 무리 사이로 좁은 길이 트였다. 그 길을 통해 뤼데거 왕이 무섭게 돌진해 왔다. 분노로 이글거리는 그의 머리에서는 김이 무럭무럭 피어오르는 것 같았다. 네덜란드의 낯선 애송이가 전투가 제대로 시작되기도 전에 자기 친구를 포로로 잡아간 것이 너무나 치욕스러웠기 때문이다. 화가 난 뤼데거 왕은 복수심에 불타 곧장 지크프리트에게 달려들어 정신없이 칼을 휘둘러댔다. 그 바람에 지크프리트의 말이 비틀거렸고, 그는 고삐를 홱 잡아당겨 말을 일으켜 세웠다.

어느새 하겐과 게르노트가 아주 가까이에 있는 것이 보였다. 그들은 지크프리트를 향해 있는 힘껏 병사들을 뚫고 달려왔다. 다른 아군들도 지크프리트와 뤼데거 왕 사이로 뛰어들어 지크프리트를 도우려고 애썼다. 그러나 분노에 사로잡힌 뤼데거 왕은 공격을 멈추지 않았다.

곧 뤼데거 왕은 숨을 거칠게 몰아쉬기 시작했다. 몸에서 점점 힘이 빠져나가는 것이 느껴졌다. 발뭉에 맞아 몇 군데 깊은 상처가 난 탓도 있었다. 뤼데거 왕이 타고 있던 말이 갑자기 뒷발로 번쩍 일어서더니, 그길로 바닥에 주저앉으며 나뒹굴었다. 그 모습을 본 지크프리트도 말에서 뛰어내려 땅 위에서 육탄전을 벌였다. 폴커와 오르트빈이 옆으로 달려와 가세했다.

작센의 병사들도 왕을 위해 용감하게 싸웠다. 그러나 뤼데거 왕은 결국 힘이 다했다. 그는 칼을 아래로 내려뜨렸다.

"이제 그만두자." 지칠 대로 지친 왕이 가쁜 숨을 몰아쉬며 병사들에게 말했다. "아무래도 악마가 네덜란드의 지크프리트를 이리로 데려온 모양이다! 이제 더 이상 싸워봐야 아무 소용이 없을 것 같다. 항복하는 수밖에 없다."

양쪽 왕들이 명령을 내리자 각 진영에서 깃발이 내려졌다. 평화 협정이 맺어졌고, 자진해서 포로로 붙들린 뤼데거 왕은 꼼짝없이 친구가 잡혀 있는 라인 강변으로 가야만 했다. 패배한 작센과 덴마크의 병사들은 고개를 떨어뜨리고 각자 고향으로 되돌아갈 채비를 했다.

부르군트의 병사들은 죽은 병사들을 땅에 묻고, 부상당한 병사들의 상처를 치료하고 돌봐주었다. 전리품들을 한곳에 모아 마차에 실으며 그들 역시 고향으로 돌아갈 준비를 했다.

게르노트는 보름스로 전령을 보내 군터 왕과 여자들에게 승전 소식을 전했다.

군터 왕은 가슴을 짓누르던 큰 돌덩이 하나가 덜어지는 느낌이었다. 그는 내내 근심걱정에 휩싸여 고통스러워했으며 밤이면 밤마다 잠을 설쳤다. 그는 전령에게 큰 상을 내린 다음, 얼른 여자들에게 보내 기쁜 소식을 알렸다.

크림힐트는 왕비 옆에 서서 소식을 들었다. 그녀의 두 눈은 별처럼 반짝였고 두 뺨은 발갛게 달아올랐다. 전령은 승전 소식을 전하고 또 전해야만 했다. 크림힐트 공주가 들어도 들어도 또 듣고 싶어 했기 때문이다.

게르노트를 비롯해 다른 모든 병사들이 적의 엄청난 병력에 맞서 용감히 싸웠다는 소식은 정말이지 멋졌다. 무엇보다 가장 멋진 소식은 다름 아닌 지크프리트에 대한 얘기였다. 지크프리트가 덴마크 왕과 싸워 이겨 그를 생포했으며, 전투에서 보여준 기적 같은 용기며, 마침내 전투를 끝낼 수 있게 뤼데거 왕을 몰아세운 것까지 전령은 전하고 또 전해야만 했다. 그러나 아무리 하고 싶어도 정말 더 이상은 전할 말이 없어지자, 크림힐트는 전령을 그만 보내주어야 했다. 크림힐트는 그에게 상으로 가죽 주머니에 금을 한가득 담아주었다. 전령은 코가 땅에 닿도록 절을 한 뒤 그대로 뒷걸음질 쳐서 방을 나왔다. 여자들에게 반가운 소식을 전해주는 일은 정말이지 많이 남는 장사로구나. 전령은 두둑한 가죽 주머니를 손으로 쓰다듬으며 이렇게 생각했다.

부유한 도시 보름스의 시민들은 또다시 좋은 구경거리와 감탄할 거리, 수다 떨 거리가 생겼다. 큰 승리를 거둔 병사들이 돌아온 것이다. 남자들은 대문 앞에 서서 재미 삼아 병사들을 평가했다. 하느님이 그들에게 허락하신 정도에 따라 때로는 똑똑하게, 때로는 멍청하게 평가했다. 여자들은 창가에 기대서서 구경했고, 거리에서는 남자아이들이 병사들의 행렬을 뒤쫓거나 옆에 서서 따라가면서 병사들의 찌그러진 투구와 구부러진 방패, 전리품을 가득 실은 수많은 마차 들을 보고 감탄의 환호성을 질러댔다.

성안에서는 군터 왕이 경의를 표하며 병사들을 맞이했다. 피곤에 지친 병사들에게 최고의 잠자리를 제공했고, 부상병을 위해서는 의사들이 분주히 돌아다니며 최선을 다해 치료했다. 나머지 병사들은 게르만 전통주와 포도주, 고기 등으로 융숭한 대접을 받아 곧 사방에서 흥겨운 분위기가 넘쳐났다.

그렇게 며칠 동안 휴식을 취한 부르군트의 병사들은 하나둘씩 자신들의 집으로 되돌아갔다. 군터 왕은 6주 후에 승전을 축하하는 잔치를 성대하게 열기로 했다. 그때쯤이면 부상당한 기사들도 모두 완쾌될 것이기 때문이었다.

지크프리트도 작별 인사를 나누기 위해 군터 왕에게 갔다. 그는 평소 다른 전투에서 승리했을 때처럼 기분이 좋지는 않았다. 보름스로 오게 된 본디 목적을 달성하지 못했기 때문이다. 크림힐트 공주와는 여태껏 말 한마디도 나눠보지 못했다. 젊은 영웅 지크프리트를 존경하게 된 군터 왕도 그가 떠나는 것이 못내 아쉬웠다. 왕은 또한 지크프리트가 남몰래 자주 크림힐트의 방 창문을 올려다본다는 것도 눈치채고 있었고, 그에 대해 이런저런 생각들을 하고 있던 터였다. 그래서 그는 지크프리트에게 잔치가 열릴 때까지 보름스에 머물러달라고 청했다. 지크프리트는 그의 제안을 기쁘게 받아들였다.

마침내 성안에서 성대한 잔치 준비가 시작되었다.

"모두들 내게 조언해주시오." 군터 왕이 말했다. "어떻게 하면 우리가 품위 있고 흥겨운 잔치를 마련해서 손님들을 극진하게 모실 수 있을지 말이오!"

어떤 사람은 이런 제안을, 다른 사람은 저런 제안을 내놓았고, 이를 다 모아보니 제법 많은 계획이 세워졌다. 바로 그때 오르트빈에게 좋은 생각이 떠올랐다.

"폐하께서 손님들을 극진하게 대접하고 싶으시다면, 여자 분들도 함께 모시는 것이 좋을 듯합니다!"

군터 왕도 좋은 제안이라고 생각했는지, 우테 왕비에게 말을 전하러 사람을 보냈다.

그렇게 해서 잔치가 시작된 첫날, 작센 전투에서 승리한 영웅들이 모두 큰 홀에 모였다. 곧이어 크림힐트 공주가 그들에게 인사를 하기 위해 시녀들을 거느리고 모습을 드러냈다. 부르군트의 지체 높은 기사 집안 딸들과 시녀들의 수행을 받으며 크림힐트가 들어서자, 홀 안에는 순간 정적이 흘렀다. 남자들은 깊이 고개 숙여 인사한 뒤 옆으로 비켜서서, 왕좌를 향해 올라가는 그녀에게 길을 터주었다. 크림힐트는 약간은 수줍어하며 홀을 가로질러 천천히 걸어갔다. 하얀색 비단옷에 값비싼 금 장신구를 한 크림힐트의 모습이 너무도 아름다워서, 모든 사람이 그저 넋을 놓고 쳐다볼 뿐이었다.

한편 기젤헤어와 대화 중이던 지크프리트는 아름다운 크림힐트의 등장에 갑자기 입을 다물어버렸다. 자기가 방금 무슨 말을 하려고 했는지 까맣게 잊어버렸기 때문이다. 군터 왕이 그런 지크프리트를 보고 웃었다. 지크프리트는 그 자리에 크림힐트 말고 다른 사람들도 있다는 사실을 잊어버린 것 같아 보였다. 크림힐트는 낯익은 기사들을 향해 인사를 건네며, 오빠들이 있는 왕좌로 올라왔다. 그녀는 지크프리트에게 손을 내밀면서 아주 잠깐 활짝 웃었다. 그러나 두 눈에 가득했던 웃음기는 곧 아래로 드리워진 속눈썹 뒤로 순식간에 사라져버렸다.

그때, 옆에 서 있던 게르노트가 군터 왕에게 말했다.

"지크프리트가 우리를 위해 작센 전투에서 싸워 승리하였으니, 그에 대한 감사의 표시로 크림힐트의 입맞춤을 받게 하는 것이 마땅하다고 생각합니다."

"그래, 내 생각에도 그게 좋을 것 같다. 크림힐트야, 어서 지크프리트에게 입을 맞추렴."

군터 왕이 싱글벙글하며 말했다. 크림힐트는 잠시 머뭇거렸으나, 아무도 눈치채지 못했다. 두 뺨이 발그레하게 달아오른 그녀는 지크프리트 쪽으로 몸을 돌렸다.

"고귀하신 지크프리트여, 고맙습니다." 크림힐트가 나지막이 말했다. "당신께서 우리 오빠들과 이 나라를 구해주셨습니다. 이 은혜 평생 잊지 않겠어요. 하느님께서 커다란 은총을 내리실 거예요!"

크림힐트는 지크프리트에게 입을 맞추었고, 그 순간 지크
프리트는 라인 강변으로 온 것은 참 잘한 일이라고 생각했다.

한편 뤼데가스트 왕은 홀 한쪽 구석에 기대어 앉아 있었다.
상처는 아직 낫지 않았고 기분은 최악이었다. 곁눈질로 흘끗
크림힐트의 감사 인사를 바라보던 왕의 덥수룩한 수염이 분
노로 부들부들 떨렸다.

"정말 엄청나게 비싼 입맞춤이로구먼!" 뤼데가스트는 뤼
데거의 귀에 대고 불쾌하다는 듯 말했다. "저 입맞춤을 받기
위해 너무나 많은 사람이 피를 흘렸소. 저것이 무엇을 의미하
는지 나만큼 잘 아는 사람은 없을 것이오!"

당연히 뤼데가스트는 그것을 잘 알고 있었다. 그의 몸에는
아직도 끔찍하게 고통스러운 상처가 여러 군데 남아 있었기
때문이다. 얼른 고향으로 돌아가고 싶은 마음이 굴뚝같았다.

아무튼 승리의 축제는 시작되었고, 온갖 즐거운 오락과 풍
성한 음식과 술이 가득했다. 잔치는 열이틀 동안 계속되었다.

잔치가 끝나자 뤼데거 왕이 군터 왕을 찾았다. 그는 자신과
나머지 인질들을 위한 몸값을 어마어마하게 제시했는데, 그
액수가 어찌나 큰지 부자인 군터 왕조차 깜짝 놀랄 정도였다.

뤼데거 왕은 몸값 외에도 영원한 평화를 약속했다.

군터 왕은 지크프리트와 상의했다.

"그의 돈을 받지 마십시오." 지크프리트가 말했다. "아무
것도 받지 말고 그들을 그냥 고향으로 돌려보내십시오. 그러
면 그들은 당신의 친구가 될 겁니다!"

군터 왕은 지크프리트의 조언대로 실행했다.

4

잔치에 초대받은 손님들이 하나둘씩 작별 인사를 고하고 모두 집으로 돌아갔다. 오로지 지크프리트만이 부르군트에 남아 있었다. 그는 군터 왕과 크림힐트에 대한 문제를 해결하기 전에는 고향으로 돌아갈 마음이 없었다. 그러나 군터 왕이 아름다운 여동생을 자신에게 아내로 줄 것인지에 대해서는 여전히 미지수였다.

그러던 어느 날 군터 왕에게 지크프리트의 도움이 필요한 일이 생겼다. 군터 왕은 오래전부터 마음속 깊이 어떤 계획을 하나 가지고 있었는데, 그것 때문에 골머리가 터질 지경이었다. 그 일을 생각할 때마다 기쁨 반, 걱정 반이었다.

그 일이란 바로 다음과 같은 것이었다. 보름스의 궁전에서도 아름답지만 싸움을 좋아하는 브룬힐트 여왕에 대한 이야기가 자주 오갔다. 소문에 따르면 북쪽 바다 건너 아이슬란드를 다스리는 브룬힐트 여왕이 자신의 성에서 결투를 벌이며, 그 결투에서 수많은 기사가 목숨을 내걸고 여왕을 아내로 얻기 위해 싸우고 있다고 했다. 군터 왕은 그런 이야기를 들으면 심장이 서늘해졌다. 그럼에도 불구하고 여왕에 대한 생각을 멈출 수가 없었다. 마침내 그는 가까운 이들에게 바다 건너 아이슬란드로 가서 여왕을 아내로 맞이하고 싶다고 말했다. 그 말을 들은 부르군트의 기사들은 일제히 반대했다. 지금까지 어느 누구도 브룬힐트를 이긴 사람이 없고, 더군다나 군터 왕이 그녀를 이길 수 있으리라고는 상상도 할 수 없었기 때문이다.

지크프리트는 군터 왕이 혹시 이성을 잃은 게 아닐까 하는 표정으로 그를 쳐다봤다. 그러다 그는 크게 웃으면서 말했다.

"그 일이라면 당장에 포기하라고 말씀드리는 바입니다, 군터 왕이시여. 이젠슈타인 성에 살고 있는 그 여왕은 정말이지 이상한 취미를 가졌습니다. 진심으로 말씀드리건대, 얼마 못가 이 세상을 하직하고 싶으신 게 아니라면 그냥 궁전에 계시면서 그녀에 대한 생각을 머릿속에서 지우십시오."

군터 왕은 그 말을 들으려고 하지 않았다. 그러자 지크프리트가 진지한 표정으로 다시 한 번 말했다.

"당신께 진심으로 경고하겠습니다. 여왕의 힘이 얼마나 센지 당신은 모르십니다. 그러나 나는 압니다. 내가 이미 아이슬란드에서 용감한 기사들이 그녀 때문에 목숨을 잃는 것을 직접 봤기 때문입니다. 그녀의 심장은 이젠슈타인 성의 돌덩이만큼이나 차갑습니다."

곰곰이 생각에 잠겨 있던 하겐은 큰 머리를 절레절레 흔들었다. 그는 조카인 군터 왕의 성격을 잘 알고 있었다. 군터 왕은 뭔가 마음에 두고 있는 일이 있으면 절대로 포기하지 않았다.

"알겠습니다. 왕께서 정 그 일을 포기할 수 없다면, 길을 떠나야지 달리 어쩌겠소." 하겐은 어깨를 으쓱하며 말했다. "그런데 충고 한마디만 하겠소. 지크프리트에게 수행을 맡기시오. 그곳에 가면 그 친구의 도움이 절실히 필요할 겁니다!"

"나도 진작부터 그렇게 마음먹고 있었소."

군터 왕은 이렇게 말하고는 곧바로 지크프리트를 향해 몸을 돌렸다.

"이번 여행에 나를 수행해줄 수 있겠소? 만약 그렇게만 해준다면 절대로 후회하지 않을 것이오. 내 약속하겠소. 당신에게 소원이 있다면 말해주시오. 나도 당신의 소원을 들어드리리다!"

군터 왕은 기대에 가득 차 지크프리트를 바라보았다. 지크프리트는 순간 숨이 멎는 것 같았다. 군터 왕의 약속이 무엇을 의미하는지 번개처럼 빠르게 머릿속을 스쳐 갔기 때문이다. 지크프리트는 자리에서 벌떡 일어나 군터 왕에게 악수를 청하며 말했다.

"내게 당신 여동생을 아내로 준다면, 나도 당신을 도와 브룬힐트를 당신의 아내로 맞이할 수 있게 힘쓰겠습니다."

마침내 말을 하고야 말았다. 지크프리트는 잔뜩 긴장한 채 군터 왕의 대답을 기다렸다. 군터 왕이 의미심장하게 웃으며 지크프리트의 손을 맞잡았다.

"이미 알고 있었소." 군터 왕이 다행스럽다는 듯 말했다. "나는 대찬성이오."

이렇게 해서 여행이 결정되었고, 서둘러 꼼꼼하게 준비를 시작했다.

"2천 명의 기사를 데리고 가겠소." 군터 왕이 말했다. "아이슬란드의 여왕이 있는 궁전을 찾아갈 때, 부르군트의 왕이라면 적어도 그 정도는 돼야 체면이 설 것 아니오."

그러나 지크프리트의 의견은 달랐다.

"브룬힐트 여왕과의 결투에서 2천 명의 기사는 아무 도움이 되지 않습니다. 하겐과 당크바르트만 동행하면 됩니다. 우리 넷이라면 이 모험을 충분히 치러낼 수 있습니다! 내 투명 망토를 가지고 가겠습니다. 그 망토를 걸치면 사람들 눈에 띄지 않을뿐더러, 열두 명의 남자를 합한 만큼의 힘을 얻게 됩니다. 그것만 있으면 오히려 우리가 여왕을 깜짝 놀라게 할 수 있을 겁니다. 하지만 멋진 의복과 훌륭한 장비들, 말들은 충분히 가져가야 합니다. 여왕은 부자인 데다 화려한 것을 좋아하니까요."

"그럼 의복 준비는 크림힐트 공주에게 부탁합시다." 하겐이 제안했다. "솜씨가 뛰어난 공주는 우리를 위해 기꺼이 그 일을 해줄 것이오. 우리 중 한 명을 위해서는 특히나 더……"

그는 이렇게 말하며 못마땅한 눈길로 지크프리트를 쳐다봤다. 네덜란드에서 온 이 애송이는 원하는 것은 뭐든 다 손에 넣는구나! 게다가 군터 왕은 지크프리트의 충고라면 뭐든 다 받아들이고 있구나…… 하겐은 남몰래 질투심에 불타 이렇게 생각했다.

크림힐트는 험한 북쪽 바다를 건너 먼 곳까지 가는 여행 이야기를 듣고 깜짝 놀랐다. 그리고 싸움을 좋아하는 여왕이 올케가 되어야 한다는 사실이 무서웠다. 그럼에도 불구하고 크림힐트는 시녀들과 함께 서둘러 의복을 준비했다. 왕족들에게 어울릴 만한 화려한 의복을 만들기 위해, 우테 왕비가 함에 넣어 보관해둔 값비싼 천들을 꺼내 골랐다. 그러나 출발 날짜가 가까워질수록, 크림힐트는 눈에 띄게 말수가 적어지고 표정이 진지해졌다. 반짝이는 비단 위로 수없이 많은 눈물방울이 떨어졌다.

마침내 모든 준비가 끝나고 라인 강에는 튼튼한 배 한 척이 마련되었다. 신선한 아침 바람에 돛이 한껏 부풀어 올랐다. 우테 왕비와 크림힐트는 많은 시종을 거느리고 왕을 배웅하기 위해 강변으로 함께 나갔다. 지크프리트는 크림힐트 공주 옆에서 나란히 말을 달렸다. 너무나 행복한 나머지 공주에게 무슨 말이라도 건네고 싶었지만, 공주는 얼굴이 창백한 채 입을 꼭 다물고 있었다. 지크프리트 쪽으로 얼굴이라도 향하면, 곧바로 다시 고개를 반대편으로 돌리곤 했다. 밤새 울어서 빨개진 눈을 지크프리트에게 보이고 싶지 않아서였다.

그러나 그것을 눈치챈 지크프리트는 크림힐트 공주를 위로

해주고 싶었다.

"우리가 가는 곳은 그리 위험하지 않아요." 지크프리트는
공주의 마음을 달래기 위해 말했다. "내가 군터 왕을 충실히
보필하겠소. 내 목숨이 붙어 있는 한, 왕께서 무사 귀환할 수
있도록 도울 겁니다."

그러나 그 말을 들은 크림힐트의 마음은 더욱더 슬퍼졌다.
지크프리트가 군터 왕을 곤경에서 구하기 위해서라면 목숨도
마다하지 않을 것이 분명했기 때문이다. 그렇다, 크림힐트는
지크프리트를 꼭 다시 만나고 싶었다! 그런데 만약…… 무슨
일이 벌어질지 누가 알겠는가? 혹시 브룬힐트 여왕이 지크프
리트를 마음에 들어 해서 군터 오빠보다도 지크프리트를 옆
에 두고 싶어 한다면 어쩌나…… 얄밉게도 그녀는 정말 아름
답다고들 하던데…… 어쩌면 지크프리트도 창백한 뺨에 빨
갛게 퉁퉁 부은 눈을 한 부르군트의 공주보다 브룬힐트를 더
예쁘다고 생각할지도 모른다. 크림힐트는 백마를 타고 지크
프리트와 나란히 강변을 향해 달리면서 이런저런 생각에 잠
겼다. 지금껏 살아오면서 이렇게 마음이 아팠던 적이 없었다.
그러나 아무도 눈치채서는 안 되었다. 크림힐트는 아무리 힘
들어도 웃으며 다정하게 작별 인사를 해야만 했다.

어느덧 이별의 시간도 지나가고 시종들이 강둑에 배를 묶어둔 밧줄을 풀자, 갑판 위에 서 있던 말들이 흥분하면서 발로 바닥을 찼다. 배는 천천히 물살을 가르며 강 한가운데를 향해 움직이기 시작했다.

지크프리트는 뱃머리에서 조종키를 잡고 두 눈은 물 위를 응시했다. 그러면서도 가끔씩 재빨리 고개를 돌려 강둑을 바라보았다. 강둑에 서 있는 사람들의 형체가 점점 작아지더니 더 이상 아무것도 구별할 수 없게 되었다.

지크프리트 일행은 순풍을 타고 계속 라인 강 하류를 향해 항해했다. 물살에 가끔씩 배가 살짝 흔들리기도 했다. 군터 왕은 잘 알지도 못하는 북쪽 바다를 어떻게 건너가야 할지 걱정이 태산 같았다. 부르군트 사람들은 단 한 번도 바다를 항해해본 적이 없었기 때문이다. 지크프리트가 조종키를 잡고 배를 몰고 있는 사이, 뒤에서 군터 왕이 하겐과 당크바르트와 대화 중이었다.

"내가 아이슬란드로 가는 뱃길을 잘 알고 있습니다." 지크프리트가 어깨 너머로 뒤쪽을 향해 외쳤다. "안심하고 이 배를 맡겨주십시오, 군터 왕이시여."

군터 왕은 다시 한 번 지크프리트를 매제로 맞이하게 된다면 정말 좋겠다고 생각했다.

밤이 되자 지크프리트 일행은 바다로 접어들었다. 바다는 강보다 사방이 더 거칠었다. 서쪽에서 폭풍이 불어닥쳤고, 시커먼 파도는 하얀 포말을 일으키며 높이 솟아올랐다가 배 위로 쏟아져 내렸다. 말들이 요동치자 하겐과 당크바르트는 온 힘을 다해 고삐를 잡고 말들을 달랬다.

"아무래도 지옥으로 항해하고 있는 것 같구나!"

하겐이 퉁명스럽게 소리쳤다. 뱃멀미로 속이 뒤틀렸고 휘몰아치는 폭풍우 속에서 돛은 시끄러울 정도로 펄럭였다. 지크프리트가 돌아보고는 웃었다. 그는 머리를 흔들어 머리카락에 묻어 있던 물기를 털어냈다. 그러면서도 두 주먹은 철통처럼 조종키를 움켜쥐고 있었다. 하늘에서는 구름떼가 그 옛날 보단*의 말들처럼 우르르 몰려 지나갔다. 배가 바다 한가운데에서 원을 그리며 맴맴 도는 것 같은 착각을 불러일으켰다. 가끔씩 앞으로 휙 전진하는 것도 같다가, 또 끝도 없는 바닥으로 가라앉는 것 같기도 했다.

아침이 되자 폭풍은 점차 가라앉았고, 구름은 은빛 안개로

---

* 보탄Wotan으로 불리기도 했다. 고대 게르만 신화에 등장하는 최고의 신. 북구 신화의 최고의 신 오딘Odin에 해당한다.

변해 한동안 바다 위에 덮여 있더니 그마저도 태양이 떠오르자 말끔히 사라졌다. 그제야 사람들은 육지를 멀리 떠나 벌써 북서쪽으로 많이 와 있다는 것을 알 수 있었다.

지크프리트는 군터의 손에 조종키를 넘기고 팔을 쭉 뻗었다.

"우리는 어젯밤 악마가 춤추듯 불어닥친 폭풍에도 불구하고 방향을 잃지 않았습니다." 지크프리트가 만족스러운 듯 말했다. "뱃길을 벗어나지 않고 다시 찾게 될 줄 알았습니다."

"어젯밤에 어떻게 뱃길을 잃지 않고 항해할 수 있었는지 정말 궁금하오."

하겐이 불쾌하다는 듯 물었다. 그는 배 속의 내장이 모두 뒤섞인 듯한 느낌이었다.

"별자리를 보고 알았습니다, 하겐이여."

지크프리트가 웃으며 대답했다. 그러나 실제로 어젯밤에는 하늘이 온통 구름으로 뒤덮여 별이 거의 보이지 않았었다.

그들은 쉬지 않고 몇 날 며칠을 밤낮없이 북쪽 바다를 항해했다. 어떤 때는 폭풍에 실려 배가 쉭쉭 전진하기도 했고, 또 어떤 때는 바람 한 점 불지 않아 돛이 처량하게 축 늘어져 있기도 했다. 그럴 때면 하늘에 떠 있는 별들이 검은색 벨벳 위를 지나가듯 밤하늘을 가로질러 천천히 저물어갈 동안, 밤새 직접 노를 저어야만 했다.

어느새 그들은 작은 섬들 사이를 지나가게 되었다. 그 섬들에는 원통 모양의 반들반들한 몸에 둥근 머리를 지닌 희한하게 생긴 짐승들이 바닷가에 누워 있었는데, 그들을 보자 깜짝 놀라 바닷물로 뛰어들어 헤엄쳐 도망갔다.

바다는 이제 사방이 위험스레 수면 위로 솟아오른 검고 뾰족한 암초들로 가득했다. 지크프리트는 아주 천천히 조심해서 배를 몰았다. 머리 위에서는 바닷새들이 흥분해서 날개를 펄럭이며 날카로운 소리로 울어대기 시작했다.

어느 날 아침 그들 앞에 해안이 펼쳐지면서 태양 빛 아래에서 반짝거리는 바위들이 보였다. 그 바위 위로 탑들이 보였고 멀리 성곽 위로는 톱니 모양의 흉벽도 보였다. 높이 솟은 성을 둘러싼 하늘은 아침 햇살을 받아 횃불이 활활 타오르는 것 같았다.

"저것이 바로 이젠슈타인 성입니다, 군터 왕이시여!" 지크프리트가 소리쳤다. "마침내 우리는 브룬힐트 여왕의 나라에 들어왔습니다. 지금부터 내 말을 잘 듣고 그대로 따라주십시오! 브룬힐트 여왕에게 나를 당신의 신하라고 소개하십시오. 여왕은 나를 알아볼 것이고, 자기를 아내로 삼고 싶어 이곳을 다시 찾은 줄로 생각할 것이기 때문입니다. 그러니 내가 지체 높은 기사가 아니라고 여기는 편이 훨씬 나을 겁니다."

군터 왕은 왜 그렇게까지 조심해야 하는지 잘 이해되지 않았지만, 아무튼 그러겠노라고 약속했다.

그사이 배는 낮게 삐걱거리는 소리를 내며 해변을 향해 다가갔다. 지크프리트가 육지로 뛰어내려, 배에서 내려주는 밧줄을 받아 재빨리 말뚝에 묶었다.

성 위에서는 이미 사람들이 그들을 예의 주시하고 있었다. 창문과 발코니에는 수많은 여자들이 부르군트의 기사들을 숨죽이며 바라보면서 그 모습에 감탄해 마지않았다. 기사들은 정중한 복장 위에 은으로 된 갑옷을 입고 머리에는 번쩍이는 투구를 쓰고 있었기 때문이다.

하겐이 위를 올려다봤다.

"그것 참, 우리가 뭐 가장행렬이라도 하는 줄 아는가 보네!" 그는 어처구니가 없다는 듯 중얼거렸다. "내가 보기엔 발퀴레*들이 우리를 발할라**로 데려가려고 목을 빼고 기다리

---

* 북구 신화에 나오는 전쟁의 여신. 전사자들을 발할라Valhalla로 인도한다.
** 북구 신화에 나오는 죽은 전사자들의 혼령이 머무는 궁전. 정확히는 발할Valhall, 즉 '전사자의 큰 집' 또는 '기쁨의 집'이라는 뜻이다.

고 있는 것 같군!"

그들은 배에 걸쳐놓은 나무판을 이용해 육지로 말들을 데리고 내려왔다. 저 위에 있는 성문이 활짝 열리더니 시종들이 마중을 나왔다. 지크프리트는 진짜 신하인 양 군터 왕의 말고삐를 잡았다. 군터 왕이 먼저 말안장 위에 올라탄 다음에야 그는 자기 말 위로 올라갔다. 그리고 재빨리 발코니 위를 올려다봤다.

"군터 왕이시여, 저 위를 한번 올려다보십시오." 지크프리트는 시종들이 다가오기 전에 나지막이 말했다. "저들 중 누가 브룬힐트 여왕인지 맞혀보십시오!"

군터 왕은 지크프리트의 눈보다 한발 더 빨랐다.

"저기 기둥 옆 검은 머리카락에 금빛 투구를 쓴 여자, 그녀가 여왕임에 틀림없소! 세상에, 내 평생 저렇게 아름다운 여인은 처음 보는 것 같소!"

성벽 쪽으로 말을 타고 가는 내내, 군터의 눈길은 마법에 걸린 듯 발코니를 향해 있었다.

성문에 이르자 시종들이 궁정의 법도라며 무기를 내려놓을 것을 부탁했다. 하겐이 펄쩍 뛰며 말했다.

"그것 참 우스운 법도로구먼! 무장하지 않은 남자는 곧 죽은 목숨이나 다름없다는 것을 모르는 모양이군."

지크프리트의 의견은 달랐다. 모두가 그 나라의 법도를 따라도 아무 문제가 없으며, 브룬힐트 여왕은 여자이기 때문에 남자들과는 다른 풍습을 좋아하는 것일 뿐이라고 했다.

여왕은 곰곰이 생각에 잠겨 손님들을 내려다보고 있었다. 그녀의 검은 눈동자는 별 관심 없다는 듯 하겐과 당크바르트를 스쳐 지나갔다. 군터 왕도 모르는 사람이고 그다지 관심 있게 생기지도 않은 듯했다. 그러다 마침내 그녀의 눈길이 지크프리트에게로 가서 멈췄고, 자신감 넘치는 얼굴 위로 발그레한 홍조가 번졌다. 지크프리트를 알아본 것이다! 바로 그 순간 그녀의 머릿속에는 지크프리트가 자신보다 훨씬 더 멀리 돌을 던졌던 일과, 자신을 완전히 무시하고 홀연히 사라져버린 사실도 동시에 떠올랐다. 아아, 그렇다, 브룬힐트는 자신과 싸우려고조차 하지 않을 정도로 그에게 무시당한 것에 얼마나 분노했었는지 똑똑히 기억했다! 그런데…… 혹시 그것 때문에 다시 온 것일까? 오 그래, 분명 그럴 것이다!

브룬힐트는 서둘러 발코니를 떠나 방으로 가서, 은색 거울을 집어 들고 오랫동안 자신의 모습을 꼼꼼히 들여다보았다. 그런 다음 그녀는 시녀들을 대동하고 손님을 맞으러 궁전 뜰로 내려갔다.

부르군트의 기사들이 말에서 내렸다. 브룬힐트 여왕은 다른 기사들은 본체만체하고 곧장 지크프리트에게 다가갔다.

"어서 오시오, 지크프리트여." 여왕은 예의를 갖추어 인사했다. 그럼에도 그녀의 태도는 도도하기 짝이 없었다. "어찌하여 당신이 내 나라에 다시 왔는지 말해주지 않겠소?"

지크프리트는 깊이 고개 숙여 인사했다.

"여왕께서 제게 맨 먼저 인사를 건네주시니 그저 황송할 뿐입니다. 하지만 이러한 영광은 제게 어울리지 않습니다. 여왕께 청혼하기 위해 여기까지 오신 저의 군주 군터 왕께서 맨 먼저 인사를 받으셔야 마땅합니다."

분노로 발끈한 브룬힐트 여왕은 한 걸음 뒤로 물러섰다. 한껏 교만한 눈길로 지크프리트를 훑어보며 말했다.

"그러니까…… 당신은 신하란 말이오? 나는 당신이 신분이 높은 왕족인 줄 알았는데! 그렇다면……"

그녀는 부르군트의 왕에게는 눈길조차 주지 않았다.

"당신이 모시는 군터 왕께서는 세 가지 결투에서 나를 이겨야만 내게 청혼할 수 있다는 사실을 알고 계신가요? 창던지기, 돌 던지기, 그리고 멀리뛰기. 또……" 그녀는 천천히 말을 이었다. "만약 결투에서 내가 이기면 목숨을 내놓아야 한다는 사실도 알고 계시겠죠? 나는 이제껏 한 번도 진 적이 없어요."

그녀가 경고하듯 말했다.

부르군트의 기사들은 말 한마디 못하고 그저 그녀를 바라보기만 했다. 바라만 보아도 오싹 소름이 끼칠 정도로 무서웠다. 오직 군터 왕만이 그녀의 아름다움에 눈이 멀어 있었다.

"당신을 얻기 위해서라면 내 모든 것을 바칠 각오가 되어 있소, 여왕. 내 목숨까지도 말이오."

군터 왕이 조금도 주저하지 않고 말했다. 분노에 가득 찬 여왕은 군터 왕에게로 몸을 홱 돌렸다.

"그 말을 후회하지 않게 되길 바라겠어요, 군터 왕이시여! 얘들아, 군터 왕에게 무기를 내어드려라!"

말을 마친 여왕은 더 이상 손님 대접을 할 생각도 하지 않고, 자기 무기도 가져오라고 명령했다.

그사이 지크프리트는 그 자리를 슬쩍 빠져나와 투명망토를 가지러 배로 다시 갔다. 투명망토를 입고 다시 돌아왔을 때에는 아무도 그를 볼 수 없었다. 궁전 뜰이 갑자기 무장한 병사들로 가득 찼다. 하겐과 당크바르트는 이 모든 상황을 근심에

싸여 지켜보며, 손으로는 자기도 모르게 원래 칼이 있던 빈 옆구리를 자꾸만 쓰다듬었다.

바로 그때 시종 세 명이 여왕의 방패를 가지고 왔다. 하겐은 더더욱 불쾌해졌다.

"군터 왕이시여, 저 방패가 마음에 드시오?" 화가 난 그의 목소리는 잔뜩 쉬어 있었다. "내가 보기에 왕께서는 더 이상 살고 싶은 마음이 없는 것 같소. 저런 악마 같은 여인네와 싸움을 하겠다고 나서니 말이오."

군터는 아무 말도 하지 않았다. 또 다른 시종 세 명이 낑낑거리며 창을 하나 질질 끌고 왔는데, 여왕이 그 창을 던질 모양이었다. 그것을 본 군터 왕은 등줄기가 서늘해졌다. 만약 지금 이 순간 라인 강변에 있었더라면, 브룬힐트 여왕은 평생토록 자신의 손끝 하나 건드리지 않았을 것이다. 그러나 이제 그런 생각은 아무 소용이 없었다. 방패가 도착했고 창끝에는 무시무시한 칼날이 시퍼렇게 날을 세우고 있었으며, 이제 막 시종 네 명이 돌덩이도 갖다 놓았다.

하겐과 당크바르트는 서로 얼굴을 쳐다보았다.

"아이슬란드의 여왕은 참으로 무시무시한 장난감을 가지고 노는구려."

이렇게 중얼거린 당크바르트는 두려운 나머지 머리카락이 온통 곤두서는 것 같았다.

한편 투명망토를 입은 지크프리트는 눈에 안 띄게 군터 왕 곁으로 가까이 다가갔다. 아직도 정신을 못 차리고 거대한 돌덩이를 혐오스럽게 바라보고 있던 군터 왕은 누군가가 팔을 잡아당기는 것을 느꼈다. 그는 깜짝 놀라 사방을 휘휘 둘러보았다. 그러나…… 이건 또 무슨 기괴한 요술이란 말인가? 거기엔 아무도 없었다. 그런데도 여전히 누군가가 거센 힘으로 그의 팔을 잡고 있는 것이 똑똑히 느껴졌다. 이번에는 바로 옆에서 누군가가 속삭이는 듯한 목소리가 들려왔다.

"군터 왕이시여, 조심하십시오!"

왕의 눈에서 눈알이 튀어나올 뻔했다. 이건 도무지 있을 수 없는 일이었다…… 바로 그때 같은 목소리가 또다시 들려왔다. 동시에 누군가의 팔이 그의 방패를 대신 들어주는 것이 느껴졌다.

"아무도 눈치채지 못하게 왕께서 직접 싸우는 것처럼 행동하십시오. 우리는 싸움을 좋아하는 저 여자를 우리 마음대로 다룰 수 있습니다."

그제야 군터 왕은 안도의 한숨을 깊이 내쉬었다. 지크프리트가 투명망토를 입고 옆에 서 있다는 것을 알아챘기 때문이다. 게다가 그 망토는 열두 명의 남자를 합한 만큼의 힘을 준다고 했다. 이제는 정말 안심이 되었다. 군터 왕은 결코 그것을 부인할 수 없었다.

저 건너편에서 브룬힐트 여왕이 창을 번쩍 들어 올렸다. 키가 큰 그녀는 꼿꼿하게 서서 늘씬한 몸을 마치 팽팽하게 당겨진 활처럼 뒤로 젖혔다. 그녀의 금빛 투구가 햇빛을 받아 반짝였다. 여왕 뒤로 은으로 만든 갑옷을 입은 시녀들이 손에는 창을 들고 둥글게 반원을 그리며 서 있었다.

하겐은 주먹을 불끈 쥐었다. 너무 화가 나서 숨이 막힐 지경이었다.

"아무런 무기도 없이 속수무책으로 저 여자의 처분만을 기다리기 위해 우리가 지금껏 정직한 기사로 살아왔단 말인가? 이게 진정 기사의 법도란 말인가? 온 궁전이 무장 병사들로 우글거리는데, 우리한테는 칼 한 자루도 돌려주지 않으니 말이야."

바로 그때 브룬힐트가 그 말을 들었다.

"이 기사들에게 무기를 돌려주어라!"

그녀는 시종들에게 이렇게 명령하고는, 부르군트의 기사들을 쳐다보며 싸늘하게 웃었다. 그 웃음을 보면 누구라도 온몸이 얼어붙을 것만 같았다.

"아무리 그래도 너희들은 이미 죽은 목숨이야."

여왕은 낮게 혼잣말을 하며 그들이 가엾다는 생각이 들었다. 반면, 훌륭한 칼을 되돌려받은 하겐과 당크바르트는 이제 목숨을 잃을 일은 없을 것이라고 생각했다.

브룬힐트가 내지르는 우렁차고도 낭랑한 기합 소리가 궁전 가득 울렸다. 그녀는 몸을 한껏 뒤로 젖히더니, 거대한 창을 앞으로 내던졌다. 창은 쉭쉭 소리와 함께 공기를 가르고 날아가 엄청난 굉음을 내며 군터의 방패에 가서 꽂혔다. 창은 방패에 꽂힌 뒤에도 한동안 부르르 떨렸다. 불꽃이 사방으로 튀었고, 두 남자는 그 힘에 밀려 방패 뒤에서 비틀거렸다. 곧 지크프리트는 창을 방패에서 뽑았다. 그러나 창의 방향을 제대로 돌리지는 않았다.

"난 여왕을 죽이지는 않겠다."

지크프리트는 나지막이 말하며, 창의 손잡이 쪽이 앞을 향하게끔 했다. 그는 군터의 손을 잡고 브룬힐트 여왕을 향해 있는 힘껏 창을 내던졌다. 여왕이 아무리 힘이 세다고 한들 아무 소용이 없었다. 방패를 이용해 창을 막아내긴 했지만,

여왕은 창이 꽂히는 힘을 이기지 못해 그대로 뒤로 나자빠지며 바닥에 뒹굴었다. 그녀는 한동안 두 눈을 꼭 감은 채 꼼짝 않고 바닥에 누워 있었다. 마치 죽은 사람처럼 얼굴이 창백했다. 그러다 갑자기 벌떡 일어나 군터를 쏘아봤다. 방금 일어난 일을 도저히 못 믿겠다는 표정이었다. 그녀는 너무 화가 나서 얼굴이 붉으락푸르락했다. 첫번째 결투에서 패한 것이 너무나 자존심 상했다. 동시에 그녀는 상대방이 창끝을 앞으로 향하게 해서 던졌더라면, 자신은 이미 죽은 목숨이었을 거라는 것도 잘 알고 있었다.

"군터 왕이시여, 당신의 기사도 정신에 감사드리는 바이오."

여왕은 불쾌한 표정을 감추지 못하며 군터 왕을 외면한 채 이렇게 말했다. 목숨을 살려준 것에 대한 감사를 표한다는 것이 못 견디게 힘들었기 때문이다.

이번에는 여왕이 돌을 들어 올려 손으로 그 무게를 가늠했다. 지금껏 여왕보다 더 멀리 던진 사람은 아무도 없었다! 그런데 정말로 아무도 없었을까? 그 순간 여왕은 갑자기 지크프리트에 대한 기억이 떠올랐다. 둘러보니 그 자리에 지크프리트는 없었다. 그는 대체 어디로 간 걸까? 바로 그가 딱 한

번 그녀보다 멀리 돌을 던졌었다. 결투가 아닌 그저 심심풀이로…… 여왕은 이맛살을 찌푸렸다. 도대체 그게 지금 무슨 상관이란 말인가? 더 이상 이런저런 생각을 할 시간이 없었다. 부르군트의 왕이 승리의 쾌재를 부르기엔 아직 일렀다.

여왕은 돌을 던졌다. 마치 투석기에서 튕겨져 나가듯이 무거운 돌이 날아갔다. 돌은 열두 클라프터*나 날아갔다. 브룬힐트는 정말로 자신의 힘을 자랑스러워할 만했다! 다음으로 그녀는 도움닫기를 하더니 돌을 향해 멀리뛰기를 했다. 한 마리 사슴처럼 날렵하게 뛰었다. 검고 긴 머리카락이 바람에 흩날렸고, 그런 그녀의 모습은 아주 쉬운 놀이를 하는 듯 보였다. 여왕은 꽤 멀리 뛴 것을 보고 적잖이 흡족해했다. 이제 시종들이 돌을 들어 군터 왕에게 가져다주었다. 왕은 돌을 번쩍 들어 올렸는데, 그 순간 지크프리트의 보이지 않는 손이 그 대리석 돌덩어리를 함께 들어 올리고 있는 것이 느껴졌다.

"지금입니다!"

바로 옆에서 지크프리트의 목소리가 들려왔다. 그러자 돌이 그의 손을 떠나 날아가기 시작했다. 어찌하여 그렇게 멀리

---

* 중세 시대의 길이 단위로 성인이 두 팔을 활짝 뻗은 만큼의 길이. 1클라프터Klafter는 약 6피트가량(약 180센티미터) 된다.

날아갈 수 있는지는 알 수 없었으나, 아무튼 돌은 어떤 힘에 의해서 저 혼자 날아갔고 브룬힐트 여왕이 던진 것보다 훨씬 더 멀리 날아가 떨어졌다.

"이제 뛰십시오!"

지크프리트의 목소리가 또다시 들려왔다. 그 순간, 군터 왕은 몸이 번쩍 들려 올려지는 것을 느꼈고, 저항할 수 없는 힘에 이끌려 앞으로 둥둥 실려갔다. 군터 왕은 앞서 던진 돌보다 훨씬 더 멀리 가서 바닥으로 내려왔다.

사람들로 꽉 들어찬 궁전의 뜰에 죽음과도 같은 정적이 흘렀다. 금빛 갑옷을 입은 브룬힐트가 창백하고 그늘진 얼굴로 망연자실한 채 서 있었다. 그녀의 두 팔은 아래로 축 늘어져 있었다. 여왕은 남몰래 두 주먹을 불끈 쥐었는데, 손톱이 살을 파고 들어갈 정도였다. 속에서는 부글부글 분노가 끓어올랐다. 이제 모든 것이 끝났다! 그녀는 부르군트 왕의 아내가 되어야만 한다. 그러면 이제껏 그녀가 지녀온 초인적인 힘을 모두 잃게 될 것이다. 그런 힘은 결혼하지 않고 처녀로 지내는 동안에만 가질 수 있는 것이었기 때문이다. 정말로 더 이상 아무런 방법이 없는 걸까? 여왕은 번개처럼 빨리 모든 생각을 다 해보았다. 없었다, 정말로 더 이상 방법이 없었다. 여왕의 명예를 걸고 약속하지 않았던가. 그러니 이제 이 모든 기분 나쁜 결투의 마지막을 웃는 낯으로 마무리해야만 했다! 그것이 여왕에게 얼마나 힘든 일인지, 어느 누구도 눈치채서는 안 된다! 여왕은 몸을 꼿꼿이 세우고 뜰을 가로질러 군터 왕에게 갔다.

"부르군트의 왕이시여, 당신이 이겼습니다." 그녀는 담담하게 말했다. "이제 당신을 나의 남편으로 맞아들이겠습니다. 동시에 당신은 이 나라의 왕이시기도 합니다. 자, 이제 나와 함께 가시지요. 내 기사들이 당신에게 신하로서 충성을 맹세할 겁니다!"

여왕은 군터 왕의 손을 잡고 그를 궁전 안으로 이끌었다. 군터는 그런 상황이 그다지 편치 않았다. 다른 사람의 힘을 빌려 결투에서 승리한 것이 못내 부끄러웠기 때문이다. 그러나 브룬힐트의 모습을 바라보면 어느새 기쁜 마음이 드는 것도 사실이었다. 브룬힐트는 고개를 푹 숙인 채 바닥만 쳐다보며 그 옆에서 걸어갔다. 그녀는 과연 이 남자가 정말로 자기보다 힘이 더 센지 계속 의심이 들었다. 그리고 조금 전 결투에서 일어난 일들은 모두 정당한 방법으로 이루어진 것이 아닌 듯 보였다.

그들 뒤로 하겐과 당크바르트가 따라가고 있었다. 그러다 갑자기 여왕의 눈에 지크프리트의 모습이 들어왔다. 그녀는 궁전으로 들어가는 입구에서 잠시 걸음을 멈추더니, 뒤돌아 보았다.

"지크프리트여, 아까 결투에서 당신이 보이지 않던데 당신은 좋은 신하가 아닌가 보군요. 주군이 혼자 결투하게 내버려 두다니." 여왕은 조롱하듯이 말했다. "아니면 혹시 군터 왕께서 당신에게 무슨 특별한 지시라도 내려 멀리 보냈던가요?"

지크프리트는 별일 아니라는 듯 어깨를 한번 으쓱했다. "저는 배가 잘 묶여 있나 보기 위해 해변에 나가 있었습니다. 곧 폭풍이 다가올 것 같아 보였거든요. 아무튼 군터 왕께서 결투에서 승리하시어, 여왕님이 우리와 함께 라인 강변으로 가시게 된 것이 정말 기쁩니다, 여왕님!"

브룬힐트는 아무런 대꾸도 하지 않고 몸을 홱 돌렸다. 그녀의 얼굴이 또다시 분노와 슬픔으로 일그러졌다.

브룬힐트 여왕은 군터 왕과 나란히 홀 안으로 들어가 왕좌로 올라갔다. 커다란 홀이 무장 병사들과 궁정 대신들, 여왕의 시녀들로 가득했다. 브룬힐트는 조용한 목소리로 즉시 방방곡곡에 전령을 보내, 그녀의 일가친척과 친구들에게 수행원을 데리고 사흘 안에 이젠슈타인 성으로 오라고 명령을 내렸다. "왜냐하면," 여왕이 덧붙여 말했다. "내가 부르군트의 왕을 따라 보름스로 출발하기 전에, 이 나라 안의 모든 일을 잘 정리해두기 위해서다."

여왕이 말을 마치자 홀 안에는 무거운 정적이 흘렀다.

"이제 그대들은 새로운 왕에게 충성을 맹세하도록 하시오."

브룬힐트는 심신이 지칠 대로 지친 나머지, 만사가 다 귀찮다는 듯 왕좌로 가서 앉았다.

신하들이 머뭇거리며 명령을 따르기 시작했다. 머뭇머뭇 무기를 내려놓고 군터 왕 앞으로 가서 고개 숙여 절을 했다. 그들의 얼굴은 딱딱하게 굳어서 적의로 가득했다.

하겐은 지크프리트, 당크바르트와 함께 군터 왕이 앉아 있는 왕좌 뒤에 서서 걱정스러운 마음으로 모든 것을 지켜보았다. 그는 방금 여왕이 내린 명령에 대해서 곰곰이 생각해보았다. 그러니까 사흘 뒤면 수천 명의 병력이 이곳에 모이게 되는 것이다. 그리고 그다음에는? 만약 여왕이 무슨 음모라도 계획하고 있다면, 어찌 되는 것인가? 하겐은 목소리를 낮추어 지크프리트에게 이런 생각들을 얘기했다. 고개를 끄덕이며 가만히 듣고만 있던 지크프리트는 군터 왕의 귀에 대고 속삭였다.

"나는 지금 즉시 배로 가서 니벨룽 왕국으로 떠날 겁니다. 거기 있는 병사들 중 최고의 기사들을 거느리고 이곳으로 다시 오겠습니다. 가능한 한 빨리 돌아올 테니, 여왕이 묻거든 왕께서 나를 어디론가 멀리 보냈다고만 하십시오!"

"서두르시오."

군터 왕 역시 낮게 속삭였다. 그가 보기에도 지금의 상황이 전혀 마음에 들지 않았기 때문이다.

지크프리트는 서둘러 홀을 빠져나가 투명망토를 입고 눈에 띄지 않게 배로 갔다. 배는 수심이 얕은 바다 위에서 살랑살랑 흔들리고 있었다. 지크프리트는 재빨리 밧줄을 풀고 조종키를 잡았다. 좀 전에 여왕에게 폭풍이 불어닥칠 듯하다는 말은 당연히 꾸며낸 것이었다. 바닷가에는 오히려 바람 한 점 불지 않았다. 하지만 지크프리트에게는 열두 명의 남자를 합한 만큼의 힘을 주는 투명망토가 있지 않은가. 지크프리트가 힘차게 노를 젓기 시작하자, 날렵한 배는 곧 초록빛 물결 위에 하얀 포말을 일으키며 쏜살같이 먼바다를 향해 나아갔다.

지크프리트는 밤새도록 노를 저었다. 마침 폭풍까지 불어와 돛이 터질 듯 부풀어 올랐고, 다음 날 새벽녘에는 벌써 니벨룽 왕국에 다다를 수 있었다. 그는 해변에 닿기가 무섭게 배에서 뛰어내려 밧줄로 배를 단단히 묶어두고는 서둘러 육지로 걸어 들어갔다.

짙은 회색 안개가 어찌나 자욱하던지, 지크프리트는 발밑의 길도 잘 보이지 않았다. 곧 그 앞에 숲이 펼쳐졌고, 해변에서 한참 떨어진 저 건너편에 산이 하나 우뚝 솟아 있었다. 바로 그 산 위에 니벨룽 왕들의 소유였던 튼튼한 성이 있었다. 지크프리트는 바위가 많은 오솔길을 따라 재빨리 산 위로 올라갔다. 얼마 지나지 않아 굳게 닫힌 성문 앞에 이르렀다. 그는 잠깐 동안 성문 앞에 서서 가만히 귀를 기울였다. 안에서 이상한 소리가 들렸다. 휘파람 소리, 삐거덕거리는 소리, 거칠게 숨을 내쉬는 소리, 신음 소리 등등 뭔가 두려움을 갖게 하는 소리였다. 가만히 듣고 있던 지크프리트가 갑자기 피식하고 웃었다. 그게 무슨 소리인지 알아냈기 때문이다. 성문 안에서 몸집이 큰 거인 보초병이 잠이 들어 그렇게 끔찍한 소리를 내며 코를 골고 있었던 것이다. 지크프리트는 칼을 빼들고 성문을 내려쳤다. 그러자 그 소리가 성안으로 크게 울려 퍼졌다.

순간, 코 고는 소리가 뚝 하고 멈추더니 잔뜩 성이 나서 언짧은 목소리가 들려왔다.

"아니, 도대체 무슨 일이야? 꿀맛 같은 새벽 단잠에서 나를 깨우는 놈이 대체 누구냐고!"

지크프리트는 목소리를 바꾸어 안으로 들여보내 달라고 간청했다. 멀리서 온 나그네인데 잠시만 쉬어갈 수 있게 거처를 마련해주면 좋겠다고 말했다. 끔찍한 욕설이 대답으로 돌아왔다. 안에 있던 거인 보초병은 자리에서 일어나 거친 손놀림으로 투구를 눌러쓰더니 철봉을 집어 들었다. 그러고는 성문을 열었다.

"야, 이 나쁜 놈아, 나를 단잠에서 깨운 대가를 톡톡히 치르게 해주마!"

거인 보초병은 고래고래 소리를 지르더니 철봉을 휘두르며 지크프리트에게 달려들었다. 지크프리트의 얼굴에서 웃음기가 싹 가셨다. 보초병이 휘두르는 무시무시한 철봉은 우박처럼 지크프리트를 내려쳤고, 방패로 막아내기에는 역부족이었다. 지크프리트는 발뭉을 휘둘러 그의 몸 여기저기에 상처를 냈지만, 상대는 끄떡도 하지 않았다. 그는 아직도 화가 덜 풀렸는지 괴성을 질러댔다. 앞에 서 있는 뻔뻔스러운 꼬마 녀석이 전혀 죽을 기미를 보이지 않았기 때문이다. 둘이서 싸우는 시끄러운 소리가 바위와 성벽에 부딪혀 메아리쳤고, 거칠게 치고받는 소리는 땅속 깊숙한 곳까지 울려 퍼졌다. 지하에서 일을 하던 난쟁이들은 그 소리에 깜짝 놀라 들고 있던 연장을 떨어뜨린 채, 재빨리 땅속 제일 깊은 곳에 있는 방으로 피신했다.

지크프리트에게 충성을 맹세한 난쟁이들의 왕 알베리히는 적들이 공격해 온 것으로 생각했다. 그는 서둘러 무장하고 땅 위로 올라갔다. 한편 거인 보초병은 점차 지쳐갔고 몸에 난 상처들이 아파오기 시작했다. 그는 남은 힘을 다해 팔을 높이 쳐들어 엄청난 힘으로 지크프리트를 내려쳤다. 그 바람에 지크프리트의 방패가 산산조각 나기는 했지만, 그것으로 그의 힘은 끝장났다. 손에 들고 있던 철봉은 바닥으로 떨어졌고, 지크프리트는 허리춤에 두르고 있던 튼튼한 허리띠를 풀어 그의 두 손을 꽁꽁 묶었다. 거인 보초병은 양손이 묶인 채 성벽에 기대앉아 끙끙 신음하며, 자기를 처참한 몰골로 만든 낯선 남자를 가끔씩 흘끗흘끗 쳐다보았다.

아직 날이 완전히 밝지 않았고, 사방이 안개에 휩싸여 모든 것이 희미하게 보일 뿐이었다. 지크프리트는 귀를 쫑긋 세우고 근처에서 나는 소리에 신경을 집중했다. 뒤쪽에서 누군가가 다급하게 다가오는 발자국 소리가 들렸다. 지크프리트는 황급히 뒤돌아보았다. 그 앞에 갑옷 입은 키 작은 남자가 서 있었다. 하얀 수염은 허리춤까지 내려왔고 손에는 이상하게 생긴 무기를 들고 있었다. 일곱 가닥의 긴 줄 끝에 묵직한 쇳덩어리가 매달려 있는, 황금 손잡이가 달린 채찍이었다. 지크프리트는 그가 알베리히라는 것을 금방 알아챘다. 그러나 인사를 건넬 틈조차 없었다. 싸움을 좋아하는 알베리히는 다짜고짜 채찍을 마구 휘두르기 시작했다. 이 이상한 무기는 전혀 만만하지 않았다. 채찍이 닿는 곳마다 지옥에서나 볼 수 있을 것 같은 불꽃이 튀어 올랐다.

지크프리트는 지긋지긋한 싸움에 정말이지 넌더리가 났고, 맞아서 아픈 것에도 짜증이 치밀었다. 산산조각 난 방패를 집어 던진 그는 난쟁이의 수염을 낚아채서는 처참하게 잡아 뜯었고, 손에 들고 있던 채찍을 빼앗아 낭떠러지 아래로 던져버렸다. 아무리 용감한 알베리히도 그쯤 되니 남은 수염과 목숨을 부지하기 위해 살려달라고 애원할 수밖에 없었다.

지크프리트는 알베리히 역시 꽁꽁 묶어서 다소 거칠게 땅바닥으로 내던졌다. 그사이 안개는 옅어졌고, 난쟁이들의 왕은 그제야 자기를 이긴 사람의 얼굴을 보고 깜짝 놀랐다.

"당신 도대체 누구요?" 알베리히가 마침내 입을 열었다. "당신은…… 당신은…… 지크프리트가 아니오!"

이렇게 소리를 지르더니, 갑자기 배를 움켜쥐고 웃기 시작했다. 어찌나 데굴데굴 구르며 웃어젖혔던지, 하마터면 낭떠러지로 굴러떨어질 뻔했다. 옆에 있던 거인 보초병의 얼굴에도 웃음이 번졌으나 큰 소리로 웃을 엄두는 내지 못했다. 상처가 너무 아팠기 때문이다.

"그러니까 지금 우리는 둘이서 함께 당신의 나라와 당신의 성을 당신으로부터 지켜낸 것이오." 다시 평정을 되찾은 알베리히는 결박에서 풀려나자 이렇게 말했다. "자, 이제 우리가 당신을 위해 무엇을 해야 할지 말해주시오!"

"잘 들으시오!" 지크프리트는 진지한 표정으로 말했다. 시간이 너무 없었다. "지금 당장 최고로 용감한 병사 천 명과 그들을 싣고 바다를 건널 수 있는 튼튼한 배가 필요하오. 어서서두르시오!"

말이 채 끝나기가 무섭게 난쟁이들은 더 이상 아무것도 묻지 않고 달려 나가서는, 온 나라 안에 있는 기사들과 병사들을 성으로 불러 모으기 시작했다. 산속 깊은 바위 동굴 안에는 니벨룽의 보물들이 산더미처럼 쌓여 있었다. 그 보물들 중에서 값비싼 의복들, 갑옷들, 무기들을 꺼내 와서 아이슬란드로 갈 기사들에게 나누어주었다.

곧 하얀 돛을 단 날렵한 배들이 해변으로 모여들었고 병사들과 말들이 갑판 위로 올라갔다. 화려하게 무장한 병사들이 북쪽 바다 건너 이젠슈타인 성을 향해 항해를 시작했다.

한편 그사이 브룬힐트의 철벽같은 성 주변에는 거대한 군대가 진을 치고 있었다. 병사들은 모두 멀리서 혹은 가까이에서 온 여왕의 신하들이었다.

군터 왕은 하겐과 당크바르트와 함께 발코니에 서서 불편한 심정으로 구름떼처럼 몰려온 무장 병사들을 내려다보고 있었다. 그들은 마치 적국에 포로로 잡혀 와 있는 느낌이었고, 그들의 눈길은 계속 저 멀리 바다 위를 향해 있었다. 그들은 간절한 심정으로 지크프리트와 니벨룽의 병사들을 실은 배의 돛이 마침내 수평선 위로 떠오르기만을 기다리고 있었다.

그때, 브룬힐트가 그들에게 다가왔다.

"저 멀리에서 배들이 오는 것을 보았어요."

여왕의 말에 군터 왕은 넓은 바다 위를 샅샅이 살펴보았지만, 아무것도 보이지 않았다. 여왕은 독수리의 눈을 가지고 있는 것이 분명했다! 잠시 후 다른 사람들의 눈에도 배가 들어오는 것이 보였다. 하얀 돛이 처음에는 아주 작은 하얀 점처럼 보이더니, 그다음에는 하얀 새처럼 보이다가 빠른 속도로 점점 커지면서 돛의 모양을 알아볼 수 있었다.

"저들은 우리 병사들이오!" 군터 왕이 외쳤다. 마음속에 있던 커다란 돌덩이 하나가 떨어져 나간 듯한 느낌이었다. "내가 사람들을 데려오라고 지크프리트를 보냈소. 자, 그러니 이제 격식에 맞게 저 수행원들을 데리고 보름스로 갑시다!"

그러나 보름스로 떠나기까지는 한동안 시간이 걸렸다. 여왕의 숙부 중 하나가 나라를 다스릴 태수로 임명되었고, 수많은 친척과 친구와도 작별 인사를 나누어야 했다. 천 명의 기사와 수많은 시녀들이 여왕을 수행하기 위해 길 떠날 채비를 했다. 함 스무 개에 브룬힐트가 싸 가지고 갈 옷가지며 금과 은으로 된 장신구들, 그 밖에 값진 보석들을 채워 넣었다.

그러던 어느 날, 더 이상 준비할 게 없자 마침내 모든 일행은 배가 있는 곳으로 갔다. 때마침 바람이 적당히 불었고, 배들은 이젠슈타인의 해변을 벗어나 낯선 나라로 가기 위해 넓은 바다로 나아갔다. 여왕은 지금 가고 있는 낯선 나라를 떠나 다시는 고향인 아이슬란드로 되돌아오지 못할 운명이었다.

브룬힐트는 밧줄 하나에 몸을 의지한 채 배의 맨 뒤 갑판 위에 서 있었다. 마지막 암초를 벗어날 때까지 뒤를 돌아보고 또 돌아보았다.

항해는 하나도 즐겁지 않았다. 적어도 부르군트의 왕에게 는 그랬다. 기분이 울적해질 때는 도대체 자기가 어쩌자고 이 젠슈타인으로 온 건지, 아무래도 큰 실수를 했다는 생각이 들 었다.

육지가 가까워져 오자 하겐이 군터 왕에게로 왔다.

"우리는 미리 전령을 보내 보름스에 있는 여자들에게 소식 을 전해야 할 것 같소. 고향을 떠나온 지 상당한 시간이 흘렀 기에 집에 있는 여자들이 몹시 걱정하고 있을 것이오. 게다가 브룬힐트 왕비를 맞이할 준비를 시켜놓기도 해야 합니다."

"좋소." 군터 왕이 대답했다. "그럼 육지에 닿는 대로 즉시 숙부가 먼저 말을 타고 길을 떠나시오!"

하겐이 어처구니없다는 듯 무례하게 웃었다.

"난 아름다운 여인들에게 어울리는 전령이 아니오! 그런 일을 할 만큼 세심한 인간이 아닐뿐더러 그다지 공손하지도 않소. 그래서 하는 말인데……" 칼자국이 여기저기 나 있는 하겐의 얼굴이 순간 조롱 가득한 표정으로 일그러졌다. "지크프리트에게 그 일을 맡겨보는 게 어떨는지요. 내 칼을 돌멩이하고 맞바꾸기로 내기를 해도 좋소. 그는 분명 싫다고 하지 않을 것이오."

당연히 지크프리트는 싫다고 하지 않았다. 벌써 오래전부터 여행이 너무 길어지는 것에 안달이 나 있었기 때문이다. 배가 육지에 가 닿기 무섭게 그는 이미 백마 위에 올라타 있었고, 스물 남짓의 기사와 함께 라인 강 상류를 향해 먼저 출발했다. 그들은 말의 입에서 하얀 거품이 뿜어져 나와 사방으로 흩어질 정도로 빠르게 달렸고, 말들에게 필요한 최소한의 시간만 휴식을 취했다. 길가에 있던 농부들은 미친 듯이 달려오는 기사의 무리를 보고 깜짝 놀라 들판 쪽으로 몸을 피했다. 밤이 되어 마을을 통과할 때는 나이 든 할머니들이 성호를 그으며, 수백 년 전에 그랬던 것처럼 보단의 군대가 자신들의 머리 위를 날아가고 있는 거라고 믿었다. 마침내 지크프리트가 기사들을 이끌고 보름스 궁전에 도착했을 때 게르노트와 기젤헤어는 깜짝 놀랐다. 도대체 군터 왕은 어디에 있는 걸까? 지크프리트는 서둘러 말에서 내려 고삐를 시종에게 넘겨주었다. 투구를 벗고 곧장 성 위의 창문을 올려다봤다. 그의 얼굴은 기쁨으로 환하게 빛났고, 기쁨을 감추지 못해 손에 들고 있던 투구를 머리 위로 힘껏 던졌다.

심각했던 게르노트의 얼굴도 이내 밝아졌다.

"분명 모든 일이 잘된 거야. 나쁜 소식을 전하는 전령의 모습이 저럴 수는 없거든!"

그렇다, 나쁜 소식이 아니었다. 여자들도 이 기쁜 소식을 얼른 들어야만 했다. 부르군트의 새 왕비를 맞이하려면 준비해야 할 것들이 많았기 때문이다. 곧 우테 왕비와 크림힐트 공주에게도 지크프리트가 소식을 가지고 왔다고 알렸다.

우테 왕비는 즉시 지크프리트를 데려오라고 명했다. 그러자 크림힐트 공주는 서둘러 방으로 가서 옷가지들을 전부 펼쳐놓고, 어떤 옷을 입어야 제일 예쁘게 보일지 몰라 온 방 안을 엉망으로 만들어놓았다. 어머니 옆에 섰을 때, 그녀의 두 뺨은 발그레하게 달아올랐고 심장은 쿵쾅쿵쾅 뛰고 있었다. 곧 지크프리트가 들어왔다. 그 역시 왕비에게 깊이 허리 숙여 인사를 올리기 전에 두 눈은 크림힐트부터 찾았다. 왕비 역시 눈치를 채고는 살짝 웃으며, 지크프리트에게 다가가 손을 내밀어 인사를 건넨 뒤 소식을 전해달라고 청했다.

지크프리트는 아이슬란드를 향해 길을 떠난 직후부터 지금까지 있었던 일들을 모두 소상히 전했다. 마지막으로 군터 왕과 브룬힐트 왕비가 벌써 라인 강 상류를 향해 오고 있으며, 곧 보름스에 도착할 예정이라고 말했다.

"군터 왕께서는 모든 준비를 잘 갖추어 기사들과 시녀들을 거느리고 도시 입구까지 마중 나와달라고 부탁하셨습니다. 아이슬란드의 여왕 브룬힐트는 자존심이 세고 화려한 것을 좋아하는 분이기 때문입니다."

이 말에 마음씨 좋은 우테 왕비조차도 기분이 상했다. 그러나 큰일을 앞두고 해야 할 일이 너무나 많았으므로 더 이상 아무 말도 하지 않았다.

"반가운 소식을 전해주어 고마워요, 고귀하신 지크프리트여. 크림힐트도 당신에게 고마워하고 있어요. 당신은 우리를 위해 많은 일을 해주었구려."

이 말만 서둘러 했을 뿐이다.

크림힐트는 지크프리트를 보고 활짝 웃으며 손을 내밀었다.

"기쁜 소식을 전해준 당신에게 후한 상을 내리고 싶어요, 지크프리트여." 크림힐트가 말했다. "하지만 당신은 내 상이 필요 없을 거예요. 당신은 부자니까요."

"내가 서른 개의 왕국을 소유하고 있다고 한들," 지크프리트가 재빨리 속삭였다. "당신의 손에서 나온 것이라면, 그게 무엇이든 너무나 행복하게 받을 것이오."

지크프리트는 이렇게 말한 뒤, 기사의 도를 갖추어 작별 인사를 건네고 자리에서 물러났다.

바야흐로 성안의 주방, 지하실, 창고 등에서 사람들이 바쁘게 일하기 시작했다. 모든 손님이 성안에 머물 것이고, 그들을 격식에 맞게 대접하기 위해서는 하나도 빠짐없이 세심하게 신경 써야만 했다.

망루마다 보초병들이 왕과 왕비를 태운 배가 들어오는 것을 보기 위해서 망을 섰다. 라인 강 하류 쪽으로 감시병들도 파견되었다. 손님들이 언제쯤 도착할지 정확히 알아야 시간을 넉넉히 두고 치장하고, 도시 입구에 있는 강변으로 말을 타고 나갈 수 있었기 때문이다.

정오쯤 되자 감시병 하나가 입에 거품을 잔뜩 문 말을 타고 성의 뜰 안으로 들어왔다. 그는 말에서 내려 말은 그 자리에 버려두고, 급히 게르노트 왕이 있는 홀로 뛰어 올라갔다.

"그들이 옵니다!" 감시병이 숨을 헐떡이며 말하고는, 그제야 너무 서두르다가 왕에게 인사를 올리는 것마저 깜박한 것을 알고 당황했다. 그는 서둘러 코가 바닥에 닿을 정도로 절을 하며 계속 말했다. "제 생각에는 두 시간 후면 이곳에 도착할 것 같습니다."

감시병의 보고는 들불처럼 삽시간에 성 전체에 퍼졌다. 곧 성안이 벌집을 쑤셔놓은 것처럼 정신없이 바쁘게 돌아갔다. 시종들과 일꾼들은 노닥거릴 시간이 없었다. 한 사람을 동시에 세 군데에서 불러댔다. 즉시 달려가지 않으면, 화가 난 윗사람이 다짜고짜 따귀를 올려붙였다.

크림힐트는 또다시 거울을 들여다봤다. 도대체 몇 번째인지 몰랐다. 이만하면 아주 예뻐 보일까? 혹시 다른 옷으로 갈아입어야 할까? 허리띠는 너무 가늘어 보이고 머리띠에 붙은 보석은 생각만큼 그렇게 반짝거리지 않았다. 이제 뭘 더 해야 하지……?

바로 그 순간, 모든 탑 위의 보초병들이 불어대는 나팔 소리가 사방에 울려 퍼졌다. 배가 보이기 시작한다! 제시간에 강변으로 나가 있으려면 이제부터 서둘러야만 했다. 크림힐트는 시녀들을 불러 함께 뜰로 나갔다. 타고 갈 말들이 벌써 준비되어 있었다.

맨 앞에는 게르노트와 기젤헤어 왕이 서 있었다. 메츠 출신의 오르트빈이 우테 왕비가 말에 올라타는 것을 도왔고, 영광스럽게도 왕비 옆에서 나란히 말을 모는 임무를 맡았다. 왕비

뒤를 지크프리트와 크림힐트가 따랐다. 그들 뒤로 기사들과 귀족 출신의 여자들, 그리고 잔치에 초대받은 손님들의 긴 행렬이 이어졌다. 그들은 성안의 좁은 통로를 지나 성문 밖으로 나간 다음, 라인 강변으로 내려갔다.

배들은 벌써 물살을 일으키며 강둑으로 다가오고 있었다. 배의 맨 앞 높이 솟은 돛대 위에는 부르군트의 깃발이 바람에 나부끼고 있었고, 바로 그 아래에 군터 왕과 그의 아름다운 아내가 나란히 서 있었다. 강둑 가까이 수심이 얕은 곳에 다다르자 선체가 삐거덕거리며 멈춰 섰고, 곧 노를 젓던 시종들이 밧줄을 던졌다.

군터 왕이 브룬힐트에게 손을 내밀어 배에서 육지로 내려오는 것을 도와주었다. 그녀의 발밑에는 동양에서 온 값비싼 양탄자가 깔려 있었지만, 브룬힐트는 눈길도 주지 않았다.

"폐하 만세! 왕비님 만세!"

줄지어 선 부르군트의 기사들이 연이어 만세를 외쳤다. 브룬힐트는 그런 환영의 인사도 전혀 달가워하지 않는 것 같았다. 우테 왕비가 그녀에게 다가가 다정하게 안아주며 사랑하는 딸처럼 환영하노라고 말했다. 브룬힐트는 얼음처럼 차가운 입술로 우테 왕비에게 건성으로 입을 맞추었다.

"감사합니다, 어머님." 브룬힐트는 나지막이 말했다. "하지만 우리 모두를 위해서 아드님께서 이젠슈타인으로 오지 않았더라면 좋았을 것입니다."

크림힐트는 낯선 곳에서 온 브룬힐트를 보며 이상한 느낌이 들었다. 저 여자는 아름답기는 하지만, 어딘지 모르게 두려움을 갖게 하는구나……라고 생각했다. 크림힐트가 아름다운 올케에게 입을 맞추자, 브룬힐트는 엷은 미소를 띠었다. 그러나 그녀의 두 눈은 차라리 울고 싶은 듯이 보였다.

배들이 모두 다 정박하자 강과 도시 사이의 넓은 들판은 사람과 말, 부려놓은 짐과 물건으로 가득 찼다. 그들은 부지런히 다시 짐을 꾸려 짐승의 등과 마차에 모두 싣고, 마침내 긴 행렬을 이루며 길을 떠났다.

사람들이 성에 도착했을 때에는 어느새 날이 어두워지고 있었다. 큰 홀은 환하게 불을 밝혔고 기둥들은 꽃과 나뭇잎으로 만든 화환을 둘러 멋지게 꾸몄다. 손님들이 둘러앉아 식사를 하게 될 거대한 식탁도 화려하게 장식했다.

만찬이 시작되기 전에 군터 왕은 자리에서 일어나 지크프리트와 크림힐트에게 앞으로 나와달라고 청했다. 흥겹게 담소를 나누던 군중이 일순간 대화를 중단했고, 잠시 기대에 가득 찬 침묵이 흘렀다.

"내가 당신에게 지켜야 할 약속이 하나 있소." 군터 왕이 지크프리트에게 말했다. "당신은 내게 크림힐트를 아내로 달라고 청했소. 이제 그 부탁을 들어주려고 하니, 당신은 평생 내 여동생을 귀하게 여기며 살아갈 것을 맹세해야만 하오."

"그렇게 할 것을 맹세합니다."

지크프리트는 진심을 다해 맹세했다.

군터 왕은 이제 크림힐트를 쳐다봤다. 크림힐트는 군터 왕 앞에 수줍은 듯 다소곳이 서서 왕을 올려다보지도 못했다.

"그리고 크림힐트야, 너는 지크프리트를 남편으로 맞아 정숙한 아내로 살겠느냐?"

"네."

크림힐트는 작은 목소리로 대답했다.

곧 폭풍 같은 환호성이 홀 안을 가득 채웠다. 모든 사람이 두 사람의 결혼에 대한 이야기로 꽃을 피웠다. 어느 누구도 브룬힐트에게 관심을 두지 않았다. 그녀는 혼자 식탁 맨 윗자리의 호화롭게 장식이 된 의자에 앉아, 두 손으로 의자의 팔걸이를 꽉 움켜쥔 채 군터 왕을 뚫어져라 쳐다보았다. 머릿속은 혼란스러웠고, 군터가 도대체 무슨 말을 하는지 이해할 수 없었다.

음식이 날라져 오기 시작했다. 손님들은 모두 자기 자리를 찾아가 앉았고, 군터 왕도 다시 브룬힐트 왕비의 옆자리로 가서 앉았다. 지크프리트와 크림힐트는 그들 맞은편에 앉았다. 곧 흥겨운 식사가 시작되었다. 브룬힐트 왕비만이 전혀 흥겹지 않은 듯했다. 그녀는 먹지도 않고 말 한마디도 하지 않았다. 군터 왕이 어디 불편한 데라도 있느냐고 물었다.

한동안 아무 대답도 없던 왕비는 갑자기 낮고 분노에 가득 찬 목소리로 입을 열었다.

"나는 이 모든 것이 이해가 잘 안 됩니다, 폐하. 어떻게 당신은 여동생을 한낱 신하에게 아내로 줄 수가 있습니까? 왕의 신분인 사람에게만 여동생을 줄 수 있는 것 아닙니까!"

군터 왕은 순간 흠칫 놀랐다. 그렇다, 저 북쪽의 이젠슈타인에서 그렇게 거짓말을 했었다! 지크프리트는 왜 신하라는 거짓말을 해야만 했을까! 이제 와서 후회해봐도 아무 소용이 없었다.

마음이 언짢아진 왕은 머리를 절레절레 흔들었다.

"지금 당신에게 모든 것을 다 설명해줄 수는 없소! 하지만 한 가지만은 분명히 말해주리다. 지크프리트는 나의 신하가 아니오. 나와 똑같이 왕의 신분이오. 그는 니벨룽 왕국을 소유하고 있고, 그의 아버님이 돌아가신 후 네덜란드의 왕이 될 예정이기도 하오."

브룬힐트는 아무 말도 하지 않았다. 그저 두 눈을 마치 고양이처럼 가늘게 떴을 뿐이다. 그런 그녀의 눈은 분노로 이글이글 타올랐다. 그러니까, 이젠슈타인에서 지크프리트와 군터가 함께 그녀를 속인 것이다! 그때 이미 예상한 일이고, 앞으로 절대로 그 사실을 잊지 않을 것이다! 그렇다, 아이슬란드의 여왕을 능멸한 대가는 반드시 치르게 해주리라!

이제 만찬에서 군터 왕보다 더 마음이 언짢은 사람은 없었다. 브룬힐트 왕비가 자리에서 벌떡 일어나 긴 여행 때문에 피곤하다면서 이제 그만 침실로 가겠다고 말했다. 그녀는 부르군트의 시녀들을 모두 내쫓고, 자기가 직접 데려온 시녀들에게 시중을 들게 했다. 게다가 아이슬란드에서 데리고 온 무장 기사 열두 명이 브룬힐트의 침실 앞에서 밤새 보초를 섰다.

다음 날 아침, 성당에서 대주교가 두 쌍의 신랑 신부에게 축복을 해주었다. 아름답지만 대리석처럼 창백한 모습의 브룬힐트는 군터 왕 옆에 서 있었고, 사랑스럽고 밝은 모습의 크림힐트는 지크프리트 옆에 서 있었다.

이제 보름스에서는 결혼식 축하연이 시작되었다. 후에 온 나라와 도시에서 결혼식에 대한 얘기가 두고두고 회자되었다. 손님들은 늦은 밤이 되어서야 기쁜 마음으로 각자의 침실을 찾아 들어갔고, 똑바로 걸을 수 없는 몇몇 손님은 시종들의 부축을 받아 힘겹게 침대까지 무사히 갈 수 있었다.

군터 왕도 브룬힐트와 함께 침실로 향했다. 넓은 복도가 쥐 죽은 듯 고요했다. 남녀 시종들이 등불을 들고 왕과 왕비를 침실 문 앞까지 모신 다음, 다들 각자의 방으로 돌아갔다.

브룬힐트가 문 앞에서 잠시 머뭇거리며 멈춰 섰다. 그러더니 그녀는 재빨리 몸을 돌려 자신을 따라 침실 안으로 들어가려던 왕을 가로막았다.

"폐하." 브룬힐트는 차갑게 말했다. "당신은 다른 침실로 가서야겠습니다! 당신은 내가 남편을 맞이하는 순간 초인적인 힘이 사라진다는 것을 잘 알고 계십니다. 그런데…… 나는 당신 때문에 힘을 잃고 싶은 마음이 손톱만큼도 없습니다! 그러니 나는 혼자서 자야겠습니다!"

어안이 벙벙해진 군터는 브룬힐트를 쳐다봤다. 도대체 무슨 소리지? 부르군트의 왕이자 남편인 나를 이렇게 그냥 문앞에 세워두겠단 말인가?

그사이 브룬힐트는 이미 몸을 돌려 방 안으로 들어가 문을 잠그려고 했다. 군터 왕은 힘으로 그녀를 밀쳐내고 억지로 침실 안으로 몸을 들이밀었다. 그 순간, 브룬힐트는 몹시 화가 났다. 잠시 뒤 훨씬 더 힘이 센 그녀 때문에 군터 왕은 비참한 상황을 맞았다. 브룬힐트 왕비가 길고 튼튼한 허리띠로 군터 왕의 손발을 꽁꽁 묶어 번쩍 들어다, 벽에 박힌 못에 걸어둔 것이다. 그러고는 군터 왕을 그 상태로 내버려 둔 채 혼자 자러 들어갔다.

왕에게 밤은 너무도 길고 심란했다. 아침이 되어 창문을 통해 햇살이 비쳐들고 바깥 복도에서 여러 시종이 바삐 오갈 때가 되어서야 브룬힐트는 마침내 군터를 풀어주었다.

"자, 이제 주무셔도 됩니다."

그녀가 말했다.

그러나 군터 왕은 잠이 올 리 없었다. 시녀들이 브룬힐트의 옷 입는 시중을 들기 위해 방으로 들어왔을 때, 군터는 너무나 속상한 나머지 침실을 나와 넓은 정원으로 멀리 갔다. 흥겨움에 들떠 있는 손님들 중 어느 누구와도 마주치고 싶지 않아서였다.

그런데 지크프리트가 왕을 보았다. 그는 군터 왕을 따라 나가 왜 그렇게 기분이 좋지 않느냐고 물었다. 간밤에 있었던 일을 다 듣고 난 지크프리트는 그만 웃음이 터져 나올 뻔했으나, 더 이상 왕의 마음을 상하게 하고 싶지 않았다.

"그 못된 버릇을 고쳐놓을 수 있을 겁니다." 지크프리트는 용기를 북돋아주며 말했다. "우리가 이젠슈타인에서 왕비를 이겼으니 여기서도 성공할 수 있습니다. 당신께서 오늘 저녁 왕비와 함께 침실에 드실 때, 내가 투명망토를 입고 문 앞에 서 있겠습니다. 내가 거기 있다는 표시로 맨 앞에 서 있는 시종의 등불을 끄겠습니다."

군터 왕은 망설였다. 행여나 브룬힐트가 눈치라도 채면, 그와 지크프리트를 절대로 용서하지 않으리라! 하지만 별다른 방법이 있을까? 없다, 아무런 방법도 떠오르지 않았다. 게다가 브룬힐트가 또다시 그를 치욕스럽게 대하도록 내버려 두어서는 안 된다! 마침내 군터 왕은 지크프리트의 계획이 그다지 나쁘지만은 않다고 생각했고, 그래서 동의했다. 한결 마음이 누그러진 군터 왕은 손님들에게로 다시 돌아갈 수 있었다.

그날은 온갖 즐거운 놀이와 오락을 하며 하루가 지나갔다. 이윽고 다시 저녁이 되어 모두가 잠을 자러 가자, 군터 왕은 왕비를 따라 침실로 들었다. 시종들이 등불을 들고 앞서서 걸어갔다. 침실 문 앞에 당도했을 때, 맨 앞에 서 있던 시종의 등불이 갑자기 꺼졌다. 시종은 잘못했다고 빌며, 바람이 불어서 등불이 꺼졌노라고 변명했다. 그러나 군터 왕은 지크프리트가 투명망토를 입고 기다리고 있다는 것을 눈치챘다.

시종이 모두 물러가자 군터 왕은 자기가 들고 있던 마지막 등불을 직접 껐다. 그러자 사방이 칠흑같이 깜깜해져서 바로 눈앞의 손도 알아보지 못할 정도였다. 그 순간 왕은 누군가에 의해 옆으로 밀려나는 것을 느꼈다. 이제 지크프리트가 그가 있던 자리에 대신 섰다. 군터 왕은 벽에 바짝 붙어 서서 앞으로 무슨 일이 벌어질지 숨을 죽이고 기다렸다.

브룬힐트는 어젯밤과 똑같은 행동을 하기 시작했다. 그러나 상대가 다른 사람이라는 것은 전혀 눈치채지 못했다. 브룬힐트 옆에 서 있던 지크프리트가 그녀를 따라 안으로 들어가려고 하자, 그녀가 길을 막아섰다. 지크프리트가 어찌할 틈도 없이 브룬힐트는 그의 손목을 거머쥐었다. 그러더니 집게로 꽉 움켜잡듯 지크프리트의 온몸을 끌어안아 옆으로 내동댕이쳤다. 그 바람에 지크프리트의 머리가 쿵 하고 방구석에 가서 부딪혔다. 그의 눈에서 별이 번쩍번쩍 보이는 것 같았다. 지크프리트는 비틀거리며 붙잡을 곳을 찾아 더듬거렸지만, 두 손은 허공에서 허우적거릴 뿐이었다. 정신을 차리려고 애쓰는 사이, 또다시 브룬힐트의 두 팔이 그를 들어 올리는 것이 느껴졌다. 이번에는 그를 옷장과 벽 사이의 좁은 틈으로 마구 밀어 넣었다. 갈비뼈가 으스러지는 것 같았다. 그는 온 힘을 다해 두 팔을 빼내려고 애썼다. 그러자 브룬힐트는 그의 손가락을 잡고 꺾었다. 손톱 밑에서 피가 터져 나올 것만 같았다.

어둠 속에서 그렇게 브룬힐트와 몸싸움을 하고 있자니, 지크프리트에게 엄청난 공포가 밀려왔다. 이 여자는 내가 알고 있는 여자들과 많이 다르다…… 그렇다, 이 여자는 아주 옛날 이교도가 판을 치던 시절에 전쟁터에서 말을 달리던 발퀴레 중의 하나임이 분명하다…… 정신이 몽롱한 가운데 지크프리트는 그런 생각을 했다.

그러다 갑자기 정신이 번쩍 들었다. 이 여자가 이번에는 또 무슨 짓을 하려는 걸까? 그는 곧 알아챘다. 브룬힐트는 허리띠로 지크프리트를 꽁꽁 묶기 시작했다!

그 순간 지크프리트에게 참을 수 없는 분노가 치밀어 올랐다. 그녀가 아무리 악마와 친구 사이라고 해도 가만두고 볼 수가 없었다! 화가 머리끝까지 치솟자, 갑자기 거인 같은 힘이 불끈 솟아났다. 지크프리트 몸속의 모든 힘줄 하나하나가

팽팽히 당겨지며, 마치 강철처럼 강하게 느껴졌다. 양손이 손목에서 떨어져 나갈 정도로 힘차게 팔을 쫙 뻗자 드디어 묶였던 몸이 풀려났다!

브룬힐트는 화가 나서 꽥 하고 소리를 질렀다. 이제 싸움의 양상이 정반대로 뒤바뀔 찰나였다! 브룬힐트는 붙잡힌 야생 고양이처럼 저항했고 그 힘이 지크프리트보다 절대로 약하지 않았다.

그런데 브룬힐트의 초인적인 힘이 점차 줄어들기 시작했다. 말할 수 없는 절망감에 사로잡힌 브룬힐트는 도대체 왜 자신이 군터 밑에 깔려 있게 되었는지 알 수가 없었다! 이젠 슈타인에서 결투를 벌였던 장면들이 어둠 속에 누워 있는 그녀의 눈앞에 주마등처럼 펼쳐졌다. 그렇다, 이제 그녀는 두 번 다시 고향으로 돌아갈 수 없을 것이다…… 절대로! 그동안의 화려했던 모든 영광은 이제 영영 끝나버렸다.

브룬힐트는 팔을 내려뜨렸다.

"이제 그만 화해합시다, 폐하!" 이렇게 말하는 그녀의 목소리는 분노와 슬픔이 뒤섞여 기이하게 들렸다. "이것으로 나의 마지막 결투가 끝이 났어요! 약속을 지켜야 할 때가 온 것 같습니다!"

그 말을 들은 군터 왕은 크게 만족했다. 지크프리트가 옆을 스쳐 지나가는 것을 알아챈 군터 왕은 안심하고 다시 침대 가까이로 다가갔다. 한편 지크프리트는 방금 전 브룬힐트와 몸싸움을 벌일 때 벗겨낸 그녀의 허리띠와 반지를 가지고 소리 없이 침실을 빠져나갔다.

몸싸움에서 이기기는 했지만, 웬일인지 지크프리트는 전혀 기쁘지 않았다. 애초에 군터 왕이 브룬힐트에게 청혼하러 가지 않았더라면 좋았을 뻔했다! 지크프리트는 이렇게 생각했다. 브룬힐트는 이곳에서 영원히 이방인으로 남을 것이다. 그리고 바로 그런 이방인들이 집 안으로 불행을 끌어들이는 법이다!

지크프리트는 갑자기 온몸에 소름이 쫙 돋았다. 재빨리 투명망토를 벗고 크림힐트가 있는 방으로 들어갔다.

크림힐트는 깜짝 놀라 지크프리트를 쳐다봤다. 그가 들어오는 모습을 보며 약간의 호기심도 생겼다. 이 야심한 시각에 뭐 하러 방을 나갔는지도 말하지 않았기 때문이다.

지크프리트는 여전히 아무 말이 없었고 뭔가 깊은 생각에 잠겨 있는 듯 보였다. 크림힐트는 그런 그를 몰래 훔쳐보며 걱정스러운 마음이 들었다. 무슨 일이 있나 싶었고, 도대체 그게 뭔지 궁금했다. 무슨 일인지 물어봐도 될까? 아니다, 호기심은 궁정 법도에 어긋나는 일이다! 하지만…… 그건 단순한 호기심이 아니었다…… 크림힐트는 문득 두려움을 느꼈다!

그것이 무슨 감정인지 헤아려볼 틈도 없이 그녀는 다급히 지크프리트에게 다가갔다.

"당신, 무슨 일이 있었나요?"

지크프리트는 고개를 가로저었다.

"아무 일도 없었소!"

그러나 그의 얼굴은 밝아지지 않았다.

"오, 사랑하는 남편이시여," 크림힐트는 애원하며 말했다. "당신에게 무슨 일이 있었던 것이 분명해요! 내게 말해주지 않겠어요?"

"당신에게 아무 말도 해줄 수가 없소. 그렇게 약속했기 때문이오!"

그러나 젊은 왕비는 계속 애원했다. 동서고금을 막론하고 이 세상의 모든 남편이 그러하듯, 지크프리트 역시 자기 의지와는 상관없이 그동안의 일들을 모두 다 털어놓았다.

"어느 누구도 알아서는 안 되오! 당신도 예외는 아니오."

지크프리트는 진지하게 말했다. "그런데 당신이 이제 모든 것을 다 알게 되었으니 절대로 입 밖에 내지 않겠다고 맹세하시오. 그렇지 않으면 엄청난 불행이 닥칠 것이오!"

크림힐트는 또다시 알 수 없는 두려움이 엄습하는 것을 느꼈고, 서둘러 지크프리트의 말대로 맹세했다. 그런 다음 그녀는 브룬힐트의 허리띠와 반지를 받아 상자 깊숙한 곳에 숨겨두었다.

지크프리트는 곧 그 모든 일을 잊어버렸다. 그리고 마침내 고향인 네덜란드로 돌아가, 아름다운 아내를 부모님께 보여드리기로 결심했다.

결혼식 축하연이 모두 끝나자, 지크프리트와 크림힐트는 떠날 준비를 했다. 궁정 가신들 한 무리와 많은 시녀들, 그리고 에케바르트 변경백이 기사 400명을 거느리고 젊은 왕비를 따라 낯선 나라로 갔다. 크산텐 궁전에서는 가끔씩 소문으로만 소식을 전해주던 지크프리트가 드디어 고향으로 돌아오자 크게 기뻐했다.

지크문트 왕은 아들의 머리에 왕관을 씌워주었다. 이제 자신은 너무 늙었기 때문이다. 그동안 나라 안에서는 폭력과 횡포가 난무했고 각종 범죄자 무리들이 악행을 일삼았다. 지크프리트는 곧 그들을 소탕했다. 붙잡힌 범죄자들을 가차 없이 탑에 가두었고 중죄를 저지른 자들은 교수형에 처했다. 그러자 무뢰한들은 붙잡힐까 봐 미리미리 자취를 감추었고, 선량한 백성들은 다시 편안하게 살 수 있게 되었다. 노쇠한 지크문트 왕은 말썽꾸러기였던 지크프리트가 어엿하게 자라 훌륭한 통치자가 된 것이 기뻤다.

지클린데 왕비는 병이 들어 곧 세상을 떠났다. 크림힐트가 아들을 낳은 직후였는데, 외숙부의 이름을 따서 군터라고 불렀다.

세월이 흘러 지크프리트와 크림힐트는 크산텐 궁전에서 행복하고 평화롭게 살고 있었다. 그러던 어느 날 부르군트에서 브룬힐트가 아들을 낳았다는 소식이 날아왔다. 라인 강 상류를 지나쳐온 나그네들이 보름스의 소식을 간간이 전해주었다. 크림힐트는 가끔씩 어머니와 오빠들을 다시 만나고 싶었다. 그러나 혼자서 가기에는 너무 먼 여행길이었다.

한편 군터 왕과 보름스 궁전 사람들은 예전과 달리 그다지 행복하지 않았다. 젊은 왕비인 브룬힐트가 항상 말없이 표정이 굳어 있었기 때문이다. 창백한 얼굴의 왕비는 어린 아들에게조차도 웃어주는 일이 거의 없었다.

브룬힐트는 남몰래 지크프리트와 크림힐트에 대해 자주 생각했다. 시누이인 크림힐트가 아직도 그렇게 아름답고, 아직도 지크프리트의 아내인 것이 그렇게 자랑스러운지 궁금했다.

밤에도 잠 못 이루고, 깨어 있을 때면 머릿속이 여러 가지 생각으로 어지러웠다. 자신이 군터의 아내가 되고 크림힐트가 지크프리트의 아내가 된 것은 뭔가 크게 잘못된 일이라는 생각이 계속 머릿속을 떠나지 않았다. 게다가 지크프리트가 정말로 왕의 신분인지, 아니면 혹시 군터 왕의 신하가 맞는지도 알 수 없었다.

그에 대한 의문이 풀리지 않자, 브룬힐트는 그것을 알아내기로 결심했다.

"폐하." 어느 날 브룬힐트가 군터에게 말했다. "폐하의 매제인 지크프리트는 다른 영주들과는 달리 우리 궁전을 한 번도 찾아오지 않는군요. 그에게 크림힐트를 데리고 보름스로 오라고 명령을 내리세요. 그 사람들을 만나보고 싶어요!"

군터 왕은 이맛살을 찌푸렸다.

"내게는 지크프리트에게 명령을 내릴 권리가 없소." 왕은 불쾌하다는 듯 말했다. "그가 네덜란드와 니벨룽 왕국의 왕이라는 것을 당신도 알고 있잖소. 그는 부르군트의 신하가 아니란 말이오!"

브룬힐트는 손목에 차고 있던 금팔찌에서 찰랑거리는 소리가 날 정도로 거세게 손사래를 쳤다.

"나는 당신의 말을 못 믿겠어요! 이젠슈타인에서 지크프리트가 내게 직접 자기는 당신의 신하라고 말했었단 말이에요!"

군터는 그때의 거짓말에 대해 더 이상 생각하고 싶지 않았다. 생각만 해도 마음이 불편해졌기 때문이다.

"다 지나간 옛이야기는 이제 그만합시다!" 군터는 브룬힐트를 달래듯 말했다. "당신이 원한다면 지크프리트와 크림힐트, 그리고 지크문트 왕을 여름 축제 기간에 맞추어 초대하겠소!"

순간, 브룬힐트의 두 눈이 반짝였다. 그러나 군터는 아무것도 눈치채지 못했다.

"네, 그렇게 하세요!" 그녀는 들떠서 말했다. "지금 당장 전령을 보내도록 하세요. 여름 축제까지는 시간이 얼마 남지 않았어요."

그렇게 해서 여름 축제가 시작되기 며칠 전, 네덜란드에서 온 엄청난 규모의 화려한 행렬이 부르군트 왕이 있는 성을 향해 보름스의 거리를 통과해 지나갔다.

성문 앞에서 부르군트의 왕족들이 신하를 거느리고 손님을 맞이했다. 우테 왕비는 활짝 웃으며 다가오는 딸을 품에 안았다.

"너를 다시 만나게 되어 너무나 기쁘구나." 왕비는 이렇게 말하며 눈으로는 계속 크림힐트를 유심히 살펴보았다. 그러다가 흡족하게 고개를 끄덕이며 말했다. "무척 행복해 보이는구나. 네 얼굴에 그렇게 씌어 있어."

이어서 왕비는 지크문트 왕에게 다가가 따뜻한 인사를 건넸다.

브룬힐트는 군터 왕 옆에 서 있었다. 언제나처럼 창백한 얼굴과 딱딱한 표정이었다. 그녀는 시누이에게 싸늘한 입술로 입을 맞췄다. 크림힐트는 더 아름다워졌구나. 브룬힐트는 생각했다. 그리고 앞으로 내 평생에 한 번도 그럴 수 없을 만큼 행복하구나……

지크프리트는 브룬힐트 앞에 서서 웃으며 고개 숙여 인사했다. 그녀는 궁정의 법도에 따라 지크프리트에게 입맞춤하도록 뺨을 내주었다. 그러나 그녀는 그를 쳐다보지도 않았고 단 한마디도 건네지 않았다. 그녀는 그저 그 자리를 벗어나,

아무도 없는 곳에서 완전히 혼자인 채로 다른 사람들의 눈에 띄고 싶지 않았다. 다른 사람들의 말은 귀에 들리지도 않았다. 그렇다, 그녀는 갈수록 점점 더 사람들 사이에서 스스로를 고립시켰다……

그러나 어쨌든 브룬힐트는 부르군트의 왕비였고 궁전에서 손님을 맞이해야 하는 안주인이었다. 사람들로부터 손님을 소홀하게 대접했다는 말을 들어서는 안 되었다!

이윽고 보름스에서 여름 축제가 시작되었다. 그러나 축제가 다 끝나기도 전에 무슨 일이 벌어질는지는 그 누구도 짐작하지 못했다!

한동안은 흥청망청 흥겨운 놀이로 채워지는 나날들이었다. 네덜란드와 니벨룽, 부르군트의 기사들 사이에서 결투가 벌어졌고, 저녁이면 결투에서 이긴 사람이고 진 사람이고 모두 하나가 되어 왕이 베푸는 만찬에 초대받아 한밤중까지 지치도록 먹고 마셨다. 유랑 가수들이 영웅들의 업적을 노래로 칭송했다. 바이올린 연주자와 피리 연주자들은 보리수나무 아래 잔디밭에서 윤무를 추는 사람들에 맞춰 음악을 연주했다. 주방장 루몰트는 일이 많아 힘들었고, 음료 담당인 진돌트는 지하 창고에 저장되어 있던 술항아리들이 순식간에 비어가는 것을 보고 깜짝 놀랐다. 시종장 후놀트는 어느 침소에서 어떤 손님이 잠드는지 헷갈린 지 오래였다. 그러나 손님들 스스로도 자정이 넘어 밤늦게 궁전의 홀에서 나오면 자기 침실을 제대로 찾지 못했기 때문에, 후놀트는 더 이상 크게 마음 쓰지 않았다.

브룬힐트는 수많은 시종을 신경 써서 다스렸다. 그러나 흥겨운 잔치에서는 절대로 기쁨을 함께 나누지 않았다.

지크프리트와 크림힐트가 보름스에 와서 머물게 된 후로 알 수 없는 불안감이 브룬힐트의 마음을 떠나지 않았다. 그렇게도 아름답고 행복하게 살고 있는 크림힐트…… 브룬힐트는 남몰래 자주 시누이 크림힐트를 곱지 않은 시선으로 지켜보았다. 나는 그녀를 더 이상 보고 싶지 않다! 이렇게 생각하면서 크림힐트가 있는 곳을 벗어나려고 애써보기도 했다. 그러나 그건 쉽지 않았다. 알 수 없는 힘에 이끌려 브룬힐트는 언제나 크림힐트 주변을 맴돌았다……

그러다 보니 어느새 두 젊은 왕비는 낮과 밤처럼 정반대로 닮은 구석이 전혀 없는데도 불구하고, 서로 잠시도 떨어질 수 없을 만큼 가깝게 지내는 것처럼 보였다. 아침이면 두 사람은 미사를 드리러 함께 성당으로 행차했고, 한 식탁에 나란히 앉아 식사를 했다. 또 저 아래 궁전 뜰에서 기사들이 결투를 벌이느라 분주하게 돌아다니면, 두 사람은 같은 창가에 나란히 서서 구경했다.

브룬힐트는 여전히 말이 없고 굳은 얼굴을 하고 있었지만, 크림힐트는 아무것도 눈치채지 못했다. 올케인 브룬힐트의 다른 모습을 본 적이 없는 크림힐트는 그녀가 원래부터 그렇다고 생각했다.

그러던 어느 날 기사들 사이에서 큰 결투가 벌어졌고, 두 왕비는 발코니에서 함께 구경 중이었다. 크림힐트의 두 눈은 기쁨으로 반짝반짝 빛났다. 그 많은 기사들 중에서 지크프리트와 견줄 만한 기사는 여태껏 단 한 사람도 없었기 때문이다. 그에 반해 브룬힐트는 잔뜩 찌푸린 얼굴로 아래를 내려다보며, 이젠슈타인에서 벌였던 결투들과 그중에서도 특히 군터 왕과의 수수께끼 같았던 마지막 결투를 생각하고 있었다.

"이 세상 어느 누구도 내 남편만큼 힘이 세고 용감한 사람은 없을 거예요!"

크림힐트가 기쁨을 참지 못하고 말했다. 브룬힐트가 천천히 크림힐트 쪽으로 고개를 돌리며 고양이 눈처럼 두 눈을 가늘게 떴다.

"그렇게 생각해요?" 브룬힐트가 나지막이 말했다. "당신은 자만심에 가득 차서 말하고 있군요! 하지만 이젠슈타인에서 날 이긴 사람은 군터 왕이에요. 지크프리트는 그 시각에 배에 가 있었고요!"

크림힐트는 깜짝 놀라 브룬힐트를 쳐다봤다. 도대체 왜 이렇게 적개심에 가득 차 말하는 거지?

"설마 지크프리트가 당신과 결투하는 게 무서워서 도망쳤다고 말하려는 건 아니겠지요?"

크림힐트가 믿을 수 없다는 듯 물었다. 브룬힐트는 어깨를 으쓱했다.

"당연히 그 말을 하려는 거예요. 어차피 그는 당신 오빠의 신하이기 때문에 아이슬란드의 여왕인 내게 청혼할 꿈도 못 꾸었겠지만요!"

크림힐트는 브룬힐트를 멍하니 쳐다봤다. 지크프리트가 신하라니!

"도대체 무슨 말을 하시는 거예요?" 크림힐트가 숨도 쉬지 않고 말했다. "그럼 우리 오빠가 나를 신하에게 시집보냈단 말이에요?"

"지크프리트가 내게 직접 그렇게 말했어요."

"아니에요!" 크림힐트가 소리쳤다. "지금 당신은 거짓말을 하고 있어요! 그건 사실이 아니에요!"

"그게 사실이란 걸 내가 입증해 보이지요." 브룬힐트가 말했다. "잘 들어요! 지금까지는 성당 문을 들어설 때 나와 함께 나란히 들어가는 것을 허락했지만, 오늘부터는 내가 먼저 들어가고 당신은 나중에 따라 들어오세요."

브룬힐트는 이렇게 말하고는 그 자리를 떠났다. 크림힐트는 분노에 치를 떨며 방으로 돌아왔다.

"지크프리트가 신하라니! 내가 반드시 복수하고 말 거야!"

크림힐트는 오로지 그 생각뿐이었다.

그녀는 즉시 시녀를 불러 제일 값비싼 옷을 입혀달라고 하고는 니벨룽의 보물들 중에서 가장 화려한 장신구를 골라 치장했다. 시녀들도 화려하게 차려입도록 시켰다.

마지막으로 크림힐트는 그동안 봉인해둔 상자에서 두 가지 물건을 꺼내 재빨리 옷 속에 감췄다. 그런 뒤 시종들을 거느리고 저녁 미사에 참석하기 위해 성당으로 향했다. 성당 안에서는 벌써 수도사들의 찬송가 합창 소리가 울려 퍼지고 있었다. 성당 앞 계단참에 브룬힐트가 시녀들과 함께 서 있었다.

"거기 서서 기다리세요." 브룬힐트는 크림힐트에게 거만하게 말했다. "신하의 아내보다 왕의 아내가 먼저 들어가는 게 마땅하지요."

그러고는 계단을 앞서 올라가려고 했다.

그러자 크림힐트가 재빨리 브룬힐트에게 다가갔다. 그녀의 얼굴이 이글이글 달아올랐다.

"오, 당신은 아무 말도 하지 않는 편이 나을 뻔했어요! 하지만 잘 들으세요! 당신이 군터 왕을 꽁꽁 묶어두었던 밤을 기억하시나요? 그땐 당신이 그분보다 힘이 더 셌지요. 그리고 두번째 밤도 기억하세요? 당신이 또다시 같은 짓을 되풀이할 수 있을 거라고 믿었지만, 결국 몸싸움에 져서 상대방에게 용서해달라고 싹싹 빌어야 했던 밤을요? 자, 당신을 이긴 사람이 군터 왕이라고 생각하겠지요? 하지만…… 이걸 보세요!" 크림힐트는 번개처럼 빠르게 옷 속에서 뭔가를 꺼냈다. "이 반지를 알아보겠어요? 그리고 이 허리띠도요?"

"내 반지, 내 황금 허리띠예요!" 브룬힐트가 소리쳤다. "벌써 오래전에 없어져서 그동안 찾고 있었는데, 누가 훔쳐갔는지 이제야 알겠네요."

"아니요, 당신은 아무것도 아는 게 없어요. 내가 다 말해드리죠, 부르군트의 왕비님." 크림힐트는 승리감에 도취되어 말했다. "지크프리트가 그것들을 가져왔어요. 둘째 날 밤에 군터 왕이 아니라, 그가 당신을 이겼을 때요!"

브룬힐트는 하얗게 질려 두 눈을 크게 뜨고 시누이를 노려보았다.

"거짓말이에요! 당신은 거짓말을 하고 있어요!" 브룬힐트가 쉰 목소리로 말했다. "전부 다 거짓말이었다고 당장 말해요!"

크림힐트는 더 이상 아무 대답도 하지 않았다. 대신 몸을 휙 돌려 브룬힐트 앞을 지나쳐 성당 안으로 먼저 들어가 버렸다. 브룬힐트는 온몸이 마비된 듯 그 자리에 그대로 서 있었다. 그러다 갑자기 양손으로 얼굴을 가리고는 분노와 수치심에 엉엉 울기 시작했다.

"폐하를 모셔 오거라!" 그녀는 시녀들에게 명령했다. "폐하의 여동생이 나를 얼마나 모욕했는지 알아야 한다!"

브룬힐트는 저녁 미사에 참석해야 하는 것도 까맣게 잊어버렸다. 자존심 강한 브룬힐트는 멸시당하고 거짓말에 속아넘어가고 사기당한 느낌 때문에 견딜 수가 없었다.

깜짝 놀란 군터 왕이 서둘러 왔다. 브룬힐트는 울면서 크림힐트의 말을 전했다. 점차 눈물은 말라갔지만, 군터 왕이 보기에 그녀의 얼굴은 돌처럼 굳어 있었다.

"자, 이제 선택하시지요, 폐하!" 마침내 브룬힐트가 다시 입을 열었다. "복수해주세요. 그럼 참겠어요. 하지만 복수해주지 않으면 아이슬란드로 돌아가겠어요."

군터 왕은 서로 화해하라고 설득했지만, 아무 소용이 없었다. 브룬힐트는 완강했다.

"당신들은 나를 속였어요. 당신과 지크프리트요. 그리고 지크프리트는 분명 크림힐트에게 모든 걸 얘기해주면서 나를 비웃었을 거예요. 그러면서 내 반지와 허리띠를 그녀에게 선물했겠죠. 당신들은 나를 조롱거리로 만들었다고요. 그 모든 것에 대해 쓰라린 후회를 하게 될 거예요!"

군터 왕은 더 이상 무슨 말을 해야 할지 몰랐다. 그는 브룬힐트의 성격을 잘 알고 있었다. 그녀는 절대로 용서하지 않을 것이다.

"지크프리트를 여기로 오라고 하겠소." 군터 왕이 말했다. "그에게 물어봐야겠소. 나는 그가 당신에 대해 나쁘게 얘기했을 거라고 생각하지 않소."

시종 하나가 서둘러 지크프리트가 머물고 있는 성으로 갔다.

눈물을 흘리고 있는 왕비와 그 옆에서 당황하고 있는 군터 왕을 보자, 지크프리트 역시 적잖이 놀랐다. 부르군트의 기사들은 적개심에 가득 차서 아무 말 없이 지크프리트를 쳐다봤다.

"당신에게 미안하게 됐소만," 군터 왕이 조심스레 말을 꺼냈다. "그동안 무슨 일이 있었는지 먼저 듣고 난 뒤, 우리에게 진실을 말해주시오."

군터의 말을 듣는 동안, 지크프리트의 표정은 점점 더 굳어져 갔다. 보통 문제가 아님을 직감했다.

"부르군트의 왕이시여," 지크프리트가 말했다. "맹세컨대 나는 왕비에 대해서 예의에 어긋나는 말을 단 한마디도 한 적이 없습니다. 여자들은 화가 나면 아무 말이나 막 하는 법이죠. 크림힐트와 얘기해보겠습니다. 그리고 다시는 그렇게 버릇없는 말을 하지 못하게 타이르겠습니다. 왕께서도 왕비님께 같은 당부를 해주십시오! 여자들이 혀를 잘못 놀려 불행한 일들이 벌어진 예가 많이 있습니다."

부르군트의 기사들이 그들을 둘러싸고 원을 그리며 모여들었다.

지크프리트가 그 원의 한가운데 서서 손을 높이 들며 맹세할 자세를 취했다. 그러자 군터 왕이 말렸다.

"당신이 진실을 말한 것을 잘 알겠소. 맹세까지 할 필요는 없소!"

브룬힐트는 시녀들을 데리고 자기 처소로 돌아갔다. 근심 가득한 군터 왕이 그 뒤를 따랐다. 이제 또 무슨 일이 벌어질지 짐작조차 할 수 없었다. 한편 브룬힐트는 방문을 걸어 잠그고 아무도 들이지 않았다.

기사들이 머무는 방에 세 왕이 기사들과 함께 모여 있었다. 불안하고 화나고 당황스러웠다. 이런저런 방도를 강구했지만, 이렇다 할 해결책이 딱히 떠오르지 않았다.

한참 뒤에 하겐이 자리에서 일어났다.

"내가 왕비에게 가보겠소."

브룬힐트는 하겐을 방으로 들였고, 그 둘은 오랜 시간 대화를 나눴다.

하겐이 기사들의 방으로 다시 돌아왔을 때, 그의 표정은 이전보다 더 어두워져 있었다. 군터 왕은 숙부인 하겐의 얼굴을 살피며 잔뜩 겁에 질렸다. 도대체 무슨 말을 하려는 걸까? 하지만 어느 누구도 물어볼 엄두를 내지 못했다.

하겐은 양손을 허리춤에 깊이 찌르고는 어깨를 한번 으쓱했다. 그는 군터 왕을 쳐다보았다.

"왕비께서는 지크프리트의 목숨을 요구하고 계시오."

아무도 놀란 사람은 없었다. 차마 입 밖으로 꺼낼 엄두를 못 냈을 뿐, 모두가 이미 짐작하고 있었기 때문이다. 브룬힐트의 증오는 상처받은 자존심만큼이나 어마어마하게 컸고, 그것은 피를 불렀다. 군터 왕은 고개를 떨어뜨렸다.

"지크프리트는 우리에게 아무 잘못도 하지 않았소. 그는 우리 친구이고 우리를 믿고 있소. 우리를 위해 작센과 덴마크에 대항해 싸워주기까지 했소. 그를 죽여서는 안 되오!"

하겐은 검은 수염이 곤두설 정도로 턱을 앞으로 쭉 내밀며 입을 비죽거렸다.

"그는 부르군트의 왕비를 모욕했소! 크림힐트에게 그날 밤 일을 절대로 발설해서는 안 되었소. 크림힐트가 혀를 잘못 놀리는 바람에 이제 온 세상이 그 사실을 알게 되지 않았소. 왕비께서는 그에 대한 벌을 내리려는 것이오!"

그러자 기젤헤어가 창백해진 얼굴로 자리에서 벌떡 일어섰다.

"그런 짓을 하면 안 됩니다, 아시겠어요? 제정신입니까? 여자들 사이에서 일어난 싸움 때문에 우리의 소중한 친구를 죽여야 합니까?"

아무도 그 말에 대답하지 않았다. 기젤헤어는 그곳에 모인 사람들 모두가 자기 질문에 대해 대답을 회피하고 있다는 것을 알았다. 그들은 군터와 하겐을 중심으로 둥글게 모여 낮은 목소리로 의논했다. 기젤헤어만 쏙 빼놓았다. 기젤헤어는 절망적인 심정으로 곰곰이 생각했다. 지크프리트에게 이 상황을 알려야 한다! 하지만 그러려면 친형들에게 맞서야만 한다! 이제 어떻게 해야 하지? 그는 그 자리를 벗어났다. 그곳에 그들과 함께 머물고 싶지 않아서였다. 어쩌면 무슨 해결책이 떠오를지도 모른다. 어쩌면 저 사람들은 저러다가 결국 지크프리트를 죽이지 않을지도 모른다. 그래, 절대로 죽이지는 않을 것이다! 마음을 진정시키고 나면 자기들이 얼마나 끔찍한 광기에 사로잡혔었는지를 깨닫게 될 것이다!

하겐은 주위에 빙 둘러선 남자들의 얼굴을 찬찬히 살펴보았다. 몇 사람은 하겐이 무슨 말을 하고 어떤 행동을 할 것인지 듣기 위해서 잔뜩 기대에 찬 얼굴로 쳐다보았다. 몇몇은 하겐의 눈길을 피했다. 군터는 마치 온몸을 칼에 의지하고 있기라도 하듯, 손등의 뼈가 하얗게 두드러지도록 칼자루를 꽉 움켜쥐고 있었다. 게르노트는 새파랗게 질린 얼굴로 하겐의 어깨 너머 창밖을 멍하니 응시했다. 이마에는 땀방울이 송글송글 맺혀 있었다. 하겐의 검은 얼굴이 경멸과 분노로 점차 일그러지기 시작했다. 언뜻 보면 웃는 것 같기도 했다. 그는 기지개를 켜듯 천천히 넓은 어깨를 쫙 폈다. 그렇다, 이제 이 일은 그가 도맡아야만 했다. 그 누구도 아닌 그 혼자서…… 그가 행할 끔찍한 일을 도와줄 사람은 아무도 없었다.

　"여러분들은 지금껏 내가 단 한 번도 지크프리트의 친구였던 적이 없다는 사실을 잘 알고 있을 것이오!" 마침내 하겐이 입을 열었다. "나는 맨 처음 그자가 말을 타고 저 아래 궁전 뜰로 들어설 때부터 이미 그 사실을 알고 있었소. 군터 왕이시여, 맹세컨대 나는 그날 그자가 건방을 떨며 입을 연 순간에 이 칼로 답을 대신했어야 한다고 생각하오. 그대의 동생인 기젤헤어 왕만 아니었다면 분명 그리했을 것이오! 그대는 지크프리트가 우리를 위해 작센과 덴마크에 대항해서 싸웠다고 했소. 그렇소, 그건 사실이오! 그런데 그 싸움이 그에게 너무 많은 명예를 가져다주었소. 라인 강 상류건 하류건 할 것 없이 강변에 있는 성이란 성에서는 모두가 지크프리트에 대한 말만 하고 있소! 이미 오래전부터 그의 명성이 부르군트 왕들의 명성보다 훨씬 더 커져 있단 말이오! 나는 그것이 마음에 들지 않소! 그런데 그 모든 사실보다 더욱더 좋지 않은 것은 사람들이 당신들을 무시하고 조롱하기 시작했다는 것이오!

분명히 말해두지만, 나는 이 나라의 성과 영주들의 궁전에서 부르군트인들을 두고 비웃는 자들을 결코 가만두지 않을 것이오!"

하겐은 갈수록 목소리가 커지고 점점 더 분노에 사로잡혔다. 말을 마친 하겐은 한동안 아무 말 없이 바닥을 물끄러미 응시했다.

그러다 마침내 고개를 들었다. 이마에서부터 뺨을 타고 내려오는 긴 흉터가 천천히 검붉은색으로 변해갔다. 하겐의 얼굴은 무시무시해 보였다. 하겐이 다시 말하기 시작했는데, 이번에는 목소리가 속삭이기라도 하듯 아주 작았다. 목소리가 어찌나 작던지, 지금 하고 있는 말을 부끄러워하는 것처럼 들릴 정도였다.

"그런데 이 일은 계략을 써야만 성공할 수 있소. 지크프리트는 힘이 세고 발룽을 가지고 있기 때문에 무력으로는 절대 그를 이길 수가 없소. 게다가 용의 피에 담근 피부는 절대로 상처 입지 않는다오. 지크프리트가 용의 피에 몸을 담갔을 때 보리수나무 이파리 하나가 그의 어깨 부근에 붙었다고 들었소. 정확한 자리는 내가 크림힐트에게 물어 표시해두겠소. 그렇게만 되면…… 그러면 창 하나만 정확히 잘 던지면 끝날 것이오……"

군터는 서둘러 그 자리를 벗어나기 위해 몸을 홱 돌렸다. 그의 얼굴이 순식간에 잿빛으로 변하며 시름에 잠겼다.

"크림힐트는 절대로 그 자리를 말해주지 않을 겁니다."

게르노트가 한 가닥의 희망을 놓지 않고 말했다. 그는 이런 악독한 계략을 처음부터 몰랐으면 했고, 그 일에 가담하고 싶지 않았다.

하겐은 입꼬리를 추어올리며 게르노트를 비웃었다.

"크림힐트는 말하게 될 것이오. 내가 그렇게 만들 테니 두고 보시오. 우리는 지크프리트와 크림힐트에게 다시 작센과 덴마크와 전투를 벌일 계획이라고 말할 예정이오. 그러면 크림힐트는 남편의 목숨이 위태로워질 것을 두려워할 테고, 그때 내가 크림힐트에게 보리수나무 이파리가 붙은 자리를 그의 옷에 표시해달라고 부탁할 것이오. 전투를 하는 동안 방패로 막아 보호해주겠다면서 말이오. 이제 이해가 가시오?"

하겐은 주위를 빙 둘러보며 물었다. 그러나 그를 쳐다보는 사람도, 질문에 대답하는 사람도 없었다. 그것이 비겁한 살인이라는 것을 모두 다 잘 알고 있었기 때문이다.

그러자 하겐은 다시 어깨를 으쓱하며 말했다.

"군터 왕이시여, 나는 당신이 브룬힐트에게 청혼하기 위해 아이슬란드로 가는 것을 반대했습니다. 그러나 이제 브룬힐트는 부르군트의 왕비가 되었고, 나는 평생 동안 부르군트의 왕들에게 충성을 바쳐야 하는 신하입니다."

이 말을 마친 하겐은 홀을 나갔다. 아무도 그를 따라 나가는 사람은 없었다.

그날부터 성안의 복도와 홀에는 마치 유령들이 떠도는 것 같았다. 사람들은 서로의 눈을 쳐다볼 엄두를 내지 못했고, 여기저기 모여 서서 귓속말로 속삭였다. 지크프리트나 기젤헤어가 가까이 다가가기라도 하면, 그들은 곧 하던 말을 멈추고 사방으로 흩어졌다.

한편 하겐은 끔찍한 계획을 실행에 옮길 준비를 은밀하고도 세심하게 해나갔다. 그리하여 어느 날 군터 왕 앞에 뤼데가스트와 뤼데거가 보낸 전령들이 나타나, 그들이 부르군트 왕들을 상대로 다시 전투를 벌이겠노라고 선언했다고 전했다. 그들의 거짓말을 의심하는 사람은 아무도 없었다. 전령들은 작센과 덴마크의 갑옷을 입고 투구를 쓰고 있었으며, 그들의 얼굴을 아는 사람도 없었기 때문이다.

지크프리트는 전령들의 말을 듣고 화를 벌컥 냈다.

"우리는 그들을 살려주고 자유롭게 놔주었는데, 은혜를 원수로 갚다니! 그래, 도전할 테면 도전해보라지. 그러나 이번에는 더 이상 용서하지 않을 것이다!"

하겐의 두 눈이 번쩍 뜨였다. 자기가 놓은 덫에 지크프리트가 드디어 걸려들었기 때문이다!

군터는 전령들의 말을 믿는 척하며, 약속을 지키지 않는 왕들을 상대로 즉시 전투태세를 갖추라고 명령했다. 지크프리트도 신하들에게 무장을 명령한 다음, 크림힐트에게 옷을 준비해달라고 부탁했다. 크림힐트는 준비를 하면서도 걱정이 이만저만이 아니었다. 그녀는 지크프리트의 용맹함을 잘 알고 있었지만, 전투의 북새통 속에서 어디선가 날아온 창이 하필 보리수나무 이파리가 붙었던 그 자리에 상처를 입힐지도 모른다는 생각 때문에 늘 불안했다.

하겐이 크림힐트의 방으로 들어왔다. 그는 인사를 하러 왔노라고 핑계를 댔다.

"뭘 그렇게 걱정하십니까?" 하겐은 울어서 퉁퉁 부은 크림힐트의 눈을 보고 짐짓 놀란 척하며 물었다. "지크프리트는 상처를 입을 수 없으니, 우리 중 누구보다도 안전하게 왕비님께로 돌아올 수 있을 텐데 말입니다."

"아아 숙부님, 아무것도 모르는 말씀 마세요!"

크림힐트는 슬픈 목소리로 대답하며 보리수나무 이파리에 얽힌 이야기를 들려주었다. 하겐도 이미 알고 있는 내용이었다.

"그게 걱정이라면, 내가 해결책을 알고 있소." 하겐은 크림힐트의 눈을 피하며 말했다. "왕비님은 지크프리트의 갑옷 위에 십자로 그 자리를 표시해주시오. 그러면 전투 중에 내가 방패로 그 위를 덮어 보호해주겠소."

"오오, 하느님께서 숙부님을 굽어살피실 거예요!" 크림힐트가 고마워하며 말했다. "숙부님은 참 좋은 분이세요!"

마음이 불편해진 하겐은 얼굴을 찡그리며 고개를 두 어깨 사이로 움츠렸다. 그가 꾸민 일에 대해서 고맙다고까지 하다니, 그건 있을 수 없는 일이었다……

"그만하시오!"

하겐은 퉁명스럽게 내뱉었다.

크림힐트는 서둘러 지크프리트의 갑옷을 꺼내, 어깨 바로 아랫부분에 조그맣게 십자로 수를 놓았다.

하겐은 안도의 한숨을 내쉬었다. 이제 그 방을 나가도 되었다. 해야 할 일은 모두 다 했다.

181

"진심으로 바라건대, 이 일이 빨리 끝났으면 좋겠다!"

하겐은 복도를 걸어 내려가며 혼잣말로 중얼거렸다.

다음 날 아침, 병사들이 출정했다. 부르군트의 왕들은 군대를 이끌고 나갔고 지크프리트도 병사 천 명을 이끌었다.

하겐은 군터에게 미리 말해두었다.

"나는 곧 다시 새로운 전령들을 보내 전쟁이 취소되었다고 알릴 겁니다. 그러면 왕께서는 전투 대신 우리를 사냥에 초대하겠다고 말씀하십시오!"

모든 일이 계획대로 진행되었다. 낯선 기사들 한 무리가 성문 앞에 서 있는 부르군트 병사들을 향해 다가오더니 왕을 뵙기를 요청했다. 그들은 뤼데가스트와 뤼데거가 더 이상 전쟁을 원하지 않는다고 전하며, 평화를 허락해달라고 말했다.

"이제 우리는 더 이상 출정할 필요가 없다." 군터 왕이 말했다. "그러나 우리가 이미 무기를 들고 길을 나선 만큼, 이 길로 곧장 말을 달려 오덴발트로 가서 대대적인 사냥을 할 것이다. 그곳에는 맹수들이 창궐해서 농부들이 안전하게 살지 못한다고 한다. 병사들이여, 내 그대들에게 풍성한 상을 약속하겠다!"

군터 왕은 그 사냥에서 무슨 일이 벌어질지를 생각하자, 갑자기 말문이 콱 막히고 온몸에 소름이 끼쳤다. 그는 앞으로 벌어질 일에 대해서 찬성도 반대도 할 수 없었다. 자신의 악행이 수치스럽기는 했지만, 그렇다고 브룬힐트나 하겐의 뜻을 거스를 수도 없는 노릇이었다. 브룬힐트는 고향인 아이슬란드로 돌아가 부르군트 사람들에게 모욕을 주겠다고 협박했고, 그것을 실행에 옮길 것임이 틀림없었다. 그러니 어쩔 수 없이 운명이 정한 대로 흘러가도록 내버려 둘 수밖에……

전투를 하러 나선 병사들은 해산했고, 대신 전문 사냥꾼들이 노예들과 개들을 데리고 모여들었다. 나팔수들이 부는 나팔 소리가 밝은 햇살 아래 맑고 경쾌하게 울려 퍼졌다.

한편 기젤헤어는 사냥에 참가하고 싶지 않았다. 지크프리트에게 조심하라고 미리 알려주지 못한 것이 내내 마음에 걸렸다. 지크프리트를 겨냥한 위험이 언제 어디에 도사리고 있는지 그도 몰랐기 때문이다. 게르노트도 기분이 언짢아 결국은 궁에 머물겠다고 했다.

지크프리트는 크림힐트의 방을 다시 찾았고, 크림힐트는 달려 나와 그를 맞았다. 어딘지 모르게 두려워하는 기색의 크림힐트를 보고 지크프리트는 의아해했다.

"사냥을 나가시려고요?" 크림힐트는 숨이라도 넘어가듯 다급하게 물었다. "가지 마세요, 제발 부탁이에요! 꿈을 꾸었는데, 당신이 성난 멧돼지 두 마리에게 쫓기며 황무지를 지나가고 있었어요. 그러다 갑자기 당신은 온데간데없이 사라지고 풀과 꽃이 온통 피로 빨갛게 물들어 있었어요! 그 순간 깜짝 놀라 잠에서 깨었다가 이내 다시 잠들었는데, 좁은 골짜기를 지나고 있는 당신의 모습이 다시 보이더군요. 그때 갑자기 양옆의 산이 무너져 내리면서 당신을 뒤덮어버렸어요. 오, 지크프리트, 오늘은 말을 타고 나가지 마세요. 뭔가 끔찍한 일이 벌어질 것 같은 예감이 들어요……"

지크프리트가 아무리 애를 써도 크림힐트의 흥분을 가라앉힐 수 없었다.

"너무 신경 쓰지 마시오." 지크프리트가 다정하게 말했다. "꿈은 아무것도 아니오. 내가 한낱 꿈 때문에 집에 머문다는 것을 사람들이 알면, 모두 얼마나 비웃을지 생각해보시오!"

그리하여 결국 크림힐트는 지크프리트를 보낼 수밖에 없었다.

곧 사냥꾼들이 성문 밖으로 나가 오덴발트를 향해 말을 달렸다. 흥분한 개들이 마구 짖어댔고, 개를 끌고 가던 노예들은 오히려 개들에게 이리저리 끌려다니면서도 기분이 좋았다. 요리사들도 잔뜩 짐을 실은 노새들 뒤에서 노새들보다 더 느릿느릿 따라갔다. 주방 일을 돕는 소년들은 가는 도중에 서로 티격태격 싸우거나 갖가지 짓궂은 장난을 치며 여유를 부렸다.

오로지 기사들만이 침묵하며 말을 달렸다. 평소에 쾌활하던 지크프리트조차 아무 말이 없었다. 가는 도중에, 하겐이 재빨리 말을 몰아 지크프리트의 뒤를 바짝 쫓으며 그의 어깨 바로 아래에 은색 실로 수놓은 십자 표시를 뚫어져라 쳐다볼 뿐이었다. 마치 그 자리를 정확히 기억해두려는 듯 보였다.

숲이 점차 가까워졌다. 길은 점점 돌밭으로 변했고 오르막이 시작되었다. 그 순간, 하겐이 말을 세웠다.

"여기서 흩어집시다." 하겐이 말했다. "각자 사냥꾼과 개들을 데리고 혼자 힘으로 사냥하는 것이 어떻겠소! 그래야 누가 제일 큰 짐승을 잡는지 겨룰 수 있을 것 아니오."

그리하여 기사들은 제각각 흩어져서 모두 다른 방향으로 말을 몰아 숲속으로 들어갔다. 숲은 오래된 나무들이 가시 돋친 나뭇가지를 땅바닥까지 척척 늘어뜨리고 있어 거칠고 험했다. 여기저기 뾰족한 바윗덩이들이 널려 있었고, 한 번도 햇빛을 받은 적 없는 좁고 어두운 골짜기들이 펼쳐졌다. 골짜기에서는 곰팡내 섞인 얼음처럼 싸늘한 바람이 불어왔고 흉하고 병든 색깔의 독초가 꽃을 피우며 자라고 있었다. 햇볕이 내리쬐는 곳은 그나마 앉아서 쉬고 싶은 마음이 들 정도로 정겹게 느껴지기도 했다.

지크프리트는 앞으로 천천히 말을 달렸다. 개들은 이미 오래전부터 이리저리 날뛰고 있었다. 거대한 사냥감의 냄새가 사방에서 풍겨 나왔고, 흥분한 개들은 줄에 매달린 채 낑낑거리며 이쪽저쪽으로 마구 달려 나가고 싶어 안달이 났다. 바로 그 순간 어린 사슴 한 마리가 바로 옆 풀숲에서 펄쩍 뛰어나와 도망쳤다.

지크프리트는 그 자리에서 말을 멈췄다. 순간 온몸에서 사냥 본능이 깨어나는 것을 느꼈다.

"개들을 풀어주어라!"

이렇게 명령하고는 활과 화살이 든 화살통을 단단히 거머쥐었다. 창은 안장 위에 놓여 있었고 발뭉은 옆구리에 차고 있었다.

개들이 수풀이 빽빽하게 우거진 곳을 향해 거칠게 달려들었다. 맹수가 으르렁대는 소리가 들려오더니, 달려들었던 개

186

들 중 한 마리가 처참하게 울부짖었다. 나뭇가지가 뚝뚝 부러지면서 갈색 털이 덥수룩한 큰 짐승이 수풀을 헤치고 바깥으로 나왔는데, 그것은 바로 거대한 곰이었다. 곰의 몸통에 개세 마리가 발톱을 세우고 매달려 있었다. 네번째 개는 깨갱거리며 뒤따라 나왔는데, 등에 피를 흘리고 있었다. 곰은 땅바닥에 뿌리를 내리고 있는 것처럼 그 자리에 조용히 서서 사냥꾼들을 쳐다보았다. 사나운 곰의 작은 두 눈에서 불꽃이 번쩍이는 것 같았다. 천천히, 마치 뭔가를 곰곰이 생각이라도 하듯 곰은 몸을 일으켰다. 개들 중 한 마리가 겁도 없이 그 앞을 지나갔다. 곰은 마치 공처럼 개를 쳐서 옆으로 던져버렸다.

지크프리트는 곰의 움직임을 유심히 살펴보다가, 오른손으로 창을 집어 들고 던질 준비를 했다. 말은 동상처럼 우뚝 서 있었다. 가끔씩 바람에 털이 나부낄 뿐이었고, 낮게 뿜어내는 성난 콧김에서 사냥감의 냄새가 얼마나 역겨운지 알 수 있었다. 곰이 첫발자국을 떼어놓았다. 바로 그 순간 지크프리트는 엄청난 힘으로 창을 던졌다. 창은 곰의 눈을 관통했다. 번개를 맞은 듯 움직임을 멈추고 꼼짝하지 않고 서 있던 곰은 그대로 바닥으로 쿵 하고 쓰러졌다.

한편 빽빽한 관목 숲 오른편 저 너머에 들소떼가 사냥꾼의 눈에도 띄지 않고, 심지어 곰의 냄새에 지칠 대로 지친 개들에게도 들키지 않고 한가로이 풀을 뜯으며 들판 위를 지나가고 있었다. 무리를 이끄는 대장 들소가 사람들이 사냥하는 소리를 듣고 고개를 번쩍 쳐들었다. 대장 들소의 눈에 불안한 기색이 스쳐 지나갔다. 대장 들소는 음매 하고 짧게 경고의 소리를 지르더니, 가던 길을 되돌아 거꾸로 달리며 들소떼를 숲 안쪽으로 몰아가기 시작했다. 들소떼는 대장 들소의 지시를 따랐다. 대장 들소는 머뭇거리며 서서 다시 한 번 멀리서 들려오는 사람과 개 들의 소리에 귀를 기울였다. 대장 들소는 거대한 몸을 누가 후려치기라도 한 듯 전율을 느꼈다. 그것은 바로 들소떼를 습격하여 어린 송아지들을 잡아먹어 온 들소들의 숙적, 곰이 내는 소리였다! 그다음 일은 너무 순식간에 벌어져서, 어느 누구도 그 일이 어떻게 일어났는지 제대로 아는 사람이 없을 정도였다. 갑자기 대장 들소가 밟고 있던 발 아래 풀들이 사방으로 튀었다. 대장 들소가 엄청난 속도로 달리기 시작한 것이다.

지크프리트의 말은 깜짝 놀라 온몸이 뻣뻣하게 굳었다. 가슴속 깊은 곳에서부터 이상한 소리가 터져 나왔는데, 마치 으르렁대는 소리와도 같았다. 그것은 극도의 위험이 다가왔음을 뜻했다. 그와 동시에 말은 가까스로 옆으로 비켜섰다. 어찌나 힘겹게 걸음을 옮겨놓았던지, 다리가 나무토막으로 변하기라도 한 듯 보였다. 평소에 한껏 우아함을 뽐내던 말은 지금 자신의 꼴사나운 모습이 창피할 지경이었다. 어쨌든 그렇게라도 피한 것이 말과 말 탄 사람의 목숨을 모두 구할 수 있었다. 관목 숲속에서 나뭇가지가 부러지며 우지끈 소리가 나고 파편들이 이리저리 튀더니, 갑자기 거대한 들소의 머리가 쑥 튀어나왔다. 곧이어 끝부분이 검은색으로 변한 무시무시한 들소의 하얀 뿔이 말의 옆구리를 스쳐 지나갔다.

지크프리트는 이를 악물었다. 그렇다, 광분해서 돌진해 오는 들소와 맞서 싸워야 하는 그의 목숨은 그리 안전해 보이지 않았다! 그러나 더 이상 도망칠 시간도, 장소도 없었다. 사방이 빽빽한 관목 숲으로 둘러싸여 있었기 때문이다. 들소는 다시 한 번 끔찍한 뿔이 달린 머리를 아래로 숙이며 돌진할 준비를 하고 있었다. 그러면서 핏발이 선 작은 두 눈으로 지크프리트를 올려다보았다.

한편 말이 힘겹게 옆으로 피해 선 바로 그 순간, 지크프리트는 곰의 머리에서 창을 뽑아 들었다. 지크프리트는 번개처럼 팔을 휘둘러 창을 높이 들었다가 곧 아래로 내리꽂았다.

창은 들소의 뒷덜미에 깊숙이 박혔다. 거대한 들소는 순간 흠 칫 놀라 그 자리에 얼어붙은 듯 보였다.

지크프리트는 숨을 죽이고 기다렸다. 만약에 급소를 제대로 찌르지 못했다면, 그것으로 끝장이었다! 고통은 들소를 더욱 분노하게 만들 것이고, 그렇게 되면…… 그 순간, 뿔이 달린 들소의 머리가 기이하게 흔들리기 시작했다. 이어 지진이라도 난 듯 거대한 몸이 흔들리더니 곧 외마디 비명과 함께 무릎을 꿇으며 마침내 옆으로 쓰러졌다.

지크프리트는 단숨에 말에서 뛰어내렸다. 그는 덜덜 떨며 서 있는 말의 목을 끌어안아 주었다.

"이번 사냥에서 하마터면 우리 둘 다 목숨을 잃을 뻔했구나."

지크프리트는 낮게 말하며 숨을 깊이 내쉬었다.

그사이 다른 사냥꾼들이 개들을 데리고 가까이 왔다. 바닥에 쓰러져 있는 들소를 본 사람들이 놀라움을 감추지 못하고 크게 소리를 질렀다. 아이고, 저 기사보다 더 큰 짐승을 잡은 사냥꾼이 있었나? 다른 사람들이 미처 발견하기도 전에 지크프리트는 곰과 들소를 잡았고, 게다가 그들은 사냥을 제대로 시작하기도 전이었다!

노예들이 재빨리 달려들어 사냥감을 자르기 시작했다. 포획한 사냥감을 야영지로 운반해야 했기 때문이다. 다른 사냥꾼들은 다시 조심스레 숲속으로 들어갔다.

시간이 지날수록 숲은 사방에서 활기를 띠었다. 온갖 짐승들이 개 짖는 소리와 사람들의 기척에 쫓겨 이리저리 도망 다녔다. 바닥이 축축해지더니 바람에 흔들리는 풀숲 사이로 작은 연못 하나가 잔잔하게 흔들리며 햇빛을 받아 반짝였다. 연못 오른쪽으로 키 큰 갈대와 늪에서 자라는 여러 식물들이 덤불을 이루고 있었다. 개들은 곧 그 덤불 안에 멧돼지 한 떼가 숨어 있는 것을 눈치챘다. 지크프리트는 살진 수퇘지 한 마리와 아직 줄무늬가 선명한 새끼 멧돼지 몇 마리를 더 잡았다. 어린 멧돼지는 살이 연하고 육즙이 많아 맛이 좋았다. 그다음으로 사슴 두 마리와 온갖 종류의 작은 산짐승들을 잡았다.

어느덧 해가 뉘엿뉘엿 서산을 넘어가고 있었다. 우두머리 사냥꾼이 말했다.

"왕이시여, 나팔수들의 나팔 소리가 들려옵니다. 이제 야영지로 돌아가야 할 시간입니다. 그렇지 않으면 우리가 야영지에 도착하기도 전에 밤이 먼저 찾아올 것 같습니다."

그들은 야영지로 되돌아갈 채비를 했다. 야영지에서는 벌써 요리를 맡은 사람들이 불을 피워 고기를 굽고 음식을 만들고 있었다.

사냥을 마친 지크프리트는 마음이 한결 가벼워져서 다른 사냥꾼들이 자신이 잡은 짐승에 대한 자랑을 잔뜩 늘어놓는 것을 유쾌하게 듣고 있었다.

지크프리트 일행이 곰이 쓰러져 죽은 자리를 막 지나가려는데, 말이 갑자기 멈춰 서더니 그 자리에서 한 발자국도 움직이려고 하지 않았다. 줄에 묶인 개들은 미친 듯이 날뛰며 줄을 잡아당겼다. 저기…… 저게 도대체 뭐지? 좀 전에 죽은 곰이 누워 있던 자리에 살아 있는 곰 한 마리가 서 있었다! 그 곰은 바닥 여기저기에 코를 대고 킁킁 냄새를 맡으며 무거운 발걸음으로 이리저리 왔다 갔다 했다. 그러다 가끔씩 어찌할 바를 모르고 으르렁대며 울부짖었다. 그것은 바로 죽은 남편 곰을 찾으러 온 암곰이었다! 인기척을 느낀 암곰은 고개를 들어 사람들 쪽을 쳐다봤다. 죽은 남편 곰의 냄새를 맡고 심상치 않은 기운을 느낀 암곰은 사람들을 공격하기보다 오히려 도망치기 시작했다.

지크프리트는 말에 박차를 가해 암곰의 뒤를 쫓았다. 곧 길이 가파르게 경사지며 내리막길로 접어들었다! 하는 수 없이

192

지크프리트는 말에서 뛰어내려, 허리춤에 차고 있던 길고 튼튼한 가죽끈을 빼 들고 곰의 뒤를 쫓기 시작했다. 있는 힘껏 달려 곰을 따라잡은 지크프리트는 저항할 틈도 주지 않고 곰의 목덜미를 잡아, 가능한 한 날쌔게 곰의 주둥이를 가죽끈으로 여러 번 칭칭 동여맸다. 이제 곰은 더 이상 물 수 없었으므로 지크프리트는 곰의 앞다리와 뒷다리도 꽁꽁 묶었다. 광분한 곰은 주둥이가 묶인 채 울부짖으며 지크프리트를 내려치려고 애썼지만 허사였다. 지크프리트는 안장 뒤에 곰을 싣고 말을 달려 야영지로 되돌아왔다.

부르군트의 기사들은 모두 사냥을 마치고 돌아와 있었다. 그들 모두 많은 짐승을 잡아 왔다.

지크프리트에게서 말과 곰을 받으려고 시종들이 달려왔다. 그러나 죽은 줄로만 알았던 곰이 벌겋게 충혈된 눈을 부라리며 사납게 으르렁대자, 시종들은 혼비백산해서 사방으로 흩어졌다. 지크프리트는 웃으며 묶여 있던 곰을 풀어주었다. 사지를 꽁꽁 묶은 줄을 풀어주자 곰은 어느 쪽으로 가야 할지 몰라 한동안 머뭇거리더니, 마침내 숲 쪽으로 걸음을 떼어놓기 시작했다. 그러자 개들이 못마땅하다는 듯 엄청나게 큰 소리로 짖어댔고, 불 옆에 앉아 있던 요리 담당 시종들도 흥분해서 고래고래 소리를 질렀다. 순간 몹시 당황한 곰은 요리 담당 시종들 쪽으로 달려들어 솥을 발로 걷어차고 팬을 뒤집어엎었다. 그 바람에 이제까지 맛있게 만들어놓은 음식이 거의 다 재에 파묻혔다. 뚱뚱한 주방장은 깜짝 놀라 뒤로 나자빠졌는데, 넘어진 채로 그 자리에 누워 있었다. 어차피 곰이 달려들어 곧 목숨을 끊어놓을 테고, 다시 일어나 봐야 아무 소용 없을 거라고 생각했기 때문이다. 보다 못한 지크프리트가 곰에게 달려들어 칼을 휘둘러 죽였다.

마침내 기사들이 둘러앉아 식사를 시작했다. 몹시 목말랐던 지크프리트는 포도주가 나오기를 기다리고 또 기다렸으나 어쩐 일인지 나오지 않았다.

"군터 왕이시여." 기다리다 못한 지크프리트가 말문을 열었다. "오늘 우리를 목말라 죽게 내버려 두실 작정입니까? 요리사들이 우리를 위해 이렇게 훌륭한 음식을 마련해놓았는데, 도대체 마실 것은 왜 안 주는 겁니까?"

군터 왕은 곧바로 대답하지 못했다. 목이 콱 막혀서 거의 숨을 쉴 수가 없을 지경이었다.

"그렇소…… 보다시피……" 군터 왕이 대답했다. "그것은 하겐의 잘못이오!"

194

그러고는 더 이상 아무 말도 하지 않았다. 하겐이 군터의 뒤를 이어 말하기 시작했다.

"내 실수에 대해 정중히 용서를 구하는 바이오! 나는 우리가 반대편 산등성이에서 야영을 하게 될 줄 알았소. 그래서 포도주를 운반하는 시종들을 모두 그쪽으로 보냈지 뭐요. 하지만 목말라 죽을 일은 없을 거요. 저 건너 풀밭이 끝나는 곳에 작은 샘이 하나 있는데, 그 샘의 물이 기가 막히게 시원하다고 합니다."

지크프리트는 자리에서 벌떡 일어섰다.

"그렇다면 지금 당장 그리로 가야겠소! 뭐라도 마시기 전에는 아무것도 먹을 수가 없소!"

그러자 하겐도 자리에서 일어났다.

"잠시 기다리시오!" 하겐이 말했다. "우리 달리기 시합을 해보는 것이 어떻겠소. 내가 듣기로 당신을 따라잡을 수 있는 사람은 아무도 없다고 들었는데."

지크프리트가 웃었다.

"그렇게 하지요. 자, 저는 무기도 모두 챙겨 들고 달리겠습니다. 당신은 아무것도 들지 말고 홀가분하게 달리십시오!"

지크프리트는 재빨리 허리에 칼을 차고 화살과 화살통을

어깨에 메더니 창과 방패까지 집어 들었다. 두 사람은 곧 표범 두 마리처럼 부드럽고 크게 도움닫기를 하며 달리기 시작했다. 처음에는 나란히 달리는 듯하였으나 곧 하겐이 점점 뒤처졌다. 군터와 다른 기사들도 마지못해 두 사람을 따라 달렸다.

서쪽 하늘의 해가 산 너머로 뉘엿뉘엿 넘어가기 시작했다. 차가운 바람 한 줄기가 꽃과 풀잎을 스쳤다. 온 세상의 색깔이 바래지는 것 같았다. 기사들의 등줄기를 타고 소름이 쫙 끼쳤다.

지크프리트는 이미 샘에 도착해 뒤따라오는 사람들을 기다렸다. 그는 매우 목말랐지만 군터 왕부터 마시게 하고 싶었다. 지크프리트가 무기를 바닥에 내려놓을 때쯤, 하겐이 숨을 헐떡이며 도착했다. 하겐은 더 이상 젊지 않았기 때문이다.

"그렇소, 그대가 나를 이겼소."

하겐이 불쾌하다는 듯이 말했다.

"그래도 부르군트 기사들 중에서는 당신이 가장 빠른 분입니다."

지크프리트는 너그러운 마음으로 하겐을 위로했다. 그러더니 더 이상 못 참겠다는 듯이 큰 소리로 외쳤다.

"얼른 오십시오, 군터 왕이시여! 당신이 가장 먼저 물을 마

196

셔야 합니다!"

군터 왕은 아무런 대답도 하지 않았다. 그저 샘가에 무릎을 꿇고 몸을 숙여 천천히 오랫동안 물을 마실 뿐이었다. 그사이 하겐은 몰래 지크프리트의 칼과 활을 집어 들어 바위 뒤에 숨겨두었다. 마침내 군터가 자리에서 일어나 뒤도 안 돌아보고 숲 쪽으로 몇 걸음 걸어 들어갔다.

다음으로 지크프리트가 몸을 숙여 물을 마시기 시작했다.

바로 그 순간, 하겐이 창을 들고 지크프리트 뒤로 다가갔다. 그는 은색 실로 수놓은 십자 표시를 정확히 겨냥한 후 창으로 찔렀다. 솟구치는 핏줄기가 하겐의 옷 위로 튀어 흘러내렸다. 하겐은 상처에 창을 그대로 꽂아둔 채 도망쳤다.

지크프리트는 비틀거리며 자리에서 일어나 칼을 잡기 위해 손을 뻗었다. 그러나 칼은 그 자리에 없었다. 하는 수 없이 방패만 집어 들고 하겐의 뒤를 쫓았다. 지크프리트의 등에는 여전히 창이 꽂혀 있었다. 하겐은 평생 누군가의 앞에 서서 그렇게 달려본 적이 없을 만큼 빨리 도망쳤다. 그럼에도 불구하고 지크프리트는 곧 하겐을 따라잡았고, 방패로 쳐서 그를 바닥에 쓰러뜨렸다. 그러나 그것으로 지크프리트의 힘은 완전히 소진되었다. 창에 찔린 상처에서 피가 너무 많이 흘러 더 이상 살아날 가망이 없었다. 그는 풀밭 위로 쓰러졌다.

그제야 부르군트의 기사들이 머뭇거리며 지크프리트에게로 다가갔다. 그 순간, 지크프리트는 마지막으로 사력을 다해 몸을 일으켰다.

"그러니까, 이것이 나의 우정과 지난 모든 충성스러운 복종에 대한 대가란 말이오? 이것으로 브룬힐트의 복수를 도왔을지언정 그대들에게는 영영 씻지 못할 치욕이 될 것이오!"

"일이 이렇게 되어 정말 미안하오."

군터 왕은 고개를 돌린 채 말했다.

"그 입 다무시오!" 지크프리트는 지친 목소리로 말했다. "불행을 자초한 사람은 후에 그 불행에 대해서 왈가왈부할 자격이 없소! 당신이 할 일은 딱 한 가지뿐이오. 당신 마음속에 조금이라도 명예심이 남아 있다면, 크림힐트를 잘 보살펴주시오. 그녀가 당신의 동생임을 절대 잊지 마시오!"

더 이상은 아무런 말도 할 수 없었다. 지크프리트의 머리가 천천히 옆으로 돌아갔다. 마치 잠을 청하려는 사람 같았다. 마침내 지크프리트는 숨을 거두었다.

시종들이 머뭇거리며 다가왔다. 그들은 먼발치에서 모든 일을 지켜보고 있었다. 도저히 이해할 수 없는 장면이었다.

그들은 잔뜩 겁먹은 얼굴과 깜짝 놀란 눈을 하고는 둥그렇게 모여 있었다. 지크프리트가 세상에서 가장 멋진 영웅이라고 생각해온 어린 시종들은 그가 죽었다는 사실을 믿을 수가 없었다. 너무 슬픈 나머지, 그저 멍하니 바라볼 뿐이었다. 그 사이 하겐이 힘겹게 자리에서 일어났다. 여전히 머리가 어질어질하고 무릎이 말을 듣지 않았다. 옷에는 지크프리트의 피가 잔뜩 묻어 있었다. 하겐은 그 자리에 서서 시종들이 지크프리트의 시신을, 그가 평소 들고 다니던 방패 위에 싣는 모습을 지켜보았다.

누군가가 말했다.

"하겐이 지크프리트를 죽였다고 소문이 나서는 안 된다! 지크프리트 혼자 숲에 들어가 강도떼를 만나 죽임을 당했다고 말하도록 하자."

"그건 별로 좋은 생각이 아니오!" 하겐이 화를 내며 말했다. "내가 지크프리트를 죽이는 것을 본 사람들의 입을 모두 다 어떻게 막겠단 말이오? 방금 전에 내가 한 일은 왕과 왕비에 대한 나의 충성심에서 나온 행동이오! 난 이 사실을 부인하지 않겠소. 그리고 그대들이 크림힐트의 곡소리와 흉악한 뒷소문이 무서워 무슨 일을 더 해야 한다면, 그 일까지도 내가 도맡아 하겠소!"

하겐은 시종들에게 나뭇가지를 긁어모아 들것을 만들라고 명령했다. 그러고는 천천히 지크프리트의 칼을 숨겨둔 바위로 갔다. 그는 칼을 집어 들고 칼집에서 칼을 꺼냈다.

"죽은 자의 칼은 그를 죽인 사람의 소유가 되는 법이다. 그것은 옛날부터 내려오는 풍습이다."

그는 이렇게 혼잣말을 하며 칼날을 찬찬히 살펴보았다. 그렇다, 이런 칼은 세상에 단 하나뿐이다! 발뭉은 석양이 지기 시작하는 하늘 아래에서 싸늘한 빛을 발했다. 하겐은 그 칼이 마치 자신을 거부하는 것처럼 느껴졌다. 화가 난 하겐은 얼른 칼을 다시 칼집에 집어넣었다.

일행은 해가 완전히 넘어가 칠흑같이 캄캄해질 때를 기다렸다가 아무 말 없이 침묵의 행렬을 시작했다. 횃불도 밝히지 않고 손으로 말고삐를 단단히 잡고 걸었다. 개들은 꼬리를 안으로 바짝 감추고 주인의 뒤를 살금살금 따라갔다.

깊은 밤이 되어서야 성에 도착했다. 하겐은 시종들에게 지크프리트의 시신을 크림힐트의 방문 앞에 갖다놓으라고 명령했다. 그런 다음 무거운 발걸음으로 자기 처소로 돌아갔다.

성안에는 이제 죽음과도 같은 정적만이 흘렀다. 인적이 끊긴 길고 긴 복도들은 여전히 칠흑 같은 어둠에 휩싸여 있었다. 해가 뜨려면 아직 몇 시간은 더 있어야 했다.

5

창문의 쇠창살 사이로 회색빛 여명이 천천히 스며들었다. 성안 어디에선가 문 하나가 열리더니 손에 등불을 든 시종이 나와 복도를 걸어 크림힐트의 방을 향해 가고 있었다. 크림힐트가 매일 아침 일찍 대성당에서 열리는 미사에 빠지지 않고 참석했기 때문이다. 시종은 아직 잠에서 덜 깬 눈을 깜박거렸다. 방문 앞에 뭔가가 놓여 있었다. 저게 도대체 뭐지? 시종은 가까이 다가가서 불을 비춰보았다. 그는 쉰 목소리로 비명을 지르며 뒷걸음질 쳤다. 너무 놀란 나머지 눈알이 튀어나올 지경이었다.

그는 작은 움직임도 없는 물체를 뚫어져라 쳐다봤다. 옷이 온통 시뻘건 피로 흥건히 젖어 있었다. 기사의 복장이었다.

그리고 그 기사는 죽어 있었다! 어떻게 시신이 왕비님의 방문 앞으로 올 수 있었지? 도대체 누구의 시신일까? 시종은 시신의 얼굴을 볼 수가 없었다. 시신이 그에게 등을 돌리고 누워 있었기 때문이다.

바로 그 순간 방 안에서 시녀들과 이야기하는 크림힐트의 목소리가 들려왔다.

"너희들은 아무 소리도 못 들었느냐? 나는 누군가가 비명을 지르는 소리를 들은 것 같구나!"

시종은 깜짝 놀랐다. 그는 당장 방 안으로 들어가 크림힐트에게 시신을 치울 때까지 잠시 동안 나오지 말라고 전해야만 했다! 그렇지 않으면 크림힐트가 몹시 놀랄 것이 분명했기 때문이다. 시종은 사지를 쭉 뻗고 누워 있는 시신 옆을 조심스레 지나갔다. 끔찍스러운 그 시신이 왠지 낯익었지만, 시종은 그가 자기 주인일 줄은 꿈에도 상상하지 못했다. 시종이 방 안으로 들어섰을 때, 크림힐트는 이미 성당에 갈 옷으로 갈아입고 모든 준비를 마친 상태였다. 시종은 손에 든 등불이 마구 흔들려 꽉 잡고 있으려고 애썼지만, 그러기에는 손이 너무도 떨렸다. 그는 등 뒤의 문을 재빨리 닫았다.

"왕비마마…… 간청하옵건대 밖으로 나가지 마십시오."

시종은 숨도 쉬지 않고 말했다. "방문 앞에 어떤 기사가 죽어 있습니다. 누군가에게 살해당한 것 같습니다……"

시종은 더 이상 말을 잇지 못했다. 세상에 맙소사! 크림힐트의 얼굴이 갑자기 굳어졌다. 낯빛이 어찌나 창백하던지, 그녀가 죽은 게 아닐까 싶은 생각이 들 정도였다. 눈동자는 빛이 모두 소멸된 어두운 동굴처럼 보였다.

"간청드립니다."

시종은 깜짝 놀라며 계속해서 이 말만을 되풀이했다. 다른 말은 떠오르지도 않았다.

크림힐트는 시종을 뚫어져라 쳐다봤다. 등줄기에 오싹 소름이 돋았다. 두 손으로 관자놀이를 눌렀다.

"지크프리트."

크림힐트는 낯설고 기이한 목소리로 말했다. 시녀들도 두려움에 덜덜 떨었다. 왕비가 제정신이 아닌 것처럼 보였다. 크림힐트의 머릿속에서 온갖 생각이 뒤죽박죽되어 주마등처럼 스쳐 지나갔다. 브룬힐트의 분노, 하겐이 상처를 낼 수 있는 부위를 물었던 것, 어제 지크프리트가 사냥을 나갈 때 느꼈던 엄청난 불안감…… 그렇다, 그녀는 이런 일이 일어날 줄 미리 예감했던 것이다……

"지크프리트."

크림힐트는 다시 한 번 절망적인 심정으로 소리쳤다. 그녀는 장님처럼 앞으로 손을 내밀어 휘저으며 문 쪽으로 비틀거리며 걸어갔다. 그러나 문까지 미처 다 가지도 못하고 갑자기 그 자리에 푹 쓰러졌다. 깜짝 놀란 시녀들이 소리를 지르며 크림힐트에게 달려들어 그녀를 일으켜 세웠다. 곧 다시 정신을 차린 크림힐트는 자기 앞에 무릎을 꿇고 눈물을 흘리고 있는 시녀의 얼굴을 어리둥절해서 쳐다봤다. 도대체 무슨 일이 있었던 거지? 무슨 일이야? 뭔가 끔찍한 일이 일어난 것 같긴 한데, 무슨 일인지 알 수가 없네…… 더 이상 생각하기가 힘들었다. 시녀가 걱정스러운 눈길로 크림힐트를 바라봤다.

"어쩌면 지크프리트 님이 아닐지도 몰라요, 왕비마마……" 시녀는 크림힐트를 안심시키려고 애썼다. "어쩌면 낯선 손님일지도……"

크림힐트는 번개에라도 맞은 듯 깜짝 놀라 벌떡 일어섰다. 갑자기 정신이 번쩍 들었다. 머리가 깨질 듯이 아파 양손으로 머리를 움켜쥐어야만 했다. 열에 들뜬 사람처럼 재빨리 말을 쏟아 뱉기 시작했다.

"아니야, 그는 지크프리트가 맞아. 그들이 그를 죽인 거야.

난 분명히 알고 있어! 이런 일이 언젠가는 벌어질 것이라는 걸 오래전부터 알고 있었지! 하겐이 죽였고 브룬힐트가 뒤에서 사주한 거야. 살인마들, 아아 비겁한 살인마들…… 지크프리트에게 가야겠어……"

아무도 크림힐트를 말릴 엄두를 내지 못했다. 크림힐트가 문을 열었다.

한순간 크림힐트는 시신 앞에 우뚝 섰다. 그러더니 시신 앞에 무릎을 꿇고 그의 머리를 들어 감싸 안았다. 크림힐트는 울지 않았다. 울 수가 없었다. 마치 거친 손이 천천히 그녀의 가슴을 뚫고 들어와 심장을 헤집어 뜯는 것 같았다. 크림힐트는 지크프리트의 이마로 내려온 금발을 쓸어 올렸다. 크림힐트의 손은 정성을 다해 머리카락을 부드럽게 계속 쓸어 올렸다. 멈출 수가 없었다. 죽어버리겠어요, 지크프리트! 크림힐트는 생각했다. 나도 당신을 따라 죽겠어요!

왕비의 방에서는 시녀들이 무릎을 꿇고 앉아 흐느껴 울었다. 시종의 눈에서도 두 뺨을 타고 눈물이 흘러내렸다. 지크프리트의 오래된 충성스러운 시종이었다.

한참이 지난 뒤에 크림힐트는 고개를 들어 시종을 쳐다보았다. 시종은 두 눈이 빛을 잃고 깊은 슬픔에 잠겨 있는 왕비의 모습을 보고 깜짝 놀랐다.

"지크문트 왕에게 가서 이 사실을 알리고, 지크프리트의 신하들도 깨우도록 하여라."

크림힐트가 지친 목소리로 명령을 내렸다.

시종은 후들거리는 다리를 간신히 옮겨 가능한 한 빨리 소식을 전하기 위해 지크문트 왕에게 갔다.

지크문트 왕은 여태껏 그 어떤 전투에서 단 한 번도 패한 적이 없던 아들이 죽었다는 사실을, 그것도 아들이 가장 신뢰해온 최측근의 손에 살해당했다는 사실을 믿을 수도 없고 믿고 싶지도 않았다. 어찌나 고통스럽던지 한동안 온몸이 마비된 것 같았다. 시간이 지날수록 엄청난 분노가 밀려왔고 악행에 대한 복수를 하고 싶은 욕망이 솟구쳤다. 지크문트 왕은 신하들을 깨워 그중 하나를 니벨룽 기사들의 숙소로 보냈다.

니벨룽의 기사들은 깜짝 놀라 잠자리에서 벌떡 일어났다. 어이없다는 표정으로 서로의 얼굴을 쳐다보며, 지금 악몽을 꾸고 있는 것은 아닌지 의심했다. 그러나 곧 진실을 파악했다.

"복수를 해야 한다! 우리는 왕의 원수를 갚아야만 한다!"

숙소가 기사들의 고함 소리로 쩌렁쩌렁 울렸다. 니벨룽의 기사들은 눈 깜짝할 사이에 무기를 챙겨 들고 왕비에게로 달려갔다. 가슴 한가득 슬픔과 분노를 안고 그들은 왕의 시신을 둘러쌌다.

지크문트 왕이 지친 발걸음으로 복도를 걸어 내려왔다. 니벨룽의 기사들은 경외심을 드러내며 옆으로 비켜서서 길을 내주었다. 지크문트 왕은 아무 말 없이 창백한 아들의 얼굴을 한참 동안 들여다보다가, 천천히 무릎을 꿇고 앉아 두 팔로 아들의 시신을 끌어안았다.

비틀거리며 자리에서 일어난 지크문트 왕은 고개를 떨어뜨린 채 천천히 크림힐트의 방으로 들어갔다. 절망에 빠진 크림힐트의 얼굴을 보니 마음이 너무 아팠다.

"우리가 이곳 보름스로 오지 않았더라면 얼마나 좋았겠느냐!" 지크문트 왕은 이렇게 말하며 안타까운 심정으로 얼음장처럼 차가워진 크림힐트의 뺨을 어루만졌다. "가엾은 아가, 이제 우리는 둘 다 가장 사랑하는 사람을 잃었구나."

크림힐트는 대답 대신 잠시 지크문트 왕의 어깨에 머리를 기댔다. 그러고는 자리에서 일어났다. 밖의 복도에 무장 병사들이 꽉 차 있는 것이 보였다. 저 병사들이 도대체 무엇을 하려는 걸까? 크림힐트는 니벨룽 병사들의 충성심에 대해서는 익히 들어 잘 알고 있었다. 니벨룽의 병사들은 주인에 대한 원수를 갚기 전에는 절대로 두 발 뻗고 편하게 쉬지 못할 것이다. 그러나 그렇게 되면 니벨룽의 병사들은 아무런 소득도 없이 피를 흘리는 것이 되리라. 부르군트 병사들의 숫자가 훨씬 더 많았기 때문이다.

크림힐트는 문으로 다가갔다. 웅성거리던 병사들이 순식간에 입을 다물었다. 지크문트 왕도 크림힐트 옆에 섰다. 병사들은 뭔가를 간절히 소망하는 눈빛으로 지크문트 왕을 쳐다봤다. 지크문트 왕은 말문을 열기에 앞서 숨을 한번 깊이 내쉬었다.

"니벨룽과 네덜란드의 기사들이여, 우리에게 남은 일이라고는 내 아들이자 그대들의 왕인 지크프리트의 원수를 갚는 것뿐이다. 우리는 반드시 원수를 갚고야 말 것이다! 어디서 살인자를 찾을 수 있는지도 우리는 잘 알고 있다. 내 무기를 가져오너라!"

그의 말에 동의하는 거친 함성이 기사들 사이에서 터져 나왔다. 그런데 크림힐트가 지크문트의 팔을 잡으며 말렸다.

"하느님 맙소사, 도대체 무슨 일을 하시려는 겁니까? 부르군트 병사들의 숫자가 여러분보다 30배나 더 많다는 것을 잊지 마세요! 그대들 모두가 목숨을 잃게 될 동안, 살인자들은 털끝 하나 다치지 않을 겁니다. 지크프리트의 원수는 반드시 갚을 것이고 처절한 앙갚음이 될 겁니다. 제가 여러분에게 맹세하겠습니다! 하지만 아직은 때가 아닙니다! 때를 기다려야 합니다. 언젠가 원수를 갚을 날이 꼭 올 겁니다, 그건 제가 잘 압니다……"

기사들은 크림힐트 왕비를 쳐다보았다. 얼굴은 납덩이처럼 창백하고 두 눈은 이글이글 불타올랐다. 부드럽고 상냥하던 크림힐트가 도대체 왜 이렇게 변해버린 것일까?

그러다 갑자기 크림힐트가 고개를 떨어뜨렸다.

"이제 나를 도와 여러분의 왕을 땅에 묻어주십시오."

크림힐트의 나지막한 목소리는 가련하고 절망적이었다.

니벨룽의 기사 네 명이 지크프리트의 시신을 들어 올려 크림힐트의 방 안으로 옮겼다.

그사이 날이 환하게 밝았다. 지크프리트의 시신을 성당으로 옮기기 위해서 수도사들에게 소식을 전했다. 석공들과 대장장이들이 서둘러 최고급 대리석으로 관을 짜고, 단단한 무쇠로 테두리 장식을 만들어 달았다. 곧 성안에 끔찍한 소식이 퍼져나갔다. 소식을 들은 우테 왕비가 깜짝 놀라, 딸의 슬픔을 달래주기 위해 울면서 한걸음에 달려왔다. 게르노트와 기젤헤어도 마침내 살인이 자행된 것에 놀라며 서둘러 왔다. 게르노트는 크림힐트와 죽은 지크프리트를 쳐다볼 용기조차 내기 힘들 정도로 괴로웠다. 모든 것을 알았으면서도 미리 말해주지 못한 것이 못내 양심에 찔렸기 때문이다. 기젤헤어는 여동생을 안아주었다. 그러나 그 자신도 너무 충격을 받은 나머지, 한동안 말이 없었다.

"우리가 너를 위해 할 수 있는 일은 뭐든 다 해주마."

기젤헤어가 약속했다. 크림힐트는 두 팔로 오빠의 목을 감싸 안고 마침내 울음을 터뜨렸다. 울음은 영원히 끝나지 않을 것처럼 처절하고 절망적으로 계속되었다.

수도사들이 와서 시신을 들것 위에 싣고 성당을 향해 긴 행렬을 이루며 이동했다. 수도사들은 기도하고 찬송가를 불렀다. 사방의 종탑에서 종소리가 울려 퍼졌다. 보름스의 백성들이 길가로 몰려나왔다. 이윽고 시신을 실은 들것이 대성당의 한가운데에 도착했다. 니벨룽의 기사들이 왕의 시신을 비호했다. 도시에서 온 사람들, 시골의 농가에서 온 농부들 할 것 없이 모두가 시신을 둘러싸고, 살아생전 그렇게도 자주 보았던 왕의 얼굴을, 이제는 아무 말도 하지 않는 그 얼굴을 조용하고도 엄숙하게 바라봤다. 부르군트의 기사들도 통보를 받고 각자의 성에서 속속 몰려들었다. 소식을 듣고 성당으로 달려온 사람들은 너 나 할 것 없이 침통한 표정이었다. 지금 일어난 일이 실로 끔찍하고도 수치스러웠기 때문이다.

많은 여인네들이 통곡하며 울었다.

크림힐트는 들것 옆에 무릎을 꿇고 고개를 푹 숙인 채 앉아 있었다. 그녀의 눈에는 아무도 보이지 않았고, 어느 누구도 그녀를 그 자리에서 벗어나게 할 수 없었다. 그녀의 어머니와 오빠 기젤헤어가 아무리 간청해도 소용이 없었다.

그러던 크림힐트가 갑자기 누군가가 흔들어 깨우기라도 한 듯 자리에서 벌떡 일어났다. 너무 울어 새빨개진 눈을 들어 성당 안을 죽 둘러보았다. 바로 그 순간, 크림힐트는 화들짝 놀랐다. 군터 왕과 하겐이 성당 안으로 발을 들여놓은 것이다. 두 사람은 천천히 성당 한가운데로 걸어 들어오고 있었다. 크림힐트는 재빨리 걸음을 옮겨 들것의 발치로 가서 그들이 시신 가까이 오는 것을 막아섰다. 두 사람은 크림힐트 앞에서 걸음을 멈췄다. 군터 왕은 바닥에서 눈을 떼지 않았다. 고개를 떨어뜨린 그는 아픈 사람처럼 보였다. 두려울 것 없는 하겐은 냉랭한 표정으로 크림힐트를 정면으로 쳐다봤다. 둘 사이에 무시무시한 침묵이 흘렀다. 크림힐트는 의지할 것이라도 찾듯 손을 뻗어 들것의 끝부분을 움켜쥐었다.

"두 분께서 어떻게 감히 여기에 발을 들여놓습니까?"

크림힐트는 서슬 퍼런 목소리로 속삭였다. 군터는 채찍에 맞은 듯 몸을 움찔했다. 하겐은 눈썹 하나 까딱하지 않았다.

"우리가 지크프리트의 죽음을 바라기라도 한 것처럼 말하지 말아라." 군터가 낮게 더듬더듬 말했다. "나도 그의 죽음이 너무 가슴 아프구나……"

"그렇게 가슴이 아프시다면 이런 일을 벌이지도 말았어야죠!" 크림힐트가 군터의 말을 가차 없이 잘랐다. 그녀는 하겐에게서 눈을 떼지 않은 채, 한 걸음 옆으로 물러섰다.

"그리고 만약 숙부님이 이 죽음에 책임이 없다고 주장할 생각이라면," 크림힐트는 천천히 말했다. "그렇다면 시신 가까이로 가보시지요! 보다시피 시신은 살인자를 고발하게 되어 있습니다. 나는 하느님의 심판을 기다릴 거라고요!"

백성들 사이에 내려오는 오래된 전설이 하나 있었다. 그것은 바로 살인자가 시신 가까이 가면, 죽은 사람의 상처에서 계속 피가 솟아난다는 내용이었다.

보름스의 선량한 백성들은 하겐이 시신 가까이로 갈 수 있게 머뭇거리며 길을 비켜주었다. 시커먼 얼굴의 하겐은 미동도 하지 않고 건방지게 꼿꼿이 머리를 쳐들고 좌중을 한번 훑어보았다. 백성들은 숨소리도 내지 못했다.

갑자기 누군가가 비명을 질렀다. 뭔가에 깜짝 놀라 날카롭게 내지르는 여자 목소리였다.

"저기를 보세요! 피를 흘리고 있어요!"

다음 순간, 모두가 일제히 소리를 지르는 바람에 성당 벽이 메아리치며 울렸다. 놀라서 화들짝 커진 눈들이 전부 들것 위로 향했다. 시신을 덮은, 눈처럼 하얀 천이 어깨와 머리 부분부터 붉게 물들고 있었다. 사람들이 덜덜 떨면서 바라보고 있는 동안, 붉은 얼룩은 점점 커져갔다.

"하느님의 심판이다."

여기저기에서 사람들이 수군거렸고 두려움에 가득 찬 눈길들이 하겐을 향했다. 하겐은 꼼짝도 하지 않고 동상처럼 그 자리에 우뚝 서 있었다. 오로지 그의 낯빛만이 기이한 흙색으로 변해갔다. 얼굴에 난 무시무시한 칼자국이 갑자기 불이 붙은 것처럼 붉게 타올랐다. 하겐은 서두르는 기색 없이 천천히 그 자리에서 몸을 돌려 군터와 함께 다시 성당 문을 나섰다.

니벨룽의 기사들은 부드득 이를 갈면서 칼자루를 움켜쥐었다. 그곳이 성당이라는 신성한 장소만 아니었던들, 그들은 그 자리에서 당장 하겐을 죽였을 것이다. 어쩔 수 없이 그들은 하겐을 가게 내버려 두었다. 크림힐트는 분노에 찬 얼굴들을 둘러보며 사람들이 눈치채지 못하게 가만히 고개를 가로저었다. 복수는 다음으로 미뤄야 한다는 것을 모두가 잘 알고 있었다.

점심때쯤 되어서야 대장장이들이 완성된 관을 들고 왔다. 그들은 관에 시신을 안치했고, 수도사들이 다시 한 번 지크프리트를 위해 축복의 기도를 올렸다. 그런 다음 마침내 대리석으로 된 관 뚜껑을 닫고, 묵직한 쇳덩어리로 만든 자물쇠를 채웠다. 지크문트 왕과 크림힐트는 관의 머리맡에 서 있었다.

크림힐트는 사흘 밤낮을 관 옆에서 보냈다.

"나를 혼자 두지 마세요."

크림힐트는 니벨룽의 기사들에게 부탁했다. 충성스러운 기사들은 크림힐트와 함께 사흘 밤낮을 시신 옆에서 먹지도 마시지도 않고 보초를 섰다. 크림힐트는 이제 서 있기조차 힘들었다. 그러나 누군가가 다가와서 그녀를 데려가려고 하면 완강하게 거부했다.

"어쩌면 하느님께서 나도 같이 데려가 주실지도 모르겠다."

그러나 크림힐트는 죽지 않았다. 크림힐트에게 아직 목숨이 붙어 있다는 건 기적과도 같았다. 그녀는 수도사들이 지크프리트의 영혼의 안식을 위해 기도하기를 바라는 마음에서, 수도원마다 막대한 양의 재산을 기부했다. 또한 지난 사흘 동안 무리 지어 성당을 찾은 가난한 백성들에게도 넘치도록 선물을 나누어주었다.

나흘째 되는 날, 마침내 지크프리트의 관은 성당 뜰에 마련된 묘로 옮겨졌다. 관이 땅속으로 내려지는 순간, 크림힐트를 지탱하던 마지막 힘은 소진되었다. 그녀는 소리 없이 그 자리에 쓰러졌다. 그녀를 방으로 옮겨 시녀들이 찬물로 몸을 닦고 온갖 약초를 넣어 진하게 달인 즙을 먹였지만, 크림힐트는 깨어나지 않았다. 깊은 기절 상태에서 다음 날이 될 때까지 자리에 누워 있었다. 눈을 떴을 때는 마치 송장이 눈을 뜨는 것처럼 보였다.

지크문트 왕이 크림힐트를 찾아왔다. 그는 크림힐트를 친딸처럼 다정하게 대했다.

"네가 몸을 추스르는 대로 크산텐 궁전으로 돌아가자꾸나." 왕이 말했다. "이곳은 우리에게 너무도 많은 고통을 안겨주었다. 네덜란드로 돌아가 너는 여왕의 자리에 앉아야만 한다. 내 너에게 모든 권한을 넘겨줄 것이야."

216

크림힐트는 모든 것을 다 하겠다고 말했다. 지크프리트가 죽고 난 뒤 일어나는 모든 일에 어차피 아무런 흥미도 없었다.

지크문트 왕은 신하들과 니벨룽의 기사들에게 고향으로 돌아갈 채비를 하라고 일렀다. 그러나 우테 왕비에게는 딸 크림힐트가 네덜란드로 돌아간다는 소식이 전혀 달갑지 않았다.

"얘야, 네가 그곳에 가면 이제 너는 아는 사람 하나 없이 낯선 사람들하고 살아야 한다." 왕비는 딸에게 말했다. "여기서 우리와 함께 지내자꾸나. 그렇게 하는 것이 분명 너에게도 훨씬 편할 거다!"

오빠 기젤헤어도 그녀에게 가지 말라고 부탁했다.

"난 너 혼자 낯선 나라로 가는 게 영 마땅치가 않구나. 예전처럼 함께 지내자꾸나. 네가 필요로 할 때는 언제든 네 곁에 있어 주마. 부탁한다, 제발 떠나지 말아라!"

슬픔에 가득 찬 크림힐트는 오빠 품에 안겼다.

"기젤헤어 오빠, 말씀만으로도 너무나 감사해요. 하지만 내가 어떻게 여기 살면서 계속 하겐 숙부와 부딪치는 것을 견뎌낼 수 있겠어요?"

"너는 전혀 그 사람을 대할 필요가 없어. 그렇게 되지 않게 끔 내가 항상 신경 쓰마." 기젤헤어가 얼른 약속했다. "어머니께서도 절대 그냥 보고만 계시지는 않을 거야."

게르노트도 와서 크림힐트가 떠나는 것을 말렸다. 게르노트는 지크프리트의 죽음 이후로 단 한 순간도 마음 편히 지낸 적이 없었다. 오히려 크림힐트가 그를 불쌍하게 여길 정도로 괴로워했다. 크림힐트는 게르노트가 사건에 연루되지 않았으며, 그렇다고 해서 살인을 막을 수도 없었다는 것을 잘 알고 있었다.

마침내 크림힐트는 떠나지 말라는 요청에 응하기로 결심했다. 게다가 지크프리트의 무덤을 떠날 용기도 없었다.

한편 지크문트 왕은 그사이 떠날 채비를 모두 마쳤다. 크림힐트가 여기 남기로 결정했다는 소식을 들은 왕은 큰 슬픔에 빠졌다. 그동안 며느리를 무척 예뻐했는데, 이제 크산텐 궁전으로 돌아가면 외롭게 지내게 될 것이 분명했기 때문이다.

"네 어린 아들을 고아로 만들 셈이구나! 아니, 그 애 혼자서 크란 말이냐?"

지크문트 왕은 크림힐트의 마음을 돌려보려고 애썼다. 그 말을 들은 크림힐트의 눈에서 눈물이 왈칵 쏟아졌다. 그러면서도 그녀는 머리를 가로저었다.

"아버님께서 잘 돌봐주세요." 크림힐트가 힘없는 목소리로 말했다. "그리고 니벨룽의 기사들이 왕의 아들을 잘 지킬 겁니다. 내 아들이 성장해 혼자서도 강하게 살아갈 수 있을 때까지요."

지크문트 왕은 더 이상 크림힐트를 설득하지 않았다. 마지막으로 며느리를 품에 안아주고는 궁전 뜰로 나갔다. 밖에서는 니벨룽의 기사들이 말에 안장을 얹고 기다리고 있었다.

"출발하자."

왕은 짧게 말했다.

니벨룽의 기사들이 어리둥절해하며 왕을 쳐다봤다.

"폐하, 왕비께서는요?"

"왕비는 여기 남을 것이다. 어린 왕자는 자네들의 손에 맡기겠다고 했다!"

왕은 말을 출발시켰다. 니벨룽의 기사들도 더 이상 아무 말 없이 왕을 따랐다. 그렇게 해서 그들은 어느 누구의 배웅도 받지 않고 보름스 궁전을 떠났다. 게르노트와 기젤헤어가 창가에 서서 침통한 표정으로 그 모습을 지켜봤다. 군터의 모습은 그 어디에서도 보이지 않았다.

"정말이지, 저 늙으신 분을 보니 마음이 너무도 아프구나."

게르노트가 괴로운 심정으로 중얼거렸다.

그사이 기젤헤어는 서둘러 홀을 빠져나와 시종에게 말안장을 얹게 한 뒤, 곧장 말에 올라타 성문을 통해 질주했다. 얼마 지나지 않아 왕의 행렬을 따라잡은 그는 말을 몰아 지크문트 왕 옆으로 다가갔다.

"제가 동행할 수 있게 허락해주십시오!"

기젤헤어는 최대한 예의를 갖추어 기사로서의 법도를 지켜가며 말했다. 부르군트의 제일 어린 왕 기젤헤어는 기사로서의 아름다운 기품이 온몸에 밴 사람이었다.

연로한 지크문트 왕이 슬픔 가득한 눈으로 기젤헤어를 한참 동안 쳐다보았다. 마침내 지크문트 왕이 말 위에 탄 채로 기젤헤어에게 악수를 청하며 대답했다.

"고맙소, 기젤헤어 왕이여!"

그리하여 연로한 지크문트 왕과 젊은 기젤헤어 왕은 길고 긴 여정을 나란히 말을 달려 네덜란드의 국경에 다다랐다. 기젤헤어가 정성을 다해 보여준 진실된 마음으로 인해 지크문트 왕은 다소나마 위로를 받을 수 있었다.

6

보름스 궁전에는 적막감이 감돌았다. 크림힐트는 거의 방 밖으로 나오지 않았다. 그저 지크프리트의 무덤가에서 기도를 올리거나 아침 일찍 미사를 드리러 성당에 가는 모습만 볼 수 있었다. 크림힐트는 여전히 아름다웠지만, 얼굴은 고통으로 돌처럼 딱딱하게 굳어 있었고 상냥하고 사랑스럽던 표정은 온데간데없이 사라졌다. 군터와는 단 한마디도 섞지 않았다. 하겐은 크림힐트를 멀리멀리 피해 다녔다. 게르노트와 기젤헤어, 그리고 크림힐트와 함께 네덜란드에서 부르군트로 다시 돌아온 충성스러운 변경백 에케바르트만이 그녀에게 아주 조금의 위로가 되었을 뿐이다.

그렇게 3년의 세월이 흘렀다.

그 세월 동안 하겐의 머릿속에는 한 가지 생각이 둥지를 틀었다. 한순간도 그 생각에서 벗어난 적이 없으며, 그것은 굳은 계획으로 변해갔다.

하겐이 세운 계획은 매우 간교하고 사악한 것으로, 그는 오래전부터 어마어마한 양의 니벨룽의 보물에 관한 생각에 사로잡혀 있었다. 지금은 크림힐트의 소유가 되었지만 아무 쓸모 없이 산중의 깊은 동굴 속에 묻혀 있는 보물들! 하겐은 그 보물들을 보름스로 가져오면 얼마나 좋을까 하고 생각했다. 그렇다, 안 될 게 뭐 있겠는가? 그리고 언젠가는 그 보물들을 부르군트의 소유로 만드는 데 성공할 수 있으리라. 하겐은 일찍이 자신의 모든 노력을 오로지 부르군트 왕들의 명예와 권력, 부를 지키고 늘리는 데 모두 쏟아붓겠노라고 결심한 바 있었다.

하겐은 몇 날 며칠 자신의 계획에 대해 생각하고 또 생각했다. 마침내 계획이 절대로 실패하지 않을 것이란 확신이 들었다.

"군터 왕이시여." 그러던 어느 날 하겐이 말했다. "니벨룽의 보물이 깊은 산중에 묻혀, 아무도 그것을 유용하게 사용하지 못하고 있다는 사실이 너무 안타깝지 않습니까? 게다가

222

크림힐트에게 그 보물들이 무슨 소용이 있습니까? 크림힐트는 번쩍이는 금붙이 따위에는 더 이상 관심도 없습니다! 그것을 지키기 위해 가장 가까운 사람들끼리도 서로 피를 흘려야만 하니까요. 그렇다면 우리가 그 보물을 이곳에 가져오는 게 어떻겠습니까? 누가 알겠습니까? 그러면 크림힐트가 오빠들에게 그 보물을 조금씩 나누어줄지도 모르지 않습니까!"

"농담이 지나치십니다, 숙부!" 군터는 버럭 화를 내며 말했다. "지크프리트가 죽은 이후로 크림힐트는 나와 말 한마디 나누지 않고 있습니다. 그런데 심지어 자기 재산을 내게 나누어줄 것 같습니까? 그렇게 생각이 모자라십니까? 내가 보기에 숙부는 나이가 들면서 점점 더 유치해지시는 것 같습니다!"

"진정하시오! 당연히 보물을 나누기 전에 크림힐트와 화해부터 해야지요!"

군터 왕은 큰 소리로 웃었다.

"나와 크림힐트가요? 나와 화해할 마음이 있는지 크림힐트에게 먼저 물어보시지요! 그 아이가 나와 숙부를 사탄 보듯이 미워한 세월이 어언 4년이 되어갑니다!"

"정 그러시다면!" 하겐은 어깨를 으쓱하더니 곧장 문으로 향했다. "난 그저 엄청난 보물을 가져보려고 노력이라도 한 번 해보는 것이 좋지 않을까 싶어서 꺼낸 말인데, 정작 본인이 원치 않는다면……"

"잠깐만요!" 하겐이 나가려고 하자 군터가 재빨리 소리쳤다. "한번 고민해보지요. 어쩌면 게르노트와 기젤헤어가 크림힐트를 만나볼 수 있을지도 모릅니다. 그 아이들에게 크림힐트를 설득해보라고 부탁해보겠습니다."

하겐은 몰래 웃었다. 그가 내미는 맛있는 미끼를 군터가 덥석 물게 되리라는 것을 진작부터 잘 알고 있었기 때문이다!

게르노트와 기젤헤어는 형을 위해 크림힐트와 대화해보겠다고 선뜻 나섰다. 이전에도 그들은 두 사람을 화해시키려고 여러 번 시도했었다. 하지만 크림힐트는 지크프리트를 잊을 수 없었고, 살인자들을 용서할 수 없었다. 게르노트와 기젤헤어는 적어도 이번만큼은 포기하지 않겠다고 맹세했다. 크림힐트가 군터와 화해하겠다는 약속을 하기 전에는. 그러나 두 사람은 그것이 하겐의 계획을 돕는 일이라는 것은 꿈에도 생각하지 못했다. 게르노트와 기젤헤어가 맹세하는 것을 보고 있던 하겐은 입꼬리를 추어올리며 야비하게 비웃었다.

"나를 위해서 당신들의 혀를 화려하게 놀릴 필요는 없소."

하겐은 빈정대며 말했다. "아무리 그래도 소용없을 거요! 크림힐트는 할 수만 있다면, 나를 직접 죽이고 싶어 할 테니까."

"입 다무시오!" 군터 왕이 화를 내며 말했다. "크림힐트가 숙부를 사랑할 이유가 없다는 사실을 인정하셔야만 할 겁니다! 부탁컨대, 너희 둘은 최선을 다해라!"

게르노트와 기젤헤어가 밖으로 나간 뒤, 군터는 초조한 마음으로 홀 안을 이리저리 왔다 갔다 했다. 저 두 사람은 크림힐트를 설득하는 데 성공할 것인가? 그렇게만 된다면 엄청 기쁠 것 같았다. 왜냐하면 군터 왕은 언젠가 크림힐트가 자신과 하겐에게 복수를 하고야 말 것이라는 불안함에 남몰래 시달리고 있었기 때문이다. 그러던 중 니벨룽의 보물에 대한 이야기가 나온 것이다. 이제는 갑자기 보물을 향한 걷잡을 수 없는 욕망이 그를 사로잡았다.

그동안 군터 왕에게 기쁨을 주는 일들은 별로 많지 않았다. 브룬힐트 왕비는 군터 왕을 늘 싸늘하게 대하다 못해 거의 원수 보듯 했고, 양심의 가책은 그를 편하게 내버려 두지 않았다. 예부터 많은 사람이 그렇게 믿어왔듯이, 군터 왕도 어쩌면 번쩍이는 금덩이라면 행복해질 수 있을 거라고 생각했다. 니벨룽의 보물이 뿜어내는 금빛 광채라면 메마른 그의 삶에

한 줄기 밝은 빛이 되어줄지도 모른다……

한편 크림힐트는 오빠들의 말을 아무 대꾸 없이 조용히 듣고 있었다.

"넌, 군터 형님에게 최소한 한 번은 설명할 수 있는 기회를 줬어야 한다고 생각해." 게르노트가 졸랐다. "얘기를 듣고 나면, 어쩌면 넌 군터 형님이 그렇게 대단히 잘못하지는 않았다고 생각하게 될지도 몰라!"

"어머니 생각도 좀 해야지." 기젤헤어도 간청했다. "어머니는 점점 늙어가시는데, 두 사람이 원수처럼 지내고 있으니 얼마나 고통스러우시겠어. 군터 형님도 그 끔찍한 사건 이후로 단 한 순간도 마음 편히 지낸 적이 없단다. 내 말을 믿어주면 좋겠다."

크림힐트는 뭔가 골똘히 생각하는 표정으로 두 오빠를 쳐다봤다.

"그래 봐야 아무 소용 없어요." 그녀는 마침내 이렇게 말하며 슬픔에 잠겨 고개를 가로저었다. "내 입으로 오빠를 용서한다고 해도 마음으로는 절대로 용서하지 못할 거예요."

한 가닥 희망을 발견한 기젤헤어가 크림힐트의 두 손을 꼭 잡았다.

"이곳으로 형님을 오시라고 하자. 부탁이야. 날 봐서라도 그렇게 해줘! 내 말 믿어. 나중에 모든 것이 훨씬 더 좋아질 거야."

마침내 크림힐트가 양보했다.

"좋아요, 군터 오빠를 만나겠어요. 하지만 오빠만 볼 거예요. 하겐 숙부는 절대로 내 눈에 띄면 안 돼요! 더 이상은 바라지 마세요. 그 이상은 아무것도 못해요."

"고맙다!"

기젤헤어가 기쁨에 들떠 이렇게 말하고는 군터에게 반가운 소식을 전하기 위해 방을 나갔다. 하겐은 홀로 창가에 기대어 서서 두 형제가 함께 홀을 나가는 모습을 지켜보고 있었다. 그러고는 기다렸다. 그렇다, 결국 이렇게 화해가 성사되기는 했지만 두 사람 모두에게 잘못된 화해였다. 군터 왕은 보물 때문에 억지로 화해한 것이고, 크림힐트는 군터 왕을 용서하지도 않았고 결코 용서할 수도 없었다. 그러나 겉으로는 어쨌든 부르군트의 남매들 사이에 마침내 평화가 다시 찾아온 듯 보였다.

하겐은 그 모든 사실을 음흉한 마음으로 남몰래 기뻐했다. 그의 계획이 바야흐로 실행되고 있었다! 이제 군터 왕이 머리

를 잘 써서 크림힐트를 설득한 다음, 보물들을 보름스로 가져
오는 일만 남은 것이다! 그런데 놀랍게도 그 일은 전혀 어렵
지 않았다. 크림힐트 자신이 이미 지크프리트 영혼의 안식을
위해 그 보물들을 가져다가 좋은 일을 할 계획을 많이 세우고
있었던 것이다. 크림힐트는 우테 왕비와 함께 수도원을 짓겠
다고 결심했다. 연로하신 어머니는 그 수도원에서 생을 마감
하고 싶어 했다. 또한 크림힐트는 가난한 이들과 과부들, 고
아들에게도 도움을 주었다. 그렇다, 그녀는 앞으로도 많은 선
행을 베풀 것이다…… 그러다 아주 가끔씩, 그녀가 생각에 잠
길 때면 갑자기 마음속 깊은 곳에서 어두운 생각 하나가 불쑥
떠오르곤 했다. 그래…… 누가 알겠는가, 니벨룽의 보물이 언
젠가는 지크프리트의 원수를 갚는 일에 요긴하게 쓰이게 될
지…… 이런 생각에 잠길 때면, 크림힐트는 두려움에 온몸이
얼어붙는 것만 같았다. 그렇다고 그런 생각에서 벗어나려고
애쓰지도 않았다.

그러던 중 오빠들이 크림힐트에게 깊은 산중에 숨겨져 있
는 보물들을 라인 강변의 보름스로 가져오자고 제안했고, 그
녀는 흔쾌히 받아들였다. 게르노트와 기젤헤어는 직접 1,200
명의 충성스러운 기사를 이끌고 니벨룽으로 가기로 했다. 보

물을 안전하게 옮겨오기 위해서였다.

한편 니벨룽의 땅속 깊숙한 홀에 앉아 있던 알베리히 왕은 밖에서 들려오는 수많은 무장 기사의 말발굽 소리를 듣고 적잖이 놀랐다. 그와 동시에 난쟁이 정찰병들이 황급히 뛰어 들어와, 흥분한 목소리로 수많은 병사가 니벨룽의 보물을 가져가기 위해서 왔노라고 보고했다. 크림힐트 왕비의 명령으로 그녀의 두 오빠가 직접 병사들을 이끌고 왔다고 했다. 알베리히는 눈살을 찌푸리며 한동안 생각에 잠겼다. 그러다 마침내 말문을 열었다.

"우리는 그것을 막을 수 없다. 보물은 왕비의 소유이다. 지크프리트 왕께서 일찍이 그의 보물을 크림힐트 왕비에게 결혼 선물로 주었기 때문이다. 또한 우리가 가지고 있던 최고의 보물도 잃었다. 그건 바로 지크프리트 왕이 내게서 가져간 투명망토인데, 그가 죽는 순간에 망토의 효과도 사라져서 이제는 아무 쓸모도 없는 하찮은 천 조각으로 변해버렸다. 내 망토와 왕관을 가져오너라. 땅 위로 올라가서 부르군트의 왕들에게 인사를 해야겠다."

시종들이 와서 알베리히의 어깨에 값비싼 모피로 만든 빨간색 망토를 입혀주었다. 그리고 땅 위의 어떤 황제의 것보다도 화려한 보석들로 장식되어 있는 왕관을 씌워주었다.

"보물을 넣어둔 방 열쇠를 가져오너라."

알베리히는 시종에게 이렇게 말했다.

이윽고 알베리히는 땅 위로 올라갔다. 부르군트에서 온 기사들은 난쟁이 알베리히 왕이 땅속에서 올라와 햇빛에 모습을 드러내자, 그를 호기심 가득한 눈으로 쳐다봤다. 눈처럼 하얀 백발과 수염을 휘날리며 나타난 그는 너무도 위엄 있어 보였다. 지크프리트가 자주 그의 용맹함과 충성심을 칭찬해 온 터라, 부르군트의 기사들은 알베리히에게 최대한 예의를 갖추어 공손하게 인사했다.

"자, 이제 나와 함께 보물을 보러 산속으로 들어가지 않겠소?"

알베리히는 부르군트의 기사들과 격식을 차려 많은 말을 주고받은 끝에 이렇게 물었다.

부르군트의 기사들은 알베리히를 따라 바위문 안으로 들어갔다. 통로가 낮아 덩치 큰 부르군트의 기사들은 허리를 구부정하게 굽혀야만 했다. 통로는 곧바로 땅속으로 이어졌고, 사방이 점차 어두워졌다. 모퉁이 하나를 돌자 햇빛은 완전히 차단되었다. 곧 옆으로 난 통로에서 무릎 높이 정도의 키 작은 남자들이 무리를 지어 걸어 나왔는데, 그들은 모두 검은색 망토와 뾰족한 모자를 쓰고 있었다. 손에는 기름이 활활 타고 있는 램프를 들고서, 아무 말 없이 앞장서서 불을 밝혀주었다. 불빛이 동굴 벽을 으스스하게 너울거리며 스쳐 지나갔다. 동굴 벽 여기저기에 박힌 수정과 알록달록한 원석들이 불빛을 받아 반짝였다. 금맥이 이어지다가 원석에 가 닿으면 방향을 틀곤 했는데, 그 모습이 마치 금빛 뱀이 기어가는 것 같았다. 축축한 동굴 바닥에서는 기이하게 생긴 동물들이 획획 지나다녔고, 희멀건 색의 도롱뇽들은 눈을 아프게 찌르는 불빛을 피해 동굴 벽의 어두컴컴하게 갈라진 틈 사이로 몸을 숨겼다. 동굴 사방에서 민첩한 동작으로 망치질하는 소리가 들려왔다.

그러다 갑자기 막다른 길에 이르자, 눈앞에 육중한 쇳덩이 문이 떡 버티고 있는 것이 보였다. 그것은 희한한 모양으로 생긴 성으로 들어가는 문이었다. 알베리히는 허리춤에서 황금 열쇠를 꺼내 문을 열었다. 얼음장처럼 차가운 바람이 열린 문틈으로 들어왔다. 문 뒤로 새로운 통로가 보였다. 램프를 들고 있던 난쟁이들이 민첩하게 그 통로를 따라 들어갔다. 통로 양쪽으로 동굴 벽에 난 문들이 하나씩 차례로 열렸다.

앞서 들어간 난쟁이들이 가던 길을 멈추고 램프를 높이 쳐들었다. 알베리히가 부르군트의 기사들 쪽으로 몸을 돌렸다.

"여기에 니벨룽의 보물들을 보관하고 있습니다."

알베리히는 경건하게 말했다. 컴컴한 동굴 안에 쌓여 있는 엄청난 양의 보물을 본 기사들은 눈이 휘둥그레졌다. 바닥에 깔린 양탄자와 짐승 가죽 위에 놓인 온갖 종류의 보석들이 수백 가지 빛을 발하며 반짝였다. 정교한 모양으로 세공한 금붙이들, 반지, 팔찌, 머리띠, 목걸이 그리고 그 밖의 값비싼 장신구들이 있었는데 아름답고 희귀하기가 이루 말할 수 없었다. 그런 보물들은 당대 최고의 예술 감각을 지닌 명장들만이 만들어낼 수 있을 것 같았다.

부르군트의 기사들은 방마다 들어가 보았다. 온 사방에 번쩍이는 장신구들, 근사한 무기들, 손잡이가 온갖 보석으로 장식된 칼들, 루비와 에메랄드로 눈을 장식한 갖가지 동물 문양을 새겨 넣은 황금 투구들, 금과 은으로 된 갑옷들 그리고 값비싼 그릇들이 쌓여 있었다.

"이제 이 보물은 모두 당신들의 여동생이자 우리의 왕비, 크림힐트의 소유입니다."

부르군트의 기사들이 다시 동굴 입구 쪽으로 돌아왔을 때,

알베리히가 슬픈 목소리로 말했다.

"지금껏 우리는 지크프리트 왕을 위해 보물들을 충실히 지켜왔습니다. 하지만 이제 지크프리트 왕은 죽었고 그의 아들은 아직 너무 어립니다. 그러니 보물들을 가져가십시오. 부디 이 보물들이 불행을 초래하지 않기를 바랄 뿐입니다! 때로는 금덩이가 사람 손에 있는 것보다 차라리 수십 미터 아래 깊은 땅속에 묻혀 있는 것이 더 낫기 때문입니다."

게르노트는 손으로 이마를 훔치며 웃었다.

"저는 정말이지 구경하다가 지칠 지경입니다! 내 평생 이렇게 많은 보물은 처음 봅니다. 이제껏 나는 우리 부르군트 사람들이 정말 넉넉한 부자라고 생각해왔습니다. 한데 지금 보니 우리는 가난한 사람들이군요."

"서두르셔야 합니다." 알베리히가 경고했다. "당신들이 데리고 온 시종들이 땅 위로 보물들을 모두 옮겨 마차에 싣기에도 시간이 모자랄 겁니다."

부르군트 병사들은 크림힐트의 조언에 따라 열두 대의 천장이 높은 마차를 병사들의 행렬과 함께 몰고 왔다. 그런데 이제는 그것도 모자라 바구니든 방패든 될 수 있는 대로 보물을 싣고 가야 할 정도였다. 시종들은 값진 보물들을 등에 지고 숨을 헐떡이며 땀을 흘렸다. 동굴의 천장이 낮아 등을 조금만 덜 굽혀도 머리가 바위에 부딪혔고, 그럴 때마다 시종들은 욕설을 내뱉었다.

마침내 어마어마한 양의 보물들을 모두 다 마차에 실었을 때, 해는 이미 저물어 있었다. 둥근 달이 숲 뒤편에서 휘영청 떠오르며 은빛으로 빛나고 있었다. 저 멀리 바위 위로 솟아오른 성의 창문들에서 창백하고 으스스한 불빛이 새어 나오고 있었다.

부르군트의 기사들은 알베리히 왕과 작별 인사를 나누었다. 마음이 무거워진 난쟁이 알베리히 왕은 뭔가를 골똘히 생각하는 눈치였다.

"지금부터 니벨룽의 왕은 부르군트 사람들입니다. 보물을 소유한 자가 왕이 될 자격이 있기 때문입니다." 알베리히가 말했다. "아주 오랜 옛날부터 내려오는 규칙입니다. 그러나 니벨룽의 보물은 지금껏 누구에게도 행운을 가져다준 적이 없으며, 그것을 소유한 자 중에 오래 산 사람이 없습니다. 부디 당신들에게는 행운이 오래 함께하기를 바랍니다."

이 말을 들은 부르군트 병사들은 어디선가 차가운 바람이 불어와 등골이 오싹해지는 것 같았다. 바람이 어디에서부터 불어오는지도 알 수 없었다. 마지막으로 악수를 나눈 뒤 알베리히 왕은 시커먼 동굴 벽 뒤로 사라졌다. 게르노트와 기젤헤어는 말 위에 올라타 병사들의 행렬 맨 앞에서 달리기 시작했다. 그렇게 밤을 새워 숲을 가로질러 달렸다. 행렬의 가운데에서 값비싼 보물들을 가득 실은 열두 대의 마차가 삐거덕거리면서 덜커덩 길을 달렸다.

길고도 힘든 여정이었다. 달은 곧 구름 뒤로 몸을 숨기고 차가운 가을비가 나뭇가지 사이로 떨어지기 시작했다. 행렬이 숲을 벗어나자 끔찍하게 차갑고 굵은 빗줄기가 채찍처럼 얼굴을 때렸다. 이윽고 동이 트자 안개가 거미줄처럼 나뭇가지와 관목 덤불 위에 드리워졌다. 대낮이 되어도 햇빛은 비칠 기미도 보이지 않았다. 병사들은 말을 달리고 또 달렸고, 비는 쉬지 않고 내렸다. 빗물이 갑옷 위로 작은 물줄기를 이루며 흘러내렸다. 가끔씩 소작농의 농장에 들러 휴식을 취하며 지친 말들에게 풀을 뜯게 했다. 밤이면 일부 병사들은 보초를 서고 일부는 쪽잠을 잤다.

그 모든 어려움에도 불구하고, 마침내 일행은 무사히 보름스에 도착했다. 보물은 크림힐트가 머무는 궁전의 안전한 장소로 옮겨졌다.

바야흐로 가난한 사람들에게 좋은 시절이 열렸다. 크림힐트의 궁전을 나서는 이들 중 빈손으로 돌아가는 사람은 없었다. 심지어 용감한 기사들까지도 크림힐트의 큰 씀씀이에 홀려 속속 몰려들었다. 이러한 사실은 방방곡곡에 소문이 났다. 기사들은 크림힐트 가까이에서 지내며 그녀에게 봉사하기 위해 부르군트에 머물렀고, 그 대가로 넉넉한 봉급을 받았다. 얼마 지나지 않아 크림힐트는 엄청나게 많은 용병들을 끌어모을 수 있었고, 그들은 그녀를 위해서라면 지옥에라도 갈 준비가 되어 있었다.

곳곳에 첩자를 심어둔 하겐은 이 모든 사실을 정확히 꿰고 있으면서, 불안한 마음으로 상황을 예의 주시하고 있었다.

"저들을 막아야만 합니다." 하겐이 군터 왕에게 말했다. "크림힐트는 벌써 많은 병사들을 끌어모았고, 그들은 크림힐트가 손가락 하나만 까닥해도 악마라도 때려잡을 기세입니다."

"어떻게 막을 수 있단 말입니까?" 군터가 퉁명스럽게 물었다. "보물은 크림힐트의 것이고, 그 애가 보물을 가지고 무엇을 하든 자기 마음 아닙니까. 게다가 내 눈에는 크림힐트가 우리와 보물을 나눠 가질 생각이 전혀 없는 것처럼 보입니다."

군터는 조롱하듯이 덧붙였다.

"어쨌든 간에 복수심에 사로잡힌 여자의 손에 보물을 맡겨둘 수는 없는 노릇이오. 그런 보물은 불행을 초래할 뿐이죠."

하겐은 깊은 생각에 빠져 말했다.

군터가 하겐을 유심히 살펴보았다. 그는 하겐을 아주 잘 알고 있었다. 분명 마음속으로 못된 계략을 꾸미고 있음이 틀림없었다.

"내 말을 들어보세요." 군터는 냉정하게 말했다. "난 더 이상 크림힐트에게 고통을 주지 않겠다고 맹세했단 말입니다. 그것을 잊지 마십시오!"

"폐하께 무슨 짓을 하라고 시키는 사람은 아무도 없소." 하겐은 비웃으며 대답했다. "그럼에도 불구하고 무슨 일이 벌어진다면, 모든 책임은 내가 지겠소!"

그 무렵 부르군트의 왕들에게 말을 타고 나라 밖으로 나가야 할 일이 생겼다. 이방의 한 영주로부터 초청을 받은 것이다. 기사 대부분이 왕을 수행했고, 오로지 하겐만이 궁전에 머물렀다.

모두가 떠나고 나자 궁전 안에서는 뭔가 비밀스러운 일이 서둘러 진행되었다. 각종 범죄자들이 어둠을 틈타 몰래 하겐의 처소로 몰려들었고, 하겐은 문을 굳게 걸어 잠그고 방 안에서 오랫동안 밀담을 나누었다.

그러던 어느 날 밤, 라인 강 상류 쪽으로 올라간 곳에 배 한 척이 닻을 내리고 있었다. 이전에는 못 보던 배였다. 누구라도 배에 가까이 다가가려고 하면, 험악한 인상의 덩치 큰 남자 두 명이 막아서서 다짜고짜 욕설을 해대며 멀리 내쫓았다.

그사이 하겐은 교활한 시종에게 수고비를 두둑이 챙겨주고 크림힐트의 보물이 보관되어 있는 방의 열쇠를 훔쳐오게 했다. 열쇠까지 수중에 넣음으로써, 마침내 모든 준비를 무사히 끝마쳤다.

하늘에 달도 없고 비바람이 몰아치는 어느 캄캄한 밤에, 사방에서 시커먼 그림자들이 크림힐트가 기거하는 궁에 소리 없이 몰래 기어 들어왔다. 그 궁은 부르군트의 성에서 약간 떨어진 대성당 근처에 있었다.

자물쇠마다 미리 기름칠해두는 것도 잊지 않았다. 문들이 삐거덕거리지 않고 부드럽게 열렸다. 사내들은 서둘러 맨발로 후다닥 방에 들어가, 재빠르고도 능숙한 도둑의 손놀림으로 커다란 자루에 보물들을 주워 담았다. 등에 자루를 지고 빠져나온 사내들은 으슥한 오솔길을 걸어 배가 정박해 있는 라인 강변으로 갔다. 아무도 눈치채지 못했다. 크림힐트의 신하들은 보물이 있는 방에서 멀리 떨어진, 궁 반대편에 위치한 방에서 잠을 자고 있었기 때문이다. 게다가 밖에서는 비바람까지 몰아쳐 지나다니는 사람이 아무도 없었다. 바람이 윙윙거리며 길모퉁이를 휘몰아치고 빗방울이 세차게 창문을 두드릴 때는 누구나 안락하고 따뜻한 침대 안에 누워 있는 것을 제일 좋아하는 법이다.

온몸이 비에 흠뻑 젖은 사내들은 숨을 헐떡거리며 하나둘씩 배가 정박해 있는 곳으로 모여들었다.

하겐은 갑판 위에 서 있었다. 거대한 몸집을 휘감고 있는 검은 망토가 바람에 날려 펄럭거렸다. 사내들은 하겐의 발밑에 지고 온 보물 자루를 내려놓았다. 어느 누구도 그 많은 보물 더미에서 뭔가를 훔칠 엄두를 내지 못했다. 작은 반지 한 개나 혹은 깨알 같은 보석 몇 개 정도면 모를까…… 왜냐하면 하겐이 미리 엄포를 놓았기 때문이다.

"알다시피 너희들에게 약속한 수고비는 반드시 줄 것이다. 그 액수는 아마 충분하리라고 본다. 그러니 누구든 내 보물에 손을 대거나 오늘 밤에 있었던 일을 발설하는 자는 죽은 목숨인 줄 알아라!"

사내들은 하겐이 한번 내뱉은 말은 반드시 지킨다는 것을 잘 알고 있었다. 마지막 사내가 보물이 든 자루를 메고 배에 도착하자, 하겐은 모두에게 즉시 집으로 돌아갈 것과 자신을 뒤쫓을 생각일랑은 추호도 하지 말 것을 명했다. 노를 저었던 두 명의 노예까지도 집으로 보내버렸다. 그들은 모두 다음 날 하겐을 찾아와 수고비를 받아가기로 약속되어 있었다.

배에 홀로 남은 하겐은 직접 노를 잡고, 있는 힘껏 이리저리 휘저어 폭풍우를 뚫고 앞으로 몰고 갔다. 힘이 장사인 하겐도 어쩔 수 없이 힘들었다. 외로이 노를 젓는 하겐을 둘러싸고 미친 듯이 풍랑이 일었고, 어디선가 어둠을 뚫고 까악까악 소리를 지르며 날아온 검은 새 몇 마리가 날개를 푸드덕거리며 하겐의 머리 위에서 빙빙 돌았다. 강폭이 점차 좁아지더니 배 양옆으로 바위 절벽이 모습을 드러냈다. 배가 지나가는 곳은 수심이 엄청 깊었고, 물살이 어찌나 센지 하겐은 아무것도 할 수가 없었다. 그러나 그는 그곳을 아주 잘 알고 있었다. 조심스럽게 배를 몰아 오른쪽의 뾰족뾰족한 바위 절벽을 스치듯 지나가며 절벽 가까이로 다가갔다. 오른쪽 절벽에서 바위 하나가 툭 튀어나와 강 한가운데를 가로지르듯 놓여 있었다. 그 바위에 강물이 부딪히면서 물살은 급격히 약해졌고, 바위 뒤쪽으로 흘러든 강의 수면은 물결 한 점 없이 잔잔하면서도 매우 깊었다. 하겐은 능숙한 솜씨로 노를 저어 바위 뒤쪽을 향해 배를 몰았다. 금세 물살이 잦아드는 것이 느껴졌다. 이윽고 밤새 몸부림치던 폭풍우가 깊은 잠에 빠진 것 같았다. 먼 하늘에 옅은 회색빛이 감돌기 시작했다. 곧 아침이 밝아올 모양이었다.

하겐은 망토를 벗어 던졌다. 보물이 담긴 자루 하나를 앞으로 끌어당겨 묶어놓았던 끈을 풀었다. 그는 배의 가장자리에 기대서서 자루를 가득 채운 번쩍이는 보물들을 잔잔하면서도 시커먼 강물 속으로 천천히 쏟아붓기 시작했다. 값비싼 장신구가 번쩍이며 물속으로 가라앉았다. 물 위로 떨어진 보물이 바닥을 향해 천천히 가라앉는 모습이 똑똑히 보였다. 그러다 시커먼 심연이 화려한 보물을 꿀꺽 삼켜버렸다. 자, 그다음 자루! 그래…… 그렇게 계속 물 밑으로 가라앉아라, 보물들아! 값비싼 장신구는 물귀신들이나 걸치라지! 마치 꺼져가는 별빛처럼 수많은 금은보화가 검푸른 강물 속으로 사라졌다. 날이 밝아오면서 강물은 점차 투명한 초록빛으로 변했다.

갑자기 저 아래 물속에서 뭔가 창백한 물체가 그림자처럼 어른거리더니 배를 향해 올라왔다. 가느다란 팔과 자그마한 손이 수면 위로 쑥 올라와 배의 가장자리를 움켜쥐었다. 이윽고 뭐라 형용할 수 없이 아리따운 얼굴이 나타나 하겐을 보고 활짝 웃고는 다시 물속으로 사라져버렸다.

"하, 너로구나, 인어 아가씨."

하겐은 음흉한 웃음을 지으며 다음 자루를 향해 손을 뻗었다. 바로 아래 물속에서 물의 요정 하나가 헤엄쳐 가는 모습이 보였다. 긴 금발이 물살에 흔들리며 반짝이는 파도처럼 요정의 얼굴과 어깨를 간질였다. 요정의 허리춤부터 발끝까지는 은빛 비늘이 뒤덮인 물고기의 형상이었다.

"기다려라, 내 너를 땅 위의 그 어떤 여왕들보다 더 부자로 만들어주겠다!"

하겐은 이렇게 소리치고는 보물 자루 하나를 번쩍 들어 요정 위로 쏟아부었다. 요정은 계속 헤엄을 치면서 우윳빛 얼굴을 들어 위를 한번 쳐다보더니, 무심히 손을 뻗어 쏟아지는 장신구들 중 하나를 받아 들었다. 그녀는 하겐을 향해 손을 한번 흔들어주고는 다시 천천히 물속으로 들어가, 왔던 길을 되돌아 강 아래로 헤엄쳐 갔다.

하겐은 쉬지 않고 계속 보물을 강물 속으로 던졌다. 크림힐트의 보물들이 그렇게 라인 강의 물결 속으로 모두 다 사라져갔다. 마침내 하겐은 깊은 숨을 몰아쉬며 이마에 맺힌 땀을 닦았다. 그래, 이제 모든 것이 다 끝났다! 만약에 이 보물들이 물 밑에서 건져져 다시 세상 빛을 보게 된다면, 그때는 전부 부르군트 왕들의 것이 되리라.

하겐은 재빨리 물살을 타고 강 하류를 향해 배를 몰았다.

크림힐트의 시종이 아침 일찍 보물들을 도둑맞은 사실을 맨 먼저 발견했다. 보물을 보관해둔 방들이 모두 텅텅 비어 있었던 것이다. 얼굴이 납빛으로 변한 그는 크림힐트의 방으로 얼른 뛰어 들어갔다.

크림힐트는 숨이 턱밑까지 차서 말하는 시종의 보고에도 아무런 대꾸 없이 그저 조용히 듣기만 했다. 그녀의 얼굴은 미동도 없었다.

"이번에도 하겐 숙부 짓이야."

크림힐트는 중얼거렸다. 그러나 그 사실을 알아챘다고 해서 도대체 뭘 어쩌겠는가? 하겐은 훔쳐간 보물을 절대로 되돌려주지 않을 것이다. 보물을 숨긴 장소를 알아낼 수 있는 사람은 아무도 없을 것이다. 죽이겠다고 고문하고 협박해도 그는 발설하지 않을 것이다. 하겐은 불이나 칼로도 상처 낼 수 없는 바윗덩이 같은 인간이었다. 오빠들에게 도움을 요청해야 할까? 무슨 소용이 있을까? 군터는 오히려 하겐의 조력자일 테고, 게르노트와 기젤헤어는 그에 맞서 싸울 힘도 없을 텐데. 어쨌든 별 희망은 없었지만, 오빠들이 궁으로 돌아오자 크림힐트는 하겐의 악행을 알렸다.

그런데 하겐은 심지어 자기가 보물을 훔쳤다는 사실을 부인하지도 않았다.

"지금 있는 곳에 보물을 두는 편이 그대의 손안에 있는 것보다 훨씬 덜 위험할 거요."

하겐은 눈곱만큼의 양심의 가책도 없이 뻔뻔스럽게 크림힐트의 면전에서 말했다.

심기가 불편해진 군터는 그저 그 자리를 벗어나려고만 할 뿐 아무 말도 하지 않았다. 결국 크림힐트는 더 이상 아무 말도 하지 않고 홀을 나갔다. 그녀의 뒷모습을 바라보던 기젤헤어가 하겐 쪽으로 몸을 홱 돌렸다.

"숙부." 화가 난 그가 말했다. "숙부만 아니었어도 그 목숨은 내 손에서 끝장났을 겁니다! 대체 보물을 어디다 숨겨놓은 겁니까?"

한참을 생각한 끝에 하겐은 대답했다.

"오늘 밤 그대들에게 보물을 숨겨놓은 장소를 알려드리리다." 그는 조심스레 말을 이었다. "그러나 우리 중 어느 누구도 살아 있는 동안에는 그 장소를 절대로 발설하지 않겠다고 맹세해야만 하오."

하겐은 그렇게 한동안 부르군트의 왕들을 설득했고, 마침내 게르노트가 입을 열었다.

"어쩌면 숙부 말이 옳을지도 모르겠네요. 보물은 계속 강바닥에 처박혀 있는 게 나을 듯합니다. 알베리히도 말했다시피, 그 보물이 사람 손에 있는 동안에는 불행한 일만 생길 테니까요."

결국 기젤헤어까지도 보물이 강바닥에 가라앉아 있는 편이 오히려 안전할뿐더러, 어디에 있든 그 보물이 크림힐트의 소유임에는 변함없는 사실이라고 생각했다. 그리고 언젠가 세월이 흘러 하겐이 세상을 떠나면 네 남매 사이에 다시 평화가 찾아올 테고, 그때 강바닥에서 보물을 건져 올려 크림힐트에게 돌려주면 그만이라고 생각했다.

그날 밤 세 왕은 하겐과 함께 라인 강변으로 가서 배를 타고 보물이 가라앉아 있는 절벽 아래까지 강을 거슬러 올라갔다. 그곳에서 그들은 다른 사람의 동의 없이는 보물이 숨겨진 장소를 절대로 발설하지 않겠노라고 맹세했다. 오로지 다 죽고 혼자 살아남았을 때에만 발설할 수 있었다.

그로부터 얼마 후 로르히에 있는 수도원에 거처하고 있던 우테 왕비가 보름스를 찾았다. 왕비는 가엾은 딸 크림힐트에게 같이 살자고 제안했다. 딸이 세상살이에서 너무도 많은 고통을 받았다고 생각했기 때문이다. 크림힐트는 조금도 주저하지 않고 따라가겠다고 했다.

"저와 함께 지크프리트의 시신도 데려가 주세요." 크림힐트는 우테 왕비에게 말했다. "우리가 지낼 수도원에 묻어주고 싶어요. 그리고 훗날 저도 그 옆에 묻히고 싶고요."

그러나 모든 일이 크림힐트가 바라는 바와 전혀 다르게 진행되었다. 크림힐트는 로르히로 출발조차 하지 못했다.

7

한편 부르군트의 동쪽 국경 근처에서 말 탄 병사들 한 무리
가 도로 위를 달려 부르군트 영토를 통과하고 있었다. 맨 앞
에는 화려한 갑옷을 입은 지체 높은 기사가 여러 명의 기사와
시종들로 이루어진 긴 행렬을 이끌며 말을 달렸다. 그들은 낯
선 나라에서 만들어진 갑옷을 입고 있었으며, 무기와 투구도
라인 강변 지역에서 흔히 볼 수 있는 모양과는 사뭇 다른 이
국적인 방식으로 만들어진 것들이었다. 그들의 말은 힘이 세
보이고 잘생겼지만, 어딘지 모르게 아주 먼 길을 달려온 듯
매우 지쳐 있었다.

그리고 마지막으로 맨 뒤에서 그들을 따르는 사람들을 보
니…… 오, 세상에나! 맨 뒤에서 말을 타고 쫓아오는 사람들

은 정말 기이하고 이상한 사람들이 아닌가! 그들은 마치 고양이처럼 등을 구부리고 말 위에 딱 달라붙어 있었다. 아니, 더 정확히 말해 말 등에서 솟아 나와 말과 한 몸인 것처럼 보였다. 정말 딱 그렇게 보였다! 게다가 그들이 타고 있는 털이 북실북실하고 못생긴 작은 짐승은 정말로 말이 맞기나 한 것인가? 기독교도들의 나라에서 온 사람이라면 그런 말은 생전 처음 봤을 것이다! 맨 앞에 있는 저 고귀한 기사께서는 도대체 어떤 종족을 이 나라로 데리고 들어온 것인지! 게다가 저 미천한 이들이 말을 타는 모습이란! 그들이 지나온 마을이나 소작 경지에 사는 사람들은 그 모습을 보고는 눈과 입을 다물지 못했다. 그들이 달리는 길가를 따라 낯선 병사들을 보기 위해 함께 달려오던 소년들은 도중에 갑자기 멈춰 서서, 양떼가 우글거리는 듯 한자리에 모여 우왕좌왕했다. 여자아이들은 가던 방향을 되돌아 소리 지르며 그 자리를 벗어나려고 했다. 사내 녀석들은 무서워 겁이 나면서도, 한편으로는 호기심에 들떠 낯선 기사들을 쳐다보았다. 황토처럼 누런 얼굴에 평퍼짐하게 솟아오른 광대 바로 위에는 이상한 방향으로 짝 째진 눈이 있었다. 가느다란 콧수염은 양 입꼬리를 지나 아래로 길게 늘어뜨려져 있었으며, 검은 머리카락은 제멋대로 자란

갈기처럼 뒤엉켜 이마 위와 목덜미까지 덥수룩하게 뒤덮여 있었다. 그런 사람들이 질서 없이 무리 지어 우왕좌왕 달리는 모습이란! 어떤 사람들은 앞으로 달려 나갔고, 어떤 사람들은 비루먹은 작은 말들이 뒷다리로 서서 아무 방향으로나 급회전을 하게 만들었으며, 다른 사람들은 반대 방향으로 달리기도 했다! 또 어떤 사람은 금방이라도 말에서 떨어질 것처럼 말의 옆구리에 매달려 달리다가, 눈 깜짝할 사이에 다시 말 위에 앉아서 달렸다! 그리고 어떤 사람은 달리는 중간에 말에서 뛰어내리기도 했다. 말 등에서 솟아 나온 사람이 아닌 것은 분명해 보였다! 주인 잃은 말이 갑자기 뻣뻣한 나무토막처럼 네다리를 바닥에 버티고 그 자리에 우뚝 멈춰 서자, 말 주인이 다시 안장 위로 올라탔다. 말 등에 얹어놓은 그 이상한 물건을 안장이라고 부를 수 있다면 말이다!

성문 위 종탑에서 망을 보던 보초병이 길 위를 달려오는 무리를 내려다보고는 믿을 수 없다는 듯 눈을 한번 비빈 뒤 다시 보았다. 그는 낮게 욕설을 내뱉었다. 제기랄, 아무리 저녁 시간이 다 되었다지만 아직 술 한잔 걸치지 않았는데! 도대체 저기 말을 타고 오는 종족은 뭐람?

보초병은 왜 그런 생각을 했는지는 모르지만, 여하튼 갑자기 일종의 공포심에 사로잡혔다. 그는 갑자기 나팔을 홱 낚아채 입에 대고는 미친 듯이 불어댔다! 오 맙소사, 대체 그는 무슨 짓을 한 걸까? 그의 뒤를 이어 갑자기 성벽에 설치된 사방의 종탑 위에서 망을 보던 모든 보초병이 일제히 나팔을 불어대기 시작했다! 적군이 성문 바로 앞까지 쳐들어왔을 때에나 위험을 알리기 위해 부는 나팔 소리를 모두 다 똑같이 내고 있었다. 그렇다, 보초병은 정말로 저 아래에서 말을 타고 다가오는 황인종 병사들을 보고는 덜컥 겁이 났던 것이다! 사실 짐승 가죽을 뒤집어쓰고 말 위에 웅크리고 있는 그런 사람들을 보고 놀라지 않는 것이 더 이상할지도 몰랐다.

"도대체 뭐 하는 짓이야?" 갑자기 보초병의 등 뒤에서 누군가가 굉장히 화난 목소리로 소리를 질렀다. "정신이 있는 거야, 없는 거야? 바보 같은 녀석이 '적군이 나타났다!'라고 나팔을 불어대서 온 도시와 성안을 혼란에 빠뜨리다니! 넌 대체 눈을 어디다 달고 다니는 거냐? 저 기사들이 들고 있는 깃발에 베헬라렌* 지방 변경백의 문장이 새겨져 있는 게 안 보이느냐? 보름스가 적군의 공격이라도 받은 줄 알았느냐? 이 철딱서니 없는 놈아, 네놈은 저 문밖을 한 번도 내다본 적 없

* 현재 오스트리아의 푀흘라른Pöchlarn 지역에 해당한다.

다는 걸 온 세상이 다 알 거다!"

잔뜩 주눅이 든 젊은 보초병은 무성한 수염에 두 다리를 쩍 벌리고 자기 앞에 떡 버티고 서서 버럭버럭 화를 내고 있는 나이 든 병사를 쳐다봤다.

"그럼 전 이제 어떻게 해야 합니까?"

젊은 병사는 두 눈을 껌뻑이며 기어 들어가는 목소리로 물었다.

"얼른 나팔을 다시 집어 들고 '친구들이 찾아왔다!'는 뜻으로 바꿔 불어라, 이 멍청한 놈아!"

나이 든 병사는 고래고래 소리 질렀다.

곧이어 다급하고도 약간은 서투른 나팔 소리가 온 성안과 도시에 울려 퍼졌다. 다른 탑에 있던 보초병들이 잠시 당황한 듯하더니 하는 수 없이 따라서 나팔을 불었다. 나팔을 불면서도 그들은 대체 무슨 영문인지 알 수가 없었다.

그사이 저 아래 성문 앞에서는 낯선 기사들을 이끌고 온 우두머리 기사와 성문을 지키는 병사들 사이에 몇 마디 대화가 오갔다. 그러더니 곧바로 성문이 활짝 열렸고, 기이한 복장의 기사들이 성안으로 말을 타고 들어왔다. 짝 째진 눈의 낯선 기사들이 보름스 궁전 안에 들어서자 그 모습은 더욱더 기묘해 보였다. 작업장에서 열심히 일을 하던 일꾼들은 잠시 허리를 펴고 숨을 고르는 척하며 그 모습을 지켜봤고, 호기심을 참기 힘든 그들의 딸들은 창문 너머로 몰래 낯선 기사들의 모습을 훔쳐보았다.

좀 전에 탑에서 들려온 헷갈리는 나팔 소리에 귀를 기울이던 성안의 사람들은 그 모든 상황에 어리둥절할 뿐이었다.

낯선 기사의 무리를 이끄는 우두머리 기사가 성안으로 막 들어섰을 때, 군터 왕과 하겐이 발코니로 나갔다. 하겐이 아래로 몸을 숙여 우두머리 기사를 내려다보고는 안도의 한숨을 길게 내쉬었다.

"우리의 오랜 친구인 베헬라렌의 뤼디거 기사요! 뤼디거가 신하들과 훈족 무리를 이끌고 우리를 찾아온 거요!" 하겐은 몹시 놀란 것처럼 말했다. "도대체 무슨 일로 보름스까지 찾아온 걸까? 우리가 마지막으로 만났던 게 20년 전쯤인 것 같은데…… 이러고 있을 게 아니라 당장 내려가 뤼디거를 반갑게 맞이해야 하오!"

왕들은 서둘러 궁전 뜰로 달려 나갔다. 하겐과 당크바르트, 게레 변경백과 폴커가 그들을 뒤따랐다.

뤼디거 변경백은 날씬하고 키가 컸으며 온화한 얼굴은 다정한 빛으로 가득했다. 그는 말에서 뛰어내려 그 자리에 서서 부르군트의 왕들이 인사를 하러 오는 모습을 활짝 웃으며 지켜보았다. 그는 하겐을 잘 알고 있었다. 유년 시절 하겐이 훈족 왕 에첼의 궁전에 인질로 붙잡혀 있을 때, 그곳에서 만나 오랫동안 함께 지낸 적이 있었다. 뤼디거가 다스리는 왕국은 빈 근처 도나우 강변에 넓게 자리 잡고 있었고, 대부분의 영토가 훈족 소유로 넘어가 있는 상황이었다. 따라서 그는 훈족 왕인 에첼을 군주로 모시는 봉건 영주인 셈이었다. 그가 에첼 왕에게 진심 어린 충성을 바치고 있었기에, 에첼 왕도 뤼디거를 매우 신임했다. 에첼 왕은 뤼디거가 어느 누구의 뇌물에도 눈 하나 깜짝하지 않을 만큼 청렴결백하고 공명정대한 사람임을 잘 알고 있었고, 다른 사람들도 그런 면 때문에 뤼디거를 좋아했다. 흉악한 심보를 가진 하겐조차도 유년 시절의 친구인 뤼디거가 악수를 청하자, 평소보다 훨씬 더 다정하게 웃어주었다.

"어서 오시오, 친구! 내게 그대보다 더 반가운 손님은 없소. 그 옛날 내가 에첼 왕의 성에서 도망친 이후로 오랜 세월이 흘렀구려. 그래도 그대는 여전히 부르군트의 궁전에서 전혀 낯선 사람이 아니오!"

"그렇소." 이번에는 군터 왕이 말했다. "나도 마치 오래전부터 알고 지내던 분 같소! 우리 궁전을 찾아와줘서 너무나 기쁘오."

다른 왕들도 변경백을 따뜻하고도 공손하게 맞이했다. 그의 온화한 성품은 곧 모든 사람의 호감을 사기에 충분했다. 뤼디거와 함께 온 기사들도 최고의 격식을 갖추어 환영받았으며, 훈족의 기사들 역시 명예로운 환대를 받았다.

훈족의 기사들은 안장에서 내려와 말 옆에 서 있었는데, 오랜 승마로 인해 다리가 약간 굽어 있었다. 가늘게 찢어진 눈꺼풀 사이로 검은 눈동자들이 얼핏 보기에 무표정한 듯 주변을 살폈다. 그러나 자신을 맞이해주는 왕들에게만큼은 허리를 굽혀 예의 바르게 깍듯이 인사했다. 변경백이 일일이 그들의 이름을 부르며 소개했는데, 그들은 모두 훈족의 나라에서 막강한 권력을 가진 에첼 왕의 일가친척이거나 왕이 아끼는 장수들이었다.

그들의 옷차림을 처음 본 사람들에게는 그 모습이 참으로 낯설고, 심지어 야만적으로 느껴졌다. 쇠사슬로 만든 갑옷 위에 걸친 짐승 가죽은 매우 값비싼 것이었으며, 엄청난 양의 금을 사용해 세공한 브로치로 여며져 있었다. 가죽에는 번쩍이는 보석들도 박혀 있었는데, 그 보석들은 아시아의 너른 초원을 건너온 것들이거나 어쩌면 로마 황제들의 보물단지에서 훔쳐낸 것인지도 몰랐다. 그러나 누가 알랴, 그 모두가 헤아릴 수 없이 많은 훈족의 무리가 유럽을 뒤덮었던 까마득한 옛 시절에 일어난 일이었으니!

뤼디거 변경백은 군터 왕 옆에 앉았다. 그렇게 부르군트의 왕들은 베헬라렌의 기사들, 훈족의 우두머리들과 두루 어울려 긴 탁자에 둘러앉아 라인 강변의 가파른 언덕에서 수확한 포도로 만든 최상급 와인을 마셨다.

"자, 이제 에첼 왕과 헬헤 왕비께서 어떻게 지내시는지 말씀 좀 해주시오."

군터 왕이 말문을 열었다.

"헬헤 왕비께서는 그 어떤 여인보다도 가장 고귀하신 분입니다. 그런 분이 거대한 훈족의 왕비가 되신 것은 정말로 신의 은총이라고 할 수 있을 겁니다."

선량한 뤼디거 변경백의 얼굴이 갑자기 진지해졌다. 그가 자리에서 벌떡 일어나자, 함께 온 기사들과 훈족의 장수들도 따라 일어났다.

"군터 왕이시여." 변경백이 말했다. "제가 왜 이곳에 왔는지 말씀드리겠습니다. 먼저 저의 주인이신 에첼 왕께서는 군터 왕께 우정 어린 인사의 말씀을 전하라고 하셨습니다. 그분은 지금 엄청난 슬픔에 휩싸여 계십니다. 헬헤 왕비께서 돌아가셨기 때문입니다. 에첼 왕께서는 혼자가 되셨고, 거대한 궁전에는 더 이상 안주인이 계시지 않습니다. 이러한 상황은 에첼 왕의 휘하에 있는 많은 종족들로 이루어진 거대한 왕국을 위해서도 매우 안 좋은 상황입니다. 왕비께서는 에첼 왕의 급한 성격을 누그러뜨리시며 많은 도움을 주셨습니다. 저희는 에첼 왕께 새로운 왕비를 맞이하시라고 간청했습니다. 오랫동안 에첼 왕께서는 저희 말을 들으려고도 하지 않으셨습니다만, 마침내 저희 뜻을 받아들이시고는 어떻게 하는 것이 좋겠느냐고 의견을 물어오셨습니다. 저희는 폐하의 여동생이신 크림힐트 왕비를 추천해드렸습니다. 아마도 크림힐트 왕비만큼 아름답고 고귀하신 분은 없을 거라고요. 그래서 크림힐트 왕비님께 뜻을 여쭙기 위해 여기까지 온 겁니다. 부디 폐하께서도 동의해주시기를 간청드립니다."

부르군트의 왕들은 깜짝 놀라며 서로의 얼굴을 쳐다봤다. 크림힐트가 훈족의 왕비가 된다고? 부르군트의 왕들 중에서 그런 상상을 해본 사람은 아무도 없었다. 군터 왕은 하겐을 쳐다보았다. 그의 얼굴이 순식간에 험상궂게 일그러져 있었다.

"에첼 왕께서 우리에게 보여주신 우정과 우리 여동생에게 하신 영광스러운 제안에 대해서 감사드린다고 전해주시오." 군터 왕이 대답했다. "소식을 전해주신 당신께도 감사드리오. 크림힐트에게 전해주겠소. 며칠만 시간을 주시오. 내 여동생은 아직도 지크프리트의 죽음을 슬퍼하고 있고, 그 애가 어떤 결정을 내릴지 전혀 모르겠군요."

"제가 직접 크림힐트 왕비님을 찾아뵙고 소식을 전해도 되는지 좀 물어봐주시겠습니까?"

뤼디거 변경백이 재빨리 물었다.

"그렇게 하겠소."

군터 왕은 고개를 끄덕이며 말했다. 그의 표정이 매우 심각해 보였다.

먼 길을 달려와서 지친 손님들이 잠자리에 들기 위해 작별인사를 나누었다. 자정이 훨씬 넘은 시각이었다.

홀에는 부르군트의 왕들과 하겐만 남았다.

그들은 말없이 서로의 얼굴을 쳐다보았다. 그러다 갑자기 하겐이 기가 막힌 듯 헛웃음을 터뜨렸다.

"살다 살다 별일을 다 보겠구면!" 그는 한숨을 내쉬었다.

"내 이런 일이 생길 줄 알았지! 크림힐트가 훈족의 왕비가 되다니! 사탄의 농간이 이만저만이 아니란 말밖엔 할 말이 없소!"

군터가 이해할 수 없다는 듯 어깨를 으쓱했다.

"숙부가 도대체 왜 이러시는지 모르겠어요. 크림힐트나 우리를 위해서 아주 잘된 일 아닌가요. 그 애는 여기서 멀리 떨어진 곳에서 살게 될 테고, 그러면 마음에 품고 있던 증오나 복수심도 잊게 될 거예요. 게다가 막강한 권력을 지닌 에첼 왕이 우리 매제가 되는데, 그게 우리에게 어떤 의미인지 알기나 하십니까?"

"그게 무슨 의미인지 나는 너무나 잘 알고 있소!" 하겐이 비웃듯이 말했다. "내가 보기에 군터 왕께서만 아직 이해하지 못한 것 같소. 부르군트의 왕이시여, 잘 들어보시오, 내가 설명해드리리다! 크림힐트가 에첼 왕의 아내가 되면, 훈족의 모든 권력이 크림힐트의 발아래 놓이게 되는 거요. 그리고 크림힐트는 몸속에 단 한 방울의 피라도 남아 있는 그 순간까지 복수심을 버리지 않을 것이오! 그대들은 크림힐트가 황색 피부를 가진 야생 늑대들을 몰고 우리를 향해 돌진해 오기를 원하시오?"

당황한 군터 왕이 하겐을 쳐다보았다.

"절대 그럴 리 없습니다." 그는 자신 없는 목소리로 중얼거렸다. "그 애는 우리 여동생이잖습니까."

"그래요, 이젠 제발 좀 그 애가 우리 여동생이라는 것을 생각해주면 좋겠어요!" 기젤헤어가 화를 내며 자리에서 벌떡 일어섰다. "그 애는 우리 여동생이고, 우리는 이제 그 애를 위해 뭔가 좋은 일을 할 때가 되었다고 생각해요. 분명히 말하지만, 그 애는 자기 일가친척들로부터 충분히 고통을 받았단 말입니다!"

게르노트도 그의 말에 동의했다. 군터는 마음속으로는 하겐의 말이 옳다고 생각하면서도, 두 동생에게 맞서서 반대 의견을 내놓기가 어려웠다. 하겐은 검은 수염이 하늘로 솟아오를 정도로 고개를 들어 뒤로 젖혔다. 얼굴 흉터가 검붉게 변하며 부풀어 오를 정도로 그는 화가 치밀었다.

"정 그렇다면…… 달리 어찌해볼 도리가 없다면, 어디 한번 그대들의 파멸을 향해 전력으로 질주해보시지요, 부르군트의 왕들이여!" 하겐이 소리쳤다. "나는 그대들에게 충분히 경고했소!"

이 말을 끝으로 하겐은 바닥이 쿵쿵 울릴 정도로 씩씩거리며 걸어서 홀을 빠져나갔다.

아침이 되자 부르군트의 왕들은 크림힐트의 충신인 게레 변경백을 불러 그녀에게 에첼 왕의 전갈을 전할 것을 명했다. 소식을 들은 크림힐트는 너무 놀라 처음엔 변경백의 말을 제대로 알아듣지 못했다.

"다시 한 번 말해보세요!" 크림힐트가 머뭇거리며 청했다. "오빠들과 하겐 숙부가 설마 나를 놀리려는 건 아니겠죠? 게다가 당신까지?"

게레 변경백은 어깨를 움츠렸고 얼굴은 홍당무처럼 빨개졌다.

"아시다시피, 왕비님의 마음을 상하게 하느니 차라리 저는 죽는 길을 택할 겁니다. 안타깝게도 모든 것이 사실이고 베헬라렌의 뤼디거 변경백이 왕비님을 만나기 위해서 기다리고 있습니다!"

크림힐트는 그제야 비로소 모든 것이 이해된 듯 버럭 화를 내며 말했다.

"왜 내가 그 사람을 만나야 하죠? 난 훈족의 왕에게 시집갈 생각이 눈곱만큼도 없다고요! 다들 날 좀 가만 내버려 두세요! 내가 바라는 건 그저 조용히 지내는 것과 그리고……"

크림힐트는 갑자기 말을 멈추고 바닥을 물끄러미 응시했다. "……그리고 복수뿐이에요!"라고 말하려던 참이었다.

그런데 바로 그 순간, 끔찍한 계획 하나가 머릿속에 떠올랐다. 어쩌면, 내가 에첼 왕의 아내가 된다면…… 하지만 아니, 아니다, 그럴 수는 없다!

"혼자 있고 싶어요, 생각 좀 해봐야겠어요!" 크림힐트는 그에게 말했다. "아직은 어떤 대답도 해줄 수가 없네요."

게레 변경백이 자리를 뜨자, 크림힐트는 방에서 혼자 안절부절못하며 이리저리 왔다 갔다 했다. 온 힘을 다해 열심히 생각을 짜냈지만, 해낼 수 있다는 생각이 드는 동시에 절대로 성공하지 못할 것이라는 생각도 들었다.

잠시 후 게르노트와 기젤헤어가 크림힐트를 찾아왔다. 그 두 사람은 크림힐트를 열심히 설득했다.

"에첼 왕은 황제보다도 더 많은 부와 권력을 가지고 있단다. 게다가 선량한 헬헤 왕비가 그와 함께 행복한 삶을 살았던 것만 보아도, 그는 나쁜 사람이 아닌 것 같아. 또 베헬라렌의 뤼디거 변경백이 그와 절친한 사이이기도 하고. 이 모든 것이 훈족 왕이 좋은 사람이라는 증거가 아니겠니."

두 왕은 크림힐트에게 이렇게 말했고, 크림힐트도 오빠들의 말이 옳다는 것을 알았다. 그래도 결정을 내리기가 힘들었다.

"내일 뤼디거 변경백을 만나보겠어요."

마침내 크림힐트는 약속했고, 오빠들은 만족하고 돌아갔다. 뤼디거 변경백은 자신의 임무를 성공적으로 완수할 수 있을 것이다.

그날 밤 크림힐트는 한숨도 못 잤다. 다음 날 아침 뤼디거 변경백이 열두 명의 기사를 대동하고 방으로 들어왔을 때, 크림힐트는 차분하고도 다정하게 인사를 건넸다.

"훈족의 왕께서 제게 분에 넘치는 제안을 하셨습니다." 크림힐트가 말했다. "제가 그분께서 원하시는 바를 이루어드릴 수 있을지 모르겠습니다."

"맹세컨대 왕비께서는 절대로 후회하시지 않을 겁니다." 뤼디거 변경백이 공손하게 말문을 열더니 곧 열심히 설득하기 시작했다. "왕비께서는 열두 개가 넘는 왕국을 다스리게 되실 겁니다. 저의 주인이신 에첼 왕께서는 마음이 넓으시니 왕비께서 그곳에 가시면 많은 자비를 베풀며 살아가실 수 있을 겁니다. 훈족의 병사들은 모두 왕비님의 명령에 따르게 될 것이며, 에첼 왕의 봉토 가신으로 살아가는 주변 나라들의 수

많은 고귀한 기사들 역시 왕비께 봉사를 하게 될 겁니다."

뤼디거 변경백은 크림힐트를 쳐다보았다. 그녀의 안색은 창백했고, 불안한지 두 손을 맞잡고 비벼댔다. 마음씨 착한 뤼디거는 그동안 크림힐트가 얼마나 많은 어려움을 겪었는지 잘 알고 있었기에, 그 모습을 보자 마음이 아팠다.

"왕비마마." 뤼디거는 선하고 다정하게 크림힐트를 불렀다. "설령 훈족의 나라에서 왕비마마를 도와줄 사람이 단 한 명도 없다고 해도, 왕비마마의 마음을 아프게 하는 사람이 있다면 제가 신하들과 함께 가차 없이 앙갚음해드리겠습니다."

크림힐트는 빠른 걸음으로 뤼디거 앞으로 다가섰다.

"누군가 나에게 고통을 주는 사람이 있다면, 그 사람에게 복수해주겠다고 맹세할 수 있나요?"

크림힐트가 다급하게 물었다.

"물론입죠, 왕비마마!"

뤼디거는 크림힐트가 자신의 맹세에 많은 의미를 부여하는 것이 조금은 의아했지만, 낯선 나라에서 아무런 보호도 없이 거친 민족들과 어울려 혼자 살아갈 것이 두려워서 그러려니 생각했다.

크림힐트는 깊이 심호흡을 내뱉고는 마침내 대답했다.

"네, 그렇게 하도록 할게요. 당신과 함께 에첼 왕에게 가겠어요."

뤼디거는 깊이 몸을 숙여 인사했다.

"정말 감사합니다, 왕비마마! 그럼 언제쯤 떠나실 수 있는지 말씀해주십시오. 저희도 거기에 일정을 맞추어 준비하도록 하겠습니다."

"어차피 결정은 내려졌으니 가능한 한 빨리 떠나기로 하지요. 여기 한순간도 더 머물고 싶은 생각이 없어요."

뤼디거 변경백이 돌아가고 난 뒤, 크림힐트는 시녀들과 시종들을 불러 서둘러 여행을 떠날 채비를 하라고 명령했다. 더 이상은 기다릴 수 없을 것만 같은 조바심이 느닷없이 크림힐트를 엄습했다.

시녀들이 크림힐트 소유의 옷과 장신구를 비롯한 온갖 값진 보물들을 상자에 담는 동안, 그녀는 믿을 만한 늙은 시종과 함께 자신의 순금 재산을 파악했다.

크림힐트는 뭔가 골똘히 생각에 잠겨 순금이 들어 있는 상자를 하나둘씩 분류하며 옆으로 치우기 시작했다.

"이 상자는 지크프리트의 영혼의 안식을 위해 기도해주고 있는 수도사들에게 주어라. 여기 이 상자는 가난한 사람들에

게 나누어주고. 이 상자에 들어 있는 금은 내가 지금부터 자유
롭게 놓아줄 병사들에게 그동안의 수고에 대한 대가로 줄 봉
급이다. 나머지 금은 내가 떠날 때 가지고 갈 것이다. 그리고
너는……"

크림힐트는 충직한 시종의 어깨에 손을 얹고 매우 진지한
표정으로 그의 얼굴을 쳐다보며 말했다.

"너는 날 위해 해줘야 할 일이 하나 있다. 하겐 숙부에게 가
서 내가 니벨룽의 보물을 내놓으라고 하더라고 전해라. 그 보
물은 내 소유이니 훈족의 나라로 그 보물들을 가지고 가야겠
다고 말이다."

늙은 시종은 부담스러운지 고개를 가로저었다.

"최선을 다해보겠습니다만, 그래 봐야 아무 소용 없을 것
같습니다."

시종의 말이 옳았다. 그가 하겐에게 가서 그 말을 전하자,
하겐은 크게 비웃었다.

"크림힐트가 나를 증오하는 한, 지크프리트의 보물은 지금
있는 곳에 계속 그대로 있게 될 것이다. 그런데 앞으로 왕비
가 나를 미워하는 일을 그만둘 리 없으니, 그 보물을 다시 손
안에 넣게 될 일은 절대로 없을 것이다. 네 주인에게 가서 내

말을 그대로 전하라."

시종이 크림힐트에게 돌아왔을 때, 마침 뤼디거가 크림힐트 옆에 있었다. 먼 길을 떠나기 전에 이것저것 상의하기 위해서였다. 크림힐트는 뤼디거에게 하겐이 보물을 훔쳐가서 숨겨놓은 사실을 말해주었다. 그러면서 자기는 거의 거지꼴로 훈족의 궁전에 들어가게 될 거라고 한탄했다.

뤼디거 변경백은 그저 웃기만 했다.

"왕비께서는 에첼 왕의 부가 어느 정도인지 전혀 모르고 계십니다." 그가 말했다. "많은 재물을 가져가시든, 조금밖에 못 가져가시든 에첼 왕께는 아무런 차이가 없을 겁니다."

"변경백이야말로 내가 소유했던 보물의 양이 얼마나 되는지 상상도 하지 못할 겁니다."

크림힐트는 처량하게 대답했다.

그러나 대대로 내려오는 부르군트 왕족의 보물 창고에는 크림힐트의 몫으로 물려받은 유산도 만만치 않게 많아서 금덩이가 몇 자루나 됐다. 크림힐트는 그것으로 조금이나마 위안을 받았다. 나에게 도움을 주는 훈족 사람들에게 사례를 할 수 있겠구나…… 크림힐트는 생각했다.

마침내 모든 준비를 마치고 떠나야 할 날이 다가왔다. 크림힐트는 작별을 고하기 위해 지크프리트의 무덤을 찾았다. 우테 왕비는 울면서 크림힐트를 안아주었다. 아마도 두 번 다시 딸의 얼굴을 보지 못하리라는 것을 짐작하고 있었기 때문이리라.

게르노트와 기젤헤어가 수많은 기사들과 함께 길을 떠나는 여동생을 국경까지 배웅하기로 했다. 에케바르트는 크림힐트를 수행하여 에첼의 궁전에서 지내게 되었다.

훈족의 기사들은 자랑스러운 마음으로 부르군트의 기사들과 나란히 말을 달렸다. 이번만큼은 훈족 기사들도 말수가 적었고, 나이 어린 기사들조차 말 위에서 목이 부러질 것 같은 희한한 승마 묘기를 부리지 않고 행렬을 따라 얌전히 말을 달렸다.

하겐의 모습은 보이지 않았고 어느 누구도 그를 찾는 사람이 없었다. 브룬힐트는 방 안에서 조용히 창문을 통해 서로 미워하기만 했던 원수가 조상 대대로 살아오던 궁전을 영원히 떠나가는 모습을 지켜보았다. 그녀의 표정에 어두운 그늘이 드리워졌다.

군터 왕은 성문 밖으로 난 길을 따라 몇 발자국 동행하다가, 곧 작별 인사를 나눈 뒤 성안으로 되돌아왔다.

뤼디거 변경백은 젊은 훈족의 기사들을 여러 명 불러 모았다.

"너희들이 앞서서 말을 달리되 최대한으로 빨리 달려라." 그가 명령했다. "먼저 가서 에첼 왕에게 우리가 도착할 것이라는 사실을 알려라!"

이 말을 들은 훈족의 기사들은 괴상하고도 거친 기쁨의 함성을 고래고래 질러대며 그러겠노라고 대답했고, 뤼디거 변경백 옆에서 말을 달리던 크림힐트는 깜짝 놀라서 그의 팔을 잡아당겼다.

변경백이 웃었다.

"겁내실 필요 없습니다! 저 사람들은 기쁜 일이 있으면 저렇게 소리를 질러댄답니다. 곧 적응이 되실 겁니다."

훈족의 기사들은 털이 북실북실한 말들을 타고, 무리에서 벗어나 무시무시한 속도로 앞을 향해 달리기 시작했다. 그들은 팽팽하게 긴장한 말 등에서 한 마리 고양이처럼 몸을 웅크리고 달렸다. 먼지구름이 소용돌이쳤고 한동안 빠르게 달리는 말발굽 소리가 북소리처럼 들리더니, 이내 멀리 사라져 갔다.

부르군트의 국경에 다다른 게르노트와 기젤헤어도 마침내

일행과 작별 인사를 나누었다. 기젤헤어가 작별의 입맞춤을 건네자, 크림힐트가 울음을 터뜨렸다.

"저와 계속 같이 갔으면 좋겠어요."

크림힐트는 슬픔에 빠져 말했다.

"내가 필요하면 소식을 보내주렴! 너를 위해서라면 언제든지 달려갈 수 있다는 걸 너도 잘 알고 있잖니." 기젤헤어가 위로했다. "에케바르트가 네 곁에 머물 거다. 그리고 뤼디거보다 충성심 깊은 사람은 본 적이 없다. 그는 목숨을 걸고 너를 지켜줄 것이다."

그 순간 크림힐트는 뤼디거의 맹세를 다시 떠올렸다. 그러자 마음이 약간 진정되었다.

여정은 계속되었고, 바이에른을 지날 때에는 여러 성과 도시에 들러 휴식을 취하기도 했다. 파사우에서는 부르군트 왕들의 숙부 중 하나인 필그림 주교를 잠깐 방문하기도 했다. 그들이 가는 곳마다 사람들은 화려한 행렬에 놀랐고, 크림힐트와 지크프리트에 관해 이야기꽃을 피웠으며, 이제는 훈족 왕의 아내가 된 아름다운 왕비 크림힐트를 한 번이라도 더 보려고 애썼다.

뤼디거 변경백은 기사 두 명을 베헬라렌으로 보내, 아내

고틀린데에게 도착 소식을 미리 알렸다. 고틀린데가 수많은 신하들을 이끌고 말을 타고 달려와 남편과, 장차 훈족의 왕비가 될 크림힐트를 제대로 격식을 갖춰 맞이하고 싶어 했기 때문이다. 이해심 많은 고틀린데는 남편과 작별할 때 이렇게 말했다.

"크림힐트 왕비께서 낯선 사람들 틈에서 자기와 비슷한 사람을 만나면 분명 기뻐할 거예요."

고틀린데 부인의 명령을 받은 베헬라렌의 노예들이 엔스와 트라운 사이의 넓은 들판 위에 거대한 천막을 설치했다. 고틀린데는 직접 천막 사이를 오가며 모든 것이 완벽하게 준비되었는지 다시 한 번 점검했다. 바로 그때 고틀린데가 망을 보라고 보낸 시종이 달려왔다.

"그들이 옵니다!" 시종이 숨을 헐떡이며 보고했다. "수많은 하인들과 짐차를 이끌고 엄청나게 긴 행렬이 오고 있습니다. 뤼디거 님과 크림힐트 왕비님도 계신 줄 알았는데, 그분들이 도착하려면 아직 한참 더 있어야 할 것 같습니다……"

"너는 그렇게 오랫동안 망을 보고도 그것밖에 못 알아왔느냐."

고틀린데 부인은 중간에 말을 끊고 시종을 질책한 다음, 서둘러 외투를 집어 들고는 천막 사이로 난 좁은 길을 걸어 오두막이 있는 곳으로 갔다. 오두막에는 미리 안장을 얹어놓은 말들이 매어져 있었고, 그녀의 시종들이 기다리고 있었다.

"어서 빨리 말에 올라타라!"

고틀린데 부인은 이렇게 명령하고, 자신도 기사 한 사람의 도움을 받아 안장 위에 올라탔다. 그녀는 열여덟 살이나 된 딸인 디틀린데를 두었는데도 여전히 날씬하고 젊어 보였다. 그녀는 같이 달리던 다른 사람들을 획획 따라잡으며 엔스로 향하는 길 위를 날 듯이 질주했다. 그녀가 타고 있는 말은 눈처럼 희었고, 안장을 덮고 있는 담요는 푸른빛의 비단이었다. 말 머리 장식에 매달린 금으로 된 작은 종들은 그녀가 박차를 가할 때마다 이리저리 흔들리며 경쾌한 소리를 냈다.

저 멀리서 행렬이 다가오는 것이 보였다. 몇 번 더 박차를 가한 후에 고틀린데는 고삐를 잡아당겼다. 뤼디거의 모습과 그 옆에서 말을 달리는 여인의 모습을 확인했기 때문이다. 재빨리 말에서 미끄러지듯 내려오자 시종들도 말에서 내렸다. 그러고는 미래의 왕비를 향해 천천히 다가갔다. 그 모습을 본 크림힐트도 말을 세우고는 뤼디거에게 말에서 내려달라고 부탁했다.

크림힐트는 고틀린데에게 다가가 다정하게 입을 맞추며 인사를 나누었다.

"이렇게 친절하게 환영해주시니 감사할 뿐입니다. 하느님께서 축복을 내려주실 겁니다!" 크림힐트가 말했다. "낯선 나라에서 이런 환대를 받으니 정말 좋군요!"

뤼디거는 인사를 나누는 두 사람을 바라보며 미소 지었다. 뤼디거는 고틀린데가 누구를 만나든 즉시 모든 사람의 호감을 산다는 것을 잘 알고 있었다.

그녀의 두 눈이 뤼디거를 향해 반짝거렸다.

"당신이 이렇게 무사히 건강하게 돌아와주어서 너무나 기뻐요."

고틀린데는 행복해하며 이렇게 말하고는 남편에게 입을 맞추었다.

야영장에서는 사람들이 서로 인사를 나누고 숙소를 찾아들어가고 하느라 한동안 엄청난 소란이 일었다. 짐차들을 모두 한곳에 모아놓고 보초를 세워 지켰다. 날이 점점 어두워졌다. 고틀린데 부인의 주방 시종들과 크림힐트의 시종들은 아직도 해야 할 일이 많았고, 야영장이 완전히 조용해지기까지는 한참이 더 걸렸다.

다음 날 아침이 되자 모든 일행은 다시 베헬라렌에 있는 변경백의 성을 향해 이동하기 시작했다. 그곳에서는 변경백의 딸인 디틀린데가 손님을 맞이했다. 어머니를 쏙 빼닮아 날씬한 디틀린데는 얼굴이 사랑스럽고 갸름했다. 디틀린데는 크림힐트를 보고 깜짝 놀라 그녀에게서 눈길을 뗄 수 없었다. 마치 동화에나 나올 법한 아름다운 모습이었다. 크림힐트가 아버지의 성에서 머무는 동안 디틀린데는 한순간도 그녀 곁을 떠나지 않고 졸졸 따라다녔다.

크림힐트 일행이 다시 길을 떠날 때가 되자 뤼디거 변경백이 크림힐트에게 말했다.

"에첼 왕께서는 제가 왕비마마를 트라이스마우어 성까지 수행할 것을 원하셨습니다. 왕께서는 그곳에서 왕비마마를 만나실 예정입니다."

"예."

크림힐트는 짧게 대답했을 뿐이다. 그 외에는 말없이 계속 달리기만 했다. 심장이 쿵쾅거리며 뛰기 시작했다. 또다시 불안감이 밀려왔다. 에첼 왕은 도대체 어떤 사람일까? 크림힐트는 슬쩍 뒤를 돌아 훈족의 기사들이 말을 타고 달려오는 모습을 바라보았다. 그 모습은 이미 크림힐트에게 익숙해져 있었다. 그들은 황색 피부에 못생겼으며 다리는 휘어 있었다. 에첼 왕도 훈족이니 틀림없이 그들과 비슷하게 생겼을 것이다. 어쩌면 생활 방식까지 끔찍하게 야만적이어서 잔인하고 비인간적일지도 모른다. 아아, 난 더 이상 못 할 것 같아! 크림힐트는 또다시 절망에 빠졌다. 그러나 모든 것을 되돌리기에는 너무 늦었다.

뤼디거는 크림힐트의 우울한 생각들을 전부 알아채기라도 한 듯, 에첼 왕의 궁전 생활과 헬헤 왕비에 대해 들려주었다. 에첼 왕은 헬헤 왕비에게 트라이스마우어 성을 선물했는데, 그 성을 오가는 기독교 신봉자인 유명한 영웅들을 포함해 기독교인이든 이교도인이든 모든 사람이 훈족의 영토 안에서는 자기만의 방식대로 살아도 된다고 했다.

오랫동안 말을 달려 그들은 지친 상태로 트라이스마우어 성에 도착했다. 성안의 방들을 둘러보던 크림힐트는 깜짝 놀랐다. 성은 화려하게 장식되어 있었고, 그 어떤 것도 야만적이거나 훈족의 풍습을 떠오르게 하지 않았다. 크림힐트는 약간 마음이 놓였다. 모든 면이 라인 강변의 여느 부유한 성과 전혀 다르지 않았다. 헬헤 왕비가 이곳에서 살았다는 것을 금방 알아챌 수가 있었다.

그날 저녁 크림힐트는 발코니로 나가 밤이 이슥하도록 바깥세상에 귀를 기울였다. 사방에 뭔가 기이한 긴장감이 감돌았다. 그녀의 발아래 드넓은 평야가 펼쳐져 있었다. 크림힐트는 오늘 밤처럼 많은 별이 밤하늘을 수놓은 모습을 본 적이 없었다. 달은 차갑고도 푸른빛을 뿜어내고 있었다. 저 아래 성문 앞과 성벽 둘레로 훈족의 보초병들이 고양이가 걷듯 발자국 소리도 내지 않고 순찰을 도는 모습이 보였다. 크림힐트는 그렇게 소리 없이 살금살금 걷는 게 너무도 싫었다. 커다란 홀에서는 에케바르트 변경백이 기사들과 함께 자고, 크림힐트가 묵는 방 옆에서는 부르군트에서 데려온 시녀들이 묵고 있었다. 그나마 안심이 되었다.

크림힐트는 방 안으로 들어와 침대로 가서 누웠다. 밤공기는 포근했고 창문들은 활짝 열려 있었다. 잠이 오지 않았다. 바깥에서 사람을 불안하게 만드는 뭔지 모를 소음이 끊임없이 들려왔다. 갑자기 크림힐트는 자리에서 벌떡 일어났다.

멀리서부터 북 치는 소리 같은 것이 들려왔다. 둔탁하게 울리면서도 엄청나게 빠른 속도로 두드리는 것 같았다. 그 소리는 점점 더 가까이 들려왔고, 거리가 좁혀질수록 점점 더 커졌다. 바닥이 쿵쿵 울렸다. 세상에, 도대체 무슨 소리지? 크림힐트는 침대에서 뛰쳐나와 재빨리 옷을 걸쳐 입고 다시 발코니로 나갔다.

바로 그 순간, 어마어마하게 많은 기사들이 달빛 아래에서 너른 평야 위를 달려 성 쪽으로 달려오는 것이 보였다. 넓디 넓은 들판이 눈 깜짝할 사이에 검은 말들로 뒤덮였고, 안장 위에는 몸집이 작은 사람들이 등을 납작하게 구부린 채 타고 있었다. 크림힐트는 현기증이 났다. 다시 잠자리로 돌아가고 싶은 마음이 굴뚝같았지만, 그 자리에서 꼼짝할 수가 없었다. 마치 그 자리에 얼어붙은 듯, 한 발자국도 움직이지 못하고 서서 양손으로 귀를 틀어막고 두려움에 덜덜 떨며 비명을 질렀다. 아래에서부터 귀가 찢어질 듯이 끔찍한 괴성이 들려왔기 때문이다. 지옥에서 들려오는 듯한 그 괴성은 크림힐트도 익히 알고 있는 소리였다. 그것은 다름 아닌 훈족의 병사들이 내지르는 등골이 오싹해질 정도로 기괴한 승리의 함성이었다. 그러나 이번에는 수백 명, 아니 잘은 모르지만 아마도 수천 명의 병사들이 내는 소리였다.

아래에서 들려오던 함성 소리가 차츰 잦아들자, 크림힐트는 그제야 비틀거리며 방으로 들어왔다. 바깥 복도에서 누군가가 다가오는 발자국 소리가 들렸다. 세상에, 그건 소리 없이 살금살금 걷는 훈족들의 발소리가 아니었다. 쇳덩이로 만든 갑옷과 무릎 보호대, 차고 있는 칼이 서로 부딪치며 덜그럭거리는 소리였다! 크림힐트는 얼른 달려가 문을 열었다. 뤼디거가 등불을 들고 문 앞에 서 있었다. 그는 공포에 질린 크림힐트의 얼굴을 보자 가엾은 생각이 들었다.

"왕비께서 두려움에 떨고 계실 거란 생각이 들어서 왔습니다." 그는 부드러운 목소리로 크림힐트를 안심시키며 말했다. "아무런 걱정도 하지 마십시오! 내일 아침이 될 때까지 이렇게 왕비마마의 방문 앞을 지키고 있겠습니다. 에케바르트 백작도 저 아래 홀에서 밤새 지켜드리겠노라고 왕비마마께 전해달라고 했습니다! 하지만 훈족 보초병들도 마찬가지로, 자신들의 왕이 맞이할 왕비에게 털끝 하나라도 다칠 일이 생기느니 차라리 자기들 살가죽을 벗겨가는 것이 낫다고 생각할 겁니다. 앞으로 며칠 동안은 훈족의 많은 장수들이 부하들을 거느리고 오늘 밤처럼 시끄럽게 이곳으로 몰려들 겁니다. 모두가 왕비마마의 결혼식을 보기 위해서입니다. 이 모든 소란이 왕비마마께 영광스러운 일이라 생각하고 받아들여 주십시오!"

크림힐트는 감사한 마음으로 뤼디거를 쳐다봤다.

"그대의 충성심을 하느님께서 알아주실 겁니다, 뤼디거 변경백!"

크림힐트는 좀 전에 놀랐던 마음이 채 진정이 되지 않아 거의 울먹이는 듯한 목소리로 말했다.

그날 밤에도 몇 차례 더, 그리고 그 후로 며칠 동안 계속 훈족의 영토 안에 있는 모든 지역에서 병사들이 무리를 지어 밀려오고 또 밀려왔다. 넓은 들판이 점차 거대한 야영장으로 바뀌어갔다. 러시아의 스텝 지역에서 온 병사들, 폴란드와 발라키아에서 온 사람들, 키예프와 흑해 주변의 나라에서 온 사람들이었다. 독일이나 오스트리아 지역의 봉건 영주들도 결혼식에 초대되었고, 그들은 모두 수많은 수행원들을 거느리고 왔다.

나흘째 되는 날 드디어 에첼 왕이 수많은 신하들과 친한 영주들을 거느리고 직접 말을 타고 트라이스마우어 성을 향해 오고 있다는 소식이 전해졌다. 크림힐트는 시녀들의 도움을 받아 값비싼 옷과 장신구로 치장했다. 푸른빛의 비단에 금실을 섞어 넣은 뒤 보석으로 장식한 옷이었다. 크림힐트는 뤼디거 옆에서 나란히 말을 타고 에첼 왕을 맞이하러 나갔다. 곧 저 멀리 길 위로 흙먼지가 끝도 없이 일어나는 것이 보였다.

흙먼지 사이로 마치 한 무리의 새떼처럼 말을 탄 기사들이 모습을 드러냈다.

"저 사람은 발라키아의 영주 라뭉입니다."

맨 앞에서 달려오는 기사의 문장을 알아본 뤼디거가 말했다. 말 탄 기사들은 두 갈래로 갈라지더니, 다시 뒤쪽에서 한 줄로 합쳐지면서 영주들의 뒤를 따랐다.

동고트족의 영주 기비히가 신하들과 함께 앞으로 달려 나왔다. 그 뒤를 호른보게 백작과 덴마크 출신의 용감무쌍한 하바르트가 뒤따랐다. 다음으로 힘센 이링이 달려왔는데, 그가 말을 타고 전쟁터에 나가면 아무도 그를 따라잡을 사람이 없다는 소문이 자자했다. 키가 크고 어깨가 넓은 튀링겐의 장수 이른프리트는 활활 타오르는 불꽃처럼 붉은 수염을 휘날리며 달려왔다. 마지막으로 흙먼지를 뚫고 훈족 기사들 한 무리가 달려 나왔다. 그들은 표범 가죽을 몸에 두르고 있었고, 그들이 탄 말들은 마치 활시위를 떠난 화살처럼 길 위를 획획 날아다녔다.

그런 훈족 기사들을 앞장서서 이끄는 자가 있었다. 그는 말의 고삐를 잡아당겨 그 자리에 세우고는, 말에서 내리기도 전에 크림힐트를 향해 깊이 허리 숙여 정중하게 인사했다. 그 순간 크림힐트는 숨이 멎는 듯했다. 그가 에첼 왕일 거라고 생각했기 때문이다. 수줍은 듯 재빨리 그의 모습을 훑어보았다. 그의 얼굴은 까무잡잡하고 갸름했다. 광대뼈가 살짝 도드라졌고 크고 특이하게 생긴 눈에서는 광채가 뿜어져 나왔다. 그는 다른 훈족 기사들처럼 말안장 위에 고양이처럼 몸을 웅크리고 앉아 있지 않았다. 그의 태도는 한마디로 자유로웠으며 진정한 기사다웠다.

훈족인데도 참 잘생겼다고 생각하며 크림힐트는 신기해했다. 뤼디거가 크림힐트 쪽으로 몸을 기울이며 말했다.

"저 사람은 에첼 왕의 동생 블뢰델린입니다."

크림힐트는 그 말에 대답할 겨를도 없었다. 백마 탄 기사 두 명이 크림힐트 쪽으로 다가왔기 때문이다. 두 사람은 모두 황금 투구 위에 왕관을 쓰고 있었고, 차려입은 갑옷과 장비 들은 왕다운 화려함을 드러내고 있었다. 그럼에도 불구하고 두 사람은 전혀 닮은 구석이 없었다. 두 사람은 천천히 말을 타고 다가왔다. 크림힐트의 심장이 쿵쾅거리며 뛰기 시작했다.

"에첼 왕과 고트족의 왕인 베른 출신의 디트리히이십니다."

옆에 있던 뤼디거가 나지막이 속삭였다.

그러나 그는 굳이 그 말을 할 필요가 없었다. 크림힐트는 오른쪽에 있는 사람이 에첼 왕이라는 사실을 직감적으로 알았다. 에첼 왕이 다가오면서 그녀에게서 계속 눈길을 떼지 않는다는 것도 알고 있었다. 에첼 왕은 말이 멈춰 서기도 전에 안장에서 미끄러지듯 아래로 내려섰다.

뤼디거도 말에서 내려, 크림힐트가 내리는 것을 도와주었다. 얼음장처럼 차가운 크림힐트의 손이 덜덜 떨리는 것이 느껴졌다. 그는 크림힐트에게 용기를 주듯 웃어 보이며 "에첼 왕에게로 다가가십시오"라고 속삭였다.

에첼 왕은 이미 크림힐트 앞에 우뚝 서 있었다.

"이렇게 와주셔서 참으로 기쁩니다, 크림힐트 왕비."

크림힐트는 에첼 왕의 말을 주의 깊게 들었다. 그의 목소리는 깊이가 있고 부드러웠다. 눈을 들어 그의 얼굴을 쳐다본 순간, 이 남자라면 거대한 훈족의 나라를 세우고 통치할 능력이 충분하리라는 것이 납득되었다.

그에게서 엄청난 권력의 기운이 느껴졌다. 구릿빛 피부는 따뜻해 보였고, 두 눈동자는 동생과 마찬가지로 검게 반짝였다. 몸집은 거대했으며 생김새는 그가 태어난 비밀에 찬 아시아의 나라만큼이나 낯설게 느껴졌지만, 신기하게도 끔찍하다거나 싫은 느낌이 들지는 않았다. 크림힐트는 그동안 가졌던 공포스러움이 일시에 사라지는 것을 느꼈다. 크림힐트는 고향에서 배운 궁정의 법도에 따라 에첼 왕에게 손을 내밀고 그의 뺨에 입을 맞추었다. 그러면서도 이 모든 것이 사실이 아닌 듯 여겨졌고, 어쩌면 자신이 꿈을 꾸고 있는지도 모른다고 생각했다. 그녀는 지크프리트를 생각했다. 그가 죽지만 않았더라면, 훈족의 왕비가 되기 위해 이곳에 올 필요도 없었을 것이다!

"내 친구인 디트리히에게도 인사를 하지 않겠소? 그러면 내 마음이 더욱 기쁠 것 같소."

에첼 왕은 정중하게 청했고, 크림힐트는 그의 예의 바른 태도가 서양의 그 어떤 영주와 견주어도 모자라지 않는다고 생각했다.

베른 출신의 디트리히는 사자의 갈기와도 같은 금발 머리를 숙여 크림힐트에게 인사했다. 크림힐트는 지크프리트가 죽은 이후로 이 고트족의 왕만큼 훌륭한 영웅은 전 서양을 통틀어 단 한 명도 없다는 것을 잘 알고 있었다. 그 무렵 베른 출신의 디트리히는 에첼 왕의 궁전에 손님 신분으로 머물고 있었다.

그리하여 에첼 왕과 크림힐트 왕비의 성대한 결혼식이 빈 근방에서 열렸다. 열이레 동안 잔치는 계속되었고, 화려하고 웅장한 동양의 풍습이 서양의 기사 문화와 만나 최고의 장관을 만들어냈다.

크림힐트는 주변에서 소란스럽게 일어나는 그 모든 일을 기이하고 이상한 꿈을 꾸듯이 바라보았다. 그러던 어느 날 마침내 잔치는 끝이 났고, 모든 일행은 어마어마하게 긴 행렬을 이루며 헝가리 쪽을 향해 말을 타고 길을 떠났다. 에첼 왕의 배들이 미스부르크 근처 도나우 강 위에 정박해 있었는데, 고귀한 신분의 손님들은 그곳에서부터 배를 타고 갔고, 나머지 시종들과 말들은 육지로 걸어서 갔다. 훈족의 새 왕비가 된 크림힐트는 금색과 자주색 천으로 만든 차양 아래에서 에첼 성을 향해 갔다.

그곳에서 디트리히의 부인인 헤라트가 크림힐트를 반갑게 맞아주었다. 헤라트는 헬헤 왕비의 조카로, 왕비가 죽은 후로 에첼 왕의 궁전에서 안살림을 도맡아 해왔다. 그런 그녀가 이제 충직한 태도로 크림힐트로 하여금 수많은 신하를 거느린 큰 궁전의 안주인이 될 수 있게끔 이끌어주었다. 그리하여 크림힐트는 부르군트의 공주에서 네덜란드와 니벨룽 왕국의 왕비가 되었다가, 마침내 거대한 훈족 왕국의 왕비로 눈에 띄지 않게 서서히 성장해갔다.

크림힐트는 곧 에첼 왕의 거대한 권력의 실체를 깨닫고 존경하게 되었다. 그리고 처음에는 도대체 누가 누구인지 절대로 구별할 수 없을 것 같다고 절망스럽게 생각하던 훈족 장수들의 얼굴도 금세 잘 구분하게 되었다.

에첼의 성에서는 다채로운 삶이 펼쳐졌다. 크림힐트는 가끔 세상의 중심이 에첼의 성에 놓여 있는 것처럼 여겨졌다. 그녀는 조용히 자신이 해야 할 일들을 해나갔다. 에첼의 궁전에 드나드는 유명 장수들과 인사를 나누며, 그들이 대접을 잘 받는지 신경을 썼다.

에첼 왕은 크림힐트에게 매우 다정했으며, 그녀가 원하는 것은 뭐든 다 들어주고 싶어 했다. 그러나 크림힐트 왕비는 자신을 위해서는 아무것도 바라지 않았다. 무엇을 해도 기쁘지 않았고, 심지어 아들이 태어났을 때에도 조금도 기쁘지 않았다.

에첼 궁의 거대한 홀에서 잔치가 열려 스베멜이나 베르벨

같은 유명 가수들이 나와 슬프고도 구성진 노래를 부를 때면 청중은 감동을 받아 거의 정신을 잃을 정도였고, 크림힐트의 눈앞에는 어김없이 지크프리트의 환영이 떠올랐다. 에첼 왕은 송장처럼 창백한 표정으로 허공을 응시하는 크림힐트의 얼굴을 보고 깜짝 놀랄 때가 한두 번이 아니었다. 그는 값비싼 보석들로 선물 공세도 펴봤다. 그러나 크림힐트는 고마워하되 그때마다 마음속으로는 한때 자기 소유였던 어마어마한 니벨룽의 보물을 떠올렸고, 그것을 강탈해간 하겐을 생각했다.

가끔은 아직도 지크프리트의 죽음과 도둑맞은 보물에 대한 복수를 하지 못하고 있다는 사실이 못 견디게 괴로웠다. 아무리 세월이 흘러도 크림힐트의 증오심은 사그라들지 않았다. 그러나 그녀는 속마음을 아무에게도 들키지 않으려고 세심하게 주의했고, 어느 누구도 아름다운 훈족의 왕비가 그런 끔찍한 복수심에 사로잡혀 있다는 사실을 짐작조차 하지 못했다. 크림힐트는 복수심에 불타 낮이고 밤이고 한시도 마음 편할 날이 없었다. 크림힐트는 가지고 있던 많은 보물을 에첼의 성에 거주하는 훈족의 신하들에게 나누어주었다. 언젠가 도움이 필요할 때 자신에게 충성하고 봉사할 수 있게 하기 위해서였다.

크림힐트는 방 안에 혼자 있을 때면 오랫동안 꼼짝도 하지 않고 앉아, 눈길을 한곳에 고정하고 뚫어져라 응시했다. 그녀의 심장은 고통으로 문드러졌고, 반들반들하고 하얀 이마 뒤에서는 끔찍한 계획이 천천히 영글어갔다. 모든 계획이 철두철미하게 세워지자 크림힐트는 한 치의 망설임도 없이 계획을 실천에 옮기기 시작했다.

"폐하." 크림힐트는 왕에게 말했다. "저는 지금까지 7년 동안 이곳에서 당신의 정숙한 아내로 살았습니다. 그러니 이제 제 소원을 들어주시겠어요?"

에첼 왕은 깜짝 놀라 크림힐트의 말에 귀를 기울였다. 그녀가 자신에게 뭔가를 부탁하는 일은 처음 있는 일이었기 때문이다.

"무슨 소원이든 다 들어줄 테니 말해보시오."

에첼 왕이 대답했다.

"예, 그러면 한번 들어보세요." 크림힐트는 천천히 말을 시작했다. "라인 강변의 고향에 제 일가친척들이 많이 사는데, 이곳으로 온 뒤로 단 한 번도 만나지 못했어요. 그들이 많이 보고 싶습니다."

에첼 왕이 웃으며 말했다.

"그러니까 당신의 소원은 바로 그 일가친척을 이곳으로 초대하는 것이로군요."

에첼 왕이 크림힐트의 소원을 대신 말했다.

크림힐트는 고개를 끄덕였다. 그러나 신기하게도 그녀의 표정에는 기뻐하는 기색이 조금도 없었다.

"그 소원을 당장 들어주겠소." 에첼 왕이 말했다. "지금 바로 부르군트에 있는 당신의 오빠들에게 사신을 보내 일가친척을 모두 모시고 와달라고 요청하겠소. 여기까지 오는 길이 그리 멀지 않다면 말이오."

"여기까지 오는 길은 전혀 멀지 않아요. 그들은 꼭 올 거예요."

크림힐트가 얼른 대답했다.

에첼 왕은 그 유명한 부르군트의 왕들이 방문한다는 사실이 무척 마음에 들었고, 그들이 오면 성대한 잔치를 열 생각이었다.

"스베멜과 베르벨을 지금 당장 라인 강변으로 보내야겠다." 에첼 왕은 서둘러 결정했다. "훌륭한 사신인 그들은 여러 나라 사람들을 두루 잘 알고 있다."

에첼 왕은 곧 두 가수를 불러들였다.

"내 너희들에게 명령을 내리겠다! 한시바삐 보름스로 떠날 채비를 하여라. 가서 부르군트의 왕들과 크림힐트 왕비의 모든 일가친척을 우리 성으로 모셔오도록 하라!"

못생긴 가수들의 좁은 이마를 뒤덮고 있는 헝클어진 머리카락이 거의 두 눈까지 가릴 지경이었다. 두 사람이 깊이 허리 숙여 인사했다.

"분부대로 이행하겠습니다, 폐하!"

그들은 에첼 왕의 명령이라면 목숨까지도 바칠 사람들이었다.

"떠나기 전에 너희들은 나를 만나고 가도록 하여라." 크림힐트 왕비가 말했다. "내 일가친척에게 긴히 전할 말이 있으니."

크림힐트는 방 안에서 잠시도 가만있지 못하고 이리저리 왔다 갔다 하며 두 사람이 오기를 기다렸다. 마치 어딘가에 갇힌 사람 같았다. 열린 문틈으로 두 사람이 둥근 머리를 삐죽 들이밀 때까지 끝도 없이 오랜 시간이 흐른 것만 같았다. 그들은 가장 화려한 옷을 꺼내 입고 짐승 가죽으로 치장했으며 온갖 장신구를 주렁주렁 달고 있었다. 그들은 기이하고 거칠어 보였다.

크림힐트는 두 사람에게 각각 금덩이를 한 보따리씩 하사했다.

"내 말 잘 들어라!" 크림힐트는 힘주어 말했다. "나는 내 오빠들이 모두 오기를 바란다. 또한 연로하신 우리 어머니도. 그러나 누구보다도 하겐 숙부가 반드시 같이 와야 한다. 숙부는 어린 시절부터 훈족들이 사는 이곳 지리를 잘 알고 계시므로 길잡이가 되어주셔야 하느니라. 하겐 숙부가 온다는 소식을 전해주면, 너희들에게 지금 준 금덩이만큼 더 주겠다."

"하겐은 반드시 올 겁니다."

스베멜이 진지한 표정으로 말했다.

"그는 꼭 와야만 합니다."

베르벨이 덧붙였다. 그들은 왕과 왕비의 명령은 반드시 지켜져야 한다고 믿었다. 두 사람은 결연한 표정으로 하직 인사를 올린 뒤 물러났다.

두 사람은 곧 길을 떠났다. 스물네 명의 훈족 기사가 뒤따랐다. 에첼의 성을 출발한 그들은 서쪽으로 난 넓은 길로 접어들어 달리기 시작했다. 곧 그들의 모습은 사라졌고, 뭉게뭉게 피어오른 먼지구름만 빠른 속도로 앞을 향해 나아가는 것이 보였을 뿐이다.

보름스의 성문 종탑 위에서 망을 보던 보초병은 처음에는 천둥 번개가 치는 줄 알았다. 그러나 곧 이전에도 본 적이 있는 황인종의 사내들이 말을 타고 오는 모습을 보고는 서둘러 나팔을 불어 소식을 알렸다.

"우방국에서 온 사신들이다!"

보름스 궁전 안에 소식이 퍼졌다. 보초병은 훈족의 사내들이 크림힐트 왕비의 나라에서 왔다는 것을 금세 알아차렸다.

성벽 발코니 위 난간에 기대서서 아래를 내려다보던 하겐은 훈족의 사신들이 말을 타고 성안으로 들어오는 모습을 보았다. 사신들의 얼굴을 알아본 하겐은 깜짝 놀라 외마디 비명을 질렀다. 스베멜과 베르벨은 그가 에첼의 성에 머물렀을 때부터 잘 알고 지냈기 때문이다. 게다가 하겐은 한번 본 사람의 얼굴은 오랜 세월이 흘러도 잊어버리는 법이 없었다.

"으흠, 크림힐트가 우리에게 짝 째진 눈의 동양 늑대들을 보냈구먼." 하겐은 중얼거렸다. "방금 에첼의 광대들이 우리 궁전 안에 발을 들여놓았다. 난 저들과 친분이 있으니 그들을 맞으러 나가봐야겠군."

하겐은 시종을 불러 게르노트와 기젤헤어에게 알리라고 명한 뒤, 자신은 적당한 위엄을 갖추어 계단을 걸어 내려가 궁전 뜰로 들어섰다.

훈족의 가수들도 하겐을 금방 알아봤고 난리법석을 떨며 반가움을 표시했다.

"에첼 왕과 왕비께서 소식을 전하라고 명하셨습니다." 그들이 말했다. "부르군트의 왕들께 지금 바로 말씀 좀 전해주시겠습니까? 우리에겐 시간이 별로 없어서요."

"내 그대들을 곧 왕들께 데려다주겠소."

하겐은 시종들에게 훈족의 사신들을 먼저 숙소로 안내하라고 명령했다. 그러나 어찌 된 일인지 숙소로 안내하는 일은 쉽지 않았고, 결국 훈족의 사신들은 자신들의 말들과 함께 궁전 뒤쪽에 있는 정원 한구석에서 잠을 자겠다고 고집했다. 화가 난 부르군트의 시종들은 방 안 침대에서 자는 것이 상식임을 이해시키려고 애써봐도, 이 이상하고 거친 사람들은 도무지 말을 듣지 않았다.

군터 왕은 모든 광경을 호기심 어린 눈으로 지켜보았다. 그럼에도 불구하고 두 가수에게 예의를 갖추어 인사를 건넸는데, 에첼 왕의 궁전에서 두 가수의 명성과 실력이 자자했기 때문이다. 군터 왕은 에첼 왕의 초청을 조금도 이상하게 여기지 않았다. 친분이 있는 영주들 사이에서 서로의 왕국을 방문

하는 것은 자주 있는 일이었기 때문이다.

"노고에 감사하오." 군터 왕이 사신들에게 말했다. "내 동생들과 일가친척하고 의논해보겠소. 그런 뒤에 어떻게 할지 그대들에게 곧 알려주겠소."

스베멜과 베르벨은 한동안 머뭇거리며 그 자리에 서 있었다. 그러더니 스베멜이 하겐을 향해 말했다.

"하겐이여." 스베멜은 예의를 갖추어 말했다. "왕비께서 우리들에게 특별히 부탁하시기를, 에첼의 성으로 반드시 함께 오시라고 전하라 하셨습니다. 당신께서 에첼 성으로 오는 길을 잘 알고 계시기도 하거니와, 왕비께서는 숙부님을 꼭 다시 뵙고 싶다고 하셨습니다."

갑자기 스베멜이 말을 멈췄다. 하겐이 너무나 큰 소리로 야비한 웃음을 터뜨렸기 때문이다.

"그렇게 말할 줄 알았소!" 하겐은 소리를 지르며 말했다. "당연히 크림힐트는 날 다시 보고 싶겠지!"

하겐은 온몸을 흔들어가며 다시 한 번 크게 웃어젖혔다.

깜짝 놀란 사신들은 어리둥절해하며 하겐을 그저 바라보았다. 군터 왕은 서둘러 훈족의 사신들을 숙소로 돌려보냈다.

"숙부, 제 말 좀 들어보세요." 사신들이 밖으로 나가자마

자 화가 난 기젤헤어가 말했다. "숙부가 크림힐트한테 마음이 몹시 상해 있다는 것을 잘 알아요. 하지만 언젠가는 이 모든 일이 끝나야 하지 않겠어요? 크림힐트가 숙부를 용서했다는데, 숙부도 고맙게 생각하셔야 할 거 아녜요!"

"부르군트의 왕들은 여전히 조금도 똑똑해지지 않았소." 화가 난 하겐이 이를 갈며 말했다. "그대는 아무것도 모르는 어린애처럼 말하고 있군! 크림힐트는 날 용서한 게 아닐뿐더러 앞으로도 절대로 용서하지 않을 것이오!"

"마지막으로 헤어질 때 우리는 서로 평화롭고 다정하게 작별 인사를 나누었어요." 이번에는 화가 난 게르노트가 말했다. "그러니 지금 크림힐트와 에첼 왕이 우리를 초대한다면 모두 거기에 응해야만 할 거예요. 가고 싶지 않은 사람은 그냥 여기에 남아 있으면 될 거 아닙니까!"

하겐은 조카들을 모두 때려눕히고 싶은 마음을 꾹꾹 눌러 참았다.

"그대들이 정 그렇게 원한다면, 악마의 목구멍으로 자진해서 들어가도록 하시오!"

하겐이 소리쳤다. 바로 그 순간 몸집이 뚱뚱한 주방장 루몰트가 문을 배로 밀며 안으로 들어왔다. 다투는 소리가 들려 무슨 일인가 싶어 들어온 것이었다. 이어서 오르트빈과 당크 바르트, 게레 변경백도 들어왔다.

루몰트는 훈족의 초청을 받아 왕들이 그곳으로 가겠다는 말을 듣고는, 걱정스럽다는 듯 큰 머리를 절레절레 흔들었다.

"저는 가시는 걸 말리고 싶습니다." 불안한 마음에 루몰트 가 말했다. "그런 여행은 만만치 않은 데다 각종 위험이 도사 리고 있습죠. 도대체 누가 세심하게 돌봐줄 것이며, 도대체 뭘 먹고 마실 생각이십니까? 저 야만적인 훈족들과 지내면서 무슨 일이 생길지 누가 압니까! 그 사람들은 힘들게 말을 달 린 날은 날고기도 먹는다고 들었습니다. 안 됩니다. 저는 좀 더 오래 살고 싶으니 여기 보름스에 남아 있겠습니다. 여러분 도 가시지 말라고 간청드리는 바입니다!"

오르트빈도 가고 싶지 않다고 말했다.

"도대체 제가 훈족의 나라에 가서 뭘 한단 말입니까? 에첼 왕은 거기서 살고 난 여기서 살면 그만 아닙니까."

군터 왕은 화가 났다.

"그대들이 가기 싫다면 우리끼리만 가겠소! 에첼 왕의 마 음을 상하게 할 수는 없소. 게다가 크림힐트가 어머니와 우리 를 보고 싶어 하니, 그 애의 소원을 들어주고 싶을 뿐이오. 나는 훗날 사람들이 수행원도 없이 왕들을 훈족의 나라로 가게 내버려 둔 부르군트의 신하들에 대해 뭐라고 얘기할지 궁금할 뿐이오!"

하겐은 주먹을 불끈 쥐었다.

"좋소!" 하겐은 쉰 목소리로 말했다. "그대들은 내가 동행하리라는 것을 잘 알고 있을 거요! 트론예 사람들은 부르군트의 왕들에게 항상 충성을 바치고 목숨을 다해 섬겨왔으니 말이오. 그러니 이번에도 끝장을 보도록 합시다!"

하겐은 자리에서 일어났다. 마음의 결정을 하고 나니 갑자기 분노가 일순간에 사라진 것 같았다.

"하지만 우리 목숨만은 되도록 비싼 값에 팔도록 합시다." 그는 완전히 침착해진 목소리로 말했다. "최고로 용맹한 기사들을 선발해 가장 성능 좋은 무기와 장비를 갖추어 갑시다. 그리고…… 우리를 향해 덤비는 자들에게 본때를 보여줍시다!"

하겐은 갑자기 말을 멈추고 멍하니 허공을 바라보았다.

"아아, 슬픈 운명이여!"

마지막 말은 아무도 듣지 못하게 나지막이 덧붙였다.

9

곧 하겐과 당크바르트, 변경백인 게레와 연주자 폴커가 나라 안의 가장 용맹한 기사들과 함께 훈족의 나라로 가기 위해서 한자리에 모였다.

그사이 훈족의 사신들은 기젤헤어와 함께 로르히의 수도원으로 말을 타고 갔다. 우테 왕비에게 딸 크림힐트가 초청했다는 사실을 알리기 위해서였다. 연로한 우테 왕비는 기뻐하며 훈족의 사신들에게 크림힐트에 대해 많은 것을 물어보았다. 그러나 왕비는 대답했다.

"나는 먼 길을 가기에는 너무 늙었어요. 크림힐트가 그곳에서 행복하게 잘 지내고 있다는 소식을 들은 것만으로도 충분합니다."

적어도 우테 왕비는 크림힐트가 행복하다고 믿었다.

스베멜과 베르벨은 부르군트 사람들에게 작별 인사를 고한 뒤 최대한 빨리 말을 몰아 고향으로 돌아갔다.

얼마 지나지 않아 부르군트의 사람들도 마침내 먼 길을 떠날 준비를 마쳤다. 그들은 보름스의 성문 앞 너른 들판 위에 모두 모였다. 그런데 그 모습은 마치 하겐이 적국을 무찌르기 위해 원정 길에 오르는 병사들을 끌어모은 것 같아 보였다. 중무장한 병사들과 노예들, 말들은 당장이라도 전쟁터를 향해 질주할 듯이 흥분해 울부짖으며 발을 굴렀다. 여기저기 병사들의 머리 위로 누군가가 큰 목소리로 명령을 내리는 소리가 울려 퍼졌다. 소란한 가운데 가끔씩 어디선가 악사들의 바이올린 연주와 날카롭게 울려 퍼지는 피리 소리가 들려왔다.

어수선했던 소란도 점점 잦아들고 부르군트의 왕들은 떠날 채비를 마쳤다. 시종들은 이미 한참 전부터 말 위에 안장을 얹고 기다리고 있었다. 필요한 준비는 모두 끝났다. 부르군트 왕국은 뒤에 남은 기사들이 지키기로 했다. 브룬힐트와 아들 지크프리트는 왕궁의 튼튼한 성벽 안에서 충성스러운 기사들의 수호를 받으며 안전하게 지내게 될 것이다.

길을 떠나기 위해 모여 있던 병사들 사이에 갑자기 작은 소요가 일었다. 늘어선 병사들이 양쪽으로 물러서며 좁은 통로가 생겼다. 군터의 눈길이 매섭게 변했다. 한 여인과 어린 소년이 말을 타고 왕 쪽으로 다가오고 있었다. 수행원이라고는 시종 하나뿐이었다.

"왕비님이시다!"

여기저기서 놀란 목소리가 들려왔다. 군터 왕은 재빨리 그들을 향해 다가갔다. 도대체 브룬힐트는 왜 여기까지 나왔을까? 군터는 어제저녁에 이미 그들과 작별 인사를 나눈 터였다. 게다가 브룬힐트는 평소에 군터가 뭘 하든 별로 신경 쓰지도 않았다!

브룬힐트는 군터 앞까지 말을 타고 와서 그 자리에 우뚝 섰다. 군터가 말에서 내리는 것을 도와주려고 하자, 브룬힐트는 세차게 고개를 가로저었다. 창백한 얼굴이 어찌나 딱딱하게 굳어 있던지 군터 왕은 깜짝 놀랐다.

"도대체 무슨 일이오?" 군터 왕은 나지막이 물었다. "여기는 왜 온 거요?"

브룬힐트는 몸을 숙였다. 양손에 여전히 고삐를 움켜쥐고 있었다.

"폐하, 당신에게 꼭 해야 할 말이 있어서요." 브룬힐트는 군터 왕에게만 들리도록 목소리를 낮추어 속삭였다. "지금 훈족의 나라로 떠난다면 당신은 절대로 돌아올 수 없을 거예요. 난 그것을 알아요! 언젠가 우리 모두에게 복수의 손길이 덮칠 거라고 생각했어요! 그런데 곧 그 일이 벌어지게 생겼어요. 난 분명히 알고 있어요!"

브룬힐트는 다시 한 번 같은 말을 되풀이했다. 온몸에 소름이 쫙 끼쳤다.

군터 왕은 이맛살을 찌푸렸다. 여자들 간의 다툼과 불화는 정녕 끝이 없단 말인가? 그는 여자들 간의 이 케케묵은 싸움을 더 이상 참을 수가 없었다!

"당신은 크림힐트에게 잘못하고 있는 거요." 군터 왕이 근엄하게 말했다. "우리 모두 무사히 돌아올 테니, 당신은 아무 걱정 마시오!"

브룬힐트는 아무 대꾸도 하지 않고 물끄러미 군터의 얼굴을 바라보더니, 이내 방향을 돌려 아들의 말고삐를 잡았다. 그러고는 뒤도 안 돌아보고 그길로 성안으로 들어가 버렸다.

군터 왕은 브룬힐트의 뒷모습을 꼼짝 않고 쳐다보았다. 그러다가 화가 나 몸을 홱 돌렸다. 그래, 이러니 여자들 말에 너무 귀 기울이면 안 되는 법이야! 여자들은 무슨 일에나 이유

없이 불안해하고 쓸데없는 걱정이 너무 많아.

군터는 말 가까이로 갔다.

"이제 출발하도록 하자!"

그의 목소리가 병사들 머리 위로 우렁차게 울려 퍼졌다. 군터는 말안장 위로 뛰어올랐다.

피리 연주자들이 흥겨운 가락을 연주하기 시작했고 곧 바이올린도 합세했다. 무기들이 서로 부딪치며 절그럭거리는 소리를 냈고, 참을성 없는 말들의 말발굽 소리도 둔탁하게 들려왔다. 곧 말 탄 무리가 천천히 움직였다. 하겐이 맨 앞에서 자신의 거대한 검은색 말을 타고 달렸다. 그는 안장 위에서 허리를 꼿꼿이 펴고 뒤돌아보았다.

그래, 저기 마지막 모험을 떠나는 부르군트의 무리들이 따라오는구나! 하겐은 두 팔을 활짝 벌려 죽음을 향해 곧장 돌진하는 자신의 모습이 정말 기이하게 느껴졌다! 저 부르군트의 왕들이 어떤 종말을 맞게 되는지는 오직 하느님만이 아실 뿐이다! 저들은 스스로 이 길을 선택했고, 하겐으로서는 그들을 위해 함께 죽어주는 일밖에는 더 이상 할 수 있는 일이 아무것도 없었다. 트론예 출신 사람들은 항상 자신들의 왕을 위해 기꺼이 목숨을 바쳐왔던 것이다. 아아, 저 바이올린 소리

좀 들어보라지! 춤이라도 춰야 할 것 같군! 그건 다가올 죽음의 무도회를 위한 연주였다. 그러나 하겐 외에는 어느 누구도 그 사실을 알지 못했다!

부르군트 일행은 배를 타고 라인 강을 건넌 뒤 마인 강으로 이어지는 군사 도로를 달려, 동쪽으로 프랑켄 지방을 통과해 도나우 강 쪽으로 내려갔다.

열이틀째 되는 날 마침내 도나우 강변에 도착해 휴식을 취했다. 도나우 강을 건너는 배가 근처에 정박해 있다는 사실을 미리 알고 있던 하겐은 그 배를 찾기 위해 혼자 말을 타고 강변을 돌아다녔다. 이쯤에서 저들은 도나우 강을 건너게 될 것이다. 그러면 드디어 훈족의 나라가 시작된다.

하겐은 말을 타고 계속 앞으로 나아갔는데, 어디선가 졸졸 물 흐르는 소리가 들리더니 곧 작은 개울이 눈앞에 나타났다. 개울의 물줄기는 강변의 풀숲 사이를 굽이굽이 흐르다가 다시 덤불 사이로 모습을 감췄다.

하겐은 깜짝 놀라 그 자리에 멈춰 섰다. 눈앞에 갈대숲이 병풍처럼 펼쳐졌고 갖가지 수초가 우거져 있었는데, 그 뒤편에서 여자들의 웃음소리와 재잘재잘 수다 떠는 소리가 들려왔다. 하겐은 조심조심 말에서 내려 소리가 들리는 쪽으로 살금살금 기어갔다. 관목 덤불 사이로 이상하게 생긴 옷이 몇 벌 놓여 있는 것이 보였다. 온통 눈처럼 새하얀 깃털로 만들어진 옷이었다. 갈대숲을 헤치고 좀더 살펴보니, 작은 연못 속에서 백조의 요정 셋이 목욕을 하고 있는 모습이 보였다. 하겐은 음흉한 웃음을 지으며 요정들이 벗어놓은 옷을 가져갔다. 그것을 본 요정들은 깜짝 놀라 마구 소리를 질러댔다. 옷을 빼앗겨 물 밖으로 나올 수가 없었기 때문이다.

요정들은 심보 고약한 하겐에게 제발 옷을 돌려달라고 달콤한 목소리로 간청했다. 요정 중 하나가 하겐 가까이로 헤엄쳐 와서는 금빛 눈동자로 간절한 표정을 지으며 하겐을 쳐다봤다.

"하겐이여, 저희들의 옷을 그만 돌려주세요." 요정은 살랑살랑 간드러지게 말했다. "그러면 제가 훈족의 나라에서 당신들의 운명이 어찌 될지 예언해드리겠습니다!"

"너의 제안을 받아들이마." 하겐이 고개를 끄덕였다. "네가 알고 있는 것을 말해보거라!"

요정은 진지한 표정을 지으며 물 위로 고개를 내민 채 갸우뚱 흔들었고, 그러자 수면 위에 펼쳐진 머리카락이 금빛과 녹색으로 반짝거렸다.

"당신은 훈족의 나라에서 많은 사람으로부터 존경을 받으며 행복한 삶을 누리게 될 운명입니다." 요정이 말했다. "제 말을 믿으셔도 됩니다. 저는 당신같이 용맹한 장수에게 거짓말한 적이 단 한 번도 없거든요."

이 말을 하며 요정은 순진무구한 얼굴로 하겐을 쳐다보았고, 그 표정은 오로지 진실만을 말하고 있는 것처럼 보였다.

하겐은 어깨를 으쓱했다. 누가 알겠는가, 요정의 말이 맞는지! 보통 요정들이란 앞으로 일어날 일을 잘 알고 있지 않은가! 어차피 한 번은 죽을 목숨, 그것이 이르든 늦든 하겐에게는 별 상관이 없었다……

"고맙구나!"

하겐은 이렇게 대답하고는 요정에게 깃털 옷들을 던져주었다. 그러자 나머지 요정들도 서둘러 헤엄쳐 와서는 이상하게 생긴 깃털 옷을 걸쳐 입었다.

두번째 요정의 머리카락은 숯처럼 검고 길었다. 얼음장처럼 반짝이는 파란 눈동자를 가진 두번째 요정은 화난 표정으로 하겐을 쳐다봤다.

"우리 언니는 당신에게 거짓 예언을 했어요. 당신은 뻔뻔스러운 파렴치한이에요." 두번째 요정이 하겐을 마구 놀려댔다. "당신에게 나쁜 예언을 하면 옷을 돌려주지 않을 게 뻔하니까 거짓말한 거라고요. 이제 제가 진실을 말해드리죠! 당신들은 두 번 다시 라인 강을 볼 수 없을 거예요. 모두 훈족의 나라에서 죽음을 맞게 될 테니까요."

말을 마친 두번째 요정은 수면 위를 미끄러지듯 날렵한 동작으로 헤엄쳐, 언니 요정을 따라가 버렸다.

세번째 요정이 아직 그 자리에 남아 있었다. 고불고불한 붉은 머리카락이 너울대는 불꽃처럼 얼굴 주변을 뒤덮고 있었다. 초록색 눈동자는 에메랄드처럼 영롱한 빛을 발했다.

"저도 드릴 말씀이 있어요." 세번째 요정의 달콤한 목소리가 지저귀는 새처럼 재잘재잘 들려왔다. 그녀는 말하면서도 천천히 헤엄을 쳐 하겐에게서 조금씩 멀어지고 있었다. "당신들 중 단 한 사람만 살아서 라인 강변으로 되돌아오게 될 거예요. 하지만 그 사람이 당신은 아니죠. 당신이 섬기는 왕들 중 한 사람도 아니고요. 그 사람은 바로 궁정의 신부님입니다. 그렇게 많은 용감한 장수들이 모두 목숨을 잃게 되다니 정말 안됐네요!"

그러고는 마지막 요정까지 자취를 감췄다.

하겐은 텅 빈 수면 위를 물끄러미 바라보았다. 어디서 그런

믿음이 생기는지는 잘 모르겠지만, 하겐은 요정들이 말한 것이 모두 사실이라는 확신이 들었다. 몸속의 피 한 방울까지도 그것을 알고 있는 것 같았다. 그렇게 마지막이 다가오고 있었다.

"니벨룽의 보물을 소유한 자 중에 오래 산 사람이 없습니다." 전에 알베리히가 이렇게 말했었다. "지금부터 니벨룽의 왕은 부르군트 사람들입니다. 보물을 소유한 자가 왕이 될 자격이 있기 때문입니다."

하겐은 어떻게든 두려운 마음을 떨쳐내려고 애썼다. 그 때문에 온몸이 마비될 지경이었다. 운명은 이제 그의 손을 벗어나 제 갈 길을 가려고 하고 있었다! 그는 부르군트의 왕들이 에첼의 성으로 가는 것조차 막을 수 없지 않았던가. 그는 그 사실을 정확히 알고 있었다. 그러니 이제 파멸을 향해 계속 돌진하는 수밖에 별 도리가 없었다!

그러자 갑자기 잔인한 욕망이 그의 내면에서 꿈틀거렸다. 미친 듯이 전투를 벌여 눈앞에 살아 있는 모든 것을 살육하고 파괴하고 싶은 충동이 그를 사로잡았다. 그렇다, 모두 죽임을 당하기 전까지는 앞으로 많은 일이 벌어질 것이다! 부르군트의 왕들과 트론예 출신의 하겐은 조용히 죽음을 맞게 되지는 않을 것이다. 절대로 아니다, 그들은 피바다와 불바다 속에서 죽어가게 될 것이다. 마치 저 옛날 신들이 불타는 발할라에서 그랬던 것처럼!

하겐은 자신의 예감이 얼마나 끔찍한 방법으로 현실화될지 짐작조차 할 수 없었다. 그는 말이 있는 곳으로 되돌아갔다. 먼저 일행들을 도와 도나우 강을 건너게 해줄 뱃사공부터 찾아야 했다.

"잠깐만 기다려주세요, 하겐이여!"

하겐은 뒤돌아보았다. 거기에는 첫번째 요정이 다시 돌아와 연못 위에서 헤엄치며 떠 있는 모습이 보였다.

"이 거짓말쟁이 마녀야, 또 뭐냐? 네가 무슨 예언을 하든 난 더 이상 놀랄 게 없다! 그 예쁜 목을 확 비틀어버리기 전에 조심하는 게 좋을 거다. 난 지금 너의 목을 비틀고 싶어 죽겠으니 말이다!"

요정은 상관없다는 듯한 표정으로 금빛 눈동자를 들어 하겐을 쳐다보았다.

"당신에게 조언을 해주려고 왔어요. 저도 진실을 하나 말해줄게요." 요정이 말했다. "당신은 지금 뱃사공을 찾고 계시죠? 그의 집은 강 건너편에 있어요. 그는 겔프라트 변경백의 시종이죠. 겔프라트는 동생인 엘제와 함께 도나우 강변 국경

307

근처의 땅을 다스리고 있어요. 만약에 당신 일행이 그 땅을 지나가게 되면 각별히 주의하셔야 될 거예요. 그들은 힘이 세고 용맹하며 낯선 사람들에게 절대로 친절하지 않거든요. 게다가 그들 역시 전투를 좋아하는 병사들을 많이 거느리고 있어요. 뱃사공 또한 만만치 않은 사람이랍니다. 그에게 뱃삯을 넉넉히 주고 최대한 겸손하게 말을 건네세요! 그가 원치 않으면 당신들은 강을 건너보지도 못할 테니까요." 요정은 의미심장하게 웃었다. "만약 당신이 부르는 소리에 뱃사공이 대답조차 없으면, 당신을 아멜리히라고 하세요. 아멜리히는 오래전에 이곳을 떠난 뱃사공의 친구인데, 그는 이제나저제나 친구가 돌아오기만을 기다리고 있거든요."

깃털 옷이 스치는 소리가 낮게 들리는가 싶더니, 요정은 어느새 자취를 감췄다.

하겐은 강가 쪽으로 더 가까이 내려갔다. 곧 넓게 탁 트인 강변에 다다랐고, 건너편 강둑에 뱃사공의 오두막집이 우뚝 서 있는 것이 보였다. 그는 양손으로 손나팔을 만들어 입에 대고 건너편을 향해 힘껏 소리쳤다. 아무런 움직임도 없었다.

"뱃사공 양반, 이쪽으로 좀 건너오시오!"

하겐은 다시 한 번 있는 힘껏 큰 소리로 외쳤다. 하지만 이번에도 사방은 고요하기만 했다. 강 건너편에 커다란 배가 정박해 있는 것이 보였다. 그러나 뱃사공이나 노 젓는 시종들 중 어느 누구도 모습을 드러내지 않았다.

"어이, 뱃사공 양반, 그대의 오랜 친구인 아멜리히를 만나보고 싶지 않소?"

하겐은 온 힘을 다해 부르짖었다.

그러자 문이 활짝 열리더니, 거대한 몸집의 뱃사공이 밖으로 나왔다. 노 젓는 시종들도 뒤따라 줄줄이 바깥으로 나왔다. 그들은 서둘러 배의 닻줄을 풀어 강물에 띄운 뒤 노를 저어 왔다. 그러나 하겐 쪽으로 다가오던 뱃사공은 곧 속았다는 것을 깨달았다. 야만스럽게 생긴 그의 얼굴은 분노로 붉으락푸르락해졌고, 뻔뻔스러운 불청객을 벌주기 위해 더욱더 격렬하게 노를 저었다.

"네놈이 감히 무슨 짓을 한 게냐, 어?" 뱃사공은 배가 강둑에 닿기도 전부터 고래고래 소리 지르기 시작했다. "네놈이 감히 내 친구 아멜리히 행세를 하다니!"

뱃사공은 어마어마하게 큰 손으로 물이 뚝뚝 떨어지는 노를 움켜쥔 채 뱃머리 쪽으로 달려왔다. 그러나 하겐이 먼저 몸을 날려 배 위로 뛰어올라, 갑판 위에서 분노로 어쩔 줄 모르는 뱃사공 앞에 바짝 다가가 섰다.

"내 말 좀 들어보시오, 뱃사공 양반!" 하겐은 부드러운 말투로 뱃사공에게 말을 걸었다. "내가 당신을 좀 속였기로서니 그렇게 화를 내지 마시오! 백조의 요정들이 내게 그리하라고 귀띔해주었소. 내가 그렇게 하지 않았더라면, 당신은 집 밖으로 나오지도 않았을 것이오. 한데 지금 난 천 명의 용사를 거느리고 이 강을 건너 훈족의 나라로 가야만 한단 말이오. 그러니 이제 우리가 당신 배로 이 도나우 강을 건널 수 있게 도와주시오. 절대로 후회하지 않을 거요! 내가 모시는 왕들은 당신에게 충분한 보상을 내릴 수 있을 만큼 많은 재물을 가지고 있소."

"허허허!" 흉측하게 생긴 뱃사공은 사방이 쩌렁쩌렁 울릴 정도로 크게 웃었다. "그놈 배짱 한번 두둑하구나! 천 명의 용사라! 네놈들이 내 시종들을 습격하여 때려눕히지 않을 거라고 누가 보장해준단 말이냐? 내 눈에 흙이 들어가기 전에 네놈들은 절대로 저 강 건너편에 발을 들여놓지 못할 것이다! 그러니 이 배에서 얼른 내리거라. 안 내리면 너를 쫓아낼 수밖에 없다!"

"그러지 말고 내 말 좀 더 들어보시오."

하겐은 참을성 있게 말하며 품 안에서 가죽 주머니 하나를 꺼냈다. 주머니 안에서 뭔가 짤랑짤랑하는 소리가 들렸다. 그러나 뱃사공에게는 그 소리가 전혀 구미가 당기지 않는 모양이었다. 하겐이 뭐라 말할 틈도 없이, 고집불통 뱃사공은 손에 들고 있던 무거운 노를 휘둘러 하겐의 머리 위로 마구 내려쳤다. 하겐은 눈앞이 캄캄해졌고 두 다리는 녹은 버터처럼 흐물흐물 힘이 풀렸다. 마치 눈뜬장님처럼 갑판 위를 비틀거리며 이리저리 몇 걸음 옮겨놓던 하겐은 체념한 듯 손을 더듬어 칼을 찾았다. 손끝에 발뭉이 잡히는 것을 느낀 하겐은 순간 정신이 번쩍 들었고, 동시에 세차게 허공을 가르며 칼을 휘둘렀다. 뱃사공의 잘린 머리가 노 젓는 시종들의 눈앞을 획하고 지나, 키 작은 배의 난간을 훌쩍 넘어 물속으로 풍덩 빠졌다. 육중한 몸뚱이는 그 자리에서 뒤로 나자빠졌다. 시종들은 충격에 휩싸였다.

"모두 배에서 내려라!"

하겐은 노 젓는 시종들에게 소리쳤고, 시종들은 앞다투어 황급히 배에서 뛰어내려 순식간에 사방으로 흩어져 사라졌다.

하겐은 있는 힘을 다해 직접 노를 저어 강줄기를 거슬러 올라 부르군트 병사들의 주둔지까지 배를 몰았다. 강둑에 서 있던 군터 왕은 깜짝 놀라 그 광경을 지켜보았다.

"도대체 뱃사공은 어디다 두고 오십니까? 그리고 배 위에 흥건한 그 피는 다 뭡니까?"

"뱃사공이 어디 있는지 나도 모르오." 하겐은 불쾌하다는 듯 중얼거리며, 언짢은 눈길로 발밑의 검붉은 핏자국을 내려다보았다. "배는 강변의 어느 버드나무에 묶여 있는 걸 내가 그냥 가지고 온 것이오. 아무튼 이제 서두릅시다! 내가 직접 뱃사공 노릇을 하겠소. 나보다 더 나은 뱃사공은 어디에도 없다는 것을 곧 알게 될 것이오!"

하겐은 시종 하나를 연못가로 보내 자신의 말을 데려오라고 일렀다. 그사이 다른 사람들은 배에 올라타기 시작했다. 말들은 고삐를 단단히 움켜쥔 상태에서 배 옆에서 헤엄쳐 가도록 조치했다. 그렇게 해서 하겐은 강을 이리저리 오가며 부르군트 일행을 실어 날랐고, 노 젓는 시종들은 쉬지 않고 부지런히 노를 저었다. 곧 마지막 배편이 강을 건넜고, 그 배에는 보름스의 궁정 신부도 함께 타고 있었다. 신부는 여행길에서도 미사를 올릴 수 있게끔 군터 왕이 함께 가자고 해서 동행한 터였다.

하겐은 아까부터 한쪽 구석에 서서 신부를 쳐다보며 깊은 상념에 빠져 있었다. 만약 요정의 말이 사실이라면 신부는 유일하게 살아서 라인 강변으로 되돌아가게 될 것이고, 하겐은 그것이 아주 못마땅했다.

갑자기 하겐의 눈이 사악하게 번득였다. '요정의 말이 사실이 될 수 없게 내가 미리 손을 써야겠다.' 하겐은 생각했다.

하겐은 신부의 등 뒤로 가서 섰다. 그러더니 신부복의 목덜미를 움켜쥐고는, 그대로 번쩍 들어 배 밖으로 휙 하고 던져버렸다.

배에 함께 타고 있던 병사들은 그 광경을 보고 깜짝 놀라 숨이 멎는 것 같았다. 병사들 중 어느 누구도 신부를 구하기 위해 나서지 못했다. 도대체 하겐이 무슨 생각으로 그리했는지 이해할 수가 없었다.

물에 빠진 신부의 옷이 수면 위로 넓게 펼쳐지면서, 신부는 잠시나마 물 위에 떠 있을 수 있었다. 그는 배의 끄트머리를 붙잡고 배 위로 다시 올라오려고 안간힘을 썼다. 그러자 하겐이 다시 물속으로 밀어 넣었다.

"헤엄쳐서 따라오시오!" 하겐이 소리쳤다. "요정들이 예언하기를, 우리 중 당신만이 유일하게 살아서 돌아갈 수 있다고 했으니 물에 빠져 죽을 일은 없을 것이오!"

그러나 신부는 수영할 줄 몰랐다. 하는 수 없이 신부는 방향을 바꾸어 강둑을 향해 되돌아가기 시작했다. 그는 물살을 헤치고 앞으로 나아가려고 애썼지만, 입고 있던 신부복이 물에 흠뻑 젖어 무거워지면서 그를 자꾸만 강바닥으로 끌어내렸다. 신부는 필사적으로 팔을 휘저어 강둑 근처까지 가는 데 성공했다. 바로 그 순간 수면 위로 머리만 간신히 보이더니 이내 물속으로 가라앉아, 신부의 모습은 시야에서 아예 사라지고 말았다. 하겐은 마음속으로 환호성을 질렀다. 그러나 곧 다음 순간, 하겐은 너무 놀라 말문이 콱 막혀버렸다. 신부의 몸이 다시 물 밖으로 나왔기 때문이다. 마침 발이 강바닥에 닿았던 모양이다. 신부는 천천히 몸을 움직여 물 밖으로 나오더니 힘겹게 강둑 위로 기어 올라갔다. 뭍으로 완전히 올라간 신부는 그제야 몸을 돌려 배 쪽을 바라보며 가슴에 십자 성호를 그었다. 그러고는 피곤한 발걸음을 옮겨, 왔던 길을 되돌아가기 시작했다.

배 위에서는 한동안 가슴을 짓누르는 정적이 흘렀다. 병사들은 하겐의 눈치를 살폈다. 하겐의 검은 얼굴에 난 흉터가 이글거리는 불꽃처럼 붉게 변해 있었는데, 그 모습이 너무나 흉측해 보였다. 방금 일어난 모든 일이 병사들에게는 기이할 뿐이었다.

그들의 배가 강 건너편 둑에 도착하자 부르군트의 왕들이 하겐에게 질문을 쏟아부으며 맹렬히 비난했다. 그들은 방금 일어난 일을 모두 지켜보았으며, 그가 도대체 왜 그랬는지 이해할 수 없다고 했다. 하겐은 한마디 대꾸도 하지 않았다. 대신 모든 병사가 배에서 내려 한곳에 모일 때까지 기다렸다가, 칼집에서 발뭉을 꺼내 들어 이제껏 그들을 실어 나른 배를 산산조각 내기 시작했다. 부서진 배의 조각들은 모두 강물로 던져버렸다. 그 모습을 지켜보던 사람들은 드디어 하겐이 단단히 미쳐버렸다고 생각하고는 큰 충격에 빠졌다. 하겐의 동생인 당크바르트가 그에게 달려들어 두 팔을 움켜쥐었다.

"세상에 맙소사, 도대체 왜 이러는 겁니까?"

당크바르트는 소리쳤다. 하겐은 당크바르트를 밀쳐내고는 부서진 배의 마지막 남은 파편들까지 모두 남김없이 발로 차서 강물 속으로 던져버렸다.

그런 다음 하겐은 사람들과 마주 섰다.

"이 배는 더 이상 필요치 않을 것이라서 그랬소." 하겐은 결연하게 말했다. "지금부터 나는 그대들에게 아주 나쁜 소식을 전해야겠소. 요정들이 내게 우리 중 신부를 제외한 어느 누구도 살아서 라인 강을 다시 볼 수 없을 거라고 예언했소. 요정의 예언이 사실인지 아닌지를 확인하기 위해 신부를 강물에 빠뜨렸던 거요. 그런데 신부는 살아서 지금 고향인 보름스로 되돌아가고 있소!"

하겐의 말을 들은 사람들은 깜짝 놀라 아무 말도 하지 못하고 서로의 얼굴만 쳐다봤다. 그러다 시간이 지날수록 그의 말뜻을 알아들었다. 사람들의 얼굴에서 핏기가 사라졌고, 하겐의 말은 입에서 입으로 전해져 마침내 모든 병사가 다 알게 되었다.

당황한 표정의 병사들은 고개를 절레절레 흔들었고, 어떤 병사들은 요정의 예언을 믿지 못하고 비웃었다. 또 다른 병사들은 사실일지도 모른다고 걱정했다.

부르군트의 왕들은 하겐과 함께 서 있었고, 당크바르트와 폴커는 좀 떨어져 서 있었다. 군터 왕은 화가 나면서도 걱정이 되었다.

"숙부는 나이 든 여편네라도 되신 겁니까?" 군터 왕이 하겐을 나무랐다. "그런 이방인들의 미신을 믿다니 부끄럽지도 않습니까?"

게르노트와 기젤헤어까지 가세해 하겐을 비난했다.

"숙부님은 기사들의 기분을 완전히 망쳐놓았고 병사들의 사기를 떨어뜨렸어요!"

잠자코 있던 폴커는 하겐에게 신중하게 말했다.

"앞으로 무슨 일이 벌어지든, 저는 당신 편에서 충성을 바치도록 하겠습니다."

하겐은 아무 말도 하지 않고 폴커의 손을 힘주어 잡았다.

"얘기할 게 또 하나 있소." 하겐이 다시 말했다. "내가 뱃사공을 죽였소. 강 건너는 것을 도와주려고 하지 않았기 때문이오. 그런데 뱃사공은 이 지방을 다스리는 겔프라트와 엘제라는 변경백들의 충직한 신하였소. 그들은 곧 우리를 추격해 올 거요. 뱃사공의 시종들이 그들에게 그의 죽음을 이미 알렸을 테니. 그러니 서둘러 말을 타고 가야만 하오."

그리하여 부르군트 일행은 해 질 녘까지 하루 종일 말을 달렸다. 하겐과 당크바르트는 병사 60명을 거느리고 직접 보초를 섰다.

낮 동안에는 사방이 조용했고 어디에서도 무장한 사람들을 볼 수 없었다.

땅거미가 질 무렵 그들은 듬성듬성 나무가 자란 숲길을 지나가고 있었다. 하겐과 당크바르트는 무리의 맨 뒤에서 각자의 병사들을 거느리고 바짝 뒤따라갔다. 바닥은 이끼로 축축했고 풀이 무성하게 나 있었으며, 나무들은 폭넓은 간격으로 띄엄띄엄 서 있었다. 길은 넓고 보드라운 흙으로 덮여 있었다.

"말발굽 소리가 들립니다."

갑자기 당크바르트가 소리쳤다.

앞서가던 일행은 계속 길을 갔고, 맨 뒤에서 따라가던 하겐과 당크바르트의 무리만이 가던 길을 멈춰 섰다. 말발굽 소리가 더 크게 들려왔다. 뒤쪽에서 말 탄 기사들 한 무리가 다가오고 있었다. 부드러운 흙바닥은 곧 어지러운 말발굽 소리로 뒤덮였고, 여기저기서 별빛을 받아 번쩍이는 갑옷과 투구가 언뜻언뜻 보였다. 검은 그림자들이 길옆에 듬성듬성 서 있는 나무들 사이로 미끄러지듯 흩어지더니, 이내 서서히 다가왔다. 길 위로도 말 탄 기사들 한 무리가 다가왔다. 하겐과 당크바르트는 말의 방향을 돌려, 다가오는 기사들 쪽으로 몰았다. 병사들도 뒤따랐다.

어둠 속에서 두 무리의 기사들이 마주 섰다. 여기저기서 칼자루에 손을 뻗어 당장이라도 휘두를 태세를 갖추는 소리가 들렸다.

"그대들은 뉘시오?"

하겐이 물었다.

하겐 앞으로 몸집이 거대한 기사 하나가 말을 타고 다가와 섰다.

"오히려 우리가 너희들에게 물어보고 싶다." 기사는 무례하게 대답했다. "여긴 우리가 다스리는 나라다! 오늘 아침 일찍 누군가가 우리의 충실한 신하인 뱃사공을 죽였다. 그래서 우리는 살인범을 수색하는 중이다!"

"내가 바로 뱃사공을 죽인 사람이오. 그 사실을 굳이 부인하지는 않겠소." 하겐이 뻔뻔스럽게 대답했다. "그가 먼저 나를 공격했소. 내가 그를 막지 않았더라면, 그가 먼저 나를 죽였을 것이오!"

"그렇다면 네가 바로 하겐이로구나!"

낯선 기사는 분노에 찬 목소리로 말했다.

"마침 잘 만났다, 내 동생과 난 널 찾고 있었다. 자, 이제 뱃사공을 죽인 대가를 치러라!"

하겐은 그가 바로 변경백인 겔프라트라는 것을 알아차렸다. 바로 그 순간, 겔프라트의 말이 단숨에 하겐을 향해 달려들었다. 창이 어마어마한 속도로 날아와 하겐을 맞혔고, 그 바람에 하겐은 말에서 굴러떨어졌다. 하겐은 아무것도 들리지도 보이지도 않았다. 곧이어 당크바르트가 엘제에게 달려들었고, 주변으로 병사들이 모여들어 당장이라도 큰 전투가 벌어질 기세였다.

그사이 하겐이 다시 정신을 차렸다. 들고 있던 방패는 이미 부서져 버려 아무 쓸모가 없었다. 그는 방패를 집어 던지고, 대신 발뭉을 꺼내 들었다. 겔프라트도 말에서 뛰어내렸다. 겔프라트는 하겐을 죽일 기세로 있는 힘껏 내려치기 시작했다. 방패가 없는 하겐에게는 위험천만한 상황이었다. 곧 여기저기 벌어진 갑옷 틈새에서 피가 흘러나왔다. 팔이 마비되는 것 같았고 더 이상 버틸 힘이 없었다. 투구 아래로는 땀이 비 오듯 얼굴을 타고 흘러내렸다. 하겐은 당크바르트에게 급히 도움을 요청했다. 당크바르트는 하겐이 위험에 처한 것을 알아채고는 재빨리 말의 방향을 돌렸다. 그는 겔프라트를 향해 엄청난 힘으로 칼을 휘둘렀다. 칼날은 겔프라트의 갑옷과 목가리개 사이에 난 틈을 비집고 들어가 가슴 깊숙이 박혔다. 번개에 맞은 듯 겔프라트는 그 자리에 쓰러졌다. 이미 온몸에 부상을 입고 피를 많이 흘리고 있던 동생 엘제는 형의 원수를 갚을 수 있는 상황이 아니었다. 그는 남은 부하들을 데리고 도망치기 시작했다.

하겐은 헐떡거리며 나무에 몸을 기댔다. 하마터면 목숨을 잃을 뻔했다. 잠시 휴식을 취한 하겐과 당크바르트는 말에 올라타, 그새 한참을 앞서간 일행을 쫓아 달렸다. 마침내 일행을 다시 만날 때까지, 둘은 말 한마디 없이 그저 묵묵히 말을 달렸다.

어느새 밤이 지나 별빛은 사라지고 아침이 밝아왔다. 산등성이 위로 해가 솟아오르자, 군터는 그제야 잠시 휴식을 취하려고 말을 세웠다. 그는 앞으로 남은 여정에 대해 상의하기 위해 하겐을 찾았다. 잠시 후 하겐이 나타났고, 군터 왕은 깜짝 놀라 하겐의 모습을 유심히 살폈다.

"숙부, 대체 행색이 왜 그러세요?" 군터 왕은 하겐의 피 묻은 갑옷을 뚫어져라 쳐다보면서 물었다. "도대체 누가 이렇게 만든 거예요?"

"변경백인 겔프라트가 그랬소." 하겐은 언짢은 목소리로 대답했다. "그 대가로 그는 벌써 저세상 사람이 되었고 난 아직 이렇게 살아 있소. 물론 당크바르트가 도와주지 않았더라면 나도……"

하겐은 간밤에 일어난 일을 소상히 전했다.

그들은 상처를 치료한 뒤 보초를 단단히 세워두고 부드러운 풀밭에 누워 잠시 눈을 붙였다. 잠깐 눈을 붙였는데도 몇 시간이 훌쩍 흘렀다. 그들은 다시 파사우를 향해 달렸다. 파사우에 잠시 들러 필그림 주교를 알현한 뒤, 마침내 뤼디거의 영지에 다다랐다.

그들은 베헬라렌의 변경백 뤼디거에게 연락병을 보내 손님들이 도착했노라고 알렸다.

뤼디거는 부르군트의 왕들을 다시 만나게 되어 무척 기쁘면서도, 한편으로는 큰 근심에 휩싸였다. 에첼 왕과 크림힐트가 결혼한 후로 뤼디거는 자주 훈족의 왕궁에 머물렀는데, 그때마다 마음에 안 드는 광경을 너무 자주 보고 들었던 것이다. 매우 위험해 보이는 광경이었다.

바로 크림힐트 왕비가 아직도 지크프리트를 잊지 못하고 있다는 사실이었다! 그것은 마치 크림힐트를 좀먹는 질병과도 같았다. 그녀는 하겐과 군터를 증오했다. 그런데 도대체 왜 그들을 초대한 것일까?

뤼디거는 이런저런 번민에 휩싸인 채, 부르군트의 왕들을 맞이하기에 앞서 아내 고틀린데와 딸에게 들렀다. 사랑스러운 딸 디틀린데를 보니 근심 많던 뤼디거의 얼굴에 미소가 번졌다. 잔뜩 긴장해서 벌겋게 달아오른 디틀린데의 뺨을 뤼디거가 부드럽게 어루만졌다.

"너는 부르군트의 세 왕인 군터, 게르노트, 기젤헤어에게 영주의 격식을 갖추어 정중하게 인사를 올려야 한다." 뤼디거가 말했다. "하겐과 당크바르트, 그리고 폴커에게도 입맞춤을 하면서 예의 바르게 인사하거라. 그들도 지체 높은 귀족이기 때문이다."

뤼디거가 덧붙였다.

손님들을 맞이하기 위한 몸단장을 하느라 디틀린데에게는 하루가 너무도 길게 느껴졌다. 드디어 단장을 마친 디틀린데는 화려한 금실로 빽빽하게 수놓은 비단 드레스를 입고서, 환영 잔치가 거행될 넓은 홀 안을 안절부절못하고 이리저리 돌아다녔다. 시녀들은 곱게 치장해 눈부시게 아름다운 디틀린데의 모습에서 눈을 떼지 못하고, 그녀를 연신 쳐다보았다.

저녁 무렵이 되어서야 종탑에서 망을 보던 나팔수들의 나팔 소리가 손님들이 도착했음을 알렸다. 디틀린데는 궁정의 법도에 따라 어머니와 함께 성문 앞까지 나가 손님들을 맞았다. 혹시 실수할까 봐 두려워 가슴이 콩닥콩닥 뛰었다. 그만큼 궁정의 법도는 까다로웠다. 디틀린데는 군터와 게르노트 왕에게 환영의 입맞춤을 했다. 그런데 기젤헤어의 반짝이는 눈빛을 마주한 순간, 그에게 입맞춤하는 것을 깜박 잊을 뻔했다. 기젤헤어 역시 아름다운 디틀린데의 모습에 반해 그녀를 황홀하게 쳐다보았다. 그다음으로 하겐의 차례였다. 디틀린데는 몸을 움츠렸다. 오오, 이 무섭게 생긴 장수에게 어떻게 입맞춤을 한단 말인가? 그의 얼굴에는 도무지 입 맞출 데가 없었다! 얼굴은 온통 검은 수염으로 뒤덮인 데다 다른 사람을 쳐다보는 눈길은 적의로 가득 차 있었고, 게다가 끔찍한 흉터까지 있었다…… 얼굴에서 성한 데라고는 딱 하나 남은 눈이었는데, 그마저도 음흉하고 섬뜩해 보였다. 뤼디거는 나무라는 눈길로 딸을 쳐다보았고, 아버지를 의식한 디틀린데는 용기 내어 발뒤꿈치를 한껏 들어 하겐의 뺨에 재빨리 환영의 입맞춤을 했다. 안도의 한숨을 내쉬며 다음 차례인 당크바르트와 폴커에게 다가갔다. 세상에, 이 사람들은 너무도 다정해 보이네!

그런 다음 디틀린데는 얼른 기젤헤어의 손을 잡았다. 기젤헤어의 손을 잡고 환영 잔치가 열릴 홀 안으로 안내하는 것이 그녀의 담당이었기 때문이다. 앞서 어머니 고틀린데는 군터 왕을, 그리고 아버지 뤼디거는 게르노트를 데리고 들어갔다.

그 이후로 변경백의 성에서는 사흘 동안 손님들을 위한 홍겨운 환영 잔치가 계속되었다. 요정들의 불길한 예언에 대해 생각하는 사람은 없어 보였다. 특히 젊은 기젤헤어에게는 더없이 행복한 시간이었다. 이 세상에 디틀린데보다 더 사랑스러운 존재는 없는 것 같았다. 그녀를 그곳에 남겨두고 혼자서 길을 떠나야 한다는 것은 생각조차 할 수 없었다.

마지막 종착지인 에첼의 성으로 떠나기 전날 밤, 기사들이 모두 넓은 홀에 모여 앉아 포도주를 마시고 있었다. 모두가 기분이 좋아져 이런저런 얘기들을 거리낌 없이 나누게 되었다.

"뤼디거 변경백, 당신은 정말 행복한 분이십니다." 폴커가 말했다. "이 세상에서 가장 훌륭한 부인을 만나셨고, 그리고 따님은 정말…… 정말이지, 제가 왕관이라도 바칠 수 있는 입장이라면 저는 따님 디틀린데에게 바치겠습니다!"

뤼디거는 선하고 진지한 미소를 지으며 폴커를 향해 말했다.

"당신은 내가 한낱 에첼 왕의 봉건 영주에 지나지 않는다는 사실을 잊은 모양입니다! 도대체 어떤 왕이 제 딸에게 구혼을 하겠습니까?"

"따님께서 찢어지게 가난하다고 해도 따님을 아내로 맞이하는 왕은 세상에서 제일 행복할 겁니다!"

게르노트가 받아쳤다.

군터 왕은 깊은 생각에 잠겨 기젤헤어를 쳐다보았다. 이 모든 즐거운 대화에서 기젤헤어는 그저 입을 꾹 다물고 있었다.

갑자기 하겐이 자리에서 벌떡 일어났다.

"내가 구혼할 입장은 당연히 아니고," 하겐은 야비하게 웃으며 말했다. "부르군트의 군터 왕께서 뤼디거 변경백이 혹시 기젤헤어 왕에게 따님을 내어주실 의향이 있으신지 한번 물어보시는 것이 좋을 듯합니다만……"

그 자리에 있던 모든 사람이 하겐의 제안에 기쁜 마음으로 동의했다. 곧 두 사람의 약혼이 성사되었고, 후에 고향으로 돌아갈 때 라인 강변으로 함께 떠날 것을 허락했다.

그날 저녁 베헬라렌의 성안에는 행복과 기쁨이 넘쳐났고, 그 모든 것이 헛된 일임을 아무도 몰랐다.

다음 날 아침, 작별의 시간이 되었다. 뤼디거는 부하들을 거느리고 에첼의 성까지 부르군트의 왕들과 동행하기로 했다. 손님들은 값진 선물을 넘치도록 받았다. 군터 왕은 화려한 갑옷을, 게르노트는 유명한 대장장이 빌란트가 만든 칼을, 당크바르트는 멋진 영주의 가운을, 기사이자 연주자인 폴커는 금반지 여섯 개를 받았다.

"나는 꼭 받고 싶은 선물이 하나 있소. 내게 저 벽에 걸린 방패를 선물로 주지 않겠소? 오는 길에 내 방패가 산산조각이 나버려서 말이오!"

하겐이 말했다.

고틀린데는 온몸을 떨었다. 상냥했던 그녀의 얼굴에 수심이 가득 찼다.

"그것은 누둥의 방패입니다!" 이렇게 말하는 그녀의 두 눈에 눈물이 가득 고였다. "하지만 당신께서 원하신다면 가져가십시오. 저 방패가 누둥보다는 당신을 더 많이 보호해주기를 바랄 뿐입니다!"

누둥은 고틀린데 부인의 외아들이었다. 그는 베른 출신의 디트리히와 에첼 왕의 아들들과 함께 에르마네리히 황제에게 맞서 전투를 벌이다가, 배신자 비티히에 의해 죽임을 당했다.

한동안 고틀린데 부인과 디틀린데는 성문 앞에 서서 기사들이 말을 타고 궁전을 떠나는 모습을 지켜보았다. 기사들은 다시 한 번 뒤돌아보며 손을 흔들었고 곧 눈앞에서 사라졌다. 시종들이 육중한 성문을 닫았다. 디틀린데는 한동안 성벽 바깥쪽에서 들려오는 말발굽 소리에 귀를 기울였다. 그러다가 그녀는 치맛자락을 움켜쥐고는 성의 종탑으로 올라가는 계단이 있는 곳까지 한걸음에 달려갔다. 계단을 날 듯이 뛰어 올라가 종탑으로 가는 작은 문을 열고는, 종탑을 빙 둘러친 좁은 테라스로 나아갔다. 그곳에서는 넓은 들판이 사방 멀리까지 잘 보였다. 저 아래 까마득히 먼 길 위에 기사들 한 무리가 말 달리고 있는 모습이 보였다. 누군가를 알아보기에는 너무 먼 거리였다. 그럼에도 불구하고 디틀린데는 한참 동안 발코니에 서서 그들을 내려다보았다. 그들의 모습은 점점 작아지다가 곧 시야에서 사라졌다.

그녀의 야윈 뺨 위로 끊임없이 눈물이 흘러내렸지만, 디틀린데는 자기가 울고 있다는 사실조차 의식하지 못했다.

10

부르군트 일행의 여행은 점차 끝이 보이기 시작했다. 오스
트리아를 지나, 이내 대지는 평평해지고 단조로워졌다. 사방
에서 희한하게 생긴 종족들이 길가로 나와 낯선 기사들을 호
기심에 가득한 눈으로 쳐다봤다. 여기저기에서 훈족의 기사
들이 갑자기 몇몇씩 짝을 지어 나타나 부르군트 왕들의 일행
을 바짝 따라붙으며 나란히 말을 달리다가, 갑자기 땅속으로
꺼지기라도 한 듯 순식간에 모습을 감췄다. 한번은 키 작은
갈색 피부의 남자가 털이 북실북실한 말을 타고 다가와 한참
동안 옆에서 함께 달리며, 숯처럼 검은 눈동자를 굴려 재빠른
눈길로 부르군트의 왕들과 수행 기사들을 유심히 살펴보았
다. 뤼디거는 그 남자에게로 다가가 그를 눈여겨보았다. 언젠

가 에첼의 성에서 본 기억이 났다! 그가 누구인지 드디어 생각이 났다. 다름 아닌 크림힐트 왕비를 경호하는 훈족 근위병의 우두머리였다!

그가 도대체 여기서 뭘 하는 걸까? 뤼디거는 말을 길옆으로 몰아 근위병 우두머리에게 다가갔다. 그러나 그는 뤼디거에게 곁을 내주지 않았다. 대신 그는 상체를 깊이 숙여 말의 목에 몸을 밀착시키더니, 귀청이 떨어져 나갈 듯한 날카로운 비명을 내질렀다. 순간 그의 말은 최고 속도로 달릴 때 오직 훈족의 말들만이 낼 수 있는 요란한 말발굽 소리를 내며 미친 듯이 내달리기 시작했다. 그렇게 그는 그 자리를 떠났다. 정수리에서 질끈 묶은 그의 검은 머리카락이 말꼬리처럼 바람에 휘날렸다.

뤼디거는 아무 말 없이 깊은 상념에 잠긴 채 계속 말을 달렸다. 부르군트 왕들과 그 일행에 대한 걱정이 점점 커져갔다.

저 멀리 지평선 위로 에첼 왕의 성이 모습을 드러냈다. 성의 종탑들과 톱니 모양의 흉벽들이 벌판 위에 우뚝 서 있었다. 말 탄 기사들 한 무리가 그들에게 다가왔다.

"아이고, 이제야 제대로 된 사람들을 만나게 되는구나!" 하겐은 기사들의 얼굴을 알아보고는 소리쳤다. "저들은 베른 출신의 디트리히와 그의 오랜 병기대장 힐데브란트, 그리고 그들을 호위하는 기사들이다!"

디트리히는 진심을 다해 부르군트의 왕들을 환대했다. 그는 본디 성품이 다정하고 따뜻한 사람이었다. 그런 그가 지금은 더 이상 인생의 즐거움을 느낄 수 없었다. 로마 황제 에르마네리히가 그의 영토를 빼앗아갔기 때문이다. 로마 황제는 라벤 전투에서 디트리히와 결전을 벌여, 고트족의 전성기를 끝장내버렸다. 그는 요즘 훈족의 왕국에서 손님 신분으로 지내고 있었다. 에첼 왕이 언젠가 그를 도와 왕국을 되찾아주겠다고 약속했다.

"친애하는 벗, 하겐." 디트리히는 부르군트의 왕들에게 인사를 한 뒤 하겐에게 말했다. "당신을 다시 만나게 되어 무척 기쁘군요. 당신이 수많은 전투에서 충심껏 도와준 것을 잊지 않고 있습니다. 그럼에도 불구하고 당신이 이곳 에첼의 궁전에 오지 않기를 바랐습니다! 크림힐트 왕비는 아직까지도 지크프리트의 죽음을 슬퍼하며 눈물 흘리고 있습니다. 게다가 왕비께서는 훈족의 장수들에게 많은 재물을 나눠주어 자기에게 충성을 맹세하도록 만들었습니다."

하겐은 어깨를 으쓱했다.

"그렇소, 내가 지크프리트를 죽였소! 그리고 크림힐트는 훈족의 왕에게 시집을 갔고. 그러니 어쩌란 말이오. 그렇다고 해서 지크프리트가 다시 살아날 리도 없으니 말이오. 그걸로 우리 모두에게 다 잘된 일 아니오!"

디트리히는 불쾌한 듯 머리를 가로저었다. 하겐이 그렇게 조롱하듯 말하는 것이 마음에 안 들었다.

"죽은 이에 대해서는 거론하지 맙시다!" 디트리히는 화해할 마음으로 다시 말을 꺼냈다. "하지만 크림힐트가 아직 살아 있잖소. 그녀 앞에서는 조심, 또 조심할 것을 당부하오! 자, 이제 에첼 왕의 성으로 들어가도록 합시다!"

한편 그 시각 크림힐트의 처소에는 훈족 근위병들의 우두머리가 있었다.

"제가 그들을 보았습니다." 그는 왕비에게 보고했다. "하겐도 그들과 함께 있었습니다. 덩치가 크고 검은 피부의 그는 애꾸눈이었습니다."

왕비는 안도의 한숨을 깊이 내쉬었다. 그녀는 서둘러 팔목에 차고 있던 값진 팔찌를 빼서 근위병 우두머리에게 주었다.

"자, 받아라! 너는 두둑한 상을 받을 만큼 중요한 일을 했다. 자, 이제 가거라! 필요할 때 다시 부르마!"

크림힐트는 방에 혼자 남자 또다시 불안한 마음에 방 안을 이리저리 왔다 갔다 했다. 그녀는 밤마다 몇 시간이고 방 안을 서성였다. 누군가가 망치질을 하듯 머리는 지끈거리고 두 눈은 따끔거렸지만 쉴 수가 없었다. 옆방에서 잠을 자던 시녀들은 밤새도록 왔다 갔다 하는 크림힐트의 발소리에 놀라, 두려운 마음으로 귀를 기울이곤 했다.

크림힐트는 도대체 얼마나 기다렸는지 알 수 없었다. 사방의 종탑에서 거대한 에첼의 성을 가득 울리는 나팔 소리에 깜짝 놀라 정신을 차렸다. 크림힐트는 두 다리가 덜덜 떨려 창가까지 어떻게 갔는지도 몰랐다.

간신히 창가에 선 크림힐트는 저 아래에 부르군트에서 온 일행들이 성 앞 넓은 광장으로 말을 타고 오는 모습을 지켜보았다. 크림힐트는 얼굴을 하나하나 잘 알아보았다. 베른 출신의 디트리히와 대화를 나누고 있는 사람은 군터였다. 게르노트는 디트리히의 병기대장 힐데브란트와 함께 있었다. 베헬라렌의 변경백 뤼디거는 기젤헤어와 나란히 말을 타고 들어왔다. 그리고 그들 뒤로…… 그렇다, 하겐이었다! 크림힐트는 하겐을 뚫어져라 쳐다봤다. 그토록 오랜 세월을 기다려오지 않았던가. 그리고 마침내 그가 왔다!

크림힐트는 갑자기 꿈에서 확 깨어난 느낌이었다. 정신을 번쩍 차린 크림힐트는 시녀들을 불러 몸단장을 시켰다. 그사이 저 아래 광장에서는 부르군트의 기사들과 병사들이 서서히 모여들고 있었다.

크림힐트는 이미 에첼 왕의 궁내부 대신에게 명령을 내려, 부르군트의 병사들과 모든 시종들을 성에서 멀리 떨어진 곳에 위치한 별장의 외진 숙소로 모시라고 당부해두었다. 그녀는 흡족한 마음으로 당크바르트가 병사들을 이끌고 숙소로 가는 모습을 지켜보았다. 모든 일이 크림힐트의 계획에 따라 착착 진행되고 있었다.

곧 크림힐트는 수행원들을 이끌고, 아직 광장에 남아 있는 부르군트 일행에게 인사를 하기 위해 넓은 계단을 걸어 내려갔다.

하겐이 그녀가 오는 것을 보았다.

"저기 크림힐트가 오는군." 하겐이 말했다. "그런데 크림힐트는 우리를 만난 게 그다지 기쁘지 않은 것 같소!"

부르군트에서 온 손님들은 일순간 침묵했다. 모든 눈길이 크림힐트에게로 향했다. 맨 먼저 기젤헤어가 손에 들고 있던 무기를 내려놓고 그녀에게 다가갔다. 창백하고 비탄에 빠진 크림힐트의 얼굴을 본 기젤헤어의 가슴은 찢어질 듯 아팠다. 그는 한 아름에 동생을 끌어안고는 두 뺨에 입을 맞추었다.

크림힐트의 두 눈에 눈물이 맺혔다.

"기젤헤어 오빠." 크림힐트는 들릴 듯 말 듯한 목소리로 낮게 말하며 그의 어깨에 머리를 기댔다. 예전에 고향 보름스에서 기젤헤어는 그녀가 힘들 때마다 얼마나 자주 위로해주었던가. "아아, 기젤헤어 오빠, 왜 좀더 일찍 오지 않았어요!"

기젤헤어는 크림힐트의 말에 깜짝 놀랐다. 왜 그렇게 묻는지 이해할 수가 없었다.

"넌 왜 나를 더 일찍 초청하지 않았니?"

크림힐트는 더 이상 아무 대답도 하지 않았다. 대신 지금까지의 태도와는 다르게 갑자기 차갑게 돌변했다. 그녀는 기젤헤어의 품에서 벗어나 몸을 홱 돌렸다. 마치 기젤헤어가 누구인지 한순간에 잊은 듯한 태도였다. 옆에 있던 게르노트에게는 남을 대하듯 건성으로 입을 맞추었다.

"어서 오세요!"

군터에게는 아예 손도 내밀지 않은 채 말했다.

베헬라렌의 뤼디거는 크림힐트를 매우 걱정스러운 마음으

로 지켜보았다.

"왜 그러십니까, 왕비마마?"

뤼디거는 나지막이 물으며 얼음장처럼 차가운 크림힐트의 두 손을 자신의 따뜻한 손으로 감싸듯 잡았다. 그러나 크림힐트에게는 뤼디거의 말이 전혀 들리지 않았다. 그 바로 옆에 하겐이 서 있었던 것이다! 뤼디거는 크림힐트의 얼굴이 형편없이 일그러지는 것을 보고는 깜짝 놀랐다.

크림힐트는 하겐에게 눈길조차 주지 않고 등을 돌렸다. 거대한 몸집의 하겐은 크림힐트의 등 뒤에서 온몸을 쭉 펴며 기지개를 켰다.

"우리는 이 훈족의 나라에 발을 들여놓지 말걸 그랬나 보오!" 악에 받친 하겐은 크림힐트를 향해 크게 외쳤다. "우리 고향인 라인 강변에서는 손님이 오면 적어도 '환영합니다!'라고 인사 정도는 하는데, 여기는 풍습이 다른가 봅니다."

크림힐트는 듣기만 해도 소름이 끼치는 끔찍한 목소리를 듣고 진저리를 쳤다. 그녀는 그 자리에 꼿꼿이 서서 경멸에 가득 찬 표정으로 고개만 뒤로 돌리며 말했다.

"어째서 내가 숙부를 환영해야 하죠? 내게서 강탈해간 니벨룽의 보물이라도 가지고 온 모양이지요?"

336

하겐이 웃었다.

"나도 니벨룽의 보물을 본 지 한참 되었소. 그 보물들은 지금 라인 강 바닥 깊은 물속에 잠겨 있소. 아마 세상이 끝날 때까지도 거기 그렇게 계속 잠겨 있을 것이오."

크림힐트의 창백한 입술 위로 루비만큼이나 새빨간 피가 한 방울 맺혔다. 분을 삭이지 못해 입술을 꽉 깨문 탓이었다. 하겐이 감히 나를 조롱하기까지 하다니! 그러나 크림힐트는 끝까지 참았다.

"자, 이제 모두들 궁으로 들어가시지요!" 크림힐트의 목소리는 완전히 차분하게 가라앉아 있었다. "다만 들고 계신 무기들을 모두 여기 두고 들어가시기 바랍니다. 무장한 채로 훈족의 왕을 알현하는 것은 이곳의 풍습이 아니거든요."

하지만 어느 누구도 크림힐트의 명령을 따르지 않았다. 심지어 기젤헤어까지도 잠시 내려놓았던 무기를 다시 집어 드는 모습을 보고, 크림힐트는 깜짝 놀랐다.

하겐은 방패를 바로 앞에 내려놓으며 한껏 조롱하는 투로 말했다.

"이곳의 풍습이 아니라고 말했소? 그럼 손님을 초청해놓고 무장 해제시킨 다음, 뒤에서 몰래 살해하는 것은 이곳 풍습이오?"

하겐은 크림힐트 앞으로 바짝 다가가 섰다. 흉측하게 생긴
얼굴이 크림힐트의 머리 바로 위에 있었다.

크림힐트는 깜짝 놀랐다. 누군가가 부르군트의 왕들에게
벌써 귀띔해준 것이 틀림없었다. 도대체 누구일까? 크림힐트
는 의심에 가득 찬 눈초리로 주변의 남자들을 둘러보았다. 도
대체 누가 그녀의 계획을 미리 눈치채고 무산시키려는 걸까?

갑자기 크림힐트의 마음속에 거센 분노가 밀려와, 그녀는
자신이 무엇을 하고 있는지 까맣게 잊어버리고 말았다. 주먹
을 너무나 꽉 쥐어 손톱이 손바닥 살을 파고들었다.

"오오, 누가 당신들에게 그 사실을 미리 알려주었는지 알
수만 있다면, 그자를 제일 먼저 내 손으로 죽일 텐데요!"

크림힐트가 소리쳤다.

"그렇다면 당신은 나를 먼저 죽여야 할 겁니다, 크림힐트
왕비!" 크림힐트는 깜짝 놀라 넋 나간 표정으로 디트리히를
쳐다봤다. 그는 잔뜩 화가 난 얼굴로 크림힐트를 내려다보고
있었다. "내가 부르군트의 왕들에게 미리 경고했소. 난 원수
를 갚지 못해 안달 난 여인이 고귀한 장수들을 위험에 빠뜨리
는 것을 더 이상 두고 볼 수가 없소. 그 여인이 훈족의 왕비라

고 할지라도 말입니다. 잘 생각해보시오!"

크림힐트는 숨이 멎는 것 같았다. 마치 시녀를 대하듯 왕비에게 야단치는 저 베른 출신의 장수는 도대체 무슨 생각인 걸까!

그러나 디트리히는 크림힐트의 기분은 아랑곳하지 않았다. 그녀에게 모욕을 주든 말든 상관없었다. 디트리히는 불의와 배신 따위는 절대로 못 참는 성격이었다. 크림힐트는 그것을 잘 알고 있었다. 그녀는 지난 몇 해 동안 그런 디트리히의 청렴결백하고 정의로운 성격을 자주 접해왔다. 사람들은 그를 서양에서 가장 고귀한 기사라고 칭했다.

화가 난 디트리히가 앞을 가로막고 서 있으니, 크림힐트는 갑자기 이런저런 생각에 마음이 어지러워졌다. 자신을 쳐다보는 디트리히의 눈길을 의식하자 혼란스럽고 당황스러워 아무것도 할 수 없었다. 결국 그녀는 아무 말도 하지 못하고, 그 자리를 벗어나 자신의 처소로 올라갔다.

한편 손님이 오기를 기다리던 에첼 왕은 알현실에서 그 모든 광경을 지켜보며 의아해하고 있었다. 도무지 왜들 저러는지 이해할 수 없었다. 어째서 크림힐트는 가족과 일가친척에게 이상한 행동을 하는 것일까? 심지어 왕비와 다투기까지

하는 저 덩치 큰 시커먼 장수는 도대체 누구란 말인가? 에첼 왕은 그가 누구인지 알 듯 말 듯 했다. 왕은 뒤에 서 있던 나이 든 기사에게 그가 누구인지 물었다.

"폐하, 폐하께서 아시는 분입니다." 그가 대답했다. "그는 바로 트론예 출신의 하겐입니다. 젊은 시절 이곳에 인질로 잡혀 온 적이 있고, 후에는 지크프리트를 죽였습니다."

에첼 왕은 호기심 어린 눈으로 하겐을 쳐다보았다. 정말로 그는 젊었을 때 스페인 출신의 발터와 힐데군데와 함께 훈족의 왕궁에서 살았었다.

그런데 도대체 무슨 일이지? 저 아래 광장에서 지금은 디트리히가 왕비를 설득하고 있었다. 디트리히는 잔뜩 화가 나 보였는데, 에첼 왕은 이제껏 그가 그렇게 화내는 모습을 본 적이 없었다. 그러더니 이번에는 갑자기 크림힐트가 몸을 홱 돌려 방으로 다시 올라가 버렸다. 그녀의 수행원들도 모두 모습을 감추었다.

부르군트에서 온 손님들은 어찌할 바를 모르고 궁전 앞 광장에 서 있었다. 다음으로 무슨 일이 벌어질지 아무도 짐작할 수 없었다.

한편 자기 처소로 올라간 크림힐트는 창문을 통해 계속 언짧은 눈길로 부르군트의 일행을 내려다보고 있었다. 그것을 눈치챈 하겐의 머리에 곧 못된 생각 하나가 떠올랐다. 그는 폴커에게 손짓해 가까이 오라고 한 뒤 귓속말로 속삭였다. 잠시 후 두 사람은 광장을 가로질러 돌로 된 벤치로 갔다. 벤치는 크림힐트가 서 있는 창문 바로 맞은편 벽 앞에 놓여 있었다. 하겐과 폴커는 그 벤치에 자리를 잡고 앉았다.

"잠시만 기다려보시오!" 이렇게 말하는 하겐의 얼굴에 야비한 웃음이 번졌다. "크림힐트 왕비는 내가 여기 앉아 있는 걸 절대로 그냥 두고 볼 수 없을 것이오."

"저기 좀 보십시오. 마치 쥐새끼들이 쥐구멍에서 나오듯이 겁 없는 훈족의 병사들이 나오고 있습니다!"

폴커가 웃어젖혔다.

궁전 안 넓은 광장 주변의 문들이 반쯤 열렸고, 그 열린 문틈 사이로 짝 째진 눈들이 내다보고 있었다. 다리가 굽은 사람들이 담을 따라 살금살금 걸어 내려와서 한쪽 구석에 모여 자기들끼리 수군거리며 호기심 어린 눈으로 그들을 쳐다보기도 했다.

여기저기서 무장한 훈족의 장수들이 툭 튀어나와 재빨리 곁눈질로 그들을 훑어보다가 다시 크림힐트의 처소 쪽으로 사라지곤 했다.

"저놈들이 우리를 신기한 동물 보듯이 하는구먼!" 하겐이
능글맞게 웃었다. "자, 저놈들을 깜짝 놀라게 해주겠소!"

하겐은 재빠르게 칼집에 손을 갖다 댔다. 그러자 그와 동시
에 사방에서 문들이 닫히고 훈족의 기사들이 바람에 날아가
기라도 하듯 금세 사라졌다. 폴커는 큰 소리로 웃었다. 그는
재빨리 크림힐트의 창문을 올려다보았다. 크림힐트 옆에 키
작고 검은 피부의 남자가 서 있었다. 그는 바로 크림힐트가
부르군트의 일행을 정탐하라고 보낸 근위병 우두머리였다.

"아하, 근위병 우두머리가 저기 있소! 조심하시오, 곧 무슨
일이 벌어질 것 같소! 저기 보시오, 저들이 사라졌습니다!"

다음 순간, 아래로 내려오는 계단으로 이어지는 육중한 문
이 열리고 크림힐트가 다시 모습을 드러냈다. 그녀 뒤로 훈족
의 병사들이 무장한 채 건물 안에서 따라 나왔다. 크림힐트는
한동안 아무 말 없이 그 자리에 서서 벤치 쪽을 건너다보더
니, 빠른 걸음으로 계단을 걸어 내려와 광장을 가로질러 벤치
쪽으로 다가왔다. 훈족의 병사들도 그 뒤를 따랐다.

"이제 그만 자리에서 일어납시다." 폴커가 나지막이 말했
다. "아무리 우리 목숨을 노린다고 해도 왕비는 왕비입니다."

"싫소." 하겐이 고집을 부렸다. "그냥 앉아 있을 것이오! 그렇지 않으면 저 사람들은 우리가 자기들을 무서워하는 줄로 착각할 것이오!"

하겐은 허리를 꼿꼿이 세운 채 다리를 쩍 벌리고 그 자리에 꿈쩍도 않고 앉아 칼을 무릎 위에 올려놓고 있었다. 하겐은 그 자세로 왕비를 맞았다.

그런데 그 칼은…… 칼집은 밝은 녹색으로 빛나는 벽옥으로 장식되어 있었고, 칼자루는 금장식이 되어 있었다. 크림힐트는 화들짝 놀란 눈으로 칼을 응시했다. 그녀는 그 칼을 잘 알고 있었다. 그것은 발뭉이었다.

크림힐트는 목으로 손을 가져갔다. 갑자기 숨이 콱 막히는 것 같았다. 입술 사이로 신음이 새어 나왔다. 크림힐트는 가까스로 몸을 추스려 하겐 앞으로 바짝 다가갔다.

"그렇게 못된 짓을 저지르고도 감히 이곳에 다시 나타나다니, 그 용기가 참으로 대단하십니다!"

크림힐트의 목소리는 가라앉아 있었다. 그런 그녀의 목소리에 폴커는 등골이 오싹해졌고, 당장 하겐을 그 자리에서 끌어내고 싶었다. 이 모든 일의 끝이 좋을 리 없었다.

하겐의 얼굴은 돌처럼 굳어 있었다. 그는 양손으로 발뭉을 만지작거렸다.

"또 무슨 헛소리를 하는 거요? 그렇소, 내가 지크프리트를 죽이고 니벨룽의 보물을 빼앗아 라인 강에 빠뜨린 것을 부정하지는 않겠소. 이제 와서 내게 그 복수라도 하겠다는 거요, 뭐요? 정 그렇다면 하고 싶은 대로 하시오!"

분노와 고통을 이기지 못해 크림힐트의 두 눈에서 눈물이 솟구쳤다. 아아, 차라리 돌덩이를 앞에 두고 말을 하는 편이 나았다. 하겐은 그렇게 피도 눈물도 없는 인간이었다!

크림힐트는 이번에는 훈족의 기사들에게 다가가서 말했다. "자, 그대들은 방금 저 인간이 직접 자기 입으로 말한 것을 들었다! 그동안 내게 한 약속을 지킬 때가 되었다. 그대들에게 충분한 보상을 하겠다. 훈족의 기사들이여, 그대들의 왕비인 나를 위해 복수를 하라. 지크프리트를 죽인 살인자를 없애버려라!"

그러나 훈족의 기사들은 아무런 대꾸도 하지 못하고 그 자리에 서서 서로 얼굴만 쳐다볼 뿐이었다.

"보상도 좋지만," 누군가가 중얼거렸다. "목숨과 바꿀 정도로 좋은 건 아니지. 난 금덩이를 안 받아도 좋으니 대신 오래 살았으면 좋겠네."

이렇게 말하고는 그 자리를 떠났다.

"저 바이올린 연주자를 좀 봐." 이번에는 또 다른 훈족의 기사가 속삭였다. "저자가 바이올린 활 대신에 칼을 손에 들고 휘두르면…… 난 저자의 손아귀에 잡히고 싶지 않아!"

"난 하겐을 잘 알아." 세번째 기사도 복수를 내키지 않아하며 말했다. "하겐의 젊은 시절, 우리 중 어느 누구도 그를 이길 수 없었어. 그런데 지금은 힘도 훨씬 더 세지고 전투 경험도 훨씬 더 많을 거 아니야."

"하겐의 가슴팍은 내 가슴보다 두 배는 더 넓어 보여. 키도 나보다 머리 두 개는 더 커! 그런 하겐하고 싸워서 내가 어떻게 이길 수가 있겠어?"

훈족의 기사들 사이에서 이와 비슷한 얘기들이 사방에서 튀어나왔다.

크림힐트는 훈족의 기사들이 주고받는 이야기들을 들으며 깜짝 놀랐다. 그녀를 배신하다니, 있을 수 없는 일이었다! 지금껏 크림힐트는 그들에게 많은 재물을 나누어주었고, 그들 또한 그녀를 위해 목숨을 바치기로 굳게굳게 맹세하지 않았던가!

두려움에 가득 찬 크림힐트는 훈족 기사들의 얼굴을 하나 하나 쳐다보았다. 그러나 훈족의 기사들은 무표정하고 텅 빈 검은 눈동자를 이리저리 굴리며 크림힐트의 눈길을 피할 뿐이었다. 크림힐트의 얼굴은 사색이 되었다. 그녀와 함께 내려온 그 많던 기사들은 대체 어디로 갔단 말인가? 이제 스무 명도 채 안 되는 기사들만이 그녀 곁에 남아 있었다. 다른 사람들은 모두 소리도 없이 사라지고 없었다.

"자네들, 그 칼 봤어?" 마지막 남은 기사들 사이에서 또다시 속삭이는 소리가 들렸다. "저게 바로 지크프리트의 그 유명한 발뭉이라는 칼이야. 그 칼로부터 목숨을 구한 사람은 지금까지 단 한 명도 없었어!"

그것으로 모든 상황은 끝이 났다. 마지막 남은 몇몇 기사들마저도 뿔뿔이 흩어졌다. 머뭇거리며 약간은 창피해하는 것 같기도 했지만, 결국 그들은 그 자리를 떠나버렸다.

이제 크림힐트만 덩그러니 남아 있었다. 따가운 태양이 메마른 땅 위에 이글이글 내리쬐었고, 초원을 건너 불어온 더운 바람이 그녀의 옷자락을 마구 잡아당겼다.

자존심 상하고 창피한 크림힐트는 쥐구멍에라도 숨고 싶은 심정이었다! 오늘 하루 동안 벌써 두번째 패배를 맛보아야만 했다. 정말로 끔찍한 하루였다. 낯선 사람들과 지금껏 이 모든 것을 어떻게 준비해왔는데! 이제 어떻게 해야 하지? 그녀의 계획은 정녕 이대로 끝나버리고 말 것인가? 안 된다, 그건 말도 안 되는 일이다! 그녀의 권력은 아직 끝이 나지 않았다! 머리를 더 짜내야 한다…… 머리를 짜내야…… 그런데 갑자기 머릿속이 뒤엉켜 아무 생각도 할 수 없었다.

하는 수 없이 크림힐트는 이번에도 서둘러 처소로 돌아갔다.

하겐과 폴커가 다른 사람들이 있는 곳으로 돌아왔을 때, 베른 출신의 디트리히가 그 둘을 유심히 살펴보았다. 하겐과 폴커는 아무 말이 없었고, 디트리히도 그들에게 아무것도 묻지 않았다.

"이제는 정말 에첼 왕께 인사를 올리러 가야 합니다." 폴커가 말했다. "그렇지 않으면 에첼 왕께서 라인 강변에서 온 사람들은 예의가 없다고 말할지도 모릅니다."

"에첼 왕은 좋은 분이십니다." 디트리히가 진지한 표정으로 말했다. "그분은 공정하고 정직한 분입니다. 무기를 드시지요!"

부르군트 일행은 넓은 계단을 걸어 올라갔다. 맨 앞에는 디트리히가 군터 왕과 함께 갔다. 튀링겐 출신의 이른프리트가 게르노트를 수행했다. 뤼디거가 기젤헤어 옆에서 함께 걸었다. 맨 뒤에서 하겐과 폴커가 따라갔는데, 그 두 사람은 서로 떨어지기 싫은 것처럼 보였다. 이제 마지막으로 죽음을 향해 걸어가고 있는 듯, 부르군트 일행은 말 한마디 없이 침묵했다. 하바르트와 이링이 나머지 부르군트의 기사들을 호위했다. 당크바르트와, 힐데브란트의 조카인 볼프하르트는 나란히 걸었는데, 그 둘만은 흥겨운 기분을 잃고 싶지 않았다.

훈족의 시종들이 알현실로 들어가는 문을 열었다. 왕좌에 앉아 있던 에첼 왕이 자리에서 일어나 손님들 쪽으로 몸소 걸어왔다. 에첼 왕 쪽에는 동생인 블뢰델린과 훈족의 지체 높은 귀족들이 함께 자리했다. 에첼 왕은 서양의 영주처럼 옷을 차려입었지만, 얼굴은 그의 고향이 멀고 먼 아시아의 그 어디쯤이라는 것을 여실히 보여주었다.

"어서 오시오!"

에첼 왕은 상대의 손을 꽉 쥐며 따뜻하고 진심 어린 악수를 건넸다. 그는 반짝이는 검은 눈동자로 처음 보는 손위 처남들을 다정하게 바라보며 환영했다.

하겐에게 인사를 건넬 때는 반가운 마음에 활짝 웃었다.

"우리가 마지막으로 헤어진 이후로 흰머리가 조금 났군요. 아무튼 이렇게 다시 우리 왕국을 찾아주셔서 참으로 반갑습니다! 당신을 반드시 초대해달라고 왕비가 어찌나 조르던지, 마침내 당신을 다시 만나게 되어 왕비 또한 무척 기뻐하고 있습니다!"

이 말을 들은 하겐이 곁눈질로 폴커를 쳐다보며 아무도 모르게 눈을 찡긋했다.

"아, 네에……" 못마땅한 하겐은 말꼬리를 길게 늘어뜨리며 대답했다. "왕비께서 이미 그렇게 말씀해주셨습니다."

알현을 모두 마치고, 부르군트의 일행과 훈족의 수행원들은 모두 에첼 왕의 화려한 홀에 함께 자리를 잡고 앉았다. 시종들이 황금 잔에 포도주를 따라서 내왔다. 포도주는 맛이 이상했다. 너무 달고 진해서 기사들 대부분은 차라리 라인 강변의 고향에서 마시던 포도 주스가 더 낫겠다고 생각했다. 그런데 이상한 일이 벌어졌다. 맛이 이상한 포도주가 마시면 마실수록 점점 더 마음에 들기 시작했다.

게다가 그들이 앉아 있는 홀은 사방의 벽에 걸린 화려한 양탄자들로 기기묘묘한 멋이 풍겼다. 양탄자 위에 뛰어난 솜씨로 수를 놓은 환상의 동물들이 어찌나 생생하게 사람들을 쳐다보던지, 당장이라도 양탄자에서 뛰쳐나와 달려들 것만 같았다. 양탄자 사이사이마다 무기들이 걸려 있었는데, 서양의 보통 기사들이라면 들고 싶지 않게 생긴 것이었다. 혐오감을 주는 구부정하게 굽은 칼들, 어린아이들이나 가지고 놀 법한 장난감같이 생긴 작고 둥근 방패들이 죽 걸려 있었다. 장식장 위에는 값진 황금 물병들이 놓여 있었고, 벽 한쪽 구석에서는 엄청나게 넓은 접시 위에 아주 작은 불꽃이 타오르고 있었다. 그 불꽃에서 가느다랗고 파란 연기가 피어올랐는데, 그 연기에서 나오는 달콤한 향이 온 방 안으로 퍼져나갔다.

시간이 흐를수록 흥이 났고, 부르군트 일행이 들고 온 날카로운 칼들과 무거운 방패들은 어느새 까맣게 잊힌 채 기사들이 앉은 등 뒤의 벽에 아무렇게나 세워져 있었다.

하겐과 폴커는 모든 자리가 한눈에 바라다보이는 식탁의 제일 끄트머리에 나란히 앉아 있었다. 넓고 둥근 창틀 너머로 하늘이 점점 은빛으로 변하더니 서서히 노을이 번지기 시작했다. 이윽고 밤하늘에 첫번째 별이 떠올랐다.

"이제 자러 가야 할 시간이오." 점점 흥이 올라 사방이 시끌벅적해지자 마침내 하겐이 말했다. "이보게 폴커 양반, 이 망할 놈의 술은 그만 마시지 그래요. 이 술 때문에 머리는 흐리멍덩해지고 몸은 무거워진단 말이오! 그건 정말 우리한테 위험한 일이오."

350

하겐은 자리에서 일어나 사람들을 잠자리로 보내려고 애썼다. 하지만 술에 취한 기사들을 모두 일어나게 하기까지는 오랜 시간이 걸렸다. 대부분의 기사들은 무기를 들고 왔다는 사실조차 잊어버렸다. 하겐은 그들이 모두 무기를 잊지 않고 들고 나갈 때까지 두 눈을 부릅뜨고 매섭게 째려보았다.

"하느님께서 함께하시어 오래오래 행복하시길 바랍니다!" 군터 왕이 에첼 왕에게 말했다. "이제 자러 가도록 허락해주십시오. 우리는 모두 무척 피곤합니다."

시종들이 부르군트의 손님들을 넓은 홀로 안내했다. 그 홀에는 눈처럼 하얀 아마포로 만든 이불보와 값비싼 비단과 부드러운 짐승 털로 만든 이불이 덮인 수많은 침대들이 놓여 있었다.

하겐은 그 모든 극진한 대접을 조롱했다.

"훈족의 왕비께서 손님 대접을 참으로 신경 써서 잘하시는구먼! 아주 편안히 푹 잠이 들어 다시는 깨어나지 말라는 거야 뭐야!"

그러나 피곤에 지친 기사들은 하겐이 떠드는 소리에는 신경도 쓰지 않고, 하나둘씩 아늑하기 그지없는 잠자리를 찾아들었다.

"정 그렇다면," 폴커와 나란히 문지방에 서서 그 모든 광경을 지켜보던 하겐이 말했다. "우리 둘이 아침이 올 때까지 보초를 서도록 합시다."

폴커는 당연하다는 듯이 고개를 끄덕였다.

"그래야지요. 크림힐트의 병사들에게 피곤해서 곯아떨어진 기사들을 습격하기란 너무나 쉬운 놀이일 테니까요." 폴커는 이렇게 말하고는 바이올린을 가지고 왔다. "나는 친구들에게 자장가나 들려줘야겠어요."

폴커는 문지방에 자리 잡고 앉아 바이올린을 켜기 시작했다. 처음에는 바이올린 현 사이로 폭풍이 몰아쳐 지나가기라도 하는 듯 소리가 너무 크고 시끄럽더니 점차 작아졌다. 바이올린은 달콤한 멜로디를 만들어냈고, 듣는 이로 하여금 노래를 따라 부르고 싶게 만들었다. 기사들은 한동안 노래를 따라 불렀다. 약간은 흥겨운 듯, 약간은 슬픈 듯 그렇게 노래를 따라 부르다가 마침내 잠이 들었다.

폴커는 바이올린을 옆으로 밀쳐두고, 이번에는 방패를 집어 들고 바깥에서 보초를 서고 있는 하겐에게로 갔다. 하겐은 계단 옆 돌로 된 흉벽 난간에 기대어 어둠 속을 뚫어져라 응시하고 있었다.

"하지 밤이군요."

하겐은 꼼짝 않고 서서 말했다. 폴커가 고개를 끄덕였다. 밤 공기는 비단결처럼 부드러웠고, 느껴질 듯 말 듯 아주 미세한 바람만이 살랑살랑 담장을 스치고 지나갈 뿐이었다. 저 멀리 밤하늘과 땅이 맞닿는 곳쯤에 가느다란 초승달이 떠 있었다. 에첼의 성 사방에 둥근 지붕들과 탑들이 솟아 있었는데, 그 안에 있는 사람들은 모두 잠이 든 것 같았다.

그렇게 아름다운 밤인데도 불구하고, 그 안에는 비밀 가득한 위험이 도사리고 있었다. 어디에선가 죽음을 종용하는 위협적인 사건이 숨어 있었다. 하겐과 폴커는 짐승들이 천적의 냄새를 맡듯이 분명히 그것을 느꼈다. 그들의 눈은 끊임없이 담장 구석구석, 성문 구석구석을 탐색했다.

자정 무렵이었다. 폴커가 저기, 어두운 담장 그림자 아래로 뭔가 희미한 빛이 번쩍이는 것을 보았다. 그와 동시에 옆에 있던 하겐의 몸이 팽팽하게 당겨진 활시위처럼 바짝 긴장하는 것도 느껴졌다. 하겐도 뭔가를 보았던 것이다! 다시 한 번 번쩍하는 것이 보였다. 그것은 바로 투구 위로 별빛이 반사되어 번쩍이는 것이었다! 거의 들릴락 말락 한 아주 작은 소음이 다가오는 것이 느껴졌는데, 그것은 갑옷이 담장을 스치는 소리였다.

"저들이 다가오고 있소!"

폴커가 하겐의 귀에 대고 속삭였다. 둘은 조심조심 방패를 집어 들었다. 한 손은 칼자루에 얹은 채 꼼짝 않고 소리 없이 가만히 기다렸다. 그때였다! 저 아래 계단참에 훈족의 기사한 명이 마치 고양이처럼 소리 없이 나타났다. 그다음으로 또한 명, 또 한 명…… 여섯, 일곱…… 아아, 훨씬 더 많은 수의 훈족 기사들이 다가오고 있었다. 깊은 정적이 그들을 더 과감하게 만들어준 것 같았다!

그러나 바짝 마른 몸집의 날렵한 첫번째 훈족의 기사가 계단 위에 첫발을 올려놓은 순간, 그는 깜짝 놀라 그 자리에 얼어붙은 듯 멈춰 섰다. 희미한 달빛 아래 보초병들이 서 있는 모습이 보였던 것이다! 훈족의 기사는 반쯤 억눌린 목소리로 신호를 보냈다. 그러자 눈 깜짝할 사이에 뒤따르던 기사들이 모두 연기처럼 한꺼번에 자취를 감췄다.

폴커가 아래로 펄쩍 뛰어내렸다.

"자, 그럼 이제 저 살인마들을 잡아서 머리통을 흠씬 두들겨 패준 뒤 크림힐트에게 되돌려 보내야겠다!"

화가 난 폴커가 이렇게 말했다.

하겐이 그를 말렸다.

"도망치게 내버려 두시오! 우리는 이곳을 벗어나면 절대로 안 되오. 우리가 저자들을 뒤쫓는 동안, 다른 놈들이 숙소로 들어와 습격을 하기란 식은 죽 먹기 아니겠소. 하지만 우리가 자기들을 봤다는 사실은 알리도록 합시다. 왕비에게 가서 일러바치도록 말이오."

하겐은 흉벽 위로 몸을 깊이 숙였다.

"야, 이 겁쟁이들아!" 하겐은 도망치는 검은 그림자들의 등 뒤에 대고 소리쳤다. "네놈들이 우리가 자고 있는 틈을 타서 우리를 죽일 수 있을 거라고 생각했느냐? 가서 너희 여주인에게 전해라. 이번 시도는 실패로 끝났다고 말이다!"

그러나 아래쪽에서는 더 이상 아무 소리도 들리지 않고 아무런 움직임도 느껴지지 않았다. 에첼의 성 안에는 비밀스러운 개구멍들이 많은 모양이었다. 그렇게 많은 사람들이 그렇게나 빨리 모습을 감추었으니 말이다.

크림힐트는 어둠 속에서 홀로 창가에 기대서서 건너편 부르군트의 일행이 머무는 숙소를 바라보고 있었다. 지금 그곳에서 무슨 일이 벌어지고 있는지 알아낼 수만 있다면!

지금이다! 누군가가 크게 외치는 소리가 들렸는데…… 그
것은 다름 아닌 하겐의 목소리였다! 그게 도대체 뭘 의미하는
거지? 이번에도…… 이번에도 실패했단 말인가? 크림힐트는
숨을 죽이고 귀를 기울였다.

뭔가 이리저리 움직이는 소리가 들렸다. 누군가가 다가오
고 있었다. 크림힐트는 자그마한 몸집의 시커먼 물체가 움직
이는 것을 불분명하게 알아볼 수 있었을 뿐이다. 그는 바로
크림힐트의 근위병 우두머리였다.

"어찌 되었는가?"

크림힐트가 갈라진 목소리로 물었다.

근위병 우두머리는 우물쭈물하며 곧바로 대답하지 못했다.

"왕비마마, 마마께서는 저희에게 잠들어 있는 하겐만 몰
래 죽이든지, 아니면 꽁꽁 묶어서 마마께 데려오라고 하셨습
니다. 다른 분들은 손끝 하나도 건드리지 말라고도 하셨고요.
그런데 하겐이 도무지 잠을 자지 않습니다. 그는 바이올린 연
주자와 함께 부르군트에서 온 손님들이 잠들어 있는 숙소 앞
에서 보초를 서고 있었습니다. 그래서 마마의 분부를 이행하
지 못했습니다."

그의 목소리는 수치스러움과 불안에 마구 떨렸다.

크림힐트는 분을 삭이지 못하고 소리를 꽥 질렀다. 또 실패했다니! 그녀의 불길한 예감은 틀리는 법이 없었다! 이런 못난 인간들을 데리고 어떻게 하겐을 손아귀에 넣을 수 있단 말인가! 그녀는 주먹을 불끈 쥐고 두 눈두덩을 꾹꾹 눌렀다. 참을 수 없는 두통에 머리가 깨질 것처럼 아팠다.

"물러가거라!" 크림힐트는 근위병 우두머리에게 말했다. "그리고 두 번 다시 내 눈 앞에 나타나지 마라! 오오, 너희들은 어찌 그리 형편없는 겁쟁이들이란 말이냐!"

크림힐트는 근위병 우두머리가 소리 없이 그 자리에서 물러나는 것도, 창문 너머로 여명이 밝아오는 것도 몰랐다. 아침이 되어 시녀들이 미사에 참석할 크림힐트의 몸단장을 돕기 위해 방으로 들어갔을 때, 왕비가 한숨도 자지 않은 것을 보고는 깜짝 놀랐다.

수많은 시종들을 이끌고 미사를 드리러 성당으로 향하던 에첼 왕도 걱정스러운 표정으로 크림힐트의 안색을 살피며 밤새 무슨 일이 있었느냐고 물었다. 크림힐트는 대답 대신 말없이 고개를 가로저을 뿐이었다.

부르군트에서 온 손님들은 벌써 성당에 와서 기다리고 있었다. 그런데 모두가 무장한 모습을 본 에첼 왕은 약간 기분이 언짢아져서 표정이 딱딱하게 굳었다.

"성당에 오면서까지 중무장을 하신 것을 보니, 밤사이 내 궁전 안에서 적군이라도 만난 것은 아닌지 걱정이 됩니다. 안 그렇습니까?"

"아, 아닙니다. 그런 일은 전혀 없었습니다." 하겐이 서둘러 대답하며 크림힐트의 얼굴을 뚫어져라 쳐다보았다. "다만 저희 부르군트 사람들에게는 즐거운 잔치가 있을 때일수록 중무장을 하고 돌아다니는 것이 풍습입니다."

에첼 왕은 이상하다고 생각했지만, 손님들의 마음을 상하게 하고 싶지 않아 얼른 입을 다물었다.

미사가 끝난 다음에는 전투 경기가 있을 예정이었다. 크림힐트는 에첼 왕과 함께 궁전 위쪽에 위치한 넓고 둥근 천장이 달린 홀의 창가에 자리를 잡고 앉았다. 크림힐트의 가까이에 많은 여자들이 둘러서 있었다. 부르군트의 기사들은 호기심 어린 눈길로 칠흑같이 검고 큰 눈동자를 가진 이국적으로 생긴 아름다운 훈족 여자들을 훔쳐보았다. 그녀들은 처음 보는 신기한 장신구들을 하고 있었는데, 그것들은 검은 머리카락과 귓불에 매달려 반짝반짝 빛을 발했다. 크림힐트를 수행하는 신하들 중에는 에첼 왕에게 봉사하는 서양의 봉건 영주들뿐만 아니라 수많은 훈족 출신의 장수들도 있었다. 바로 그 훈족 장수들의 딸들이 크림힐트 옆에 서 있었던 것이다. 그러나 부르군트의 기사들에게는 이국 여자들을 구경할 시간이 넉넉하게 주어지지 않았다. 훈족의 기사들이 부르군트의 기사들과 결투를 벌이고, 자신들의 말타기 기술을 뽐내고 싶어 안달이 났기 때문이다.

디트리히와 뤼디거의 부하들도 말에 올라타 전투 경기에 참여할 생각에 들떠 있었다. 그러나 말을 타고 다가오는 부하들을 본 디트리히가 고개를 가로젓더니 뤼디거에게 몇 마디 말을 건넸다. 그런 다음 두 장수는 부하들에게 전투 경기에 참여하는 것을 금했고, 부하들은 실망했다. 두 장수는 전투 경기가 평화롭게 진행되리라 자신할 수가 없었다. 갑자기 분위기가 뒤바뀌어 경기가 진지한 싸움으로 번질 수도 있었기 때문이다.

그사이 다른 무리들 사이에서 전투 경기가 이미 시작되었고, 계속해서 새로운 사람들이 말을 타고 들어왔다. 튀링겐의 지방 태수 이른프리트는 튀링겐 출신의 기사들과 함께 왔고, 하바르트는 덴마크 출신의 기사들과 함께 왔으며, 호른보게 백작, 발라키아의 영주인 라뭉, 슈라우탄과 기비히 등도 참가했다. 블뢰델린과 그의 부하들은 갑옷을 입은 악동들처럼 경기장을 장악하며 들어왔는데, 그들이 타고 온 말들은 사람의 말을 모두 다 알아듣는 것만 같았고 몸은 야생 고양이처럼 유연했다. 그 말들은 심지어 부르군트의 말들 앞에서도 거들먹거렸다. 부르군트의 말들은 힘은 더 셀지 몰라도 민첩하지는 못했다.

크림힐트는 그 광경을 유심히 쳐다보고 있었다. 어쩌면······ 어쩌면 블뢰델린이라면 설득할 수 있을지도 모른다······ 그는 용감한 장수인 데다 그가 거느린 부하들은 탁월한 기사들이었다!

그 순간, 이번에는 군터 왕이 부르군트의 기사들에게 신호를 보내 경기에 그만 참가하라고 명령했다. 좀 전에 하겐이 그에게 이렇게 말했기 때문이다.

"우리 병사들은 더 이상 이 경기에서 기운을 빼앗겨서는 안 됩니다. 오늘이 아닌 다른 날에 더 많은 힘이 필요하게 될지 누가 알겠습니까!"

바로 그때, 훈족의 영주 하나가 말을 타고 달려 나왔다. 그는 요란하게 치장하고 한껏 거드름을 피우며 말을 몰아, 에첼 왕과 왕비가 앉아 있는 창가 아래에서 이리저리 분주하게 왔다 갔다 했다. 그의 허풍스런 모습에 부르군트의 기사들이 깜짝 놀란 눈으로 그를 쳐다보았다. 그는 잘난 체를 하며 부르군트의 기사들 중 누가 자기와 힘을 겨루겠느냐고 소리쳤다. 하지만 자기만큼 지체 높은 자가 나와야 경기를 하겠노라고 했다!

"저 교만한 놈이 허풍 떠는 꼴 좀 보시오!" 폴커가 화가 나서 옆에 서 있던 하겐에게 말했다. "생긴 건 꼭 광대처럼 생겨가지고 하는 짓이 전혀 고상한 기사 같지 않소! 내가 저놈을 말에서 떨어뜨리고야 말겠소!"

폴커는 말을 몰아 창을 겨누고 훈족의 영주를 향해 달려나갔다.

어떻게 해서 그런 일이 벌어졌는지, 아무도 정확하게 설명할 수 없었다. 폴커의 창이 훈족의 영주가 들고 있는 방패에 가서 꽂히지 않고, 방패 아래를 지나쳐서 영주의 몸 깊숙이 박힌 것이다. 훈족의 영주는 눈 깜짝할 사이에 말 위에서 쓰러져 바닥에 나가떨어졌고, 쓰러진 모래 위로 시뻘건 피가 흥건하게 흘렀다. 갑자기 사방이 쥐 죽은 듯한 정적이 흐르며 조용해졌다. 그러나 바로 다음 순간, 훈족들 사이에서 끔찍한 고함 소리가 터져 나오며 모두가 무기를 집어 들었다.

곧이어 한바탕 소동이 벌어졌다. 하겐은 타고 있던 말에 박차를 가했다. 그의 앞을 막아서는 사람은 옆으로 밀쳐지거나 말에서 끌어내려졌다. 곧 하겐은 폴커 옆으로 가서 섰다. 손에는 발뭉을 들고 있었다. 군터와 게르노트, 기젤헤어도 그 옆으로 가서 모였으며 그들과 함께 나머지 부르군트의 기사들도 가세했다.

크림힐트와 에첼 왕은 그 모습을 보고 깜짝 놀랐다. 크림힐트는 내심 진짜 전투가 벌어져서 누군가가 하겐을 죽이면 좋겠다고 바랐다! 그런데 그러면 그럴수록 부르군트의 기사들은 똘똘 뭉쳤고, 그런 모습을 지켜본 크림힐트의 희망은 삽시간에 사라졌다. 앞으로도 계속 그럴 것이다. 크림힐트는 너무도 화가 났다. 부르군트의 기사들은 앞으로도 언제까지나 서로를 위해 싸울 것이고, 어느 누구도 다른 사람을 그냥 죽게 내버려 두지 않을 것이다. 부르군트의 기사들로부터 하겐을 떨어뜨려놓지 않는 한, 절대로 그를 손아귀에 넣을 수 없을 것이다! 그러나 어떻게 그럴 수 있겠는가? 도대체 어떻게?

에첼 왕은 최대한 빠른 속도로 서둘러 왕좌에서 내려와 광장으로 나왔다. 그는 바로 옆에 서 있던 기사의 칼을 빼앗아 손에 들고 휘두르며 광분한 훈족의 기사들 사이로 길을 내기 시작했다.

"나를 찾아온 손님들을 위해 평화를 유지하라! 만약에 우리 중에 그들을 털끝 하나라도 건드리는 자가 있다면, 그 자리에서 곧바로 그자의 목을 벨 것이다! 나는 폴커가 우리 동료를 일부러 죽인 것이 아님을 이 두 눈으로 똑똑히 보았다! 말이 발을 헛디뎌 그런 일이 벌어진 것이다! 그러니 칼을 도로 집어넣어라. 만찬이 준비됐으니, 이제 그만 모두 평화롭게 식사를 하도록 하라!"

훈족의 병사들은 마지못해 왕의 명령을 억지로 따랐다. 만찬이 벌어지는 연회장으로 들어갔을 때, 부르군트의 병사들뿐 아니라 이번에는 훈족의 병사들까지도 모두 무기를 손에서 놓지 않았다.

그 모습을 본 에첼 왕은 화가 치밀었지만 그냥 내버려 두었다. 양쪽 병사들이 모두 서열에 맞게 각자의 자리를 찾아 앉을 때까지 한참의 시간이 걸렸다.

그 와중에 크림힐트는 디트리히와 그의 병기대장 힐데브란트의 사이에 자리를 잡았다. 그리고 크림힐트는 다른 생각은 도저히 할 수 없었기에 이번에도 역시 하겐이 지크프리트 살해에 대한 죗값을 치르지 않았다는 말을 꺼냈다. 수염이 덥수룩한 병기대장 힐데브란트의 얼굴에 언짢은 기색이 역력했다.

"부르군트의 장수에게 해를 끼치려거든 저를 빼고 하십시오."

힐데브란트는 크림힐트의 청을 거절하며 말했다.

"부르군트의 장수들에게는 아무 일도 일어나지 않을 거예요." 크림힐트가 반박하며 재빨리 대답했다. "하겐만 제게 잡아오시면 됩니다!"

디트리히가 버럭 화를 냈다.

"대체 뭘 원하는 거요, 크림힐트 왕비? 하겐은 내 오랜 전우이고 부르군트의 장수들은 믿음과 충성심에서 에첼의 왕국까지 온 것이오. 나는 왕비의 개인적인 복수심 따위에는 도움을 주고 싶지 않소!"

크림힐트는 더 이상 아무런 대꾸도 하지 않고 그 자리를 떠났다. 그렇다, 베른 출신의 인간들에게는 아무것도 기대하지 말아야 했다. 바로 그 순간, 블뢰델린이 홀 안으로 들어오는 것이 보였다. 순간 크림힐트의 눈동자가 빛을 발했다. 블뢰델린이 나를 좀 도와주어야겠다!

크림힐트는 블뢰델린을 자기 쪽으로 불렀다. 블뢰델린은 훈족의 영주가 죽임을 당한 사건에 대해 분이 풀리지 않아 여전히 씩씩거리고 있었으며, 부르군트의 손님들에 대해서도 감정이 좋지 않았다. 크림힐트 왕비는 머리를 굴려 블뢰델린의 분노에 살살 부채질을 했다. 자기를 도와 하겐을 그녀의 수중에 넘겨주기만 하면, 그에게 변경백의 칭호와 함께 그가 남몰래 사랑하고 있는 아름다운 궁전 처녀까지도 하사해주겠노라고 약속했다.

블뢰델린은 잠시 머뭇거렸다.

"부르군트의 손님들은 에첼 왕의 비호 아래 있습니다."

"에첼 왕은 내게 맡기시오."

크림힐트 왕비가 약속했다.

크림힐트는 온갖 감언이설로 블뢰델린을 집요하게 설득했다. 그동안 자신이 얼마나 끔찍한 고통을 받았는지에 대해 생생하게 설명해주며, 결국 블뢰델린에게서 복수를 해주겠다는 약속을 받아냈다. 마침내 블뢰델린은 크림힐트에게 다음과 같이 말했다.

"내가 왕비를 위해 복수해주겠소. 내 목숨을 걸고 약속하겠소."

이 말을 하고 블뢰델린은 그 자리를 떠났다.

크림힐트 왕비는 블뢰델린의 뒷모습을 지켜보았다. 그는

부하들에게 가서 몇 마디 주고받더니 곧 그들과 함께 홀을 나갔다. 크림힐트는 깊게 한숨을 내쉬었다. 이제야 비로소 무슨 일이라도 벌어지겠구나! 그녀는 블뢰델린의 성격을 잘 알고 있었다. 그는 한번 하겠다고 마음먹으면 끝까지 밀어붙였다. 목숨을 잃는 한이 있더라도……

순간 크림힐트는 몸서리를 치면서 블뢰델린을 말렸어야 하는 게 아닌가 하는 후회도 잠깐 밀려왔다. 그러나 그녀는 곧 무서운 마음을 떨쳐버리고 식탁으로 가서 에첼 왕 옆에 앉았다.

눈앞에 차려진 진수성찬과 포도주가 넘쳐났지만 식사 시간이 하나도 즐겁지 않았다. 훈족과 부르군트 손님들 간의 팽팽한 적대감이 지옥의 불처럼 눈에 보이지 않게 이글이글 타올랐다. 에첼 왕은 모든 것을 걱정스럽게 지켜보았지만, 내심 평화를 지키라고 앞서 명령을 내린 자신의 힘을 믿고 있었다.

식사가 모두 끝나자 에첼 왕은 어린 아들 오르틀리프를 연회장으로 데리고 나올 것을 명했다. 왕은 부르군트에서 온 백부들에게 아들을 소개하며 말했다.

"당신들에게 청이 하나 있소! 당신들이 고향으로 돌아갈 때 부디 내 아들도 데려가 주시오. 이 아이는 장차 거대한 왕국을 다스리게 될 테니, 그곳으로 데려가 기사의 법도를 가르쳐주시오."

왕들과 함께 같은 식탁에서 식사를 하던 하겐이 엄마를 쏙 빼닮은 아들을 유심히 살펴보았다.

"왕자에게 기사도 교육을 시키는 일은 반드시 필요할 것 같습니다." 하겐은 큰 목소리로 조롱하며 말했다. "왕비를 닮아 허약하고 기운이 하나도 없어 보이는데, 나라면 이 왕자가 다스리는 나라에서는 절대로 살고 싶지 않을 듯합니다."

하겐이 말을 마치자 얼음장처럼 차가운 침묵이 흘렀다. 에첼 왕의 표정이 딱딱하게 굳어버렸다. 마지막 남은 호의조차도 한순간에 모두 사라져버렸다. 서로가 서로에게 낯설고 적대감만 남아 있을 뿐이었다.

그러나 에첼 왕은 다른 사람을 다스리는 것은 물론, 스스로를 다스리는 데에도 탁월한 능력이 있었다. 그리하여 이 위기 상황이 다시 한 번 무사히 지나가게 되었다.

11

블뢰델린이 부하들에게 일렀다.

"우리는 부르군트의 기사들과 전투를 벌일 것이다. 왕비께
서 원하신다. 그러니 모든 병사들로 하여금 성안 각자의 처소
에서 전투를 벌일 준비를 마치라고 알려라. 우리는 부르군트
의 시종들이 주인을 돕지 못하도록 맨 먼저 그들부터 처리할
것이다!"

부르군트의 시종들과 함께 있던 당크바르트는 훈족의 병사
들 한 무리가 무장하고 자신들이 있는 홀을 향해 다가오는 것
을 보고 무슨 일인가 의아해했다. 그는 맨 앞에 있는 블뢰델
린을 알아보고, 예를 갖추기 위해 식사도 채 끝나지 않은 식
탁에서 일어나 그가 있는 곳으로 갔다.

당크바르트는 예의 바르게 악수를 청하며 손을 내밀었지만 블뢰델린은 그 손을 잡지 않았다. 대신 그는 방패를 앞쪽 바닥에 거칠게 세워놓았다.

"인사는 그만두시오." 블뢰델린이 거만하게 말했다. "우리는 당신들과 싸우러 왔소! 크림힐트 왕비께서 지크프리트 왕 살해에 대한 죗값을 치르라고 하셨소."

당크바르트는 어이없다는 듯이 쳐다봤다.

"왕비께서는 어찌하여 나에게 죗값을 치르라고 요구한단 말이오? 나는 지크프리트의 죽음과는 아무 상관도 없다는 것을 왕비가 더 잘 알고 계실 텐데요."

"그렇다면 당신은 당신 형의 죗값을 대신 치러야 할 것이오."

블뢰델린은 채 끝나지도 않은 당크바르트의 말을 툭 자르며 끼어들었다. 이미 손에는 칼집에서 뽑은 칼을 들고 있었다. 그러나 사람들이 당크바르트를 '날쌘 당크바르트'라고 부르는 데에는 그만 한 이유가 있었다. 블뢰델린이 칼을 내려치기 바로 직전에 당크바르트가 먼저 칼을 뽑아 휘둘렀기 때문이다. 칼이 공중을 휙 하고 가르자 블뢰델린의 투구를 쓴 머리가 그대로 바닥에 툭 떨어졌다. 끔찍한 비명 소리가 사방에서 터져 나왔다.

"전투태세를 갖추어라!"

당크바르트가 우왕좌왕하는 시종들에게 쩌렁쩌렁 울리는 목소리로 외치며 홀 안으로 다시 뛰어 들어갔다. 훈족의 병사들 또한 그의 뒤를 쫓아 사납게 달려 들어갔다. 부르군트의 시종들은 대부분 무기를 지니고 있지 않았다. 그래서 그들은 의자며 탁자며 손에 잡히는 대로, 달려드는 훈족의 병사들 쪽으로 집어 던졌다. 무거운 식탁도 아랑곳하지 않고 번쩍 들어 적군을 향해 내던졌는데, 많은 수의 병사들이 처참하게 깔려 죽었다. 그런데 앞서 블뢰델린이 훈족의 병사들에게 각자의 처소에서 전투를 벌일 준비를 마치라고 미리 명령을 해두었던 것은 유효했다. 계속해서 새로운 훈족의 병사들이 몰려들었기 때문이다. 훈족의 병사들은 지옥에서 풀려난 마귀들처럼 앞다투어 홀 안으로 뛰어 들어갔다. 전세가 우세해진 훈족의 병사들은 갈수록 용기백배해졌고, 그럴수록 부르군트 병사들의 시신과 부상자는 쌓여만 갔다. 그 와중에 몸을 추슬러 제대로 싸울 수 있는 병사의 수는 점점 줄었다. 마치 사나운 사냥개떼에 둘러싸인 먹잇감처럼 부르군트의 병사들은 광포한 훈족 무리에 둘러싸여 하나둘씩 쓰러져 갔다.

당크바르트가 뒤돌아보았을 때 거기엔 더 이상 아무도 없었다. 당크바르트 혼자 남은 것이다.

"오, 불쌍한 병사들!" 당크바르트는 혼잣말을 했다. "우리는 이제 충성스러운 시종들을 모두 잃었다. 어서 빨리 하겐과 왕들에게 알려야만 한다! 그런데 연락병으로 보낼 시종이 하나도 없구나!"

옆에 있던 몇몇 훈족의 병사들이 그의 말을 들었다.

"네놈이 그 소식을 직접 전하면 되겠구나!" 그중 하나가 조롱하며 말했다. "우리가 네놈을 죽여 네놈의 시신을 네 형 발밑에 던져주마!"

당크바르트는 다시 한 번 번개처럼 칼을 휘둘러 조롱하던 훈족 병사의 목을 베었다. 그의 조롱을 듣고 동료들이 함께 웃어주기도 전에 벌어진 일이었다.

당크바르트는 이성을 잃고 분노에 치를 떨었다.

"그래, 이놈들아, 내가 직접 가서 소식을 전하마!" 그는 악을 바락바락 썼다. "하지만 죽지 않고 살아서 가련다, 이 비겁한 악당들아!"

당크바르트는 잠시 숨을 고르기 위해 재빨리 한 걸음 뒤로 물러섰다. 그러더니 단숨에 적의 무리 한가운데를 뚫고 홀 문을 박차고 뛰어나갔다. 연이어 달려드는 여러 무리의 적군을 헤치고 앞으로 나아가기 위해 칼을 휘두르고 또 휘둘렀다. 훈족 병사들도 이에 질세라 계속 칼을 휘둘렀다. 사방에서 내려치는 칼날이 당크바르트의 방패와 투구, 갑옷을 마구 두드렸으나 그의 장비들은 모두 훌륭하고 튼튼하여 다행히 한 군데도 부상을 입지 않았다. 그럼에도 불구하고 갑옷 위로 온통피가 튀어 줄줄 흘러내렸고, 심지어 칼끝에서도 피가 뚝뚝 떨어졌다. 그렇게 적군들 사이를 헤치고 나가다 보니 눈앞에 좁은 길이 뚫리고, 어느새 저 앞에 에첼 왕의 연회장으로 올라가는 계단참이 보였다. 당크바르트는 미친 듯이 계단을 뛰어올라갔다.

사람들은 연회장 안으로 끔찍한 도깨비가 뛰어든 줄 알았다. 연회장 입구에 서 있는 당크바르트를 본 사람들은 너무 놀라 목구멍에서 말이 나오지 않았고, 쟁반만큼 커진 눈에서는 금방이라도 눈알이 튀어나올 것만 같았다.

"하겐 형님." 당크바르트는 식탁 너머로 소리쳤다. 힘들게 뛰어온 바람에 숨이 차서 헐떡였다. "형님께서는 여기 너무 오래 앉아 계셨나 봅니다! 형님이 여기 계시는 동안 블뢰델린이 병사들을 이끌고 와서 우리를 공격했습니다. 그 대가로 제가 그자의 목을 베기는 했습니다만…… 우리 병사들이 모두 다 죽었습니다."

갑자기 사방이 무섭도록 조용해졌다.

하겐이 자리에서 일어났다. 하겐의 얼굴을 본 크림힐트는 얼음장 같은 공포에 새파랗게 질려 의자 위에서 몸을 웅크렸다. 그렇다고 하겐을 쳐다보지 않을 수도 없었다. 그래, 바로 지금이야! 하는 느낌이 들었기 때문이다. 그러나 바로 지금 벌어지고 있는 일은 더 이상 크림힐트의 복수가 아니었다. 그녀의 복수는 이미 그녀의 손아귀를 벗어나 있었다. 크림힐트는 하겐 하나만을 태울 불씨에 불을 당겼다. 그런데 그 불씨는 이미 큰 화재로 번져 모두 다 태워버릴 기세였다!

하겐은 아주 천천히 자리에서 일어났다.

"이제 거의 끝날 때가 되었군!"

하겐은 아무도 듣지 못하게 낮게 중얼거렸다. 하겐의 시커먼 몸집이 점점 거대해지는 것 같았다. 그러다 갑자기 다른 사람들과는 아주 다른 종류의 사람처럼 보였다. 마치 먼 과거로부터 살아서 돌아온 사람처럼, 끔찍하고 잔혹한 세월을 모두 이겨내고 혼자 살아남은 사람처럼 보였다. 희끗희끗하게 센 수염이 얼굴을 온통 뒤덮고 있었는데, 그런 그의 얼굴은 돌덩이처럼 조금의 미동도 없었다. 누가 어떤 간청을 한다고 해도 조금도 들어줄 것 같지 않은 얼굴이었다. 차라리 굴러떨어지는 바위에 대고 그만 멈춰 서달라고 부탁하는 편이 나을 듯했다. 혹은 홍수가 나서 넘치는 물에다 살려달라고 비는 편이 나을지도 몰랐다. 하겐은 그렇게 자연의 재앙만큼이나 무자비했다. 아니, 그보다 더 끔찍했다. 왜냐하면 그는 모든 것을 파괴시키고자 하는 의지를 가졌으므로.

그는 칼을 뽑아 들었다.

"모두가 다 같이 죽어야 하는 상황이라면…… 그렇다면 맨 먼저 훈족의 이 어린 왕자부터 죽어야 한다!"

어린 왕자의 밝은 두 눈동자가 놀랄 틈도 없이 하겐이 휘두른 칼날이 아이의 몸을 갈랐다.

훈족도 부르군트족도 모두 비명을 질렀다. 단 한 사람, 크림힐트만이 소리 지르지 않았다. 끔찍하고 잔인한 폭력 앞에서 온몸이 움츠러들고 입이 떡 벌어져 악을 쓰며 비명을 지르고 싶었지만, 비명을 지르고, 지르고 또 지르고 싶었지만, 목구멍을 통해서 아무 소리도 나오지 않았다. 백지장처럼 창백한 얼굴로 앉아 있는 그녀의 두 눈동자만이 격렬히 흔들릴 뿐이었다. 그것은 온통 천적에게 둘러싸여 더 이상 도망칠 데

없이 갇혀버린 가엾은 짐승의 겁먹은 눈동자였다.

그러다 갑자기 크림힐트는 공포에 휩싸였다. 부르군트의 기사들 모두 무기를 가지고 있었던 것이다. 에첼 왕과 베른과 베헬라렌 출신의 기사들만이 무기가 없었다!

"당크바르트야, 너는 문 쪽을 지켜라." 하겐이 큰 소리로 외쳤다. "단 한 명의 훈족도 도망가게 해서는 안 된다!"

맨 먼저 가수 베르벨이 벽에 붙어 있는 것이 보였다. 그는 공포에 질려 얼굴이 창백했다. 병사가 아닌 그는 여전히 손에 바이올린을 들고 있었다. 그를 본 하겐은 가차 없이 칼을 휘둘렀다. 바이올린을 들고 있던 손이 바이올린과 함께 바닥으로 떨어졌다.

"이것은 네가 사신의 신분으로 부르군트까지 와서 우리를 여기로 오게 만든 죗값이다!"

하겐은 이렇게 소리치고는 전투가 벌어지고 있는 현장으로 뛰어들었다.

폴커는 여러 명의 적에게 둘러싸여 성난 한 마리의 짐승마냥 날뛰며 칼을 휘두르고 있었다. 화가 난 훈족 병사들이 폴커를 향해 달려들었다. 그러다가 곧 하나둘씩 시신이 되어 쓰러져 나갔다. 바로 그때 군터 왕이 식탁 위로 뛰어올랐다. 그

375

는 더 큰일이 벌어지기 전에 서로 엉겨 붙어 싸우는 양쪽 병사들을 떼어놓으려고 했다. 하지만 허사였다. 게다가 잠시 후에는 군터 왕도 어쩔 수 없이 전투에 가담해야만 했다. 게르노트와 기젤헤어가 군터 왕을 도우려고 적군을 헤치고 왔다. 그렇게 해서 세 형제는 어깨를 나란히 맞대고 싸웠다.

한편 문 쪽을 지키던 당크바르트는 큰 곤경에 처했다. 안에 있던 훈족 병사들은 바깥으로 나가려고 했고, 밖에 있던 훈족 병사들은 동료들을 돕기 위해 안으로 들어오려고 했다.

하겐이 그 상황을 보았다.

"폴커, 당크바르트를 좀 도와주시오." 하겐은 전투를 벌이고 있는 병사들의 머리 위로 폴커에게 소리쳤다. "혼자서 양쪽을 상대하기가 힘들 것이오!"

폴커가 문 쪽으로 달려갔다. 그는 칼을 휘둘러 얼른 당크바르트 옆에 설 자리를 만들었다.

"바깥쪽을 맡으시오, 내가 안쪽을 맡겠소!"

폴커가 서둘러 말했고, 곧 두 장수는 문을 지키기 위해 등을 맞대고 양쪽을 상대로 싸우기 시작했다.

홀 문이 확실하게 잠긴 것을 확인한 하겐은 그제야 훈족들을 상대로 미친 듯이 날뛰기 시작했다. 그는 방패를 아예 등 뒤로 돌려놓고 두 손으로 발몽을 잡고 마구 휘둘러댔다. 훈족들 사이로 저승사자가 이리저리 돌아다니고 있는 것 같았다.

에첼 왕은 기둥에 몸을 기대고 있었다. 얼굴은 창백했으며 온몸에 힘이 모두 빠져나간 듯 기진맥진하며 지친 모습이었다. 그는 자기 부하들이 하나둘씩 죽어가는 것을 지켜보아야만 했다. 그런데도 자신은 무장은커녕 사랑하는 아들의 복수를 할 칼 한 자루조차 손에 들고 있지 않았다! 이 끔찍한 순간에 훈족의 왕이 지닌 막강한 권력이 다 무슨 소용이란 말인가? 그는 자신의 궁전에서 무장도 하지 못한 채 붙잡힌 포로에 불과했다! 게다가 마지막 남은 아들마저 목숨을 잃었다. 라벤 전투에서 비티히에게 살해된 아들들인 샤르프와 오르트처럼……

이제 에첼 왕의 뒤를 이어 그의 거대한 왕국을 다스릴 후손은 끊기고 말았다. 그의 왕국은 썩은 담벼락처럼 곧 무너져 내리고 말 것이다. 서양인들이 모든 영토를 점령해버리고, 훈족들은 낯선 이방인의 지배를 받게 될 것이다. 아니면 훈족들은 처음 출발한 그곳으로 되돌아가야 할지도 모른다.

크림힐트는 병사들이 전투를 벌이느라 아우성치고 미쳐 날뛰는 지옥 같은 광경을 넋 나간 표정으로 멍하니 바라보고 있었다. 더 이상 아무런 생각도 할 수 없었고, 복수에 대한 생각마저도 까맣게 잊어버렸다. 끔찍한 공포만 느껴질 뿐이었다. 여기서 나가야 한다, 무슨 수를 써서라도 이곳을 빠져나가야 한다!

그녀는 손을 뻗어 에첼 왕의 팔을 움켜잡았다. 그러나 그의 얼굴을 본 순간, 크림힐트는 얼른 다시 놓아버렸다. 그의 표정이 어찌나 고독하고 암울해 보이던지, 아무 말도 할 수 없었다. 지금까지 한 번도 만나본 적 없는 생면부지의 사람처럼 낯설게 느껴졌다.

그렇다면 세상에, 그녀를 도와줄 사람이 아무도 없단 말인가? 잔뜩 겁을 집어먹은 크림힐트의 눈길은 디트리히에게로 가서 멈추었다. 크림힐트가 디트리히에게 복수할 수 있도록 도와달라고 부탁했을 때, 그는 화를 내며 매정하게 거절했었다. 그러나 그는 지금 곤궁에 빠진 그녀를 도와주어야만 한다! 디트리히는 자신의 도움과 보호를 필요로 하는 사람을 외면한 적이 한 번도 없었다!

다음 순간, 크림힐트는 디트리히 앞에 가서 서 있었다. 그녀는 두 손을 모았다. 공포에 몸이 덜덜 떨려 목소리는 잠겼고 말도 제대로 나오지 않았다.

"디트리히여, 저 좀 구해주세요. 이렇게 간청합니다! 하겐이 날 죽이고 말 거예요! 그가 날 죽일 거라고요! 내가 여기서 나갈 수 있도록 도와주세요, 디트리히여, 기독교인으로서의 자비로운 마음과 기사로서의 모든 미덕을 발휘해서 제발……"

크림힐트는 지금 자기가 무슨 소리를 하고 있는지도 몰랐다.

디트리히는 크림힐트를 경멸 어린 눈초리로 바라봤다. 그의 눈길은 싸늘했다. 그가 그곳에서 내내 속수무책으로 지켜보아야만 했던 그 모든 끔찍한 전투가 오로지 크림힐트 때문에 일어난 것이었기 때문이다. 그런데 그런 그녀가 지금 간청을 하고 있다니…… 나를 구해달라고! 그녀 스스로가 야기한 가혹한 운명에 그저 맡겨두어야 하는 것 아닌가? 아무런 죄도 없는 수많은 사람들이 이미 그녀 때문에 목숨을 잃었고, 게다가 이것은 끝이 아니라 시작에 불과했다. 그러나 그동안 크림힐트가 너무나 많은 고통을 겪어온 것도 사실이다. 그녀의 가엾고 괴로움에 지친 머릿속에서 무슨 일이 일어났었는지는 오직 하느님만이 아실 뿐이었다. 게다가 좀 전에 하겐은 크림힐트의 눈앞에서 그녀의 불쌍한 어린 아들을 죽였다. 예전에 지크프리트를 죽였던 것처럼! 그렇다, 그건 한 여인이 겪어내기에는 너무도 힘든 일들이다.

디트리히의 표정에서 싸늘함이 점차 옅어졌다. 이제 그의 얼굴에는 넓디넓은 인간에 대한 동정심만이 가득했다. 디트리히는 자신의 팔을 움켜쥐고 있던 크림힐트의 가녀린 손가락을 가만히 떼어내어 꼭 잡아주었다. 얼음장처럼 차가운 크림힐트의 손이, 크고 따뜻한 디트리히의 손에 안전하게 잡혔다.

"내가 왕비를 도울 수 있도록 한번 애써보겠소."

디트리히는 홀 안을 죽 둘러보았다. 전투를 벌이고 있는 병사들의 얼굴을 구별하기 어려웠다. 찌그러진 투구와 피 칠갑이 된 갑옷을 입고 난무하는 칼날을 피해, 방패 아래 몸을 숙이고 있는 병사들의 모습은 끔찍하기 이를 데 없었다. 마침내 디트리히는 군터를 발견하고 그를 불렀다. 그러나 아무리 크게 외쳐도 디트리히의 목소리는 이내 전투의 소음 속으로 묻혀버렸다. 하는 수 없이 디트리히는 식탁 위로 뛰어올라 두 손을 입가에 모아 손나팔을 만들어 군터를 불렀다. 이번에는 군터 왕뿐만 아니라 다른 사람들까지도 그 소리를 들었다. 병사들은 디트리히의 목소리를 알아들었고, 아무리 지금까지 광기 어린 전투에 사로잡혔었다 하더라도 어느 순간 스스로를 제어하는 능력 정도는 갖추고 있었다. 그리하여 병사들은 잠시 칼을 아래로 내리고 다른 이의 말을 조용히 경청했다.

"듣고 있소, 고귀하신 디트리히여!" 군터 왕이 소리쳤다. "혹시 우리 병사들이 당신을 불편하게 만든 점이라도 있소? 그렇다면 정말 미안하고 그에 대한 보상을 하리다!"

"아니오." 디트리히가 대답했다. "그게 아니라, 우린 지금 무장도 하지 못한 채 여기 이렇게 서 있소. 게다가 이건 우리가 벌인 전투도 아니오. 그러니 나와 내 친구들이 이 홀을 빠져나갈 수 있게 허락해줄 수 있겠소?"

"무장하지 않고 여기 들어온 자가 있으면 누구든 이 홀을 나갈 수 있다고 허락하는 바이오!" 군터 왕이 다시 대답했다. "하지만 적군들이 당신과 함께 도망치지 않도록 우리는 바짝 신경 쓰겠소."

"고맙소, 군터 왕이시여! 당신은 내가 부르군트 일가와 친구라는 것을 잘 알고 계실 것이오. 하지만 나는 에첼 왕의 손님이자 친구이기도 하오. 그래서 나는 이 전투에서 한발 물러나 있을 수밖에 없다오. 하느님께서 당신을 보호해주시길!"

디트리히는 식탁에서 뛰어 내려와 크림힐트와 에첼 왕의 손을 잡고 그들을 홀 입구로 인도했다. 그 뒤를 베른 출신의 기사들과 뤼디거, 그리고 뤼디거의 부하들이 따랐다.

폴커와 당크바르트가 피범벅이 된 갑옷을 입은 채 문에 기대서 있었다. 그들 주변에 훈족 병사들의 시신이 여기저기 널브러져 있었다.

홀 바깥 계단참 아래에 있던 훈족 병사들이 아무 말 없이 뒤로 물러나며 길을 터주었다. 홀에서 나오는 사람들의 행렬이 모두 다 지나갈 때까지 병사들은 침묵하며 기다려주었다. 그들은 에첼 왕의 얼굴을 쳐다볼 엄두도 내지 못했다. 왕이 얼마나 속상하고 애통해할지를 잘 알고 있었기 때문이다.

바로 다음 순간, 훈족 병사들은 새롭게 전열을 가다듬고 전투를 다시 시작했다. 그들은 먼저 폴커를 향해 늑대떼처럼 달려들었다. 이 끈질긴 놈에게 최후의 일격을 가해, 이제 그만 숨통을 끊어놓아야겠다!

그러나 그것은 실패로 돌아갔다. 폴커는 마치 기둥처럼 우뚝 서 있었다. 훈족 병사들은 정면에서 돌격해보기도 하고, 측면에서 살금살금 기어 가보기도 했다. 그러나 폴커의 칼날은 사방에서 나타났다. 번개가 치듯 그의 칼날이 한번 아래로 내려치면, 훈족 병사들은 바닥에 쓰러져 다시는 일어나지 못했다.

홀 안이 점점 조용해지더니 어느 순간 완전히 조용해졌다. 그것은 죽음의 침묵이었다. 홀 안에 있던 훈족 병사들 중 살아남은 자는 단 한 명도 없었다.

홀 바깥쪽 계단참에서 벌어진 전투도 끝이 나 있었다. 지친 당크바르트는 벽에 몸을 기댔다. 홀 안에서 상황이 종료되자 바깥에서 싸우던 마지막 적군들은 그대로 달아나 버렸다.

저 아래 광장에서는 에첼 왕과 크림힐트 왕비가 많은 장수들과 함께 아직도 그 자리에 서 있었다. 전투가 어떻게 끝이 날지 궁금했기 때문이다. 디트리히와 뤼디거만이 그곳에 없었다. 그 두 사람은 도대체 얼마나 불행한 일이 더 벌어질까에 대해 심히 우려했고, 깊은 근심에 휩싸였다.

홀 안에서는 격렬한 전투에 지친 부르군트 병사들이 휴식을 취하고 있었다. 의자 위, 탁자 위, 기둥 옆, 구석의 벽 할 것 없이 사방에 몸을 기대고 누웠다. 많은 병사들이 부상을 입었고, 피 묻은 얼굴에 퀭하니 쑥 들어간 두 눈에는 알 수 없는 분노가 이글이글 타올랐다. 여기저기 부르군트의 투구를 쓰고 조용히 눈을 감고 자는 듯이 누워 있는 병사들은 두 번 다시 깨어나지 않았다.

기젤헤어는 눈을 들어 홀 안을 죽 한번 둘러보았다. 사방에 시신과 무기와 파편 들이 널려 있었다. 그런데 곧 새로운 전투가 다시 시작될 터였다.

"시신들을 바깥으로 옮겨놓읍시다." 기젤헤어가 하겐에게 말했다. "전투를 계속하려면 자리를 만들어야 합니다!"

하겐이 느릿느릿 자리에서 일어났다.

"그대 말이 옳소! 자, 다들 그만 일어나시오. 시신들을 밖으로 던져버립시다. 시신들이 이렇게 널려 있으면 방해만 될 뿐이오!"

그들은 출입구와 창문을 열고 전투에서 쓰러진 시신들을 바깥으로 내던지기 시작했다. 시신들 중에는 고귀한 신분의 훈족 기사들도 많이 있었다. 에첼 왕과 크림힐트 왕비는 그 모습을 보고 끔찍한 공포와 분노에 사로잡혔다. 그럼에도 두 사람은 그 자리를 벗어날 수 없었다. 저 위 홀 문 앞에 하겐과 폴커가 새로운 보초병들을 거느리고 나타났기 때문이다.

한동안 계단 위나 계단 아래에서 침묵이 흘렀다. 그러다 갑자기 하겐이 입을 열었다.

"불쌍한 에첼 왕이여, 당신의 녹을 먹는 신하들을 그렇게 많이 거느리고 있었건만, 그들이 당신 옆에서 울고불고 한탄할지언정 정작 당신을 위해 나서서 싸울 사람은 하나도 없구려!"

그 말을 들은 덴마크 출신의 이링이 앞으로 뛰어나왔다.

"이제 그만하시오!" 그는 하겐의 모욕에 화가 나서 얼굴이 시뻘게졌다. "당신은 그 말에 대한 대가를 치러야 할 것이오, 하겐! 내 무기를 가져오너라!"

이링의 봉건 영주인 하바르트와 이링의 사촌인 튀링겐 출신의 이른프리트도 이링을 따라서 하겐과의 전투에 참가하고자 했다. 그들은 모두 부하들에게 무장하라고 명령한 뒤, 엄청난 무리를 이루어 이링을 따라 홀 안으로 들어갈 참이었다.

바로 그때 폴커가 다시 모욕적인 말을 던졌다.

"이것 좀 보게. 이링은 단 한 명과 결투를 벌이기 위해 막대한 병력을 끌어모아 오는구먼!"

용감한 덴마크의 기사가 그런 모욕을 참을 리 없었다. 그는 친구들에게 혼자 결투에 응하게 해달라고 오래도록 간청했고, 결국 친구들은 허락했다.

마침내 분노에 가득 찬 이링은 하겐을 향해 달려들었다. 그러나 트론예 출신의 하겐은 아무리 가서 부딪쳐도 꿈쩍도 하지 않는 우뚝 선 바위와도 같았다. 둘이 치고받는 소리가 홀의 둥근 천장에 메아리쳤다. 이링은 화가 나서 참을 수 없었다. 바로 옆에서 폴커의 비웃는 소리가 들렸기 때문이다. 그 순간 이링은 하겐 대신에 폴커에게 먼저 달려들었다.

폴커는 이링의 방패를 쳐서 두 조각 냈다. 화가 머리끝까지 치솟은 이링은 방패를 집어 던지고 홀 안으로 뛰어들어, 이번에는 군터에게 돌진했다. 그다음으로는 게르노트에게 달려들었다. 다른 부르군트의 기사들도 전투에 휘말려들었다. 이링은 부르군트의 기사 네 명을 때려눕혔는데, 모두가 기젤헤어의 부하들이었다. 그래서 이제는 기젤헤어까지 전투에 가담하게 되었다.

기젤헤어는 엄청난 힘으로 칼을 마구 휘둘러 이링의 투구를 사정없이 내려쳤다. 마치 번개에 맞은 것처럼 덴마크의 기사 이링은 바닥으로 쓰러졌다. 바닥에 쓰러진 이링은 한동안 꿈쩍도 하지 않았고, 부르군트의 기사들은 그가 죽었다고 생각했다. 그런데 갑자기 이링은 한 마리 고양이처럼 바닥을 딛고 다시 일어서더니 홀 문을 향해 돌진했다. 새 방패와 새 투구가 필요했기 때문이다.

그런데 하겐이 출입구 앞에 서서 이링을 못 나가게 막았다. 화가 난 이링은 거친 숨을 몰아쉬느라 씩씩거리며 두 손으로 칼자루를 거머쥐고는, 하겐의 머리 위로 있는 힘껏 내려쳤다. 순간 하겐의 얼굴이 피로 뒤덮였고, 두 동강 난 투구는 양쪽으로 갈라져 대롱대롱 매달렸다.

홀을 빠져나온 이링은 계단을 단숨에 뛰어 내려갔다. 크림 힐트가 그에게 달려가 고마움을 표시했다. 망가진 투구도 직접 벗겨주고 튼튼한 새 방패를 가져다주라고 명령했다. 이링은 다시 전의를 가다듬고는 홀로 되돌아갔다. 하겐이 아까부터 그를 기다리고 있었다.

"어서 오시오, 이링 양반." 하겐은 음흉하게 그의 이름을 불렀다. "좀 전에 입은 작은 상처가 날 제대로 흥분시키는구려!"

어마어마한 힘으로 휘두른 발뭉이 용감한 덴마크의 기사 이링의 갑옷을 뚫고 가슴 깊숙이 박혔다. 그것으로 끝이었다. 이링은 자신이 더 이상 싸울 수 없으리라는 것을 직감하고는 문을 향해 걸음을 옮겨놓기 시작했다. 바로 그때 하겐이 다시 몸을 굽혀 때마침 바닥에 놓여 있던 창을 집어 들더니, 부상당한 이링을 향해 냅다 던졌다. 창은 이링의 투구를 뚫고 머리에 가서 박혔다. 이링은 비틀거리며 간신히 계단을 내려가, 마침내 크림힐트의 발밑에 가서 쓰러졌다.

크림힐트는 무릎을 꿇고 이링의 머리에 박힌 창을 빼주려고 애쓰면서 애통하게 흐느꼈다. 이링은 마지막으로 눈을 떴다.

"울지 마세요, 왕비마마." 이링은 가까스로 말을 이었다.

"저는 왕과 왕비마마께 목숨을 다해 충성을 바쳤습니다!"

이를 본 하바르트와 이른프리트가 부하들을 이끌고 홀 안으로 돌진해 들어갔다. 폴커는 투구 끈을 꽉 조여 맸다. 그의 뻔뻔스러운 얼굴에 진지한 빛이 번지더니, 적군이 돌진해 오는 모습을 보았을 때는 거의 슬픈 표정으로 변해 있었다.

"잘 보아두시오." 폴커는 하겐에게 말했다. "이것으로 우리의 파멸이 시작된 거요. 우리가 훈족을 상대로 싸웠을 때는 어쩌면 거기서 벗어날 수 있는 가능성이 있었을지도 모르오. 하지만 같은 종족끼리 대적하게 되면 그것은 곧 파국을 의미하오."

홀 안에서는 이전보다 더 큰 혼란이 소용돌이쳤다. 하겐은 격렬한 전투가 재개된 지 얼마 지나지 않아 맨 먼저 하바르트를 죽였다. 튀링겐의 덩치 큰 장수 이른프리트는 오래도록 폴커와 사투를 벌였는데, 결국은 그 역시 바닥에 몸을 뻗고 길게 누워서 다시는 일어나지 못했다. 많은 수의 부르군트 병사들도 목숨을 잃었다. 튀링겐과 덴마크 출신의 병사들은 그리 만만한 상대가 아니었다. 그들은 마지막 한 사람의 목숨이 붙어 있을 때까지 싸웠다. 그러고는 또다시 사방에 정적이 흘렀다.

"투구를 잠시 벗어라!" 하겐이 명령했다. 그는 들고 있던 방패를 벽에 기대어 세워두었다. "저들이 잠시 쉴 틈을 주려나 보다. 내 생각에, 훈족 병사들은 한동안 슬퍼할 일이 충분히 있을 것이다."

그는 폴커를 찾았다. 어느새 폴커는 다시 출입문으로 가 문밖에 서서, 방패에 몸을 기대고 보초를 서고 있었다.

저 아래 넓은 광장은 이제 텅 비어 있었다. 성의 뾰족한 탑과 둥근 지붕의 그림자만이 모래바닥 위에 드리워져 있었을 뿐이다. 태양이 벌써 서쪽 하늘로 낮게 기울었고, 에첼 왕과 크림힐트 왕비는 남은 신하들을 모두 데리고 광장을 떠난 지 오래였다.

부르군트의 병사들은 곧 죽을 것처럼 지친 몸을 이끌고 아무 말 없이 앉아 있었다. 피와 땀으로 뒤범벅된 머리카락은 수척해진 얼굴에 마구 헝클어진 채 제멋대로 달라붙어 있었다. 창문을 통해 들어온 서늘한 저녁 공기에 그나마 조금 기운을 차릴 수 있었다.

그러나 다시 온 것은 신선한 저녁 공기뿐이 아니었다. 훈족의 병사들도 다시 돌아왔다. 새로운 무리들이 끝도 없이 밀려들어왔다. 그들은 모두 지금까지 크림힐트에게 적지 않은 양의 재물을 받은 장수들이 이끄는 병사들이었다. 그들의 머리에도 이미 피가 엉겨 붙어 있었다. 그러나 무슨 상관이랴. 거대한 훈족의 왕국에는 사람들이 셀 수 없이 많지 않은가!

피곤에 지친 부르군트의 장수들은 자리에서 벌떡 일어나 다시 무기를 집어 들었다. 부르군트의 왕들은 자기들끼리 몰래 말했다. 이렇게 끝도 없는 전투를 계속하느니, 차라리 져도 좋으니 모든 게 빨리 끝나버렸으면 좋겠다고. 어차피 이기나 패하나 마지막은 모두 죽음으로 끝나는 법 아니냐며……

그래서 그들은 병사를 이끌고 다가오는 훈족의 장수들 중 가장 가까이에 있는 장수에게, 에첼 왕과 크림힐트 왕비와 보상과 평화에 대해 얘기하고 싶다고 소리쳐 말했다. 훈족의 장수들은 그 말을 듣고 보상과 평화 따위는 죽어서나 맛보는 것이라며 코웃음을 쳤지만, 어쨌든 왕과 왕비에게 들은 말을 전했다. 날은 저물어 이미 밤이 되었다.

에첼 왕과 크림힐트 왕비는 즉시 대화의 장으로 나왔다. 부르군트의 왕들도 얼른 광장으로 내려와 그들을 맞았다. 어두운 밤 한가운데 사방에 밝혀놓은 횃불만이 이글이글 타오르고 있었다.

군터 왕이 보상과 평화에 대해 말을 꺼내자 에첼 왕은 고개를 절레절레 흔들었다.

"내 아들과 친구들을 죽인 마당에 당신들이 대체 무슨 보상을 어떻게 해주겠단 말이오? 아니오, 당신들이 죽는 것밖에는 다른 보상은 없소!"

희미한 횃불에 비친 에첼 왕의 얼굴은 낯설고 무시무시해 보였다.

부르군트의 왕들은 순전히 훈족과의 우정을 믿고 좋은 마음에서 여기 온 것이다, 블뢰델린이 먼저 공격해 와 부르군트의 시종들을 모두 죽였기 때문에 어쩔 수 없이 목숨을 지키기 위해 시작된 싸움이다, 하며 열심히 설명해댔지만 아무 소용이 없었다.

기젤헤어가 두 손으로 크림힐트의 어깨를 꽉 움켜잡고 말했다.

"내가 대체 너에게 뭘 잘못했느냐? 예전에 우리가 어떻게 지냈었는지, 넌 다 잊어버린 거냐? 지금 너는 우리 모두를 다 죽일 셈이냐?"

기젤헤어는 크림힐트가 얼마나 온몸을 떨고 있는지 고스란히 느꼈다.

"아니에요." 크림힐트는 깜짝 놀라 덜덜 떨며 나지막이 말했다. "아니에요, 그런 걸 원했던 게 정말 아니라고요! 단 한

391

번도 그렇게 생각해본 적 없어요, 기젤헤어 오빠! 하겐을 원했을 뿐이에요. 제게 하겐만 넘겨주세요. 그럼 오빠들은 모두 자유의 몸이에요! 오빠에게 맹세할게요. 제가 에첼 왕에게 간청해서 오빠들을 모두 풀어주라고 할게요!"

기젤헤어는 크림힐트의 어깨를 잡았던 손을 천천히 놓고 두 팔을 아래로 떨어뜨렸다. 그는 자기 자리로 되돌아갔다.

"싫다." 기젤헤어는 큰 소리로 단호하게 말했다. "정 그렇다면 차라리 우리 모두 같이 죽겠다. 우리 중 한 사람을 희생시키는 일은 하지 않을 거야."

크림힐트는 또다시 참을 수 없는 분노가 끓어올랐다. 그 분노는 순식간에 눈앞을 캄캄하게 하고 머릿속을 하얗게 만들 정도로 강력해 스스로를 두려워하게 만드는 감정이었다. 크림힐트는 그길로 몸을 돌려 언제라도 전투 명령이 떨어지기를 기다리고 있는 훈족의 장수에게로 다가가서 말했다.

"저 인간들을 모두 다시 홀 안으로 몰아넣고 가둬라! 그리고 궁수들을 불러 불화살을 쏘아 저 홀을 모두 불태워버려라!"

그러고 나서 크림힐트는 어둠 속으로 총총 사라졌다.

명령이 떨어지기가 무섭게 화살과 창이 우박처럼 부르군트 장수들의 머리 위로 빗발쳤다. 칼도 방패도 들고 나오지 않았으므로 다시 홀 안으로 뛰어 들어가는 수밖에 별다른 방도가 없었다.

이제 홀 밖에서는 어두운 밤을 뚫고 도깨비놀음 같은 기괴한 광경이 펼쳐지기 시작했다. 성벽과 발코니 위, 성을 둘러친 방어벽 위로 시커먼 형상들이 소리 없이 나타났다. 그러더니 캄캄한 밤하늘에 별똥별이 쏟아져 내리듯 작은 불꽃들이 여기저기 공중에서 춤을 추기 시작했다. 그러나 불꽃들은 하늘에서 쏟아지는 것이 아니었다. 그 불꽃들은 성벽과 성을 둘러친 톱니 모양의 흉벽에서 날아드는 것이었다. 불꽃들은 부드럽게 둥근 반원을 그리며 밤하늘을 날아서, 정확히 홀의 지붕으로 가 꽂혔다. 날아든 불꽃은 목재 지붕에 단단히 박혀 타오르기 시작했다. 대들보가 우지끈 소리를 내며 삐거덕거렸다. 여기저기서 드문드문 노란 불꽃이 솟아오르더니 곧 사방이 불꽃으로 뒤덮였다. 오래된 나무는 바짝 말라 있어 마치 지푸라기가 타는 듯 순식간에 활활 타올랐다. 이제 홀의 지붕이 거대한 불바다로 변했다. 부르군트의 병사들은 이를 악물고 그 광경을 지켜보았다. 창문을 통해 실내로 들어온 연기 때문에 호흡이 곤란했다. 이제는 공기까지 뜨거워져 숨이 턱

턱 막혔다. 입속에 든 혀는 나무토막처럼 단단해져 안에서부터 목이 콱 막히는 것 같았다. 참을 수 없는 갈증이 밀려와 고통스러웠다. 여기저기서 쉰 목소리로 신음 소리를 내뱉으며 병사들은 하나둘씩 쓰러져갔다. 바닥에 드러누운 병사들은 두 번 다시 일어나지 못했다.

출입문 앞에 있던 하겐과 폴커가 홀 안으로 뛰어 들어왔다. 불이 붙은 대들보가 사방에서 무너져 내리려고 했기 때문이다. 머리 위의 둥근 천장이 뜨거운 열을 견디다 못해 갈라지기 시작했다. 쩍 벌어진 틈으로 안에 있던 활활 타는 나무토막들이 바닥으로 떨어졌다. 하겐과 폴커는 불이 붙은 채 떨어지는 나무토막들을 방패로 막아내고, 이미 아래로 떨어진 불덩이들은 온통 바닥에 흥건히 고여 있던 피를 묻혀 발로 밀어 껐다.

그사이 바깥 광장에서는 훈족의 병사들이 크게 환호성을 지르며, 광포한 적군이 화염 속에서 비참하게 죽어가는 모습을 안전한 거리를 두고 구경하기 위해서 발 디딜 틈 없이 모여들었다.

그러나 적들은 아직 살아 있었다. 둥근 천장이 갈라지고 터지기는 했지만, 아직 무너지지는 않았던 것이다. 다만 숨을 쉴 수 없었다. 공기는 녹아내린 쇠처럼 뜨거웠고, 사방의 벽에서도 참을 수 없는 열기가 뿜어져 나왔다. 병사들이 지니고 있던 무기는 고통스러운 짐이 되었다. 눈이 따가워 뜰 수가 없었고 머리카락과 수염은 모두 시커멓게 그을렸다.

아침이 되었을 때 폴커가 힘겹게 말했다.

"우리는 여기서 모두 철수해야 합니다. 적들이 우리를 발견할 수 없는 곳으로 가야 합니다! 그래서 저들로 하여금 우리 모두 불에 타 죽은 거라고 믿게 해야 합니다."

부르군트의 병사들은 모두 무기를 들고 기다렸다. 열린 창문을 통해 신선하고 차가운 아침 공기가 들어왔고, 병사들은 그것만으로도 지옥을 벗어난 것 같았다.

훈족의 병사 한 무리가 조심스레 계단을 올라가 정찰을 했다. 그러다 그들은 부리나케 다시 아래로 뛰어 내려왔다. 무장한 부르군트의 장수들과 정면으로 맞닥뜨렸기 때문이다. 그들은 서둘러 크림힐트에게로 갔다. 크림힐트는 창가에 서서 그들이 오는 것을 보고 있었다. 이제 모든 것이 끝났구나, 하고 그녀는 생각했다. 마침내 하겐이 죽었구나. 기젤헤어나 혹은 다른 사람들 생각은 하지 말아야지. 아니다, 더 이상 아무것도 생각하고 싶지 않다! 나는 그저 하겐이 죽었다는 사실만 알고 싶다! 크림힐트는 훈족의 정찰병들을 맞았다.

"왕비마마, 저들이 아직 살아 있습니다."

병사 하나가 말했다.

아직 살아 있다고? 아니다, 그들이 살아 있을 리 없다. 이번에는 정말 더 이상 살아 있을 수가 없다.

"그럴 리 없다!" 크림힐트가 참지 못하고 말했다. "내 눈으로 직접 봐야겠다."

크림힐트는 입은 옷 그대로 방을 뛰쳐나가, 복도를 달려 계단을 구르듯 내려가 밖으로 나갔다. 옷자락이 궁전 뜰의 황토색 모래흙을 온통 휩쓸고 지나갔다······

에첼 왕의 화려한 궁은 더 이상 예전의 모습이 아니었다. 연기에 검게 그을린 벽과 여기저기 갈라진 둥근 천장만이 남아 있었을 뿐이다.

문이 있었던 아치형 벽 아래 하겐이 떡 버티고 서 있었다.

12

에첼의 시종장이 뤼디거에게 다가갔다.

"고귀하신 변경백 님, 에첼 왕께서 만나 뵙기를 원하십니
다!"

뤼디거는 서두르지 않고 천천히 자리에서 일어났다. 그러
나 그의 얼굴은 이미 창백하게 변해 있었다. 이제 무슨 일이
벌어질지 잘 알고 있었기 때문이다. 그는 지금껏 내내 그것을
두려워하고 있었다. 뤼디거는 아무 말 없이 시종장의 뒤를 따
랐다.

에첼 왕의 방으로 가자 왕 옆에 크림힐트 왕비가 서 있었
다. 송장 같은 왕비의 모습에 소름이 쫙 끼쳤다.

"뤼디거 변경백." 에첼 왕이 먼저 말을 꺼냈다. 딱딱하게

굳은 그의 목소리와 표정은 낯설기 짝이 없었고, 한순간에 엄청 늙은 것 같았다.

"······우리가 지금 얼마나 큰 고통에 빠져 있는지 당신도 잘 알 것이오. 그런데 내 병사들은 더 이상 그에 대한 복수를 할 여력이 없소. 그대에게 부탁하는 바인데, 부디 저들에게 내 아들과 친구들의 죽음에 대한 벌을 내려주시오!"

그렇다, 이제 올 것이 왔다! 그러나 뤼디거는 그 상황을 받아들이고 싶지 않았다. 그는 재빠르게 에첼 왕 앞에 바짝 다가섰다.

"폐하, 저에게 무엇이든 다 시키십시오. 그러나 그 일만은 부디 거두어주십시오! 저는 그 일을 할 수가 없습니다."

잠시나마 에첼 왕의 눈길에 분노의 빛이 서렸다. 그러나 훈족 왕의 검은 눈동자는 이내 평정심을 되찾고 다시 무표정해졌다.

"나는 그동안 그대에게 엄청난 영지를 봉토로 주었소. 그대가 내 부탁을 들어준다면, 앞으로 더 많은 재물을 하사하여 그대를 부자로 만들어주겠소. 그대가 청하는 것이면 무엇이든 다 들어주겠단 말이오."

"아닙니다, 폐하. 제게 아무것도 약속하지 마십시오! 저는

398

절대로 못 합니다! 그동안 제게 베풀어주셨던 것도 모두 다시 가져가십시오! 저는 차라리 가난한 사람이 되어 제 식솔들만 거느리고 낯선 나라로 가서, 친구들에게 의리를 지키지 못하고 모른 척한 죗값을 치르며 살아가겠습니다. 폐하, 부디 제 입장 좀 헤아려주십시오. 저 사람들은 제 집에 온 손님이었습니다. 그리고 전 기젤헤어 왕과 제 딸의 결혼을 허락했습니다. 그런데 제가 어찌 저들을 죽일 수 있단 말입니까?"

크림힐트는 그때까지 아무 말도 하지 않고 에첼 왕 옆에 서 있었다. 그러다 이제 뤼디거의 얼굴을 똑바로 쳐다보았다. 바로 그 순간, 뤼디거는 더 이상 물러날 길이 없다는 것을 깨달았다.

"뤼디거 변경백, 예전에 그대가 에첼 왕의 청혼을 전하러 보름스로 왔을 때 내게 맹세했었지요. 누군가가 내게 고통을 준다면, 그게 누가 됐든 복수해주겠다고요. 그런데 하겐이 내 아들을 죽였어요. 한 여자에게 그보다 더 큰 고통이 있을까요? 이제 그만 그 약속을 지키시죠!"

뤼디거는 너무도 다급한 나머지, 크림힐트 앞에 무릎을 꿇고 사정했다.

"이렇게 간청드립니다, 차라리 제 목숨을 가져가십시오,

왕비마마! 그러나 복수만큼은 제발 강요하지 말아주십시오!"

크림힐트는 그를 쳐다보지도 않고 아무 말 없이 고개만 가로저을 뿐이었다.

마침내 뤼디거는 자리를 박차고 일어났다.

"왕비마마께서 제게 약속을 지키라고 강요하신다면, 어쩔 수 없이 저들과 싸우다가 죽겠습니다!"

뤼디거는 인사도 하지 않고 문을 박차고 나와 부하들이 있는 곳으로 돌아갔다.

"어서, 전투태세를 갖추어라!" 뤼디거가 명령했다. "우리는 부르군트 병사들과 싸워야 한다. 왕비께서 그것을 원하신다!"

뤼디거의 부하들은 그 상황을 이해할 수도 믿을 수도 없었지만, 그래도 명령에 따라 움직였다.

폴커가 뤼디거의 부대가 다가오는 것을 보았다. 그는 부르군트의 왕들에게 보고했다.

"우리를 구해줄 지원병들이 오고 있습니다!"

기젤헤어가 뤼디거의 얼굴을 알아보고는 크게 기뻐하며 말했다. 폴커는 이해하지 못하겠다는 표정으로 기젤헤어를 쳐다보았다. 나중엔 거의 동정심 어린 표정으로 바뀌었다.

"당신은 친구들이 칼을 뽑아 들고 다가오는 것을 본 적이 있소?"

그럼에도 불구하고 모두가 뤼디거에게 인사를 하기 위해서 달려 나갔다. 어쩌면 마음속 깊이 일말의 희망을 버리지 않고 있었기 때문인지도 몰랐다.

뤼디거 변경백은 계단참에 멈춰 서서 방패를 몸 앞으로 가져와 바닥에 세웠다.

"전투태세를 갖추도록 하시오, 부르군트의 장수들이여!" 뤼디거는 더 이상 말을 잇기 힘들었다. "내게 이보다 더 고통스러운 일은 없소만, 왕비께서 내게 약속을 지키라고 종용하시니 어쩔 수가 없소!"

부르군트의 장수들은 한동안 아무 말도 하지 못했다. 침묵을 깨며 군터 왕이 지친 목소리로 말했다.

"우리는 당신이 친구로서 찾아온 줄 알았소. 당신 집에서 우리가 손님으로 지냈던 때를 잊은 것이오?"

게르노트가 계단을 뛰어 내려갔다.

"도대체 이 무슨 웃기지도 않은 미치광이 놀음 같은 상황이오? 당신이 직접 나한테 선물로 준 칼을 빼 들고, 지금 당신을 상대로 싸우기를 바라는 것이오?"

기젤헤어의 젊고 선한 얼굴을 마주한 변경백의 눈에서 눈물이 솟구쳐 올랐다.

"디틀린데가 매우 불행해질 텐데요." 기젤헤어가 침통하게 말했다. "아무튼 전 결코 당신을 향해 칼을 겨누지는 않을 겁니다."

"뤼디거 변경백." 하겐이 소리쳤다. "고틀린데가 내게 선물한 이 방패가 보이시오? 훈족 병사들이 못 쓰게 망가뜨렸소. 내게 당신의 방패만큼 좋은 방패만 있다면 걱정이 없겠소!"

그 말에 뤼디거는 자기 방패를 들어 하겐에게 내밀었다.

"그렇다면 이것을 가지시오! 이 방패를 들고 라인 강변의 고향으로 돌아가게 되기를 바라겠소!"

변경백이 건네는 마지막 선물을 보고 그 자리에 있던 장수들의 눈이 촉촉하게 젖었다. 강퍅하고 잔인한 하겐조차도 마음이 움직였다.

"이 모든 것은 하느님께서 갚아주실 것이오!" 하겐이 말했다. "이 싸움에서 내가 당신을 향해 무기를 드는 일은 절대로 없을 거요. 그렇다면 내 손은 저주를 받아 마땅하오."

"나도 털끝 하나 건드리지 않겠소!" 폴커도 맹세했다. "당신보다 더 훌륭한 장수를 본 적이 없소!"

시종 하나가 뤼디거에게 새 방패를 가져다주었다. 뤼디거는 방패를 아무렇게나 성의 없이 받았다.

"당신들은 라인 강변에 있고, 나는 죽어 무덤 속에 있었더라면 좋았을 것을!" 뤼디거가 절망적으로 말했다. "그런데 이제 난 우리의 운명을 바꿀 수가 없소. 하느님의 은총이 있기를 바랄 뿐이오!"

뤼디거는 계단을 뛰어 올라갔다. 하겐과 폴커가 뒤로 물러나며 홀로 들어가는 문을 터주었다. 뤼디거의 뒤를 따라서 베헬라렌의 기사들도 뛰어 들어갔다.

너무도 깊은 절망에 화가 난 뤼디거는 강요받은 전투에 온몸을 집어 던졌다.

부르군트의 장수들은 머뭇거리며 전투에 임했다. 아직은 이 전투를 조종하는 광기 어린 운명의 장난을 가려낼 능력이 있었기 때문이다. 그러나 한번 전투의 소용돌이에 빠져들면, 모든 병사들은 자기 의지에 따라 행동한다고 착각하게 된다. 실제로 모든 운명의 결정권은 그들의 손을 벗어난 지 오래였다.

부서진 둥근 천장에 또다시 전투의 소음이 메아리쳤다. 하겐과 폴커와 당크바르트는 수많은 뤼디거의 부하들을 베어 쓰러뜨렸다. 그러나 그들과 기젤헤어는 정작 뤼디거와는 맞닥뜨리지 않기 위해 세심하게 신경 썼다. 게르노트는 참담한 심정으로 부하들이 하나둘씩 뤼디거의 칼에 맞아 죽어가는 것을 바라보아야만 했다. 그 순간, 어쩔 수 없이 그 둘이 맞붙게 되었다.

"이제 당신은 당신이 준 선물에 부상을 입어야 하는 운명에 처했소."

게르노트는 이렇게 외치고는 변경백을 향해 달려들었다.

둘의 결투는 짧게 끝났다. 뤼디거의 칼날이 게르노트의 투구를 가르면서 머리에 상처를 냈다. 게르노트는 쓰러지는 마지막 순간까지 칼을 휘둘러, 뤼디거의 갑옷을 뚫고 목을 베었다. 피가 폭포수처럼 흘러나왔다. 뤼디거는 느린 동작으로 무릎을 꿇더니 앞으로 고꾸라졌다. 그러자 그의 머리가 게르노트의 어깨에 가서 얹혔다.

폴커는 두 사람이 동시에 쓰러지는 모습을 목격했다. 둘 다 이 전투와 아무런 상관이 없는 사람들이었는데 희생당한 것이다. 폴커는 당장이라도 두 사람이 쓰러진 곳으로 달려가고 싶었다. 그러나 전투의 북새통 속에 그쪽까지 갈 수가 없었다. 그들은 이제 끝까지 싸우는 수밖에 다른 방도가 없었다. 그것이 바로 무슨 일이 있어도 참혹한 종말을 향해 끝까지 가야만 하는 인간의 운명이 지닌 끔찍한 면이었다.

죽을 만큼 지친 부르군트의 병사들이 다소나마 휴식이라도 취할 수 있을 때쯤, 남은 병사들의 숫자는 얼마 되지 않았다. 뤼디거와 베헬라렌에서 온 병사들은 모두 다 죽었다. 게르노트와 뤼디거의 시신은 나란히 각자의 방패 위에 길게 누워 있었다. 문 앞에는 폴커가 기대서 있었다. 낯선 초원을 지나온 바람이 투구를 벗은 그의 머릿결을 스쳤다. 어느 누구도 말 한마디 하지 않았다. 모두가 벌써 다 죽은 것처럼 보였다.

아주아주 오랫동안 그들은 그렇게 꼼짝도 하지 않고 있었다. 그때 갑자기 궁전 뜰에서 목소리가 들려왔다.

"그것 보세요, 폐하." 크림힐트가 말했다. "뤼디거는 약속을 지키지 않았어요. 홀 안이 조용하잖아요. 저 사람들은 분명 잠깐 동안 싸우는 시늉만 하다가 휴전한 것이 분명해요."

순간, 폴커가 엄청난 분노에 사로잡혔다.

"이 마녀야, 그 입 다물지 못할까!" 폴커가 소리쳤다. "여기 좀 봐라. 뤼디거는 너에게 충성을 다했고, 자기 부하들과 함께 여기 이렇게 모두 다 죽어서 누워 있다!"

부르군트 병사들은 밖에 있는 사람들에게 잘 보이도록 뤼디거의 시신을 들어 문 앞으로 옮겨놓았다.

에첼 왕은 한 마리 짐승처럼 포효했다. 그는 가장 충성스러운 친구를 잃었다는 것을 잘 알고 있었다. 크림힐트도 큰 소리로 울부짖기 시작했다. 폴커는 분을 삭이지 못하고 크림힐트를 째려보았다.

"그래." 폴커는 비수같이 날카롭게 조롱했다. "네게는 당연히 가슴 아픈 일이겠지. 우리를 죽일 누군가를 또 찾아야 할 테니 말이야. 우리 중의 몇 명은 아직까지 살아 있거든."

에첼의 성 안에 뤼디거가 죽었다는 소식이 들불처럼 전해졌고, 모두가 훌륭한 변경백의 죽음을 애도했다.

뤼디거의 사망 소식을 들은 베른 출신의 디트리히는 그 누구보다 깜짝 놀라며 슬퍼했다. 그는 부르군트 일행이 도착한 직후부터 뭔가 끔찍한 일이 생길 것을 예감했었다. 그런데 뤼디거가 도대체 그들과 무슨 상관이 있어서 죽는단 말인가?

"우리는 무엇이 진실인지 직접 들어야겠다." 디트리히가 단호하게 말했다. "나는 이 모든 것을 도저히 믿을 수가 없구나!"

볼프하르트도 깜짝 놀랐다.

"제가 가서 부르군트 사람들에게 물어보고 오겠습니다."

그가 흥분하며 말했다. 그는 디트리히와 많은 전투에서 함께 싸운 용감한 장수였다. 디트리히 옆에서 자청하고 나선 약간 각진 얼굴을 한 볼프하르트는 마치 소년처럼 보였다.

디트리히는 참을성 있게 웃으며 말했다.

"자네는 너무 성급한 면이 없지 않아 있네, 볼프하르트. 더이상의 분쟁이 있어서는 안 될 것이야. 헬프리히가 처리해줄 걸세!"

그러나 헬프리히는 부르군트인들에게 가는 도중에, 사방에서 부르군트 병사들이 뤼디거를 죽였다고 말하는 사람들을 만났다. 더 이상 물어볼 필요도 없다고 생각한 헬프리히는 그 길로 가던 길을 되돌아왔다.

아멜룽족 사람들 역시 뤼디거의 소식을 듣고 큰 슬픔에 빠졌고, 부르군트인들에 대해 적대감을 가졌다. 아멜룽족 사람들이 디트리히 왕과 함께 에첼의 왕국으로 이주해온 이후로, 뤼디거 변경백은 그들 모두에게 좋은 친구였기 때문이다.

디트리히는 사람들이 분노하며 전하는 소식을 아무 말 없이 가만히 듣고만 있었다.

"그곳에서 도대체 무슨 일이 있었는지, 내가 직접 알아봐

야겠다." 마침내 디트리히가 말했다. "뤼디거는 절대로 자진
해서 부르군트 사람들과 전투를 벌이지 않았을 것이다!"

디트리히는 병기대장 힐데브란트에게 가서 자세한 사정을
알아오라고 일렀다. 나이 지긋한 장수인 힐데브란트가 사정
을 알아보러 나갔다. 바깥에서 힐데브란트는 볼프하르트를
만났다. 그는 아멜룽인들로 이루어진 큰 부대를 이끌고 열심
히 자기들끼리 이야기를 나누고 있었다.

볼프하르트는 숙부 힐데브란트를 못마땅하다는 듯 쳐다보
며 말했다.

"무기도 들지 않고 가시렵니까? 제 생각에 이 궁전은 무기
없이 다니기에는 너무 위험한 것 같은데요."

"네 말이 맞는 것 같다."

나이 지긋한 힐데브란트는 곰곰이 생각하더니 무기를 가져
오라고 시켰다.

힐데브란트는 얼마 가지 않아 뒤에서 갑옷 입은 남자들 한
무리가 따라오는 소리를 듣고 깜짝 놀라 뒤돌아보았다. 볼프
하르트가 베른 출신의 기사들을 모두 무장시켜 뒤따라오고
있는 것이 아닌가.

"여기서 뭐 하는 거냐?" 힐데브란트가 볼프하르트에게 물

였다. "디트리히 님께서 네게 명한 것이냐?"

"아닙니다." 볼프하르트는 뻔뻔스럽게 대답했다. "명을 받지는 않았지만, 우리는 숙부님과 함께 갈 겁니다. 혼자 가시면 무슨 일이 생길지 모릅니다."

힐데브란트가 아무리 뜯어말려도 그들을 떼어놓을 수가 없었다. 뤼디거의 죽음이 그들을 몹시 화나게 만들었기 때문이다.

하겐과 폴커가 홀 앞에 서서 그들이 다가오는 것을 보고 있었다.

"저기 아멜룽의 병사들이 오고 있군!" 폴커가 나지막이 말했다. "뤼디거 때문에 저 사람들은 우리를 원수로 여기고 있소."

힐데브란트는 방패를 내려놓았다.

"디트리히 님께서 저를 이곳으로 보내, 당신들이 뤼디거를 죽인 것이 사실인지 알아보라고 했소."

"나 자신도 그게 사실이 아니기를 바라고 있소."

하겐이 침통하게 말했다.

저 아래 계단참에 떼 지어 모여 있던 아멜룽의 병사들이 그 말을 듣고 화가 나 소리쳤다.

"그렇다면 시신이라도 넘겨주시오." 힐데브란트가 정중하게 부탁했다. "우리가 그분께 예를 갖추어 장례를 치러드릴 수 있게 말이오."

"데려가시오!" 폴커가 퉁명스럽게 말했다. 사람들이 뤼디거의 죽음에 대한 책임을 자신들에게 묻는 것이 너무나 화가 났기 때문이다. "우리는 이제 너무 피곤하니, 당신들이 그를 위해 마지막 봉사를 하면 되겠구려."

그러자 화가 난 볼프하르트가 대꾸했다.

"말조심하시오, 연주자 양반!" 그가 소리쳤다. "우리를 건드리지 않는 게 좋을 거요! 내가 우리 주인에게 허락만 받았어도 당신들은 다 죽었소!"

폴커는 이 버르장머리 없는 청년에게 비꼬며 말했다.

"이보게 젊은 친구, 자네는 누가 하지 말라고 하면 아무것도 안 할 정도로 말을 잘 듣는 청년인가 보군!"

그 말에 볼프하르트의 인내심은 바닥이 났다. 그는 칼을 뽑아 들고 앞으로 곧장 뛰어나갔다. 그러나 숙부 힐데브란트가 마지막 순간에 그의 팔을 꽉 잡고 놓아주지 않았다.

"너는 또 바보같이 화를 참지 못해 멍청하게 날뛰는 거냐? 그래서 우리 주인의 얼굴에 먹칠을 할 심산이냐?"

"버릇없는 놈을 그냥 놔두시지요, 병기대장 양반!" 폴커가 소리쳤다. "녀석은 워낙에 사나워 내가 좀 길들여야 할 것 같습니다!"

화가 머리끝까지 치민 볼프하르트는 힐데브란트의 손을 뿌리치고 계단을 단숨에 달려 올라갔고, 아멜룽의 병사들이 그 뒤를 따랐다.

힐데브란트가 뒤에서 싸움을 중단하고 평화를 유지하라고 몇 번이고 소리쳤지만, 아무 소용이 없었다. 재앙은 더 이상 멈출 수 있는 상태가 아니었고, 마침내 힐데브란트까지 끔찍한 재앙 속으로 끌려들어 가버렸다.

그동안의 일들과 지금 일어나고 있는 일들에 대한 분노가 볼프하르트를 사로잡았다. 게다가 전투의 소용돌이 속에서 하겐의 끔찍한 얼굴이 눈앞에 나타나자, 그만 이성을 잃고 사방으로 공격해대기 시작했다.

볼프하르트는 폴커를 향해 달려들었다. 동료 볼프빈이 볼프하르트를 돕고자 자기가 먼저 폴커에게 달려들었다가, 잠시 후 죽임을 당했다. 헬프리히는 당크바르트에게 달려들었는데, 이미 지칠 대로 지쳐 있던 당크바르트는 오래 버티지 못하고 죽었다. 디트리히의 여동생의 아들인 베른 출신의 새파랗게 젊은 영주 지게슈타프는 폴커에게 공격을 시도했다가, 엄청난 힘으로 내려치는 칼에 맞아 투구와 머리통이 두 동강이 나서 죽었다. 지게슈타프가 쓰러지는 모습을 본 힐데브란트가 홀을 가로질러 폴커에게 달려들었다. 두 사람은 두 마리의 야생 멧돼지처럼 거칠게 몸싸움을 벌였고, 그것이 폴커의 마지막 싸움이었다. 그동안 충직한 문지기 역할을 했던 폴커는 다른 시신들과 나란히 누워 있는 신세가 되었다.

볼프하르트는 건너편에 서 있던 기젤헤어를 발견했다. 둘은 한동안 꼼짝 않고 마주 서서 성난 눈으로 서로를 노려보았다. 그 누구에게도 화를 낼 줄 모르던 상냥하고 젊은 부르군트의 왕은 질풍노도같이 휘몰아치는 불같은 성격의 볼프하르트와 마주 선 것이다. 두 청년의 삶은 이제 막 시작되려는 참이었는데, 이 허망한 전투에서 시작도 하기 전에 끝나버렸다.

둘은 서로의 힘을 모두 다 소진하고 난 뒤 쓰러져, 나란히 바닥에 누워 숨을 거두었다.

연로한 힐데브란트는 지친 발걸음으로 천천히 시신들 사이를 걸어 조카가 누워 있는 곳으로 갔다. 어느 누구도 그런 그를 말릴 수 없었다. 말리고 싶어도 말릴 사람이 단 한 사람도 남아 있지 않았다. 힐데브란트는 볼프하르트의 머리를 감싸 안았다. 바로 그 순간, 젊은 청년은 마지막으로 눈을 뜨고 힘겹게 말했다.

"친구들에게 제가 영광스러운 죽음을 맞이했다고 전해주세요. 왕의 손에 죽었다고요. 그리고 그 왕은 제 손으로 죽였고요!"

그렇다, 그는 아직도 그렇게 어렸다. 그의 얼굴이 편안해지더니 영영 눈을 감고 말았다.

힐데브란트가 죽은 조카를 다시 조심스럽게 바닥에 내려놓았을 때, 누군가가 말하는 소리가 들렸다.

"자, 이제 내 친구 폴커를 죽인 데 대한 죗값을 치르시오!"

힐데브란트는 칼과 방패를 집어 들고 자리에서 일어났다. 하겐이 떡 버티고 서 있었다. 벽에는 군터 왕이 기대서 있었다. 너무나 지친 나머지, 두 눈은 쑥 들어가고 갑옷은 갈기갈기 찢겨 있었다. 그리고 더 이상 아무도 없었다. 부르군트 사람도 디트리히의 병사도 없었다.

군터 왕은 반쯤은 장님이 되어버린 눈으로 이 끔찍한 마지막 전투를 지켜보며 공포에 떨었다. 그것은 죽은 자들의 몸뚱어리끼리 붙어서 싸우는 좀비들의 싸움 같았다.

힐데브란트는 적의 공격을 방패로 막고 치고 하면서, 전투 내내 디트리히가 처소에 혼자 앉아 소식을 기다리고 있을 것이란 생각에 사로잡혀 괴로웠다. 그리고 그에게 끔찍한 소식을 전해야 한다는 생각에 더욱더 괴로웠다.

바로 그 순간, 발뭉이 힐데브란트의 갑옷 옆구리를 뚫고 들어왔다. 따뜻한 피가 아래로 뚝뚝 떨어지는 것을 느낀 힐데브란트는 오랜 삶 동안 단 한 번도 하지 않은 행동을 했다. 그는 칼을 아래로 내려뜨리고 방패를 등 뒤로 돌려 멘 다음, 적을 등지고 홀을 떠났다. 어느 누구도 그것 때문에 이 나이 든 영웅을 비겁한 자라고 욕할 수 없을 것이다. 이 전투에서 힐데브란트까지 목숨을 잃게 되어, 낯선 누군가가 그의 주인인 디트리히에게 자신의 죽음을 알려서는 안 되었다. 또한 디트리히의 충실한 부하 중 단 한 명도 목숨을 건진 사람이 없다고 전해지는 일은 생기지 말아야 했다. 안 된다, 그런 일은 절대로 있어서는 안 된다! 그런데 다른 한편으로는 이런 모습으로 주인 앞에 나타나느니 차라리 목숨을 잃는 순간까지 싸우다가 죽는 편이 더 나을지도 모른다고 생각했다.

디트리히는 힐데브란트를 보고 화를 냈다.

"그러니까 그대는 내 명령을 어기고 기어이 전투를 벌였구

려. 적들이 그대의 나이 든 살갗에 상처를 입히는 것도 무리
는 아니지요!"

"화내지 마십시오!" 힐데브란트는 간청하며 이마에 맺힌
땀을 닦아냈다. 땀은 눈으로 따갑게 흘러내렸다. "부르군트
병사들이 뤼디거의 시신을 우리에게 주지 않겠다고 해서 전
투가 시작된 겁니다."

"그렇다면 그들이 정말로 뤼디거를 죽인 것이 맞단 말이
오!" 디트리히는 힘겹게 의자로 가 앉아 두 손으로 머리를 감
쌌다. "이런 바보 같은 인간들!" 그는 한숨을 내쉬었다. "모
든 기사를 통틀어 가장 훌륭한 기사를! 도대체 왜! 그 이유를
내가 직접 알아봐야겠소. 만약 그들에게 책임이 있다면, 가만
두지 않을 것이오."

디트리히가 자리에서 일어났다.

"내 갑옷을 가져오시오! 그리고 부하들에게 무장하라고 이
르시오. 내가 직접 부르군트 장수들과 이야기해봐야겠소."

힐데브란트는 침을 삼켰다. 목이 조여오는 것 같았다.

"주인님." 힐데브란트는 나지막이 말했다. 절망적이었다.
"제가 누구를 불러야 합니까? 주인님의 부하들은 모두 다 전
사했습니다. 제가 유일하게 살아남은 자입니다. 다른 병사들

은 모두 다 죽어 바닥에 누워 있습니다."

디트리히는 힐데브란트의 말을 알아듣지 못했다. 그는 그 끔찍한 소식을 믿을 수도, 믿고 싶지도 않았다. 전투에 대한 보고를 하는 동안, 힐데브란트의 두 눈에서 눈물이 넘쳐흘렀다. 디트리히의 괴로운 모습을 보느니 차라리 죽고 싶었다.

디트리히는 자리에서 일어났다. 벽에 이마를 대고 한참 동안 꼼짝도 하지 않고 서 있었다. 그가 다시 몸을 돌렸을 때, 그의 표정은 한결 온화해져 있었다. 그러나 그의 손에서는 피가 흘렀다. 손으로 입을 막은 채 이로 물어뜯었기 때문이다.

디트리히는 말없이 손수 갑옷을 꺼내왔다. 힐데브란트가 갑옷 입는 것을 도와주었다. 그런 다음 두 사람은 나란히 부르군트인들이 있는 홀을 향해 갔다.

디트리히는 점차 기운을 차리고 용기도 되찾았다. 그는 평생 동안 끔찍한 일들을 많이 겪었다. 그리고 그것을 어떻게 참고 견뎌야 하는지도 잘 알고 있었다. 이제 그는 부르군트 장수들에게 해명을 요구할 것이다. 그리고 사람이 법을 어겼을 때에는 반드시 벌을 받아야 하듯이, 그들에게도 책임을 물을 것이다. 그러나 막상 여기저기 널려 있는 시신들 한가운데 서 있는 군터 왕의 모습을 보니, 이것이 바로 거대한 한 왕국과 용감한 기사들의 종말이라는 것을 뼈저리게 느꼈다. 그리고 그 어떤 대화도 더 이상 필요치 않다는 것을 깨달았다.

디트리히가 말하기 시작했을 때, 그의 목소리는 완전히 차분하게 가라앉아 다정하게 들릴 정도였다.

"당신들 때문에 난 너무도 고통스럽소. 당신들이 둘도 없는 내 친구 뤼디거를 죽이고, 내 부하들까지 모조리 다 죽여버렸소. 한데 당신네 측도 다 죽고, 이제 하겐과 군터 왕 당신 둘만 남았소. 그러니 당신들은 이제 나에게 포로로 투항하시오. 내가 힘닿는 대로 에첼 왕과 크림힐트 왕비로부터 당신들을 보호해주겠다고 내 명예와 신의를 걸고 맹세하겠소. 그것 말고는 당신들을 구할 방법은 없을 것 같소."

처음에 군터는 벌컥 화를 냈지만, 이내 다시 잠잠해졌다. 앞으로 무슨 일이 벌어지든 자기와는 이제 상관없다는 태도였다. 그러나 하겐의 뻔뻔스러움은 조금도 수그러들지 않았다. 그는 고개를 뒤로 꺾어가며 거칠게 웃어젖혔다. 그런 그에게서 인간의 면모는 찾아볼 수가 없었다.

"당신은 정말로 두 명의 무장한 장수가 사춘기도 되지 않은 사내아이들처럼 얌전히 투항할 거라고 믿소? 천만에, 디트리히 양반, 내 몸 안에 단 한 방울의 피라도 남아 있는 한,

그리 쉽게 당신의 손아귀 안으로 들어가지는 않을 거요!"

순간, 디트리히의 표정이 굳어졌다.

"그렇다면 아예 여기서 끝장을 내야 할 거요."

디트리히는 방패를 앞으로 돌려놓고 공격을 시작했다.

하겐은 여전히 엄청난 힘으로 칼을 휘두르며 디트리히의 투구를 마구 내려쳤고, 발뭉은 그 어느 때보다도 날카롭게 날이 서 있었다. 하지만 그 모든 것에도 불구하고, 그날 낮과 그날 밤에는 트론예 출신 하겐의 어마어마했던 힘도 이미 그렇게 예정되었던 듯 흔적도 없이 사라졌다.

디트리히는 힘이 셌고, 하겐의 너덜너덜해진 갑옷은 더 이상 고트족의 왕 디트리히의 유명한 칼 에케작스 앞에서 속수무책이었다. 에케작스는 하겐의 옆구리에 길고도 깊은 상처를 입혔다. 하겐은 비틀거리며 숨을 헐떡였다. 그러나 그는 쓰러지지도 항복하지도 않았다. 하겐을 몰아세우던 디트리히의 공격도 강도가 조금 약해졌다. 차라리 지금 당장 하겐을 죽여버리는 것이 더 쉬울지도 몰랐다. 그러나 디트리히는 그럴 수 없었다.

갑자기 디트리히는 칼과 방패를 옆으로 집어 던지고 하겐을 향해 달려들었다. 다음 순간, 디트리히는 그의 손에서 발뭉을 빼앗아 휙 하고 저 멀리 던져버렸다. 디트리히의 강철같이 단단한 두 팔이 하겐을 감싸 안았고, 그는 빠져나오려고 몸부림을 쳤지만 허사였다. 더 이상 꼼짝도 할 수 없었다. 하겐은 신음 소리를 내뱉으며 그 자리에 무릎을 꿇었고, 디트리히는 하겐의 손을 등 뒤로 꽁꽁 묶었다.

그는 하겐을 홀 밖으로 끌고 나왔다. 계단을 내려와 황금빛 모래가 햇빛을 받아 반짝이는 궁전의 광장을 지나갔다. 광장에서 보초를 서고 있던 훈족의 병사들은 아무 말 없이 그들을 지나가게 두었다. 그들은 하겐을 지옥의 사탄만큼이나 미워하면서도, 정작 포로로 붙잡힌 그를 조롱하고 비방할 엄두는 내지 못했다. 아직까지도 그 인간이 무서운 건지도 몰랐다.

그들은 크림힐트의 방으로 갔다.

군터는 그렇게 홀을 나가는 두 사람을 뒤에서 쳐다봤다. 순간, 군터는 도망갈 수도 있었다. 당장이라도 홀을 빠져나와 보초병들이 서 있는 바깥으로 나갈 수도 있었다. 그런데 그게 다 무슨 소용이란 말인가? 그가 무엇을 하든 이제 달라질 게 아무것도 없었다. 그래서 군터는 그 자리에서 그대로 기다리기로 했다……

디트리히가 하겐을 잡아 데려오는 모습을 본 크림힐트의

얼굴에 억누를 수 없는 기쁜 기색이 완연했다. 그녀는 양손을 모아 가슴 위에 얹었다. 심장이 터질 것만 같았기 때문이다. 하겐을 쳐다보는 크림힐트의 두 눈이 가늘어지며 실눈처럼 되었다.

"마치 정신을 잃은 사람 같구나."

디트리히는 그런 크림힐트의 모습에 등골이 오싹했다.

"고마워요, 디트리히여!"

크림힐트는 이렇게 외치며 디트리히를 향해 손을 뻗었다. 그러나 디트리히는 그 손을 잡지 않았다. 그는 하겐 앞으로 가서 그를 보호하듯 막아서며, 단호한 표정으로 크림힐트를 쳐다보았다.

"저한테 고마워하실 필요는 없습니다, 왕비마마. 당신을 위해서 하겐을 잡은 것이 아니기 때문입니다. 저는 하겐과 마마의 오빠이신 군터 왕께 약속하기를, 에첼 왕과 왕비마마의 용서를 받아주기로 했습니다. 저는 꼭 그렇게 할 겁니다." 디트리히는 집요하게 말했다. "간청드리건대, 잘 생각해보시고 저를 거짓말쟁이로 만들지 마시기 바랍니다!"

크림힐트는 디트리히의 눈길을 피했다. "네, 네." 대답을 건성으로 하면서 몸은 이미 문 쪽으로 걸어가고 있었다. 궁정 근위병을 부르기 위해서였다.

"하겐을 지하 감옥에 가두고 사슬로 묶어라!"

크림힐트가 명령을 내렸다. 궁정 근위병들은 하겐이 뭐라고 한마디 말도 꺼내기 전에, 그리고 누군가에게 눈길조차 주기도 전에 그를 바로 끌고 나갔다.

디트리히는 천천히 홀로 되돌아갔다. 그가 좀더 신경을 썼더라면, 자신에게나 부르군트의 군터 왕에게 아무 일도 일어나지 않았을는지도 모른다. 그러나 그들 모두에게 일어나지 않았을 일이란 아무것도 없었다. 디트리히가 홀 안으로 다시 들어오는 것을 본 군터 왕은 자리에서 벌떡 일어나 칼과 방패를 집어 들었다. 디트리히는 문 앞에 그대로 서 있었다. 칼도 빼 들지 않았다.

"항복하시오, 군터 왕!"

디트리히는 거의 애원하듯 말했다.

군터 왕은 대답 대신 디트리히를 향해 공격을 시도했다. 부르군트 종족이 지닌 용감한 유전자가 마지막 불꽃을 불사르는 순간이었다. 그러나 마지막 결투가 제대로 시작되기도 전에 군터의 운명은 이미 정해져 있었다……

크림힐트가 군터 역시 결박하여 자기 앞에 끌어다 놓으라고 명령했던 것이다. 크림힐트는 오빠의 얼굴을 쳐다보지도 않았다. 그녀는 군터 역시 하겐과 떨어뜨려 따로 지하 감옥에 가두었다. 크림힐트는 디트리히와도 더 이상 대화를 나누지 않았다. 그녀의 생각은 저 멀리 다른 곳에 가 있는 것처럼 보였다. 디트리히는 부르군트인들이 있던 홀에서 가져온 발몽을 벽에 기대놓은 비단 방석 위에 놓고 나가버렸다. 그는 부르군트인들의 사면을 간청하기 위해 에첼 왕을 찾아 나섰다.

혼자 남은 크림힐트는 뭔가 골똘히 생각에 잠긴 듯 의자 위에 몸을 잔뜩 웅크리고 앉았다. 그녀의 얼굴에 알 수 없는 혼란스러운 표정이 스치고 지나갔다.

이제 뭘 어떻게 해야 하나?

하겐이 드디어 그녀의 손아귀에 들어왔다. 엄청나게 기뻐해도 모자랄 상황이었다. 그런데 이상하게 하나도 기쁘지 않았다. 대신 크림힐트는 덜컥 겁이 났다. 뭔가 무시무시하게 겁이 났…… 어쩌면 그건 끔찍한 외로움일지도 몰랐다. 별도 달도 없이 끝없이 캄캄하기만 한 밤같이 그녀를 칭칭 휘감고 있는 외로움…… 그녀의 가족이었던 모든 사람이 다 죽었다! 에첼? 크림힐트는 에첼 왕을 거의 잊고 있었다. 마치 오래전에 나타났다가, 역시 오래전에 그의 고향인 머나먼 아시아의 초원 지대로 되돌아가기라도 한 듯 그를 잊고 있었다.

하겐이 아직 살아 있었다. 그녀는 그를 죽이고야 말 것이다. 그런데 그다음은? 그를 죽인다고 해서 뭐가 달라진단 말인가? 지크프리트는 다시 살아 돌아오지 못할 것이다. 어린 아들 오르틀리프도, 기젤헤어 오빠도 마찬가지다…… 없다, 아무도 없다, 더 이상 아무도 없다.

크림힐트는 갑자기 화들짝 놀라며 자리에서 일어났다. 세상에 맙소사, 정녕 그녀에게 남은 게 아무것도 없단 말인가?

바로 그 순간, 크림힐트에게 니벨룽의 보물이 떠올랐다. 그래, 그 보물이 아직 있었지. 라인 강 깊은 바닥에 가라앉아 있다고 하더라도, 있는 건 있는 것이다. 많은 양이 남아 있지는 않더라도, 죽은 금덩이고 차가운 금덩이라고 해도 크림힐트는 지금 너무나 가난하기 때문에 지푸라기라도 잡고 싶은 심정이었다. 그것은 적어도 두려움에 떨지 않고 머릿속에 떠올릴 수 있는 유일한 즐거움이었다.

크림힐트는 근위병을 불러 하겐을 자기 앞으로 끌고 오라고 명했다.

"숙부님은 어쩌면 목숨을 건질 수 있을지도 몰라요." 끌려온 하겐에게 크림힐트가 말했다. "니벨룽의 보물을 어디에 숨겨놓았는지 말해주세요. 그러면 목숨만은 살려드릴게요."

처음으로 하겐이 크림힐트의 얼굴을 똑바로 쳐다봤다. 그의 두 눈에 조롱과 경멸의 빛이 가득했다.

"무슨 거짓말을 그리도 열심히 둘러대는 것이오? 아무리 그래도 소용없소! 부르군트의 왕들과 나는 서로 굳게 맹세했소. 우리 중 누구 한 사람이라도 목숨이 붙어 있는 한, 보물을 감춘 장소를 발설하지 않겠다고 말이오!"

크림힐트는 관자놀이를 손가락으로 꾹꾹 눌렀다. 오오······ 다시 올라온다······ 이 끔찍하고도 이글이글 타오르는 분노가······ 크림힐트를 그렇게도 괴롭혀오던 불안과 공포는 바로 이 억누를 수 없는 분노에 대한 두려움이었다! 이 터질 듯한 분노는 머리끝까지, 두 눈까지, 마치 붉은 안개처럼 온 세상을 뒤덮었다.

그녀는 명령을 내렸다.

곧 훈족 근위병 중 하나가 소리 없이 자리를 비웠다. 그는 부르군트의 군터 왕이 앉아 있는 지하 감옥으로 내려가 그의 목을 벴다. 크림힐트 왕비의 분부였다. 그녀는 그 머리를 방으로 가져오라고 했다.

군터 왕의 잘린 머리를 본 하겐은 이를 악물고 득득 갈았다.

"자." 한참 동안 침묵이 흐른 뒤, 마침내 하겐이 갈라진 목소리로 말을 꺼냈다. "그러니까 이제 우리 중 나 하나만 남고 모두가 죽은 것이로군! 아무리 그래도 내 입에서는 절대로 니벨룽의 보물이 어디에 감춰져 있는지 듣지 못할 것이오."

크림힐트는 그에 대해 아무런 대꾸도 하지 않았다. 그녀의 눈길이 붉은색 비단 방석 위에 놓인 발뭉으로 가서 멈췄다. 크림힐트는 이상하게 뻣뻣해진 동작으로 천천히 걸음을 옮겨 발뭉을 향해 다가갔다. 알 수 없는 어떤 힘이 그녀를 끌어당기고 있는 것 같아 보였다.

크림힐트는 에첼 왕이 디트리히와 힐데브란트와 함께 방 안으로 들어오는 것도 보지 못했다. 그녀는 발뭉을 움켜쥐고 한참 동안 뚫어져라 내려다봤다. 그러다가 어느 순간 몸을 홱 돌렸다.

창백한 두 손이 초록색 벽옥으로 장식된 발뭉의 손잡이를 움켜쥐고 높이 쳐든 순간에도, 하겐은 뒤로 물러나지 않고 그 자리에 꼿꼿이 서 있었다. 그는 드디어 종말이 다가왔고, 거기까지가 자신의 운명이라는 것을 잘 알고 있었다. 그래서 그렇게 죽는 것이 아무렇지도 않았다.

그러나 힐데브란트는 하겐과 같은 용맹한 장수가 그렇게

죽음을 맞았다는 것이 견딜 수 없었다.

"한낱 아녀자가 사람을 죽이다니, 그것은 자연의 법칙에 어긋나는 일이다!" 힐데브란트는 혼잣말을 했다. "절대로 용서할 수 없는 일이다."

힐데브란트는 고통으로 가득 찬 얼굴로 칼을 뽑아 들었다.

그는 분노를 이기지 못해 크림힐트를 벤 것이 아니었다. 그저 그렇게 할 수밖에 없었기에 그런 것이다. 저울의 추가 사정없이 흔들리던 끝에 마침내 평정을 되찾고 균형을 이루게 하기 위해서 한 일이었다.

에첼 왕과 디트리히도 그것을 막을 수가 없었다.

디트리히가 크림힐트 옆에 무릎을 꿇었을 때, 크림힐트의 두 눈은 피곤에 지친 듯 감겨 있었다. 그는 그녀의 얼굴에 지금껏 단 한 번도 보지 못했던 평화가 깃들어 있는 것을 보고 깜짝 놀랐다. 모든 난폭함과 고통과 증오는 어느새 흔적도 없이 사라져버렸다.

그것은 모든 일이 일어난 후에 반드시 그렇게 되어야만 하는 대로 이루어진 것이었다.

게르만 민족 최고의 대서사시 『니벨룽의 노래』

게르만 민족의 대서사시이자 중세 기사 문학의 최고 걸작으로 손꼽히는 『니벨룽의 노래』는 그 작자와 연대기가 불분명하다. 유럽의 민족 대이동이 시작된 4~5세기 무렵부터 사람들의 입에서 입으로 오랜 기간에 걸쳐 전해 내려오던 영웅 설화와 전설들이 13세기 초 영웅서사시의 형태로 완성되었다고 알려졌을 뿐, 정작 이것을 집대성한 작자가 누구인지는 전해지지 않는다. 다만 도나우 강 주변 지리에 밝은 오스트리아 태생의 기사나 음유시인, 혹은 주교의 궁에서 지내던 어느 필사자에 의해 문학적으로 집대성되었다고 추정할 뿐이다.

『니벨룽의 노래』는 5세기경 동방의 훈족이 라인 강변에서 부르군트족을 멸망시킨 역사적 사건을 배경으로 하고 있다.

전체 39장, 2444절(한 절은 4행이다)로 구성되어 있으며, 전편인 19장은 영웅 지크프리트와 크림힐트의 결혼, 그리고 지크프리트의 죽음까지를 그려내고 있다면, 후편인 20장은 크림힐트가 훈족의 에첼 왕과 재혼하여 전남편 지크프리트의 살해에 대한 복수를 도모하는 내용이 중심을 이룬다.

궁정을 이상적으로 그리며 등장인물들의 언행을 미화하기 일쑤였던 당시 여타의 궁정기사 문학들과는 달리, 『니벨룽의 노래』는 정치적 음모와 배신, 암살 등 그리 모범적이거나 궁정적이지만은 않은 중세 궁정의 역사적·정치적 현실을 적나라하게 담아내고 있다. 이러한 까닭에 서양 문학 연구자들은 이 작품을 '궁정서사시'가 아닌 '영웅서사시'로 분류한다. 특히 동시대의 다른 궁정서사시와 차별되는 이 작품만의 가장 두드러진 특징을 꼽는다면, 궁정 내부의 갈등이 마지막에 가서 화합과 조화를 도모하는 것으로 해결되지 않고, 파멸로 치달으며 참혹한 비극으로 끝난다는 데 있다.

이 시기 유럽에서는 대체로 아서 왕의 전설을 소재로 한 프랑스 궁정서사시 문학이 널리 퍼져 있었다. 당시 청중들은 『니벨룽의 노래』를 통해 게르만 민족의 영웅 설화를 바탕으로 한 독일 문학을 처음 접하게 된다. 이렇듯 새로운 소재를 다룬 이 영웅서사시는 당대에 큰 성공을 거두게 되고, 이 작품에서 보여주는 게르만 민족의 전형적인 사고방식과 윤리의식, 가치관 등은 오랜 기간 동안 독일 국민들에게 많은 영향을 끼쳤다.

장대한 운명의 대서사시 『니벨룽의 노래』의 의의

화려하고 장엄하면서도 애통하고 비극적인 분위기가 함께 어우러진 영웅서사시 『니벨룽의 노래』는 고대 그리스·로마 시대를 모범으로 삼으며 감정보다는 이성을 강조하던 독일 계몽주의 시기까지는 별다른 주목을 받지 못했다. 그러나 19세기 들어 가장 독일적인 문예사조로 손꼽히는 '질풍노도 Sturm und Drang'의 영향으로 감정의 해방을 부르짖는 한편, 민족 고유의 것에 심취해 있던 당시의 분위기에서 게르만 민족의 전설과 활약상이 담긴 『니벨룽의 노래』에 대한 열광적인 관심은 최고조에 달했다. 이후 바그너가 이 작품을 모티프로 한 4부작 오페라 「니벨룽의 반지」를 탄생시켰고, 이 작품은 19세기 후반 독일 민족의 정체성과 민족주의를 형성하는데 중요한 역할을 담당했다.

당시 진정한 독일을 소재로 한 노래, 독일 민족의 가장 내면적이고 가장 순수하며 가장 전형적인 성격을 묘사한 노래라고 칭송되던 『니벨룽의 노래』에서 두드러지게 강조되었던 점은 독일 민족의 '충성심'이었다. 작품 속에는 충직한 신하들이 대거 등장하는데, 주군을 위해서라면 자신의 모든 것을 바쳐 용감히 싸우며 기꺼이 피를 흘리고 죽음까지 불사한다. 이를 보여주는 가장 대표적 인물이 '하겐'이다. 일례로 그는 부르군트의 왕들이 에첼 왕과 크림힐트의 초대를 받고 훈족의 나라로 떠나는 것에 격렬히 반대하지만, 결국 주군의 뜻에 따라 가기로 결정한다. 비록 그것이 자신의 죽음과 자기가 섬기는 왕들의 죽음, 나아가서는 부르군트의 멸망을 가져오리라는 것을 예견했음에도 말이다.

이러한 측면에 주목해볼 때, 히틀러가 집권했던 제3제국 시대에 『니벨룽의 노래』의 기사들이 보인 군주에 대한 절대적 충성, 종족을 지키려는 처절한 투쟁정신 등이 환대를 받았던 것은 어쩌면 예고된 일이었다. 나치 정권하에서 이 작품은 게르만 민족의 우수성을 조작하고 민족적 이념을 앞세우기 위한 수단으로 오용되었고, 이 때문에 제2차 세계대전 종전 후에 작품 자체에 대한 비판 여론으로 연결되는 안타까운 상황이 벌어지기도 했다.

그러나 현대에 들어서는 이데올로기적인 부분보다는 '반지' 모티프 등 니벨룽 전설의 몇몇 판타지적 요소들이 여러 관점에서 새롭게 다뤄졌다. 오랜 기간 판타지 문학의 고전으로 꾸준한 인기를 누리다, 이후 영화로 제작되어 전 세계인의 마음을 사로잡은 J.R.R. 톨킨의 『반지의 제왕』과 『호빗』 등이 그 대표적인 예라 할 수 있을 것이다. 또한 '용'이나 '난쟁이' 모티프들, '발뭉'과 같은 명검에 관한 무용담들은 게임 콘텐츠로도 적극 활용되고 있다.

이 외에도 『니벨룽의 노래』에는 아득한 옛날 옛적 궁정문화에 대한 가감 없는 서술은 물론이거니와 사랑과 욕망, 충의와 정절, 배신과 복수 같은 인간 본연의 감정과 윤리의식, 신앙심 등이 등장인물들의 묘사를 통해 생생하게 잘 드러나 있다. 그런가 하면 궁정 내에서 벌어지는 온갖 정치적 모략과 술수와 그에 맞서는 인간의 지혜로운 능력과 의연한 태도 또한 흥미롭게 그려져 있다. 이 모든 것들은 오늘날 우리가 세상을 살아가는 데 여전히 적용 가능한 삶의 모델이 되어준다. 따라서 『니벨룽의 노래』는 유구한 세월을 거쳐 우리에게 전해 내려오는 모든 고전이 그러하듯, 오래전 이야기에 그치지 않고 인간 본성의 면면을 생생하게 그려내며 현재에도 유의미한 통찰을 보여주고 있다는 점에서 그 의의가 크다.

원작의 이러한 면을 잘 살려낸 작품이 바로 이 책 아우구스테 레히너의 『니벨룽의 노래』다. 오스트리아 작가 아우구스테 레히너는 다양한 판본과 방대한 분량의 원전을 오늘날 독자들의 눈높이에 맞게 새롭게 써냄으로써, 원전을 가장 이상적인 방식으로 소개한 작가로 평가받고 있다. 그녀가 쓴 『니벨룽의 노래』는 평역본의 모범으로 손꼽히며, 대중적으로도 큰 반응을 얻었다. 출간된 지 50여 년이 흐른 2005년에 '안데르센 기념일 10대 작품'으로 선정되면서 여전히 독자들에게 꾸준한 사랑을 받고 있음을 증명했다.

아우구스테 레히너를 말하다

내가 레히너의 작품들을 처음 접하게 된 것은 독일에서의 오랜 유학 생활을 마치고 귀국할 당시, 내게 적지 않은 학문적 영향을 끼친 한 교수님을 통해서였다. 귀국을 준비하던 내게 마인츠 대학의 고전어 전공 교수 슈피라Andreas Spira 선생은 레히너의 작품 세 권을 직접 사서, 다음 말과 함께 귀국

432

선물이라며 내 손에 들려주었다.

"내가 고전어 전공 교수이고 수업 시간에 고전어로 된 원전들을 학생들과 함께 강독하지만, 작품 전체를 모두 다 읽혀야 할 때는 학생들에게 레히너의 책들을 추천한다. 한국 독자들에게도 꼭 소개가 되었으면 하니, 네가 이 책들을 번역했으면 좋겠다. 원작의 내용이나 뉘앙스를 해치지 않으면서도 적절한 분량과 문체로 원작 이상의 감동과 교훈을 주기 때문이다. 유일한 단점은 한번 손에 잡으면 마지막 장을 덮을 때까지 손에서 놓기가 힘들다는 것이다."

먼 나라 한국에서 온 제자가 번역한 책을 꼭 보고 싶다던 슈피라 선생은 이제 고인이 되었지만, 그분 덕분에 레히너와 그녀의 작품들을 한국 독자들에게 소개하게 되었다.

아우구스테 레히너(1905~2000)는 오스트리아의 대표적인 청소년 문학 작가이다. 인스부르크에서 태어나 인스부르크 대학에서 철학과 역사학을 전공했고, 제2차 세계대전이 끝난 후 본격적으로 청소년 문학을 집필하여 책으로 펴냈다. 레히너는 고대와 중세의 신화와 영웅 설화를 새롭게 작업하여 총 24권의 작품을 발표하였는데, 그를 통해 가치 있는 고전들을 청소년과 일반 대중들에게 확산 및 전달하는 데 큰 역할을 했다.

레히너의 작품들은 1950년대에 대중적으로 큰 성공을 거
둔 이래로 독일어권에서만 발행부수가 수백만 부가 넘는 것
으로 집계되고 있으며, 현재까지도 유럽에서 가장 많이 팔리
는 청소년 도서로 손꼽히고 있다. 이는 레히너의 작품들이 읽
는 재미는 물론이요, 원전이 지니고 있는 문학적 가치와 의의
를 오롯이 담아내어 청소년뿐 아니라 성인에 이르는 폭넓은
독자층을 아우르며 큰 공감대를 불러일으켰기 때문이라고 할
수 있다.

아우구스테 레히너가 새로 쓴 『니벨룽의 노래』

레히너의 작품을 논할 때면 언제나 영웅 설화를 소재로 한
작품을 통해, 작가가 청소년들에게 역사적 지식을 전달하고
자 한다는 점이 강조되곤 했다. 하지만 이 점은 그다지 중요
하지 않다. 레히너는 전설과 신화 속의 소재들을 흥미진진하
면서도 극적으로 표현하는 데 탁월한 작가로, 독자들이 너무
나 흥미롭게 그녀의 작품에 빠져든 나머지 그것이 역사적 사
실인지 아닌지조차 잊게끔 만들기 때문이다. 레히너만의 생

생한 서술 방식을 통해 독자들은 작품 속에서 자기 자신과 동일시할 수 있는 인물을 만나는 이상적인 기회를 얻게 된다. 바로 이 점이 레히너의 작품들이 오늘날까지도 엄청난 인기를 누리며 꾸준히 읽히는 주된 이유이자, 독일어권의 중·고등학교 교과서에서 읽기 교재로 각광받고 있는 데 대한 설명이 될 것이다.

그보다 더 근본적이고도 위대한 레히너의 업적은 이러한 일반적인 평가 너머에 감춰져 있다. 그것은 바로 신화와 전설을 토대로 한 작품을 집필하는 것이 여타의 다른 소재를 택하는 것보다 시의적절하지 못했던, 어쩌면 치명적인 오해를 불러일으킬 수도 있는 역사적 상황에서 그러한 장르를 부활시키는 데 큰 영향을 미쳤다는 점이다. 그것은 작가의 작품에 대한 자신감과 독자들을 향한 시대적 사명감, 장구한 세월을 넘어 면면히 이어져 내려오는 고전에 대한 무한한 신뢰가 아니고서는 불가능한 시도였다.

레히너가 청소년들을 위해 열정적으로 작품 활동을 한 시기는 바로 제2차 세계대전 직후였다. 당시 오스트리아를 비롯한 유럽 전역에서는 전후에 작품 활동을 새롭게 시작하려는 작가들 대다수가 전쟁으로 인해 잃었던 것들을 되찾으려는 욕망에 사로잡혀 있었다. 그래서 나치의 십자기장 아래 짓밟히고 단절되었던 분야를 복원하고 회복시키려 애쓰는 한편, 잘못된 문화정책에 의해 '민족 정체성 확립'이라는 미명하에 강제적으로 그들의 입맛에 맞게 이용당했던 것들과는 의도적으로 결별하려 노력했다. 예를 들어, 나치 정권이 말살하려고 했던 현대 전위예술운동 등은 되살리려고 안간힘을 썼던 반면, 히틀러에 의해 열광적으로 칭송되었던 중세 게르만 민족의 전설 같은 것들은 전쟁이 끝난 후에는 더 이상 관심을 끌지 못했다. 작품에서 그런 소재를 다루는 것만으로도 자칫 나치를 옹호한다는 오해를 불러일으킬 수도 있는 상황인 데다, 고대의 전설이나 신화 같은 것들은 나치가 몰락한 뒤 이제 막 어렵게 시작된 국가 행정기관에 의해 완전히 외면받던 시절이었기 때문이다. 따라서 고대나 중세의 신화와 전설들은 더 이상 구제할 길 없이 스러져 가는 것처럼 보였다.

이러한 사회적 분위기 속에서 레히너는 전후 청소년들을 위한 첫 작품으로, 당시 가장 민감한 소재로 여겨진 중세 게르만 민족의 전설을 다룬 『니벨룽의 노래』(1951)를 집필했다. 이 때문에 레히너가 『니벨룽의 노래』를 가장 첫번째 작품으로 선택한 것은 우연이 아닌, 그녀의 의지가 엿보이는 부분이라 할 수 있다. 히틀러에 의해 악용되었던『니벨룽의 노래』를 다시 제대로 전달하는 작업을 통해, 이전 세대의 잘못된 관행과 결별하고 새로운 시작을 도모했던 것이다. 이 작품을 필두로 그녀는 성배의 전설을 모티프로 하고 있는『파르치팔의 모험』(1956) 등 중세 유럽을 풍미했던 작품들을 과감하게 다루었다.

이후 레히너는 계속해서『오디세이아』(1961),『아이네이스』(1967),『일리아스』(1973) 등의 고대 그리스와 로마의 서사시들을 재창조했다. 개인적인 불이익과 주변의 오해를 무릅쓴 그녀의 이러한 과감한 시도들은 당시 전 유럽을 할퀴고 지나간 전쟁의 후유증에 시달리는 청소년들은 물론이거니와, 그 이후까지 계속 이어져 다음 세대들에게도 커다란 감동을 안겨주었다.

아우구스테 레히너의 작품 세계

많은 고전을 새롭게 풀어쓴 레히너의 가장 큰 관심사는 전해 내려오는 옛날이야기들을 놀랍도록 생생하게 다시금 불러내어, 우리 안에 있는 자아를 일깨우고 발전시키는 것이었다.

레히너는 고대와 중세의 신화와 서사시들을 재구성한 작품들을 통해 독자들에게 시대를 초월한 진정한 인간의 정신, 신의 섭리나 운명에 굴복하지 않고 고난을 적극적으로 극복하는 영웅들의 면모를 전달하고자 했다.

또한 레히너의 작품들은 독자들에게 문학적인 소양을 길러주려 한다거나, 지식을 전달하려고 애쓰지 않는다. 작품 어디에서도 현학적인 표현들은 찾아볼 수 없으며, 역사적인 사건들이 등장인물과 아무 연관성도 없이 단순하고 건조하게 나열되어 있지 않은 것만 보아도 잘 알 수 있다.

레히너는 작품을 통해서 독자들을 감동시키고 또 변화시키는 데 관심을 가졌다. 일례로 레히너의 작품에는 독자들이 자신과 동일시할 수 있는 좋은 모델들이 많이 등장하는데, 훌륭한 장수나 훌륭한 보초병, 훌륭한 전령은 어떠해야 하는지 등이 잘 그려져 있다. 바로 그러한 점들이 레히너가 과거의 전설이나 신화들을 단순히 반복하여 서술하지 않고, 완전히 새롭게 재구성했다고 평가할 수 있는 근거이다. 원작에 나타난 지나치게 폭력적이거나 선정적인 장면들은 되도록 줄이고, 인간 정신의 위대함과 어려운 상황을 극복해내는 용기 등이 그려진 부분은 더욱 세밀하게 서술했다. 레히너는 원작이 다루었던 소재와 시대적 배경의 특징을 훼손하지 않으면서도 수천 년이 지나도 퇴색되지 않는, 오히려 현대를 살아가는 우리에게 더욱 절실한 미덕들을 쉽고도 생생한 언어로 전달해 준다.

이러한 레히너의 작품들이 우리나라 독자들에게도 널리 읽히길 기대하며, 특히 고전의 위대함과 필요성을 절감하면서도 원전을 접하기 힘들었던 이들에게 도움이 되었으면 한다.